U0736991

《文艺百家谈》编委会

安徽省文学艺术界联合会
安徽省文艺评论家协会　**编**

谈

2018年第1—2辑/总第23辑

WENYIBAIJIATAN

合肥工業大學出版社

图书在版编目(CIP)数据

文艺百家谈.2018年·第1—2辑/安徽省文学艺术界联合会,安徽省文艺评论家协会编.—合肥:合肥工业大学出版社,2018.12
ISBN 978-7-5650-4320-8

Ⅰ.①文… Ⅱ.①安…②安… Ⅲ.①文艺评论—中国—当代—文集
Ⅳ.①I206.7-53

中国版本图书馆CIP数据核字(2018)第276619号

投稿邮箱:wybjbjb@126.com

文艺百家谈 2018年·第1—2辑

安徽省文学艺术界联合会
安徽省文艺评论家协会 编

责任编辑 张 慧

出 版	合肥工业大学出版社	版 次	2018年12月第1版
地 址	合肥市屯溪路193号	印 次	2019年1月第1次印刷
邮 编	230009	开 本	710毫米×1010毫米 1/16
电 话	总 编 室:0551-62903038	印 张	17
	市场营销部:0551-62903198	字 数	308千字
网 址	www.hfutpress.com.cn	印 刷	安徽联众印刷有限公司
E-mail	hfutpress@163.com	发 行	全国新华书店

ISBN 978-7-5650-4320-8　　定价:38.00元

如果有影响阅读的印装质量问题,请与出版社市场营销部联系调换。

目　录

安徽书画40年精品晋京展论文选

新时代文艺谈

精品工程巡览

评论新锐

专题研究

理论探索

文艺评论

地域文化研究

赖少其研究

新徽派的历史脉络与现代超越

● 刘继潮

20世纪80年代以来，随着艺术的多元发展，地域特色的现实存在受到美术界更多的尊重与关注。艺术地域特色的历史存在有三种表现：一是某一地域的画家集群以基本相近的美学追求为目标，而形成某些相近的语言风格特点，如扬州八怪等；二是一种画的体裁在某地生成、发展，产生一定的历史影响，如天津的杨柳青木版年画等；三是画家集群共同挖掘该地域内的同一题材，如云南画家以云南少数民族风情为题材等。以上述视角观之，安徽的现代美术，是中国现代美术整体中的一个构成部分，或一个子系统。

一

安徽现代美术的历程，与安徽地域文化历史的有序传承与创造发展息息相关。安徽现代美术的地域性特色，可从三个层面来描述。

第一，安徽现代美术具有地域的悠久传统和厚重积淀。明末清初崛起的新安画派是安徽现代绘画的重要源头。新安画派是就地域而言，黄山画派是以题材划分。明代中叶，随着徽商崛起，经济繁荣，徽文化出现鲜活的局面。文房四宝，雕版印刷，徽派版画、建筑、医学、盆景等，呈一时之盛。以渐江为首的新安画派，从皖南一隅——远离京城的偏僻山野，给主流画坛吹来一股清新的气息。渐江率先以黄山为表现题材，貌写家山，开创了一个地域画派，史称新安画派。渐江画黄山，不是一般意义上的再现，而是坚守“图真”写意路径，其独特的表现极具现代性。安徽现代绘画创作，从渐江的作品中能够获得十分有益的启迪。

17、18世纪是中国古典绘画集萃大成的最后阶段，此时，新安画派、“四王”与“四僧”、“海派”与“金陵画派”等，共同构成清代绘画的多样性格局。新安画派在中国绘画历史上有重要位置，至今仍表现出极强的活力。新安画派的优秀传统，成为安徽现代美术发展的深厚底色。

第二，清廷覆灭后，在传统文化断裂、西方思潮涌入、战争频仍的历史大变局中，安徽的美术学子走出安徽，或留学欧洲、日本等地，如潘玉良、刘开渠、吴作人、吕霞光、王子云、常任侠等；或发展于北平、南京、上海，如画家萧谦中和黄宾虹。萧谦中（1883—1944，安徽怀宁人）长期旅居北平，成为京派画坛翘楚，1920 年与金城、陈师曾等发起成立中国画学研究会，曾任教于北平美术专科学校；黄宾虹（1865—1955，祖籍安徽歙县潭渡村）居上海 30 年，后到北平，再回杭州。黄宾虹师承渐江的脉络清晰可寻，他在《新安派论略》一文中称渐江为“渐师”，论者独以新安画派“为清尚之风焉”。黄宾虹重视笔墨结构的抽象意味，丰富发展了传统笔墨的内涵。他的山水画更深邃、更臻于“浑厚华滋”、更具有整体魅力。安徽省博物馆现藏有黄宾虹真迹 200 余件。黄宾虹对近现代安徽画坛的影响深长而悠远。

走出安徽本土的这批画家，以不同途经、不同方式，或继承中国古典绘画传统，或融入西方新潮。他们的艺术，蕴含安徽文化基因，于异域绽放出个体特色；他们又以各自的方式反哺故土，影响安徽现代美术。走出本土的探索者们成为安徽美术发展史上，古与今、中与西、传统和现代之间的纽带与桥梁。

第三，1949 年新中国成立后，安徽本土的新美术在荒漠而贫瘠的土壤里成长起来，安徽美术事业经历了从无到有、艰难发展的过程。合肥本土仅有的 2 位版画家郑震与周芜，于 1949 年在合肥迎接解放。郑震于 20 世纪 40 年代已成为宋庆龄木刻基金会会员。周芜于新中国成立前夕自延安鲁艺回到家乡合肥。

1954 年，版画家郑震先生写下这段动情的文字：“青年鲍加初次展出他的一幅表现水库的油画——《汛》。那幅画篇幅不大……但画面上却流露出一股不可抑制的生机和闪烁的才华，它深深地吸引着我……”[1]郑震与鲍加皆自学绘画、喜好读书，2 位画家相遇于安徽现代美术队伍组建之初，他们相互支持，共同成为安徽本土现代美术的拓荒者，为安徽现代美术教育和安徽美术创作体系建构、发展与繁荣作出了奠基性的历史贡献。至 20 世纪 50 年代末，经本土画家的共同努力与创造，安徽现代美术已初具规模，其表现为：①已形成安徽现代美术创作的基本队伍；②各类学校的美术专业陆续招生，并不断向社会输送美术人才；③本土画家的作品产生全国性影响。这期间，安徽涌现出一批好的作品，如木刻《人造湖上》（郑震）、油画《大军回来了》（鲍加）等。进入 60 年代，中国画《晓雾初开》（王石岑）和《黄山烟云》（徐子鹤）等这一时期创作的优秀作品，人们至今印象深刻。

20世纪50年代末，赖少其调到安徽工作。他主持编选出版《安徽名人画选》，以宣纸影印《明清徽派版画》，手工拓印《石竹斋笺谱》。鲍加先生回忆说："按照他（赖少其）的构想，将有计划、有步骤在各类画种中倡导'新徽派'地域性艺术。"[2]1961年，赖少其组织、带领版画家为布置人民大会堂安徽厅创作大型版画，如《黄山后海》《旭日东升》《连拱坝颂》等作品，在美术界产生极大的影响，被评论家们誉为新徽派版画。当时，新徽派与活跃于画坛的长安画派、江苏画派在全国产生强烈的冲击力。这是安徽新美术创作历程中的辉煌一页。赖少其开创的新徽派版画，为安徽现代美术锦上添花。

赖少其在中国画、书法、篆刻领域亦有令人瞩目的成就。他对新安画派研习之深超乎一般。赖少其对黄山情有独钟，他画黄山，丈二巨篇就有30多幅，被称为"赖氏黄山"。赖少其对新安画派有独特的理解，对黄山有独特的体悟，加之他独特的艺术经历，故能创造出大黑大白的大块文章，形成自己山水画独特的语言样式。

传统和现代，新安画派和安徽现代画家的衔接，由黄宾虹、赖少其而成为现实。无数创造的环，环环相扣，连成传统的链而生生不息。新安画派传统与安徽现代美术之间的内在联系，清晰地显示其流变轨迹。

二

改革开放以后，安徽美术进入新的发展时期。伴随着政治、经济的大变革，中国社会和美术创作观念发生深刻的变化。

安徽画家们十分珍视宽松的创作环境，画家个体自由地选择艺术的切入点，清醒地探索绘画语言符号和个性特征。中国画画家们力图摆脱常规思维和习惯画法，追寻现代语汇的实验，在作品中或强化意象表现，或突出主观理性，或消解三度空间，画面具有强烈的视觉张力和量感。安徽的美术创作，题材、表现形式、技法等都从单一走向多样，人物、山水、花鸟均呈现出全面繁盛的新态势。

改革开放之初，安徽文化复苏，率先在全国展现两大举措。1984年安徽省艺术研究所、安徽省美协、安徽省博物馆等共同举办"纪念渐江逝世320周年国际学术讨论会"和"新安画派名家名作展览"。这是在改革开放之初、经济仍匮乏的年代，安徽举办的首次大型学术活动。这次学术活动，是安徽省的政府行为，不存在个人策划与策展的情况。安徽倾全省之力，举办这次文化盛事，自信地向海内外展示安徽的优秀文化传统和地域特色。美国、英国、日本和我国香港、台湾地区，以及国内外著名汉学家、美术史论家、画家，如高居翰、苏立文等参加了此次活动，收集论文100余篇。安徽的这一学术活动，至今仍为学界所津津乐道。

1985年4月21日，由中国艺术研究院、中国美术家协会安徽分会发起，与中央美术学院、《美术史论》编辑部等共同筹备主办的“油画艺术讨论会”在安徽泾川山庄召开。会议共有来自各地的油画家和理论工作者60余人，著名画家吴作人、吴冠中、艾中信、罗工柳等出席了会议。“油画艺术讨论会”让“文革”之后国内、国外的老、中、青油画家们齐聚一堂，畅所欲言。此次会议结合我国油画创作中的多个问题开展热烈的讨论。“油画艺术讨论会”是改革之初油画界的大事件，已经载入中国现代油画发展史。这是中国美术史上具有里程碑性质的艺术讨论会，也是一次思想解放、观念更新的大会，在美术界形成一股生气勃勃的革新潮流。

上述两次大型学术活动对安徽的美术创作产生了广泛而深远的影响。安徽画家以宽广的情怀回归文化传统；以开放的心胸吸收融合外来艺术思潮，呈现出新的美学追求，美术创作更加多元与多样。在全国第六、七、八届美术作品展览等全国性大展中，安徽的美术作品都取得了好成绩，呈现出全面复苏及繁盛的新景象。

20世纪90年代，美术理论界纷争不断，“前卫”或“后现代”、“回归”或“传统”、“融合”或“分离”等，难再引起画家的兴趣聚焦，美术创作从纷纷扬扬的理论纷争回落到画家平实沉稳的艺术实践。画家们更看重自己的绘画实践，更着意把握每一幅具体画面的惨淡营生，他们的创作心态更加趋于沉静，美术创作的语言形式更加趋于多样。由于书画市场的诱惑，无论大规模画展策划还是画家个体包装，商业气息日趋浓烈。安徽画家似乎带着几分无奈，仍沉浸在安徽创作环境的现状中，美术作品渐渐陷入同质化、模式化的困境。

2000年，安徽省文联、安徽省美协举办“安徽美术发展战略研讨会”，大会对美术的地域性与全球性有清醒的认识。经过充分讨论，大会提出安徽美术在新世纪的发展策略，打出新徽派的旗号，以期安徽现代美术事业重铸辉煌。这里须提及，此前一年，1999年1月8日，“安徽当代中国画作品展”在广东省美术馆开幕，这是精心组织的一次专业的学术活动，作品的时间跨度近半个世纪，绝大多数为新作，其作品的勃勃生气和探索精神，代表安徽中国画创作的新境界。令人欣喜的是，在2004年第十届全国美展上，中国画《美眉》（王仁华）获铜奖，中国画《辉煌》（谢宗君）获优秀奖。之后，安徽省美协在全国多地举办一系列以“新徽派”为主题的展览，意在将新徽派打造为安徽美术对外宣传的文化品牌。

新安画派、徽派原本是一个小的地域概念，相较而言，新徽派已经演化为地域美术的文化概念，沉淀为代表安徽现代美术大的文化与学术概念。安徽现代美术的发展，其历史脉络与审美取向，既有新徽派的传承与积淀，又表现出时代精神与地域特色。

三

“新时代·新徽派——安徽书画 40 年精品晋京展”2018 年 5 月 29 日在北京隆重开幕。这是新中国成立以来，安徽在中国美术馆首次举办的全省性的综合书画大展，无论是展览规模还是艺术水准，都将促使此次展览成为安徽历史上的重大文化事件。此次展览强化以人民为中心的创作导向，自觉服务社会，服务主旋律，以文化影响力、竞争力和整体实力创造安徽进入全国文化强省的新高度。安徽地域绘画的发展，具有开阔的视野与开放的襟怀。进入新时代，老一辈书画家焕发青春，中青年书画家新作纷呈，呈现空前繁荣的大美术时代。中国画、油画、版画等各个门类，在题材、形式、语言风格的探索上均呈现开放而多元的发展态势。这些作品源自现实生活、带着时代的热烈，形式意味强，画面充满写实的张力和表现的激情。此次大展代表着安徽书画创作的最新水平。

特别需要提及的是，“新时代·新徽派——安徽书画 40 年精品晋京展”的主旨不只是对既成名家的艺术成就作历史的定位以锦上添花，更着意于对未成名青年书画家的作品作当下的扫描与推介以雪中送炭。这是本次大展不同于其他省、自治区等地域性进京书画展的亮点之一。安徽省委、省政府重视文化强省战略和书画事业的发展，安徽省委宣传部特别关注对青年书画家群体的培养与推出，培养、推介青年书画家既是安徽书画发展的战略选择，又是安徽书画事业可持续性发展、繁荣的坚实基础。安徽省文联、安徽省美协为落实这一发展战略，于 2016 年 10 月 10 日举办“安徽省美术大赛”，即重在发现具有潜质的优秀青年画家。“安徽省美术大赛”涌现的新作品包括：中国画《寻梦安徽》《清妍》《九色梦》《原生态》等、油画《暖阳》《市民公园》等、版画《无刻度的时间》《霜华》等。这些青年画家的优秀作品，造型上能在写实与写意、“似”与“真”之间自由切换，跳出僵化固结与变形失度的怪圈；色彩上既有写实，也有装饰与表现，或单纯、丰富，或雅致、浓烈；表现手法上能着意于画面形式构成的探索，不拘泥于抽象与具象，而在两者之间适度把握。青年画家们深入生活、潜心创作，作品接地气、有生气，充满浓郁的生活气息，饱含真挚的人民情怀，他们对传统的研究与敬畏、对民族文化的自信、对中国传统文化的认同与回归都融在其脚踏实地的创造之中。

青年画家具有的独特文化视角、丰沛大胆的艺术表达方式，成为推动安徽美术繁荣兴盛的中坚力量。

通过“安徽省美术大赛”发现人才，选拔作品，进而选入“新时代·新徽派——安徽书画40年精品晋京展”，是对青年画家专业水平的社会承认与学术认可，也是对青年画家专业自信的极大鼓舞。同时，美术创作的组织者以及进行理论研究的朋友，要进一步关注崭露头角的青年画家，要以老促新，薪火相传；要建立以青年画家为主体的当代艺术文献，对已具有个人面貌的青年画家及其作品进行研究和探讨，从中梳理出有价值的学术问题，帮助青年画家茁壮成长。

当然，青年画家群正行进在路上。作为一名现代画家，知识结构的更新应伴随艺术创作的整个过程。画家艺术思维方式的开放性将强化画家的时代意识、语言意识和创新意识。青年画家个体又须努力超越时空限制、自我封闭和世俗束缚，加强全面修养，充实文化内涵，调动自己的整体心灵去拥抱人生、时代与未来；用个人的才华去发现、捕捉新时代的独特审美感受，创造性地甚至是不择手段地将主体精神物化为新时代的艺术力作。

应强调的是，青年画家需要补好传统的一课。近现代美术史对新安画派多有误读，过去多将新安画派与“四王”简单地设定为保守与革新的对立关系，人为地孤立悬置新安画派。百年来科学主义对中国画学研究的影响是深刻的，中国古典绘画的优秀传统，多被西方写实绘画理论所扭曲与遮蔽。今天的美术理论研究要克服20世纪初“革四王的命”的史论认识的束缚，走出新安画派研究的误区，尊重史实，把新安画派放置到明清整体文人绘画体系的历史真实情境中去观照。首先应厘清新安画派写意路径与西方绘画写实路径、写意“图真”与写实写生的区别，进而厘清新安画派与正宗大系董其昌以及“四王”等的画学渊源关系。安徽理论界的朋友有义务与责任，帮助青年画家重读经典，重审自己的文化根基，回归中国画学传统正脉，确立文化自信，真正弘扬传统，营造良性的美术生态环境。

安徽的青年画家群体也许还不够成熟，还有点稚嫩，但他们步履清晰坚定。青年画家生逢其时，面对新时代的挑战与机遇，面对艺术探索过程中的艰难与愉悦，应超越自我、超越历史、超越地域，进而实现新时代新徽派书画艺术的现代超越。安徽书画艺术可持续发展的前景大有希望。

参考文献：

［1］张国标．新安画派史论［M］．合肥：安徽美术出版社，1990.

［2］安徽美术出版社．安徽美术五十年［M］．合肥：安徽美术出版社，2000.

抒写时代精神　追求大美境界

——当代新徽派版画的超越与升华

● 陈祥明

一、新徽派版画的艺术建树与新传统形成

安徽版画历史悠久，源远流长，起源于中唐，成长于宋元，至明代中期已经登峰造极、辉煌灿烂，是中华民族的文化瑰宝。20世纪50年代末至70年代，以赖少其、郑震、周芜、师松龄、陶天月等为代表的安徽版画家们，传承弘扬徽派版画艺术优秀传统，创作了一批具有鲜明时代特色与地域风采的版画，被李桦先生和古元先生称为“新徽派版画”而载于史册。

20世纪60年代初至70年代末，安徽版画创作出现两次高峰，是“新徽派版画”诞生的重要标志。1983年12月“安徽版画展”在中国美术馆举办，这是“新徽派版画”整体的首次面世亮相。1984年，《安徽版画选》共收集90余位版画家的135件作品，反映了20世纪60年代以来安徽版画的创作成就，李桦撰文《祝新徽派版画出现》，古元撰文《赞安徽版画》。[①]

以赖少其为领军人物的“新徽派版画”之所以能够被称为“派”，得到李桦、古元先生的赞誉和美术界的广泛认可，不仅在于产生了一批在当时影响很大、后来堪称经典的精品力作，涌现了一群学养深厚、技艺超拔的代表性画家，而且在于形成了新的绘画观念和艺术思想，并凝结成了独特的新徽派版画的艺术传统，这为后来新徽派版画的有序传承、清醒拓新、不断精进开

① 李桦《祝新徽派版画出现》、古元《赞安徽版画》，载《安徽版画选》，安徽美术出版社1984年版。

辟了路径。

新徽派版画是对古徽派版画的传承与超越。从新徽派版画形成过程来看主要表现在三个维度：首先，传承了新安画派“师古人兼师造化”（黄宾虹语）的优秀艺术传统。深受渐江到黄宾虹的新安画派艺术理念和艺术传统的影响，赖少其坚定地认为，徽派绘画艺术包括徽派版画，要创新发展，要有所作为，非“师法古人”并“师法自然”不行。因此，一方面，赖少其带领版画家们大力搜集、整理和出版明清徽派版画作品，供画家们学习借鉴，潜心学习萧云从、丁云鹏等人的经典版画，广泛涉及徽州民间木刻、坊间刻书、徽州“三雕”（木雕、石雕、砖雕）。另一方面，赖少其组织版画家们到皖南徽州、黄山、新安江流域、皖江流域、淮河流域体验生活，采风写生，积累创作素材。新徽派版画家们非常自觉地将“师法古人”与“师法自然”有机结合起来，将运用传统技艺与表现现实生活有机统一起来。安徽大好河山的绚丽多姿与徽派绘画雕刻的丰富多彩，在新徽派版画作品中得到充分的反映呈现。

其次，新徽派版画引入了中国现代木刻版画的现实主义艺术理念和表现方法。新安画派和徽派版画家们历来坚持师法造化，主张笔墨当随时代，但他们主要是通过沉潜山水、寄情山水、师法表现山水来表达对自然造化的体验、对世事的洞见和对人生的体悟。明清徽派版画的表现对象多为自然山水、佛道、神话、戏曲、小说人物等，直接描绘表现社会生活和现实人物的并不多。曾经接受过解放区木刻和鲁迅先生倡导新兴版画的教育和影响的周芜、赖少其以及倾心现代进步木刻运动的郑震等，将现实主义艺术理念和表现方法引进新版画创作中。赖少其、郑震领军安徽版画家们，通过深入生活、采风写生，描绘徽山皖水，表现黄山、大别山区、淮河两岸的建设新气象和工厂农村新风貌，先后创作了《黄山后海》《黄山宾馆》《梅山水库》《节日的农村》《淮海战歌》《淮海煤城》《金色的秋天》《丰收赞歌》《淮河之晨》以及《陈毅吟诗》《毛主席在马鞍山》《百万雄师过大江》等大幅套色木刻版画。这些被称为新徽派版画的创作，注重吸收古代徽派版画的绘刻印制技艺方法，着力借鉴现实主义绘画和现代木刻表现社会生活的艺术方法，表现了安徽地域风情、时代生活气息和现代审美情趣，实现了新徽派版画艺术的华丽转身。

最后，新徽派版画保持了古徽派版画的文脉气质和文化品格。尤其是明清徽派版画具有很高的文化品位，弥漫着书卷气，不同流俗，究其原因主要在两方面：一是它多由文人画家与坊间刻工共同完成，很多作品是由知名画家先行绘稿，再由刻工妙手镌刻、坊间印制完成，譬如《太平山水图》就是由萧云从绘图、歙县汤尚镌刻的；也有些作品是画家亦绘亦刻完成，如丁云鹏又绘又刻了诸多版画。画家的文化素养、气质、品位往往决定了版画的文化意蕴、品格、品位。二是明清徽派版画所表现的题材内容多具有文化含量，如《离骚图》《方氏墨谱》《程氏墨苑》刻版谱图以及戏曲版画、小说话本版画等都莫不如此。新徽派版画开拓者赖少其、周芜、郑震等人的文化素养和文化品位都很高，他们都对徽派绘画乃至整个徽派文化谙熟于心，卓有学术建树，理论成果丰硕。他们的版画弥漫着一种书卷气息、一种高雅韵致，雅俗共赏又不同流俗。新徽派版画属于新文人画范畴，与新徽派山水画有异曲同工之妙。

新徽派版画传承了古徽派版画、新安画派的优秀艺术传统，又引入了现代木刻版画、现实主义的艺术理念方法，逐渐形成了具有安徽地域文化特色，注重表现现实生活和时代精神，着力彰显徽风皖韵的新艺术传统。正是这种新艺术传统，引领着当代新徽派版画家们不断地突破与超越，不断地开拓新徽派艺术新境界。

二、新徽派版画的有序传承与多元发展

徽派尊重传统，非常重视传承。有序传承，承古开今，是徽派艺术发展的重要特点之一，新徽派版画艺术亦不例外。新徽派版画家们既追根溯源，注重传承古徽派版画的悠久传统，又厚古不薄今，着力光大新徽派版画的自身传统。有序传承、承古开今的自觉自律，使新徽派版画艺术始终保持自身特质卓然而立；外来文化、艺术新潮的冲击与启示，则是导致新徽派版画多元发展的重要原因。

20世纪80年代中期到整个90年代，新徽派版画呈现出多元发展趋势，在绘画题材、表现技法、思想内涵、艺术风格等诸方面都有新的拓展。在老一辈版画家的带动和影响下，一批年轻的版画家脱颖而出，他们所创作的诸多版画精品，或取材于徽州古民居的幽深神秘，或描绘徽州三雕的精美绝伦，或表现民间艺术的纯朴脱俗；既具有浓郁的地方特色，又呈现多元的艺术风格，其进一步奠定和强化了“新徽派版画”既坚持传统、义与时俱进的风格特点。特别应该提出的是与赖少其先生共创新徽派的骨干画家师松龄及朱曙征，几十年如一日在“新徽派版画”的征途中不断攀登。1996年，朱曙征设计的《九华山》系列版画邮票、1997年师松龄创作的《黄山》系列小版张邮票，分别成为国家名片而各自荣获年度全国最佳邮票奖，将新徽派版画创作推向了一个新的高峰。

2002年，“第十六届全国版画作品展”在安徽国际会展中心开幕，“新徽

派版画历程展”同时举办，比较全面地展示了新徽派版画的发展历程、艺术成就和创作现状。2007 年，“黄山魂·新徽派版画展”在赖少其艺术馆隆重开幕，标志着新徽派版画创作迈上新台阶。时任中国美术家协会分党组书记、常务副主席吴长江撰文《新徽派　新辉煌》说：“这批作品以回眸往昔光辉的传统为着眼点，以黄山作为地域文化的形象和精神象征，关注时代，关注人生，关注人与自然之间的和谐，在观念形态上、艺术语言上都站在时代的制高点。在一个共同的前提下，版画家以不同的形式、不同的手法、不同的审美取向表现出不同的个人创作精神。安徽省数十名版画家经过一年多时间的努力，共创作一百八十余件版画作品，其特点是充分体现了地域特色，同时观照了时代精神，特别是《盛世黄山图》《新太平山水图》《天工开物·徽墨》等几幅版画巨制，不仅集中展示了新徽派版画的辉煌成就，也展示着一种对本土文化的自信和自觉回归。它将会随着历史的变迁而载入艺术发展的史册。”①

“充分体现地域特色，同时观照时代精神”是新徽派版画家们一以贯之的追求，但他们不拘成法，不蹈旧矩，“我以我法”（石涛语），“我法写意”（梅清语），多元艺术追求也成为一种必然。朴素黑白版画、清新水印版画、艳丽套色版画并行不悖，传统木刻技艺与现代丝网技术同受青睐，精雕细刻的微型版画与雄浑奔放的巨幅版画一样受到器重，纯艺术性版画和装饰性工艺版画只要有品位、上档次，都会受到追捧而走俏艺术市场，如此等等，这种多元景象令人目不暇接。譬如，上述“黄山魂·新徽派版画展”中的三件巨幅版画，《盛世黄山图》是黑白木刻版画，风格浑朴，气势磅礴；《新太平山水图》是水印版画且由 12 册页构成，似水墨写意，意境幽远；《天工开物·徽墨》是网丝版画且由 5 扇屏构成，其意象别具，色泽丰富。这三幅作品尽管风格、技法各异，但都受到画界好评和观众青睐。

三、新徽派版画艺术的突破与升华

新世纪以来尤其是近几年，安徽的版画家们着力寻求新徽派版画的发展与突破，他们紧随时代脉搏，积极组织具有时代意义的重大题材创作。2013 年，张国琳主创的巨幅套色木刻版画《汉代太学独尊儒术》，班苓、陈伟忠创作的巨幅套色版画作品《算盘与算法统宗》，入选由中国文联、文化部、财政部联合实施的“中华文明历史题材美术创作工程”，于 2016 年问世。这 2 幅

① 吴长江《新徽派　新辉煌》，载《黄山魂·新徽派版画作品集》，安徽美术出版社 2007 年版。

作品属于历史题材创作，作者以现代眼光观照和诠释中华文明历史，前者以厚重沉郁、对比强烈、构图丰盈的现代版画语言重新诠释了汉代太学儒术，而后者则以清新自然、线条流畅、构图空灵的经典版画语言重新诠释了古代算法算学。这2幅新徽派优秀画作启示人们，观照和诠释中华文明之“国学”，可以运用不同的版画语言，可以具有迥异的艺术风格，可以将现代感与历史感有机统一起来。因此，这两部作品问世，标志着新徽派版画艺术对中华文明史尤其是“国学史”“科学史”进行了成功探索。

2016—2017年，在安徽省人民政府支持下，安徽省人民政府参事室（安徽省文史研究馆）组织了新徽派版画重大题材创作，先后创作完成了《大美黄山　迎客天下》《九华灵境》《齐云丹霞》《天柱神韵》《香江华彩》《台湾太鲁阁》《澳门大三巴》等巨幅版画。这是新徽派版画发展史上的一件大事，是新徽派版画艺术的一次升华、超越和突破。新徽派版画家们不仅表现了他们非常熟悉的题材如安徽的黄山、齐云山、九华山、天柱山，而且表现了对于他们而言属于新题材的香港新风貌、澳门大三巴、台湾太鲁阁，这表明他们着力于本土自然文化的表现时，开始探索其他区域自然文化表现的一种努力。他们适应现代建筑大空间的艺术装饰需求，满足现代生活大容量的公众审美需求，以现代绘画形式语言表达现代人的审美情趣，体现了新徽派版画艺术的最新探索与审美追求。他们一方面继续传承古徽派版画技艺，更广泛地从徽州三雕（木雕、石雕、砖雕）、汉画像石、古代壁画、民间绘画等汲取营养，另一方面横向借鉴国画线条造型、金石篆刻技法、西画色彩表现等，并在传统刻印方法的基础上适当采用现代镌刻、印制手段，创新拓展了新徽派版画的时代气息、思想意蕴、形式语言和审美风格。

2017年8月13日，“锦绣中华——当代新徽派版画作品展”在中国美术馆举行，这是继1983年“安徽版画展”、2007年“黄山魂·新徽派版画展”之后，当代新徽派版画创作成果的又一次整体亮相。这次参展作品共56件，其中8件为新徽派版画重大题材创作的代表性作品；17件为新徽派版画第一代画家们的部分优秀作品；31件为历届全国美展、全国版画展的部分获奖作品。这次展览的一大亮点就是《大美黄山　迎客天下》等8件巨幅版画作品，这些作品问世被认为是“新徽派版画艺术的一次升华与突破”。[①] “升华与突破”主要表现在：其一，作品气势恢宏，境界博大，适应现代建筑大空间的

① 参见陈祥明《新徽派版画艺术的一次升华与突破》，《安徽文艺界》2016年第2期；陈祥明《表现时代风采　描绘大美中华——新徽派版画艺术发展概观》，载《锦绣中华——当代新徽派版画作品集》，人民出版社2017年版。

艺术装饰需求，满足现代生活大容量的公众审美需求。中国美术馆馆长、著名雕塑家吴为山先生说："大时代，大境界，大版画，我们可以用这九个字概括安徽新徽派版画。"[①] 其二，作品立意高远，题材挖掘得深，版画语言丰富，在一定程度上超越了新徽派版画既往的艺术建树。中央美术学院教授、著名版画家广军先生说："我和大家共同的看法是，这次的作品立意高远，主题挖掘深刻，版画形成的语言丰富，我整体的评价是优秀。"[②] 这8件作品都继承了徽派版画艺术传统，无疑都属于徽派版画"正脉"，然而彼此在艺术风格上有所不同，在版画语言上彰显了个性，从美学上说是"和而不同""多样统一"。其三，继承新徽派老前辈们的创新精神，不断拓展徽派版画的人文内涵、技艺和形式，努力开辟新徽派版画独特的美学新格局。中国美术家协会版画艺委会主任、中央美术学院教授苏新平先生说："在强调中国精神、中国气派上，在展现民族文化自信上，新徽派版画无疑是美术界的排头兵。这次展览的成功不仅是给观众带来一场恢宏的版画视觉盛宴，也给美术界同行形成良好的示范作用。"[③] 其四，新徽派版画重大题材创作，其学术定位比较明晰，理论思考比较深入，对新徽派版画的学术思想维度有了新的拓展。新徽派版画艺术前辈赖少其、郑震、周芜先生都有很高的理论素养与学术造诣，尤其是周芜先生，他是杰出的版画史论家，为新徽派版画画派体系的确立贡献卓著。苏新平先生指出："徽派版画作为完整的画派体系，离不开安徽史论家、版画家周芜先生长期的工作和努力，他为中国版画理论的形成作出了巨大贡献。"[④] 继承新徽派艺术前辈的思想品格，重视理论研究，重视学术建构，是新徽派版画重大题材作品创作展出活动的重要特点之一。广军先生这样评价："这次由安徽省人民政府参事室组织的重大题材创作工程，在继承创新和理论研究上，翻开了安徽版画创作的新篇章。""这些作品和这次展览对传承和发扬新徽派版画作出了极大的贡献，具有里程碑的意义。"[⑤]

2018年5月24日至6月3日，"新时代·新徽派——安徽书画40年精品

---

① 吴为山《大时代　大境界　大版画》，载《锦绣中华——当代新徽派版画作品展作品集》，人民出版社2017年版。

② 广军《中国版画界的又一盛举》，载《锦绣中华——当代新徽派版画作品展作品集》，人民出版社2017年版。

③ 苏新平《开辟新徽派版画美学新格局》，载《锦绣中华——当代新徽派版画作品展作品集》，人民出版社2017年版。

④ 广军《中国版画界的又一盛举》，载《锦绣中华——当代新徽派版画作品展作品集》，人民出版社2017年版。

⑤ 苏新平《开辟新徽派版画美学新格局》，载《锦绣中华——当代新徽派版画作品展作品集》，人民出版社2017年版。

晋京展”在中国美术馆举办。本次参展的版画作品共 40 余件，其中有知名老版画家之作，但多数出自中青年版画家之手；其中有集体创作的表现重大历史和现实题材的作品，但多数是个体创作的表现自然、人文、日常社会生活的作品；既有鸿篇巨制，也有精致小品；有传统风格意境的，也有现代情调意味的。

从展出的作品来看，有以下重要特点：首先，重大题材创作虽然数量不大，但是学术水准、艺术质量、社会影响仍然居于优势。这次展出有 3 件巨幅作品引人瞩目：《小岗精神——将改革开放坚持到底的凤阳小岗人》（张国琳、汤晓云、王孟鸣、林琳、张红梅、储学斌、李培华、湖青海、张洪奇，2018 年）、《一代宗师黄宾虹》（丁晖明、江冰、陈雁林、余多瑞，2013 年）、《自主创新铸品牌》（童兆源、欧阳小林，2013 年）。《小岗精神——将改革开放坚持到底的凤阳小岗人》是黑白木刻版画，画幅巨大（200cm×1000cm），塑造众多人物（50 个村民），集中展现了当下小岗村人群像，其中有老人、壮汉、青少、妇女、儿童，而各种不同角色形象神态各异，绝无雷同之感。这些人物形象来源于生活，又是对生活原型的提炼、提升和再创造。这些人物虽然身上散发着泥土气息，纯厚质朴，但都显得不卑不亢，坚毅自信，具有阳刚之气。如果将《小岗精神——将改革开放坚持到底的凤阳小岗人》中小岗村人与《生死印》中小岗村人加以比较，你就会发现小岗村人的形象与精神面貌发生了根本改变，这无疑折射了改革开放 40 年给小岗村乃至中国广大农村带来的巨大变化。大凡经历过 40 年改革开放的人，站在这幅作品面前，都会受到震动与感染，思绪万千。这幅作品在艺术形式方面也有许多可圈可点之处，譬如画面构图大气沉稳，人物造型厚重而鲜活生动，笔墨（刀版）线条遒劲而不失灵动，空间布局、人物组合、背景处理、疏密关系、黑白对比等都匠心独运，意味别具，不同流俗。黑白版画形式是传统的，却融合了现代人物造型技法、现代绘画空间构成方式，因此其突破和超越了传统表现方式方法，拓宽了新徽派版画艺术境界。《一代宗师黄宾虹》是表现黄宾虹及新安画派的精品力作，其艺术建树主要在两方面，一是对“黄宾虹精神”有新的理解，对黄宾虹形象作了新的塑造，其人物形象及其背景流露出文化的力量、文化的自信；二是对黑白版画艺术语言有所拓新，将中国画水墨画形式语言引进版画，大大增强了版画的表现力，在这方面，作者比新徽派版画艺术前辈们走得更坚定更自信。《自主创新铸品牌》是版画家们深入现实生活、关注社会进步，对中国制造、自主创新、科技引领的一种探索性表现，其意义已经超出艺术作品本身而引人瞩目。

从这次展览的作品可以看出，当下安徽版画家们审美取向自由，艺术取法多元，风格形式多样，昭示了当下新徽派版画家尤其是青年版画家们不再循规蹈矩的轻松与自由。这恰恰表明安徽版画艺术生态的多样统一与多元和谐，也是新徽派版画可持续精进的一种自由氛围、一种宽容空间、一种文化自信。

如果从安徽版画的总体风貌和发展大势来看，坚持地域特色，跟随伟大时代，抒发博大精神，描绘大美河山，表现大美境界，是当代新徽派版画艺术家们的自觉追求与不懈探索！

守正出新　砥砺前行

——安徽当代书法发展综述

● 桂　雍

自明清以来的600余年间，位于祖国东部的江淮大地上涌现出一大批书画艺术人才。以渐江为代表的新安画派，以程邃为代表的徽派篆刻和以邓石如为代表的邓派书法等，共同构成了个性鲜明的皖派风骨。皖派风骨的显著特征表现为守正出新，守正即是遵守传统，出新则为在传统基础上力求创新。从某种意义上说，守正出新的皖派风骨引领着近世以来我国书画艺术的发展方向。

改革开放以来，安徽书法事业得到长足发展，在赖少其、葛介屏、司徒越等老一辈书法家的引领下，沿着守正出新这一传统路径，创造了皖派书法的新辉煌。

一

安徽省书法家协会成立于1981年11月，与中国书法家协会成立的时间大体相当。首任主席为赖少其，副主席为葛介屏、司徒越、刘夜烽。协会成立后，赖少其主席就提出了“打邓石如牌”的主张，还连续出版了《邓石如研究》专刊，并在创刊号上手书序言，力倡守正出新传统精神，创立皖派书法新风骨。1988年，省书协换届，大会选举李百忍为主席、副主席有陶天月、方绍武、张翰、张良勋、曹宝麟等人。此时的安徽书坛已呈现出人才辈出、百花争艳的良好局面。1989年，安徽省青年书法家协会成立，大会选举曹宝麟为主席、王家琰为常务副主席（主持日常工作），选举许云瑞、陈浩金、余国松、马东升、闵祥德等人为副主席。青年书协团结培养了一大批青年书法人才，为我省书法事业的发展奠定了坚实的基础。此后不久，安徽省妇女书法家协会、安徽省直书画协会以及各行业的书协纷纷成立，进一步推动了我省书法事业的繁荣和发展。到目前为止，全省各市县区都有书法协会。全省共有中国书协会员近 600 人、省书协会员近 6000 人、县区级以上会员近 10 万人，形成了一支庞大的书法队伍。

二

回顾近 40 年安徽书法发展历程，就创作而言，我们仍旧是沿着守正出新这一传统路径不断发展的。值得称道的是各种书体都有代表性书家。如赖少其的漆隶和行书、葛介屏的大篆和隶书、司徒越的草书和金文、刘夜烽的方笔隶书、李百忍的行书和草书、刘子善的楷书和草书、方绍武的楷书和行书、张翰的楷书和草书、张良勋和陶天月的行书，都是在传统基础上赋予了时代新风貌。如果从创作成就、社会影响和对我省书法事业的贡献 3 个方面进行综合考量的话，赖少其、葛介屏、司徒越、刘夜烽、李百忍、刘子善、陶天月、方绍武、张翰、张良勋堪称安徽当代十大书法家。当然，在老一辈书家群体中，萧龙士、黄叶村、石克士、刘惠民、黄澍等人也都取得了非同凡响的艺术成就。

进入 21 世纪以来，还有一大批中青年书法人才不断涌现。其中成就显著者有王家琰、荆涛、王守志、王少石、周彬、耿立军、余国松、陈浩金、张乃田、杨士林、李传周、冯仲华、唐大笠、胡寄樵、马东升、陈艾中、许云瑞、傅爱国、张兆玉、张学群、吴雪等。新生代书法家更是层出不穷，他们经常在全国性的大展大赛中争金夺银，以各自不同的创作成果展现出安徽当代书法发展的广阔前景。

三

当代安徽书法理论研究成果也是相当丰富的。20 世纪 80 年代创刊的《邓石如研究丛刊》集中展现了一大批有关邓石如和皖派书法的研究成果，其中以赖少其、刘夜烽、穆孝天、李回明等人的成就最为突出。创刊于 20 世纪 90 年代初的《书法之友》，以近现代书法研究为主攻方向，先后于 1994 年、1997 年在安徽黄山和浙江宁波举办过两次“全国近现代书法学术研讨会”，对进一步推动我国近现代书法研究起到了有力的促进作用。进入新世纪以来，由省书协联合中国书协举办的“全国邓石如与清代碑学书法”学术研究会已连续举办两届，由省书协和合肥市书协联合举办的“近现代江淮书风研究”

学术研讨会，不仅汇集了大量的理论研究成果，在全国书法界也都产生了广泛的影响。

自20世纪80年代以来，我省书法理论研究队伍不断壮大，形成了一大批老中青不同层次的理论人才梯队。他们以自己的辛勤耕耘和执着追求，谱写着安徽书法理论研究的美丽华章。其中，曹宝麟的考证、杨士林的综论、余国松的杂论、毛万宝的美学理论、张翰的技法理论、傅爱国的基础理论等，在全国书法理论界都有重要影响。此外，韩书茂、张学群、虞卫毅、许伟东、胡长春、刘云鹤、陈智等，也都写了大量的理论研究文章。正是他们的热情投入和真诚奉献，构成了我省书法理论研究的繁荣景象。

四

在信息极为发达的当今社会，书法事业的发展离不开对外交流。自20世纪80年代开始，我们的书法队伍不断走向全国，走向世界。省书协成立不久，就组织部分书法家南下北上，先后与浙江、福建、贵州、黑龙江、辽宁等省市兄弟书协进行交流，相互学习，取长补短。1990年，由省青年书协发起组织的“华东地区青年书法联展”先后在上海、杭州、济南、合肥等地展出，各地青年书法家不仅相互交流书艺，而且增进了彼此之间的友谊。从2008年开始，由省书协与合肥三洋联合主办的“皖军书法华夏行”活动，先后走进贵州、四川、西藏、广东、北京等地，把我省书法对外交流活动推向了一个新的高潮。省妇女书协也先后与海南、河南、甘肃等省妇女书协举办过多次展览和交流活动。省直书协及各市书协也都以不同形式与外省市书协进行丰富多彩的交流活动。此外，我们还与云南、新疆等地开展书法交流行动，我们的书法家遍布全国各地。走出去，请进来，相互学习，共同提高，彰显了我省书法人的博大胸怀。

改革开放后，国门大开，我国经济繁荣发展的同时，我省书法家也有机会走出国门，感受域外文明。自20世纪70年代末始，我省书法界就与日本、韩国、新加坡、菲律宾、马来西亚等亚洲国家和欧美等发达国家及我国的港澳台地区有着广泛的交流和联系。其中，与日本的交流最为频繁。因安徽省与日本高知县为友好省县，两地的书法交流活动几十年来从未间断，2年一次的互访互展至今已达十几次之多，两地书法家相互交流及往返也达数百人次。除集体参加交流活动外，我省书法家单独赴国外举办展览者也大有人在。

以上的交流活动，既增进了彼此的友谊和了解，也为我省当代书法事业的繁荣和发展起到了有力的推动作用。

五

省书协成立后，始终关心书法的教育与培训工作。20 世纪 80 年代初，由省书协主持的首届书法培训班在合肥开办。培训班邀请了老书家葛介屏、刘夜烽、方绍武、穆孝天、张翰等人为学员授课，培养了一大批青年书法人才。如后来成为我省书法事业中坚的耿立军、张兆玉、凌卓平、万传新、陈萍、刘云鹏等人都是当时的学员。80 年代中期，由张翰、张良勋创办的安徽书法函授学院，吸引了无数省内外书法爱好者前来学习。他们以习书多年的亲身体验为广大书法爱好者传道解惑，使得一大批青年人才得以脱颖而出。

1996 年夏天，由省青年书协举办的“安徽省首届中青年书法创作高级研修班”在合肥开班，邀请刘正成、曹宝麟、黄惇、陈振濂、华人德、孙晓云、周健杰、潘良桢等 8 位国内知名专家来皖授课。此次研修班聚集了我省近百名青年书法人才前来参加。目前，活跃于我省书法界的中青年书法家大多是当时的学员。

近几年来，省书协还专门成立了培养机构，定期举办培训班，邀请省内外名家前来授课，受教人数也有千人之众。2013 年，省书协组织的“百名富有潜力的中青年书法家”培训班邀请全国中青年书法名家授课，每月集中上课 2 天，连续 1 年，取得了显著效果。此外，还有不少书法名家以个人书法工作室的名义开班授课，像张良勋、王金泉、韦斯琴、史培刚以及我本人，也都以不同的方式培养青年书法人才。

相对来说，由于我省目前尚没有专门的书法院校，书法教育和培训工作与部分发达省份相比略显滞后，书法人才的教育与培养工作有待进一步加强，也衷心期盼有关方面领导能予以足够的重视。

六

以上从组织建设、书法创作、理论研究、对外交流、书法教育 5 个方面对安徽当代书法发展状况进行了初步梳理。总体而言，我们的书法事业从无到有，从兴旺走向繁荣，凝聚一代又一代书法人的心血和汗水。就全国来说，目前我省的书法人才队伍、书法创作水准、理论研究成果以及老中青书法家在国内外的知名度和影响力等方面应该处于中等偏上的位置。

我们与中国书协以及其他有关部门联手承办的全国性的大型书法活动也很多，如“全国第三届中青年书法篆刻作品展”“纪念邓小平诞辰 100 周年书画展”“第二届中国书法兰亭奖”“全国第三届行草书展”“邓石如奖全国书法作品展”等。此外，我们还举办过 2 次“全国近现代书法研讨会”以及“全国首届书法艺术与道家美学学术研讨会”“全国邓石如与清代碑学书法学术研讨会”等大型学术活动。以上这些全国性大型活动的成功举办，为我省在全国书法界赢得了良好的口碑。近年来，由省书协主办的各市书法晋省展，也有力地促进了基层书法创作。

此次，由省委宣传部牵头举办的“新时代·新徽派——安徽书画 40 年精品晋京展”活动，既是对我省过去 40 年书画创作成果的一次综合性检验，也为今后我省书画事业的进一步繁荣和发展做好铺垫，同时也是向首都人民和来自各界各地关心书画艺术的人士汇报和展现我们的精神风貌及艺术成果。衷心感谢各界人士的关心和支持。

江淮书风：从近现代研究到安徽的当代传承

● 陈　智

经济发展是文化繁荣的基础，社会进步是文化兴盛的条件。文化既是经济社会发展的重要支撑，也是社会文明进步的重要指标，文化决定着经济社会发展的方向。一个文明进步的社会必然是物质财富和精神文化共同进步的社会，一个现代化的强国必定是经济、政治、文化、社会、生态协调发展的国家。联合国教科文组织曾提出："发展最终应以文化概念来定义，文化的繁荣是发展的最高目标。"

中华文化的发源是多元的，由于淮河和长江两大水系经过江淮地区，我们的先人自古即有择水而居的习惯，很早就孕育了文明的曙光。由于历史的原因和安徽地形地貌的特征，古老的淮河文化与近现代鼎盛的徽州文化和以禅佛为主旨的皖江文化 3 个基本的文化单元，涵养了中国传统文化的儒、释、道，3 家在江淮地区的集中聚合是有别于任何一个地域文明的，具有较强的兼容与互补，表现在书法艺术上也显现了明确的地域文化特征。其后由于朝代的更替，文明的光亮一直影响着安徽地域文化和经济社会的发展。作为安徽文化发展重要标志的书法艺术，从魏晋时期的曹操父子到陈抟、和州三张、姜夔、程瑶田、姚鼐、梁巘等，代有名家辈出，星光璀璨。尤其是清代以邓石如为代表的金石碑派书法的中兴，以及包世臣、康有为等的推波助澜，形成了江淮书风这一独特的地域文化标志，成为安徽书法在全国具有引领意义的里程碑，彪炳史册，影响深远。

一、地域书法研究的当代价值

一般来说，地域书风的形成，源于地域文化的不同。因为自然环境、民风民俗、文化基础等，都会直接影响到这一地区的人文性格，人文性格关照到书法艺术这个具体领域当中，就会对这一地区的书法风格形成一定的固化作用，从而形成较为明显的地域书风。在当代，随着信息技术的快速发展，交通、信息、文化传播的便捷化打破了传统封闭的人文环境，加快了全球一体化的进程，似乎模糊了地域文化的概念。我们历史地看，现代化的进程可能会对地域文化产生一定的影响，但是，由于历史的惯性，地域人文性格不是随意可以改变的。所以我们今天研究地域书法文化还是有着非常重要的现实意义的。关于地域书法的研究，包括地域书法风格、地域人文精神、地域历代代表性书法家个案、地域书法旗帜人物的具体技法影响等。具体来说，地域背景的差异影响着书法的风格、结体、形式、书写载体、节奏、笔法等方面。所以在当代书法研究领域，对于地域文化的挖掘和地域书法风格的研究，在一定程度上，尤其是在一些文化积淀深厚的地区已成为一种主流的研究方向。对地域书法进行深入研究，一方面可以分析、挖掘、研究、整理地域书法的文化特征和文化性格；另一方面在继承传统地域文化的基础上，结合当代书法的现状，吸收新时代的新思想、新面貌，借古开今，可以将本地域的书法文化精神发扬光大。

由此我们可以看到地域书风研究带给我们的启示：一是任何艺术流派的形成都是自然与历史的因缘遇合，传统是生生不息的历史延续，并没有静止的观量；二是地域文化特征影响着地域书风的独立品质与性格，也决定着艺术表现的雅俗与高下；三是书法艺术的本质，精神传承是第一位的，法的传承是第二位的。书法艺术的传承是生命精神的传递，自性的解放和创造力是艺术永恒价值的体现！

二、近现代江淮书风的形成与研究现状

近现代江淮书风的形成首先受到的是淮河文化的影响，体现了其强大的生命特质，它一反馆阁取士的刻板和文人书写的羸弱，追求一种对自然的体悟和得意忘形的风格取向，同时在书法作品中注重生命意识的表达，进一步弘扬了书法创作活动中的主体精神。由于受到道家思想的影响，江淮书风在取向上讲究“任自然”与“藻雪精神”，在价值指向上追求心灵的自由和愉悦，追求情感的自由抒发，体现了一种自我书写状态的觉醒，和进入无意识创作状态关系密切。

江淮书风的形成，还明显地受到了皖江禅佛文化的影响。从中国佛教史来看，禅宗文化的本土化转型完成是在江淮地区。佛教禅宗从达摩祖师拈花微笑，到一花开五叶，其中重要的后续延伸传播就是在皖江地区的司空山、

皖公山一带，出现了禅宗二祖三祖四祖的弘法道场，以及九华山地藏菩萨的道场等，由于佛教文化在皖江地区绵延发展，一直传播到湖北境内黄梅五祖，以及后来六祖禅风的南下。佛教禅宗文化对于江淮书风有着重要影响，表现在强调对传统的坚守，更强调对自性的开发。在创作上重视直觉体验，削弱理性逻辑力的约束，其艺术思想与空门佛理有着不解之缘。

另外，清代乾嘉学派因学术时运变迁而形成的复古考证之风虽是对政治的一种态度，但其对于书法取向的变革尤其是近现代江淮书风的形成起到了不可或缺的作用。同时徽商在江淮地区的迅速发展以及程朱理学的流布和传播，共同造成了江淮书风的实证态度和对中庸思想的固守。乾嘉学派的实证之风和徽商对徽文化的推动为江淮书风的形成做出了积极的准备，而最为直接的影响还是金石学的兴起，金石考据形成的重实证、尚古雅之风盛行，学者们广泛搜访，排比著录，而随着访碑、著录活动的日益发展，古物出土也越来越多，篆隶之外，六朝的墓志造像开始受到重视，从而带动了书法实践对于传统取法的再认识。其发掘金石之源流问题，为沉寂的清代书法带来了新的曙光，希望通过金石考证来重新拓展书法之出路，及至邓石如倡导碑学兴起，开一代新风，一扫华糜赵董书风和馆阁之体，后经康、包之推波助澜，开启了书法振兴之路。

了解了近现代江淮书风形成的历史进程，下面我们来看近现代江淮书风的提出及研究现状。1999年，由安徽省文联、安徽省书协在北京中国美术馆举办新中国成立50周年安徽书法晋京展，在这个展览的作品集中，张翰先生写了一篇序言叫《江淮书风引》，首次提出了江淮书风的概念，但因为时代局限没有更多深入的研究成果。2008年起，在合肥市委宣传部和合肥市文联的支持下，由笔者主持策划了近现代江淮书风研究项目，约请全国理论研究专家30余人，集中梳理了从1700年到2000年安徽书法300年的地域书风面貌，同时举办了近现代江淮书风研究全国书法研讨会，并且出版了研究文集，在全国书法界产生了重大影响。其后，中国书协、安徽省文联在举办邓石如全国书法展览的同时，也把邓石如和清代碑学研究作为课题单独列出举办了专题研讨会，使近现代江淮书风研究有了一批更加深入的成果。从此，在安徽书法界，书法创作上高举邓石如旗帜，在理论界突出江淮书风研究品牌，开始有了广泛的思想共识和行动自觉。

三、近现代江淮书风之于书法史的贡献和影响

对于近现代中国书法史的考察，安徽书法有着自身发展的规律和路径。有当时政治大文化背景的影响，如满人入主中原后对经学及考据的重振，同

时也有明显的地域文化特征的滋养。碑学的兴起，从发轫到盛兴，带动了清代中叶至今近300年的书法史，也成就了皖派书法独立的文化品格，尤其是以邓石如为代表的碑派书法的形成，更是为江淮书风的确立推波助澜。

有清一代安徽书坛涌现出一大批杰出的书法家、理论家，他们的书法实践和书法理论具有超前的意识，在一定时期引领了书坛的发展方向。沙孟海先生在《近三百年书学》中说："清代书人，公推为卓然大家的不是东阁学士刘墉，也不是内阁学士翁方纲，偏是那位藤杖芒鞋的邓山人。"

邓石如生于乾嘉之间，以一介布衣跻身大师之列，在当时即被誉为"国手第一"。他没有参加过科举考试，打破了"书家在朝不在野"的陈规，倔强的个性使他力违时俗，高标独立，其书法颠覆了传统的帖学范式，得力于秦金、汉印、碑额、瓦当、砖款，旁搜远绍，并以印法而悟笔法，开启了崭新的碑版书风，具有划时代的意义。邓石如的贡献，更多的是带给书法界以思想观念的根本性转变。其上追秦汉，师法金石，从民间艺术中获得艺术源泉，活跃了沉寂的书法界。后人谈论书法，不再喋喋于使转提按的笔墨规范，而更多的是从创作表现的艺术高度来谈技巧与法度，从而赋予了书法艺术新的生命活力。"学书者始由不工求工，继由工求不工；不工者，工之极也。""由不工求工"，书法的审美追求开始实现了"由法及意"的重新回归。

邓石如的出身、地位等各种原因，使其在世时书风虽有盛名但波及范围不广，影响不够深远。在他身后一些旧友极力推广邓派书法，其中以包世臣贡献最大。包世臣撰写的书论著作《艺舟双楫》，评析汉代以来笔法之源流，提倡碑学，开辟书法的新途径，对后世书风的变革颇具影响。道咸之后北碑盛行，《艺舟双楫》实具开山之功，它推动了大批有识之士，在艺术实践上取得巨大成就，从而形成了清代书法的新面貌。包世臣《国朝书品》中，把清代书法家分为神品、妙品、能品、逸品、佳品5类，列"神品"一人为邓石如的隶书和篆书，"妙品"上一人为邓石如的分书及真书，"妙品"下二人为刘墉小真书、姚鼐行草书，邓石如的四种书体占据榜单最前列，可见他对邓氏推崇备至。当时的大书法家刘墉、陆锡熊也惊呼"千数百年无此作矣"。邓氏书风，成就了当世一大批卓有成就的书法名家，形成了江淮书风流派。清末以降至民国时期，江淮文化的重心逐渐转移到了扬州等地，经济的繁荣推动了文化艺术领域全方位的繁华，其书脉衍盛波及吴熙载、徐三庚、吴大澂、吴俊卿、杨沂孙等一时俊杰。

在淮河文化影响地区，以梁闻山、张树侯为代表的寿州书家群体，对于近现代江淮书风有着独特贡献，他们大多在书法创作和理论上都卓有建树，其书法继承和风格特征有着明显的承递关系，艺术表现上高扬独立的主体精神，个性鲜明，任运自然。梁巘在主讲寿春书院时，发现邓石如为学生刻印和书写小篆扇面，叹其有才而惜其未谙古法，遂介绍邓氏去自己好友江宁梅鏐家做客，这为邓石如的成长创造了条件，可谓书坛上重要的"伯乐"。

清代安徽书学因为文学和理学兴盛而大放异彩，成就较高者众。桐城文派姚鼐尊崇宋儒理学，书法以二王、赵、董为规范。包世臣《艺舟双楫》说："惜抱晚而工书，专精大令，为方寸行草，宕逸而不空怯，时出华亭之外。其半寸以内真书，洁净而能恣肆，多所自得。"歙县程瑶田善篆刻，工音律，"精考据之学，隶书出入晋唐，精妙无比"。到民国时期，涌现出黄宾虹、许承尧等为代表的歙人"学者型书家"，他们大多出身于书香门第，自幼浸淫在传统文化中，特别是黄宾虹在书法的实践中借鉴绘画、古文字和诗文，其对书法实践的作用和推进是显见的，他在自己的书法中首先大胆借鉴了绘画线条和用墨的丰富表现，还将画法中的泼墨和涨墨法很巧妙地运用到书法中，成功地从一个艺术美的通则上将画法与书法统一到了一起。

邓石如对于民国时期江淮之间的书法影响主要由于受包世臣的宣传，《清稗类钞》中称："石如以授包慎伯，慎伯以授合肥沈用熙。用熙老明经也。"淝上高世贤、张子开、刘访渠等皆以邓、包为宗，相互砥砺，领袖江淮，后再传至沈曾迈、葛介屏等，遂使香火承继，一脉相传。邓石如的儿子邓传密受家学影响，其书法亦为可观。邓以蛰系邓石如的五世孙，其书法理论也有较大影响，其美学思想倾向与邓石如书法一脉相承，著有《画理探微》《六法统诠》《书法之欣赏》等。及至当代，随着各级书法组织的成立，展览、研究、教育、服务等活动如火如荼，方兴未艾，出现了赖少其、林散之、司徒越、肖龙士、赵朴初、李百忍、葛介屏、刘夜烽、刘子善等一大批在全国有广泛影响力的书法大家。今天我们通过梳理近现代江淮书风的文化品格和历史影响，可以清晰地看到清代以来300年的安徽书法发展史，就是以邓石如为代表的碑帖兼容的江淮书风传承史！在邓石如为代表的文化精神引领与传承下，江淮书风这一极具地域特色和艺术影响力的书法流派在江淮大地生生不息，另一方面，随着徽商的东移，深受江淮文化影响的石涛、查士标、垢道人等徽派巨子们也随之转移江浙地区，他们以自己的艺术实践，使江浙书画艺坛为之一新，对江浙地区近现代书法篆刻艺术的发展起到了积极的推动作用。

四、从江淮书风的精神引领看安徽书法的当代传承

从近现代以来，江淮地区书法代表人物众多，可谓群星璀璨。他们或长期工作、生活在江淮地区，或深受江淮文化的滋养，传承着江淮书风的精神

命脉，成为安徽书坛历史上卓有建树的代表性人物。

与梁同书并称“南北二梁”的梁巘，行草书出入于二王，兼容李北海和董其昌，熔铸多家，自成一格，有碑派的雄强浑厚，又有帖学的风流蕴藉，可谓沉着痛快，韵味深厚。乾嘉时期南方帖学的代表书家姚鼐，也是清代文学桐城派三祖之一，书法以帖学修养入书，受王献之和董其昌的影响，追求以二王书风为宗的文人书法之路。慎伯包世臣作为邓石如弟子，得到过邓氏的直接教导，其书法风格也是走碑帖融合之路，用邓氏的方法去写北碑，在用笔上兼取侧势，颇见功力，认为“故欲见古人面目，断不可舍断碑而求汇帖”。黄宾虹书法，以画入书，以隶融草，笔墨精妙，超迈前贤，曲直方圆，清逸高雅，臻入化境，其全面的艺术传承、文人化的艺术性格和深层次的宗教追求等三个方面的高度统一成就了黄宾虹书法的美学思想。赵朴初书法，以苏东坡书法为本，描写禅意，以个人深厚的修养胸襟和气度人格入书，并以书法来宣扬佛法的精神。赖少其以其富有金石味的“金农体”漆书示人，以碑破帖，书画兼容，追求大巧大拙的反差形态，强调“笔墨顽如铁、金石掷有声”的审美特质。石克士着力于《郑文公碑》等魏碑和米芾诸帖，书风刚柔相济，体现出苍劲淳厚、疏朗高古的崇高格调。司徒越致力于飞白的运用和章法的营造，其草书具有流动性和飞动感，展现出贯穿一气、奔腾浩荡的态势。林散之书法也是以画理入书法，以隶笔融草意。曲中求直，圆中见方，笔墨精妙，超迈前贤。葛介屏隶书以北碑为底，采汉碑之长，融完白之韵，自成家数，篆书以深厚的学养和过硬的笔墨功夫，对青铜铭及石刻文字进行整合归纳，创造出古厚朴拙、圆中见方的自家风格。刘夜烽以诗人书法家的敏锐情感，隶书师承汉魏，兼及明清各派，融入篆行草笔，具有很强的书写性，其诗人气质增进了他对书学独到的理解。李百忍作为当代草书代表性书家，在草书创作上有着独特的技法解析和理论基础，其意在笔先，率性挥洒，中锋运笔，三角构架，章法奇险，节奏明快，追求自然动态和才情挥洒的高度统一。刘子善书法，取法颜鲁公刚直方正之宏大气象，以楷法入草法，浑朴厚重，磊落光明。这些代表性的书家和极具个性的书法语言，因为其鲜明的江淮书风特征和广泛的社会影响在江淮地区影响极大，是江淮书风的重要力量。

改革开放 40 年来，书法热在全国持续升温，书法艺术在当代的发展和传播进入主流文化的前沿。尤其是 1982 年中国书协安徽分会成立以来，安徽书法界就一直重视书法创作和理论研究的统一协调发展，陆续举办了第三届全国中青展、第二届中国书法兰亭奖、安徽书法晋京展、邓石如奖全国书法展览、全国第三届行草书大展暨行草书创作论坛、近现代江淮书风研究全国书学研讨会、安徽书法百千万人才工程、皖军书法华夏行、打造中国书法大厦等一系列在全国有重要影响的书法品牌活动。尤其值得一提的是，在成立之初由赖少其先生倡导，穆孝天、孟莹等老一辈理论工作者致力于邓石如书法资料的收集整理工作，编辑出版了邓石如研究资料丛书，出版了邓石如书法集等，旗帜鲜明地把邓石如作为安徽书坛的精神领袖。因此，对于邓石如的研究从一开始就在一个较高的起点上形成了良好的氛围。新世纪以来，安徽书法界在历届主席团的带领下，逐步整合队伍、凝聚共识、积蓄力量，形成了书法创作上打邓石如品牌、理论研究上致力于江淮书风研究这样一个安徽书法理想。

加之，安徽书法界有一批热衷书法理论研究的专家从20世纪八九十年代至今，就一直活跃在全国的书法学术活动舞台上，为安徽书法理论研究工作在全国范围内树立了良好的形象，打下了坚实的基础。省书协把理论研究提高到重要的工作平台，围绕江淮书风研究这一主线，开展了许多在全国有影响的学术研究活动，如合肥市委宣传部、合肥市文联举办的近现代江淮书风研究全国学术研讨会，与三名书画院合作举办的老子道家思想与书法艺术学术研讨会，与怀宁县委县政府合作举办的邓石如诞辰270周年邓石如书法研讨会，在首届邓石如奖全国书法展览的同时举办碑学思想与邓石如书法艺术研讨会，在第三届全国行草书大展期间举办首届全国行草书创作暨江淮书风研究论坛，与省文联联合主办《在延安文艺座谈会上的讲话》发表70周年研讨会，与省文联理论研究室联合主办安徽文艺论坛之安徽书法论坛，编辑出版《墨海探珠》《近现代江淮书风研究》《碑学思想与邓石如书法艺术论文集》《全国第三届行草书论坛论文集》等，还有理论家的个人专著20余部，并且长期在《安徽书坛》杂志上开辟《江淮书风研究》专栏，在安徽书坛五体书法20家展览同时及时进行学术跟进，并适时启动《安徽书法史》的专项研究。这一系列扎实的学术活动和研究成果的推出，使安徽书法学术研究进入了一个新的快速成长周期，必将推动安徽书坛的进一步繁荣与发展。

时逢盛世，书道恒昌。伴随着40年的书法热潮，我们需要更加冷静地思考，对于书法的认识高度、对待态度、发展思路，是事关当代和未来书法发展的重大命题。随着江淮书风研究的深入，我们可以清晰地看到，江淮书风在江淮地区从形成、发展到对当代的影响这一清晰的时代脉络。如今安徽书法的整体发展还存在地区不平衡和探索价值不足等诸多问题，书法事业相对于引领时代风尚、继承皖派邓石如书法和发扬光大江淮书风的理想目标，还显得任重而道远。我们需要更为积极地梳理地域传统，把握时代发展脉搏，在吸收传统的基础上以独具的思维寻找艺术创新的途径，在新时代的大文化艺术背景中来观照当代安徽书法发展，强化创作理念和创新精神，提升整体书法队伍的素养。书法家的作品风格、艺术审美思想的形成都需要长时间的实践打磨和经典作品来定位。祝愿安徽书法事业以此次晋京展为契机，进一步整合力量，夯实基础，找准方向，重振江淮书法雄风，在弘扬以邓石如为旗帜的江淮书风上取得更加辉煌的成就，为打造一流安徽书坛做出新的贡献。

远方与担当

——兼论安徽书画40年精品晋京展油画与水彩作品

● 陈忠强

因为油画和水彩（粉画）是从西方引进的画种，所以我们曾经称它们西画。400多年前，意大利天主教士利玛窦来华传教时给明朝万历皇帝的一幅油画圣像画，画面的逼真、精细程度让当时第一次接触油画的中国画家感到了极大的震撼，但是油画和水彩（粉画）却并没有在当时的中国盛行起来。在今天，经过几代人的积极探索和不断努力，具有东方特色的油画和水彩（粉画）艺术已经形成。改革开放以来，1979年安徽省委决定恢复省文联、省美协，同时成立了安徽省书画院，各地市也相继成立画院或书画院，安徽省美术创作队伍不断发展壮大。早在1985年中国美术研究所和安徽省美协在泾县召开了“全国油画艺术研讨会”，这个会议对当代绘画发展的一系列重大问题进行了探讨，确立了中国当代绘画艺术在历史进程中的使命与方向，影响十分广泛深远。

在全球化以及多元化艺术发展的背景中，中西方文化在安徽也不断交流和碰撞，新世纪是安徽美术走向文化自觉，再创新徽派辉煌的时代。安徽省文联、省美协为贯彻落实安徽省委、省政府“打好徽字牌”的指示精神，在2000年3月召开了“世纪之交·安徽美术发展研讨会”，就“安徽美术新徽派发展战略”问题进行了系统深入的研讨和论证，并针对“新徽派美术”的整体推出，提出了21世纪安徽美术工作“关注时代生活，体现地域特色，弘扬徽派传统，重铸世纪辉煌”的发展战略。安徽画家们在创作实践中逐渐体现出新的审美观念和情趣，绘画题材、内容、形式风格呈现多元化，油画和水彩（粉画）的队伍开始壮大起来，创作心态更为轻松自由，取得的成绩越来越多。“他们以宽敞的情怀关注文化传统和中外艺术思潮并加以吸收和融合。很多作品从直观地、单纯地、表面地描绘自然景象和生活情趣的探讨，转向强调作品深厚的内涵。”2004 年 11 月，以“中国百年水彩”为主题的“首届黄山·中国美术论坛”在黄山市举行，同时举办中国美协水彩画艺委会委员及特邀画家作品展，后来中国美协和安徽美协在安徽多次举办全国性的小幅水彩（粉画）作品展，在这些展览中安徽的画家取得了骄人的成绩。

无论全国性的油画和水彩（粉画）作品展还是省级的展览，安徽的画家们开始追求个性风格的特点明显得到体现，一些作品还展现出强烈的徽派文化内涵，让人从中感受到安徽美术的独特优势。新世纪以来，随着安徽经济迅速崛起，徽派文化再度繁荣，书画艺术空前发展，引人瞩目，展现了徽派文化的深厚底蕴与独特魅力，呈现了安徽画家们热爱中华、酷爱自然、拥抱生活、笔墨紧随时代的精神面貌、审美情怀与艺术足迹。中国的油画和水彩（粉画）艺术正在继续向前发展，创作者的队伍越来越壮大，当然安徽省也形成一个中国油画和水彩（粉画）的重地，如鲍加、柳新生、巫俊、杨国新和丁寺钟等这些油画和水彩（粉画）家们各自在自己的创作中取得了很大的成绩。

我们知道一个艺术家的成长离不开滋养他的地理环境和风土人情，在中国建筑中，徽派建筑的造型风格影响已遍及全世界，层次与韵律的美感彰显着中国美学和文人画家的艺术精神内涵，它与周围的环境形成了和谐的统一，不仅具有强烈的东方美感，又完全符合西方形式构成的美感，其中木（砖）雕、匾额竹刻、牌坊和老街等体现了天人合一的思想精髓，再加上淳朴民风，形成特有的皖景徽韵民风。虽然很多艺术中有共性的审美规律与普遍性的美，但是观看者（艺术家）的差异仍然是巨大的，正是这些差异推动了艺术的多元化发展。改革开放后，安徽油画和水彩（粉画）家们的创作充满生机和活力，拥有自己的思想，具有强大的生命力，多种绘画风格呈现出来，开始步入一个新的历史时期，也由此开启安徽油画和水彩（粉画）艺术发展的新篇章。他们转向了多元化的创作，艺术家的真诚内心以及对艺术的不断探索精神在这时充分地体现了出来，安徽的油画和水彩（粉画）家们开启出具有西方技法和东方审美的新的油画和水彩（粉画）之路。

20 世纪末至 21 世纪初，安徽省美术界正式提出了“新徽派美术”的大概念，要以“新徽派美术”统领安徽新时代美术的大发展，这次安徽书画 40 年精品晋京展中油画和水彩（粉画）作品共有 70 余幅，笔者试图从皖军、担当、现场和远方探讨一下，不足之处恳请批评。

一、皖军：众树与森林

安徽简称皖，这里是一片文化的厚土，皖景徽韵民风的内涵十分丰富，独树一帜，在中国文化史上占有重要的地位。安徽油画和水彩（粉画）正是在这种沃土的背景中孕育、成长、发展，经过几代人的努力，逐渐走向了成熟，并演绎着一幕幕的精彩。从安徽成功走向全国乃至世界的油画和水彩（粉画）家有很多，他们不在这次展览和讨论之内。我们知道双木成林、众树成森，谈现在的安徽油画和水彩（粉画）离不开的人有很多，但鲍加、柳新生、巫俊、杨国新和丁寺钟。

安徽老一辈油画家中，鲍加是代表人物，他开始受苏联油画的影响，以现实作为油画创作题材，画出一批反映重大历史题材的作品，如《毛主席在共青团九大》《极目楚天·长江 1979》等，强烈表达出艺术家的社会责任感和对现实生活的热爱等。他的成长长期受到皖景徽韵民风的熏陶，这让他成为忠诚的徽文化追随者，其油画的选材、色彩、构图和色调运用、造型特点和画面结构，都蕴含浓厚的皖景徽韵民风。从他的作品中可以感受到神韵和古老的徽州，作品中的人物、砖瓦、树木、山水都充满慈祥和谐之感，与自然平衡来创作，万物未曾发生任何变化。故乡秀美的山水、林木和蓝天，浸润在画家的血液里，积淀在画家童年的心灵里，几十年情系魂牵家乡山水，他的油画凝固了一幕幕的徽州之梦。20 世纪 80 年代以后，鲍加的作品多以风景为题材，画面色彩明快，构成关系稳固、均衡。艾中信认为："他对风景格外钟情，并坚持在户外对景写生，因为他深知若要把握到风景的灵性，即使一草一木也必须深入体察，心领神会……气度平和，清明爽朗……蕴含着怡然沁胸的气韵，正好符合东方人的欣赏习性。"

在安徽老一辈的水彩（粉画）画家们中，柳新生是领跑者，早在 20 世纪 80 代中期的作品中他就摆脱了反映客观对象，摆脱了水彩传统技法，用新构思、新意境、新手法和新色彩展示画作。在技法上他追求纯真之美，他热爱自然，但不去摹拟自然，他认为艺术模仿自然并不是复制自然或者显现自然，如同他自己讲过的"重复别人，就等于浪费自己"，艺术要去改变自然，超越自然，并完善自然，他在深深领略了自然的美之后，在纯真之美的感染中，在优美神话传说的启示下，通过点、涂、洗、擦、染、分离、重合、加减等技法，最后一气创作完成，画出了理想中的"意在笔先、趣在法外"的画面，用单纯、概况、抒情的表现手法，呈现出诗意、宁静、简单、优美、高尚和富有神奇梦幻般的意境。

巫俊用油画作品演绎着另一种徽州风韵，即古徽州的历史厚重感和沧桑感，通过这种重构将个人情感融入作品中，画面空间的肌理、色调的平衡、经营的位置等呈现出“新徽派油画”的精神内涵。巫俊曾在欧洲考察学习，西方表现主义影响过他，他对绘画中的线条、色彩、章法以及技巧等进行了大胆的创新。德国表现主义画家安塞姆·基弗无论创作手法还是呈现面貌均极为现代，但往往主题晦涩而富含诗意，隐含一种饱经痛苦的历史感。欧洲回来的巫俊面对百年风雨的徽州、沧桑和变迁的家乡，通过绘画的方式表达出自己对徽州的独到感受和对社会历史的思考。多年的写生使他逐渐形成了自己特有的油画风格，厚涂、挥洒、浩荡、泼辣、色彩浓郁等具有强烈的表现性，用来专注这种更加纯粹的形式绘画语言。他重色块的构成形式以及笔触的表现力，用画笔或者刮刀将色彩层层堆砌，将现代观念带入对徽州风景的表现，他笔下的徽州风景成为其表达个人思想的载体。

杨国新的作品具有开放和相融性，在技法上笔者看到了他敏锐的观察力、感受力。他深入的分析、思考及推理能力，既有西方油画的丰富色彩与表现力，又有中国画的传神和造型特点，准确、明了、简练、概括、诗意、直透人物精神内涵，让观众一眼就能识透其中的真相，其创作出的画面产生了纵深的诗意。生活中的他敢于质疑和批判常规的习俗，不断探求新观念和新的形式，真正的艺术家不能缺少这些能力。绘画传神的根源不在技巧，而在于艺术家所呈现出的艺术精神主题，即虚静之心。杨国新的油画中使用的是一种像国画一样的洒脱而又富于变化的用笔，这和他精通国画有着密切的关系，色彩与形状、造型语言与笔触有着一种特别的东方意蕴。

丁寺钟不仅是水彩中国化的倡导者更是实践者，他的作品多以徽州文化为创作题材，绘画风格浑厚雄健、淳朴清新、独树一帜、别具一格，呈现出一种特有的诗意。丁寺钟的水彩风景画在题材上大多是徽派建筑的呈现，在形式上是抽象与具象的结合，他的作品摆脱客观对象的束缚，吸纳当地的一些抽象的元素，转而更注重画面的感觉、走向意象的创造，丁寺钟“是在意向创造上有杰出表现的艺术家”（邵大箴语）。他不仅抓住水彩画材质的特性，而且把传统文化和西方表现主义相结合，形成了如诗如梦般的艺术语言。赋予“艺术模仿自然”的观念以新的内涵，即艺术的美必须具备和真理一样的普遍性和永恒性，这种美的获得不是某种偶然的结果，而是需要理性地甄别，要是符合“情理之常”的天生事物，是一种“真”和“美”的统一结果。他用借物抒情这种情怀去认识自然、表达自然，以水彩绘画的形式表达自己的内心世界和情感，实现自我升华的艺术境界。

二、担当：时代与审美

自然中任何事物的发展都要与时俱进，这样才符合事物发展的基本规律，社会在迅速进步，科技让生活更美好，人类生存环境发生了巨大的变化，以前上山都是步行，现在几乎都安装了索道。艺术作品在呈现这种风景时，索道等就是一种时代发展的符号，安徽的油画和水彩（粉画）艺术的发展也是如此。现代社会中的城市水库、桥梁、高速公路、高楼大厦等较好展现出许多新的绘画时代特征，社会经济在发展，人民的穿着打扮都发生了很大的变化，艺术家的创作对于居住环境相对于以往的视觉图像和形式美感及审美都有了非常大的改变，画中的时代特征十分明显。生活离不开实际，但艺术更离不开生活。杨国新、项春生、赵振华、李峰创作的《晨曦——引江济淮工地掠影》就是一个代表，轰隆隆的机械声、忙碌的工人、流淌的河水，还有远处安静的城市，城市之所以能够“安静”，是因为有这些勤劳的人民默默地在背后奉献着。杨国新的《丰年》、赵振华的《抗击非典》、刘立冬的《并肩》和王屹的《收获之二》表现出艺术的创作只有不离开真实的生活，才能寻找到新的视角来呈现，才有新的绘画语言，才会使画面的呈现方式变得越来越有绘画性，给观众带来新的审美感受，给艺术界带来高原或高峰。

从安徽这次晋京展的油画和水彩（粉画）中可以看到，油画和水彩（粉画）家凝结于作品中的时代性，再通过独特的审美方式创作出来，艺术家可以灵活驾驭这种创作对象，并将审美和时代性溶于作品中。他们大多采用写实的手法，巧夺天工，如赵振华的《人民群众离不开的好干部——沈浩》、文新亚的《阳光地带》和曹培芹的《花样年华》，这些作品描绘的是人民真正的生活场景，情感和趣味水乳交融，是时代真挚、朴素、健康的产物。这些艺术家的审美眼光、语言和风格的最大特点是纯朴、喜悦、叙事、无忧、阳光、理想、自信、纯正，他们重建的艺术场景，并非是严格意义上的完全真实，但呈现出一种艺术家的担当——对这个时代和审美的担当。

庄威的《大风景》、孟凡柱的《白桦林》和周发艾的《查村写生之二》等作品具有很高的写意技巧，用笔上酣畅淋漓，色彩方面更加主观大胆，画面的构成更具有现代感。所以，只有掌握现代意识、具有时代精神的艺术家，才能寻找到东西方传统和当代艺术宝库大门的金钥匙。

三、现场：社会与创作

现场题材或者主题性创作更能表现出艺术家的综合能力。1965 年，鲍加创作的《毛主席在共青团九大》影响着一代又一代人，作品主题鲜明并彰显出时代精神。艺术为人民服务、为时代立像、为英雄高歌，他们紧扣时代脉搏，弘扬主旋律，以客观的立场、积极的观念、个性的方式来创作，如杨国新的《佛教领袖赵朴初》和郭凯的《许海峰勇夺我国第一枚奥运金牌》等都是这类作品。

巫俊、杨国新、高飞、郭凯、汪三林和高寒集体创作的《收获·阳光——锦绣徽州》、丁寺钟的《徽州意象，书香门第（墙）》和王大仁的《秋山秋水》等，凝聚着油画和水彩（粉画）家们对皖景徽韵民风的深厚情感，马头墙、蔚蓝天空、油菜花，小桥河水正缓缓流淌，作品表现出对美好生活的热情讴歌。这些画家多数人都是艺术专业院校毕业的并出国进行过考查，不仅吸收西方油画和水彩（粉画）艺术的精华，还结合中国优秀的传统文化以及安徽特有皖景徽韵民风等，作品不失油画和水彩（粉画）性，又拥有独特的东方意味，进而形成属于自己的艺术。

关注社会正在发生的现场是这次展出的明显特点，即用艺术语言反映当下。主题、情感、环境和现场等都成为艺术家关注和创作的对象，从作品中能感受到艺术家的真情实感和质朴的手法，他们从艺术的角度观察社会生活中的现实问题，充分体现这一个独特视觉的作品有庞宗超的《沙尘天系列之二》、李四保的《采风四人组》、刘艺的《暖阳》、魏亮的《集市阳光》等。

油画和水彩（粉画）艺术创作中若能够将安徽的现代化进程融入其中，将油画和水彩（粉画）艺术的发展和中国的文化建设以及安徽文化大省发展融为一体，则油画和水彩（粉画）创作将具有和呈现出更加鲜明的安徽地域时代的特征，如吴玉柱和吴昊人的《皖南山村——冬雪》和顾美琴的《皖南塔川一角》等，这些作品淋漓尽致地展现出当地油画和水彩（粉画）艺术作品自身所具有的语言和张力，是具有地方民族特色和时代特征的绘画艺术作品。

四、远方：诗意与思想

在 20 世纪初，安徽出现了不少杰出的油画和水彩画家，如王子云、潘玉良、朱德群等，他们将中国传统文化中意象风格注入油画和水彩创作当中，引领着油画和水彩以新的形式来表现，这里不仅有诗而且有思。他们是中国艺术家的骄傲，也是安徽油画和水彩（粉画）界学习的榜样。这次晋京展出的艺术家们是在寻求新的表现手法，探索新的创作思路，立足安徽丰富的人文资源，用敏感的心灵、独到的眼光，创作了一批具有地域特色和时代精神的精美画作，这里有远方，更有诗意与思想。

老子讲："道之为物，惟恍惟恍。恍兮恍兮，其中有象；恍兮恍兮，其中有物。"远方在这里是什么？它不是远处的一种距离，而是老子讲的"惟恍惟恍"，在其中有物有象，它们是诗和思，抓住了这个"惟恍惟恍"才是艺术的"远方"。真正的艺术是让艺术家进入物我两忘、相溶相济、与物为邻的相融成诗的境界之中。我们从柳新生的《你是谁》组画 4 幅、岳喜鹏的《走向远方》和任辉的《话语之六》中体会到了这种感受，可以看出艺术家对简单结合的表面技法不满，这种简单的结合最容易破坏油画和水彩（粉画）语言的纯粹性，他们要的是深刻又含蓄的表现技法。

巫俊的《大编组站》、高鸣的《秋风斜阳》和汪三林的《筑梦者》等作品不仅格外重视绘画语言的表现，也能够关注到作品的精神内涵。胡是平的《落叶归村》、王驰的《江南的雪》等作品有着自身的特点，不仅挖掘本土的皖景徽韵的文化精神，而且在油画和水彩（粉画）的形式、语言、内容上以更具现代性的表现形式，融合了本土精神品质，呈现出一种文化自信。

新时代·新徽派——安徽书画 40 年精品晋京展油画和水彩（粉画）部分彰显出安徽油画和水彩（粉画）家的创新活力，凝聚着他们对皖景徽韵的深厚情感、对美好生活的热情讴歌，作品题材广泛、形式多样、意韵丰沛，展示了安徽油画和水彩（粉画）的艺术风格和总体风貌，他们为新时期的安徽文化创造了非常宝贵的精神财富，用艺术不断开启着安徽的人文精神，为油画和水彩（粉画）这一画种在安徽、在中国的发展增砖添瓦。谈到安徽油画和水彩（粉画）的发展愿景时，安徽美协主席杨国新说："我们只有做大量的基础性工作，不断开拓我们的视野，不断加强我们对于艺术的认识，既包括传统艺术又包括现代艺术，既包括东方艺术又有西方艺术，只有这样，我们才有希望达到理想中的那个目标。"这次晋京展既是对安徽油画和水彩（粉画）40 年的总结也是一个新的开端，安徽的油画和水彩（粉画）发展还有很长的路要走，这条路上还需要思想和语言的不断完善、不断进步。在发展中要重视作品精神和内容，不能用感觉伴随着的抽象代替真实的物象，要回归宁静、视觉、境域和真理性，以及对存在和生成的追问等，使安徽油画和水彩（粉画）在中国乃至世界占有一席之地。

新时代安徽儿童文学新追求

● 韩　进

安徽儿童文学的悠久历史和优良传统

安徽儿童文学有着悠久历史。中国现代儿童文学发源于20世纪初叶的新文化运动，《新青年》是中国儿童文学的摇篮，当时的安徽人陈独秀、胡适不仅是《新青年》提倡“文学革命”的两大旗手，也是倡导儿童文学最有力的先驱。陈独秀在主编《新青年》时，就提醒当时热心“儿童文学运动”的人们，不要误以为儿童文学就是“直译格林童话或安徒生童话而忘记了‘儿童文学’应该是‘儿童问题’之一”。1921年10月8日，胡适在安庆给教育界做《国语运动与教育》演讲时，强调“国语运动当注重儿童文学”。抗战时期，人民教育家陶行知、将军诗人冯玉祥、抗战诗人田间的儿童诗歌，成为那个时代动员儿童抗战的文艺号角。

新中国成立后，安徽儿童文学创作快速发展。20世纪60年代，苏平凡的科幻小说《奇猎记》得到茅盾的好评。70年代，徐瑛的长篇儿童小说《向阳院的故事》和黄家佐的长篇儿童小说《新来的小石柱》是“文革”时期我国儿童文学最为重要的收获。进入80年代，刘先平的大自然文学长篇小说《云海探奇》、严阵的革命题材长篇小说《荒漠奇踪》、陈永镇的儿童画《小马过河》、薛贤荣的寓言《小猴躲雨》、赵凯的儿童文学评论《孩子们的崭新天地——评〈云海探奇〉〈呦呦鹿鸣〉》等一批名家名作的涌现，开辟了安徽儿童文学的新时期，在中国儿童文学界产生了积极影响。

进入21世纪，安徽儿童文艺呈现出欣欣向荣的新气象，形成了以刘先平为代表的大自然文学为引领，儿童小说、幼儿文学为两翼，童话、寓言、散文、诗歌、评论等门类齐全的儿童文学发展新格局；形成了一支数量可观、老中青结合、有创作实力、相对稳定的作家队伍；产生了一批有影响、获大奖的儿童文学作品。儿童文学“新皖军”声名鹊起，在中国儿童文学界赢得尊重，“大自然文学”被誉为世纪之交中国儿童文学“三大美学旗帜”（浙江的幽默儿童文学、江西的大幻想文学）之一，在中国儿童文学史上写下辉煌一页。

安徽儿童文学有自己的优良传统。安徽儿童文学始终坚持与时代同行，自觉承担社会责任，在各个历史时期都产生了具有时代精神和划时代影响的优秀作品；始终坚持艺术创新，以敢为天下先的精神，高举“大自然文学”旗帜，创立中国大自然文学流派，讲好人与自然的故事，开拓了一条中国儿童文学融入世界文学潮流的新通道；始终坚持儿童立场，深入儿童生活，涌现出刘先平大自然文学、阳光姐姐小书房、诺米姐姐“爱与智慧”、谢鑫少年侦探组等儿童文学畅销品牌；始终坚持以作品说话，坚守艺术品位，瞄准经典目标，不断精益求精，推出精品力作，在读者阅读接受中实现自身价值。在长期创作实践中，安徽儿童文学形成上述“四个坚持”的优良传统，也是安徽儿童文学创作的基本经验。

新时代安徽儿童文学发展的新要求

党的十九大报告提出“中国特色社会主义进入了新时代”，明确了新时代“我国社会主要矛盾已经转化为人民日益增长的美好生活需要和不平衡不充分的发展之间的矛盾”，描绘了我国发展从“全面小康”到“全面现代化”新征程的宏伟蓝图，号召全国人民紧紧围绕实现伟大梦想去进行伟大斗争、建设伟大工程、推进伟大事业。安徽儿童文学发展需要适应新时代的新要求：

一是响应党和国家的新要求。十八大以来，党和国家高度重视文学艺术事业的发展。2014 年 10 月，习近平总书记主持召开文艺工作座谈会并发表重要讲话，提出了一系列新思想、新观点、新论断、新要求，在新的历史起点上指明了中国文艺的前进方向。2015 年 9 月，中共中央政治局审议通过《关于繁荣发展社会主义文艺的意见》。2016 年 11 月，习近平总书记在中国文联十大、中国作协九大开幕式上发表重要讲话，提出和解答了中国文艺面临的一系列具有新的历史特点的根本命题，是新形势下指导文艺工作的纲领性文献。2017 年 10 月 18 日，党的十九召开，习近平总书记在大会所作的《决胜全面建成小康社会，夺取新时代中国特色社会主义伟大胜利》的报告中，提出了“繁荣发展社会主义文艺”的新任务。

儿童文学是中国文艺的重要组成部分，因为儿童读者的特殊性，在整个文学事业中具有特别重要的地位，享有“优先扶持”的发展政策。习近平总书记多次强调，为了中华民族的今天和明天，我们要教育引导好广大少年儿童树立远大志向，培养美好心灵，让少年儿童成长得更好。习近平在文艺工作座谈会上要求“坚持以人民为中心的创作导向”，“把满足人民精神文化需求作为文艺和文艺工作的出发点和落脚点，把人民作为文艺表现的主体，把人民作为文艺审美的鉴赏家和评判者，把为人民服务作为文艺工作者的天职”。这“人民”中就包含“儿童”。习近平总书记要求文艺工作必须“通过文艺作品传递真善美，传递向上向善的价值观”，强调指出“只要中华民族一代接着一代追求真善美的道德境界，我们的民族就永远健康向上、永远充满希望”。

习近平在文艺工作座谈会中的讲话发表以后，中宣部与中国作家协会于2015年、2016年连续举办全国儿童文学作家及编辑研修班，鲁迅文学院于2017年、2018年连续举办儿童文学作家研修班，对儿童文学青年作家和少儿出版青年骨干编辑进行专题培训。中宣部不仅在“五个一工程”图书奖中设立“儿童文学奖”，而且自2017年起增设“全国优秀儿童文学出版工程”专项奖，每年奖励10名有优秀作品的青年儿童文学作家；同时，在中宣部主持评选的年度“中国好书”中，也列入“儿童文学奖”，每年4月23日全民读书日在央视举办颁奖盛典。2017年9月22日，第十届全国优秀儿童文学奖盛大颁奖，时任中央政治局常委、书记处书记刘云山，中共中央政治局委员、中央书记处书记、中宣部部长刘奇葆分别作出重要批示，要求各级文联、作协将儿童文学作为一项经常性的重点工作来抓，切实发挥好引领作用，把更多资源和力量投入儿童文学创作，推动我国儿童文学事业繁荣发展。

二是满足儿童阅读的新要求。新时代社会主要矛盾发生了深刻变化，表现为人民日益增长的美好生活需要和不平衡不充分的发展之间的矛盾。具体到儿童读者的文学需求上，不是儿童读物供不应求，而是应接不暇，有数量缺质量、有高原缺高峰的现象突出，与儿童不断提升的文学素养和质量要求不相适应，儿童文学需要由数量规模增长向质量效益转型，通过“供给侧改革”，满足儿童需求。新时代社会进入互联网时代，网络数字阅读日益成为儿童读者文艺阅读的新方式，面对儿童读者阅读需求和阅读方式的革命性变革，以儿童为服务对象和创作中心的儿童文学，必然要紧扣时代脉搏，贴近现实生活，通过自己的创作，让儿童文学事业得到均衡发展、充分发展，不断满足少年儿童日益增长的新需求。

三是实现持续发展的新要求。儿童文学是安徽文学的一张亮丽名片，在中国儿童文学界有良好声誉，特别是安徽倡导的“大自然文学”已经成为中国文苑一种新兴的创作现象。党的十九大再次强调“绿色发展”“生态文明”“建设美丽中国”，这为大自然文学创作迎来前所未有的机遇，描绘了无比灿烂的前景。安徽作为中国大自然文学的发源地、创作基地，拥有以中国大自然文学之父刘先平为代表的一批有志于大自然文学创作的作家艺术家，承载着安徽儿童文学更多的希望和期待。在大自然文学之外，还有以杨老黑、伍美珍、王蜀、谢鑫、许诺晨、王国刚、刘君早等为代表的儿童小说创作家，以李秀英、王玲、薄其红、陶丽、赵捷等为代表的幼儿文学创作家，以薛贤荣、邢思洁、陈曙光、刘斌、胡祁人等为代表的童话散文创作家，以张凯、韩进、薛贤荣为代表的儿童文学评论家，他们都有可能在全国儿童文学界形成有影响的优势门类。安徽儿童文学界只有发奋努力，出作品出精品，出名家出大家，始终走在全国同行的前列，才能无愧历史，不辱使命，不负时代。

创作无愧于新时代的新作品

按照新时代新要求，安徽儿童文学要有新气象新作为，首先是要以作品说话，关键是给新时代的孩子新作品，这是新时代赋予儿童文学作家的新使命。

体现新时代精神。文艺是时代前进的号角，最能代表一个时代的风貌，最能引领一个时代的风气。儿童文学是培养未来一代的文学、面向未来的文学，最能体现这个时代对少年儿童的成长期待——传播什么文化、传承什么价值，给什么样的精神食粮就会养成什么样的精神面貌。每个时代都有每个时代的精神，今天的儿童将是新时代从“全面小康”到“全面现代化”的建设者，新时代儿童文学必须体现新时代精神，以“决胜全面建成小康社会，夺取新时代中国特色社会主义伟大胜利”为总主题，策划新题材新内容，塑造新人物新形象，运用新形式新手法，向少年儿童讲好新时代的中国故事、安徽故事、人与自然的故事，把少年儿童培养成建设新时代的新主人。

新作品要承担社会责任。习近平多次以自己年轻时阅读文艺作品的体会告诫人们，文艺对年轻人吸引力最大，影响也最大，一部好的文艺作品，应该用现实主义精神和浪漫主义情怀观照现实生活，用光明驱散黑暗，用美善战胜丑恶，让人们看到美好、看到希望、看到梦想就在前方，这对以少年儿童为读者的儿童文学创作显得尤为重要。儿童文学肩负家长、老师、作家三重身份，承担引领少年儿童成长的责任，不能放弃责任而沾满铜臭气，不能牺牲社会价值去做市场的奴隶。优秀的儿童文学，最好既能在思想上、艺术上取得成功，又能在市场上受到欢迎，俗话说“叫好又叫座”，更明白地说，就是既要获大奖——中宣部“五个一工程”儿童文学奖、优秀儿童文学出版工程奖、全国优秀儿童文学奖，又要占市场——成为市场畅销品牌，成为常销不衰的经典作品。

新作品要坚守文学价值。儿童文学首先是文学，要坚守文艺的审理理想，保持文艺的独立价值。由于少年儿童读者具有特殊性，他们正处于受教育时期，面临学习压力，必须处理好文学性和教育性、艺术性和通俗性的关系，既不能将儿童文学作为少儿教育的工具，让儿童文学成为充满教训的干巴巴的教育读本；更不能热衷于所谓的“为艺术而艺术”，而否定儿童文学具有的教育功能，使儿童文学在市场经济大潮里迷失了方向。优秀的儿童文学应该是新时代的新主题新内容与中华民族艺术形式的完美统一。儿童文学创作为什么同样存在有数量缺质量、有高原缺高峰的现象，存在着抄袭模仿、千篇一律的问题，存在着机械化生产、快餐式消费的问题，甚至在某些方面表现得更为严重，其中一个重要原因，就是没有将儿童文学当作“文学”来做，降低了对儿童文学创作的艺术标准，带来一些胡编乱写、粗制滥造、简单奉迎、低级趣味的文字“垃圾”，败坏了儿童读者的文学胃口，更毒害了儿童身心。凡此种种都警示人们，没有艺术的品质，就没有儿童文学存在的价值，也就无须儿童文学作家。

新作品要体现安徽特色。安徽是中国儿童文学的重镇，有发源于安徽的“大自然文学”，有博大精深的徽文化资源，有完整齐全的儿童文学门类和老中青融合一体的作家队伍，讲好安徽故事、讲好人与自然的故事，应该成为安徽儿童文学的特色和亮点；同时安徽故事也是中国故事的一部分、人与自然的故事也是绿色发展故事、生态文明故事。习近平总书记在十九大报告中指出，人与自然是生命共同体，人类必须尊重自然、顺应自然、保护自然。人类只有遵循自然规律才能有效防止在开发利用自然上走弯路，人类对大自然的伤害最终会伤及人类自身，这是无法抗拒的规律。习近平强调，我们要建设的现代化是人与自然和谐共生的现代化，既要创造更多无知财富和精神财富以满足人民日益增长的美好生活需要，也要提供优质生态产品以满足人民日益增长的优美生态环境需要。安徽倡导的大自然文学正是这样一种“以人与自然和谐共生”为主题，讲述生态道德故事，启蒙生态文明，倡导绿色发展、满足少年儿童容易增长的优美生态环境需求的精神产品。优先扶持并发展好安徽大自然文学这一优势文学板块，有助于扩大安徽儿童文学的影响力、引领力，为重振文艺皖军开辟了一条捷径。

新作品要坚定“三个自信”。新时代需要给孩子们新作品，新作品是作家创作出来的。新时代安徽儿童文学作家要承担起新使命，需要坚定“三个自信”：文学自信、创新自信、引领自信。作为儿童文学作家，坚定儿童文学的“文学自信”至关重要。儿童文学不是“小儿科”，而是培养接班人、面向未来的“大文艺”。新时代更有充分的理由自信，儿童文学作家是一个需要特殊才情和肩负特殊使命的光荣称号。儿童文学的前缀“儿童”不是地位高下的标签，而是责任和担当的彰显；儿童文学不是可有可无的支流，而是奔涌在文学大河的潮头，要以儿童文学为荣，以儿童文学作家为傲。一个有理想有追求的作家，不会模仿别人，也不愿重复自己，应该有“创新自信”——敢于在创作中标新立异，敢于追求鲜明独特的个性。安徽儿童文学有着敢于创新的传统，如对“大自然文学”的倡导，就是建立在批判继承中外自然文学的基础上，建立在海纳百川、采蜜百家之后的扬弃和选择上。“引领自信”是新时代儿童文学任重道远的担当，通过作品的精神力量去引领儿童健康成长，以作品的艺术魅力引领儿童感受文艺之美，以自己的创作实践引领儿童文学的创作风向，做安徽儿童文学发展的带头人，做全国儿童文学发展的先行者。有了文学自信、创新自信、引领自信，安徽儿童文学作家就会创作出更多更好的文艺精品，安徽儿童文学事业就会得到蓬勃发展，走出安徽，走向全国，走向世界，走向未来。

坚定文化自信，多元化发展“徽文化”地域文化品牌

● 黄　雯

地域文化作为我国优秀传统文化的一部分，承载着特定区域的民俗、传统、生态、风貌以及习惯等内容，具有流传久远和积淀深厚的特点，在记录历史、延续民俗、传承文艺等方面对中华文化的发展贡献力量。在近年的地域文化传播中，徽文化可以说是最具代表性的地域文化之一。具有悠久历史、地理优势以及丰富素材的徽文化，历来是文化传播的重要内容源泉。

徽文化，特指古徽州一府六县物质文明和精神文明的总和，具有极其鲜明的地方特色。徽文化不仅地域特征明显，而且内涵极其丰富，涵盖了哲学、制度、伦理、教育、科技、医学、戏曲、建筑、园林以及商业等多个领域。徽文化发源于徽州地区，经过历史发展和时代变迁，如今的徽文化已经成为安徽文化的一个品牌。

在中国特色社会主义新时代，如何将传统的地域文化与当代文化传播的新形态相结合，创造出人民大众喜闻乐见的文化艺术精品，是当前文艺工作者的历史使命与重要课题。

近年来，安徽在打造具有地域文化特色的精品文化时，注重吸收徽文化中丰富多彩的历史元素和地域元素，充分利用戏曲文学、广播影视以及网络产品等多种文化艺术传播方式，从艺术形式、传播平台以及文化业态等多角度、全方位、多元化地进行塑造，力求创作文艺精品，打造文化品牌。

一、打造文艺精品，塑造传统文化传播力

随着网络技术的发展和创作意识的增强，目前的文艺作品形态层出不穷，从传统化的戏曲艺术、大众化的文学作品，到时尚化的影视作品和潮流化的网络 IP，都在从不同层面上拓展文化产品的形态，丰富文艺表现的样式。作

为优秀传统文化而言，更要将自身优秀的传统文化基因与当下满足受众需求的文艺形态相结合，多渠道、多载体、多元化地进行传统文化影响力和传播力的塑造。

文艺精品是一个时代的鲜明印记，更是一个地区的文化品牌，集中反映了地域文化的创造力、影响力和竞争力。在安徽地域文化的不断发展中，以传播形态为观照，小说、电视剧、电影、纪录片、戏曲、话剧、网络 IP 等往往都包含着徽文化的各种元素乃至经典故事。从地域文化中吸纳精华，在典型故事中传播精神，是新时代下文艺精品打造与创新的重要方式。

（一）传统戏曲与时代特征相融合，提升文化品牌历史感

安徽的黄梅戏、徽剧等具有浓厚传统文化特质的文艺精品，在传承历史文化、打造文化品牌的过程中发挥着越来越重要的作用。相对于新时代的受众审美需求，流行的文艺产品井喷式发展，因此更需要具有传统气质和悠久历史的文艺精品丰富受众感官，引导受众情趣。这样，才能在塑造具有安徽特色的文化品牌中突出传统优势。

近年来，安徽正在大力实施文艺精品工程，安徽每年都会选择一批戏曲、演艺等项目，对其重点扶持，具有安徽地域特色的文化品牌正在愈发响亮。黄梅戏《小乔初嫁》、话剧《徽商传奇》获中宣部第十三届精神文明建设“五个一工程”奖；黄梅戏《风雨丽人行》入选国家舞台艺术精品工程重点资助剧目；黄梅戏《雷雨》和《徽州往事》获得第十届中国艺术节文华优秀剧目奖和文华剧目奖；徽剧《惊魂记》和黄梅戏《半个月亮》获得第十三届中国戏剧节优秀剧目奖……这些荣誉的取得离不开安徽文艺工作者在创作过程中对优秀传统文化的深挖、对安徽地域特征的塑造。

黄梅戏《小乔初嫁》以亦歌亦舞的表现方式，还原了徽州大地民间温婉善良而深明大义的女性形象，塑造了徽州人物的典型特征；《风雨丽人行》讲述了中华民族陷入民族危亡时，安徽桐城才女吴芝瑛与鉴湖女侠秋瑾的英雄故事，塑造了典型的徽州女人形象；《徽州往事》讲述清朝晚期徽州女子舒香，在社会动荡时期被爱情、亲情和生活抛弃的跌宕故事。作为安徽一张响亮的文化名片，黄梅戏在传统唱腔、艺术特点等方面积极创新求变，努力塑造鲜活人物，用贴近受众喜好的表现形式使古老剧种焕发活力。一个个鲜活的徽州女性形象，来源于徽州大地，又具有传奇色彩，徽文化正是在戏曲人物这样的细微之处形成了独特的凝聚力，让徽文化在安徽文化品牌的打造中显得熠熠生辉。

徽州女人不是安徽地域文化中的唯一元素，徽商可以说更是传播徽文化的重要角色和载体。话剧《徽商传奇》塑造了徽州商人坚守“仁义礼智信”

的经典形象，徽商的诚信至上、开拓进取精神是博大精深的徽文化的一角，通过塑造徽商人物，具有明显地域特征的徽文化显得更有个性。一部话剧让受众了解了徽商人物的可贵精神，也让受众了解了徽州文化的深刻内涵，《徽商传奇》在全国巡演 20 多场，上座率达 80%。

由此我们可以看到，在塑造安徽文化品牌的过程中，优秀的传统戏曲也可以通过历史人物形象、典型戏剧创作和主题精神宣扬等形式，深挖地域文化特色，在弘扬优秀传统文化的过程中发挥作用。

（二）影视创作借力地域文化特征，打造文化品牌独特性

当下，影视创作借力徽文化进行创新的例子比比皆是，徽文化丰富的内涵可以说是影视创作取之不尽的丰富源泉。与此同时，安徽地域文化也凭借着影视创作的文艺精品让更多受众所熟知，推动了安徽文化走出去的步伐。

如传统戏曲一样，许多历史人物也成了影视创作挖掘的重点。电视连续剧《红顶商人胡雪岩》《大清徽商》《胡雪岩》《徽商》《徽商情缘》等直接表现徽商；而《徽娘宛心》《徽州女人》《大祠堂》《新安家族》等则以间接的形式表现徽商，展示徽文化的深厚底蕴和独特魅力，传达徽文化坚韧不拔的励志精神、宽厚包容的仁爱精神和开拓进取的创新精神。

除了历史人物，安徽自然风貌也是影视创作借力的重要因素。战争题材的《小花》、伦理题材的《贞女》分别取景黄山和歙县古城；《菊豆》取景于黟县南屏；武侠片《卧虎藏龙》取景于黟县宏村；励志题材长篇电视剧《国球》、电影《邓小平登黄山》到黄山取景拍摄；大型人文历史纪录片《徽州魂》也在黄山景区开拍。可以说，徽州大地上的青山绿水、奇峰怪石、祠堂牌坊以及粉墙黛瓦都是影视创作挖掘的重点，独特的地理自然风光为影视剧创作提供了完美的实景场地，也为安徽文化品牌的塑造提供了丰富的地域资源。

在人物与风景的基础上，典型物件也成为打造文化品牌独特性的重要载体。在徽文化众多的物件或素材中，文房四宝带有深厚的文化印记，宣笔、徽墨、宣纸与歙砚这些历史悠久的“徽”元素是打造安徽文化品牌最为契合的结合点。人文纪录片《中国文房四宝》就采用了“安徽故事，国际表达”的创作理念，用故事化的表现形式将笔、墨、纸、砚所具有的徽文化特质表现得淋漓尽致，将历史文化镶嵌在时代背景下，用国际化的视角传播徽文化的魅力，2016 年“金熊猫”国际纪录片节上，该片获得了人文类最佳系列片大奖。

（三）现代生活剧彰显时代特色，成文化品牌塑造生力军

随着传统戏曲、影视创作等逐步树品牌、“走出去”，安徽文化的影响力

也在逐步提升，文化品牌的创作生产已经成为安徽“十三五”时期文化改革发展规划的重要项目。以重点文化品牌工程的形式，以项目化助推安徽文化繁荣发展，更具竞争力。在现代生活剧中，安徽也在进行品牌项目的打造，《大好时光》和《生活启示录》就是安徽省着力打造的影视品牌项目电视剧。

作为安徽重点影视剧项目之一的电视连续剧《大好时光》，在美国中文电视台晚间黄金档播出，这标志着中国优质电视制作受到国际关注。《大好时光》凭借着高品质的制作和丰富创新的剧情，在安徽、上海同步播出，晚间黄金时段收视高居全国二、三位，网络播放更是以 1 天 1 亿的增长量稳居收视榜前列。《生活启示录》是由安徽广播电视台全资定制的现实主义题材电视剧，曾在安徽、江苏、东方 3 家卫视同步首播，好评如潮。在日本福冈举行的“亚洲电视剧研讨会 10 周年纪念颁奖礼”上，2 部电视剧均获得“亚洲特别贡献奖”。2 部剧之所以在影视剧市场获得好评，与一流的编导团队和演职人员有关，更与高品质的制作和品牌包装分不开。

一流的文化品牌是安徽文化与时代特征相融合的体现，更是艺术性与市场性相契合的标志。在这些优质影视作品走出安徽、走向国际的背后，是安徽实施文化品牌打造工程的重要体现。安徽省每年都会遴选一批影视品牌项目进行重点打造，这不仅提升了安徽文化的软实力，也扩大了安徽文化的知名度，对文化品牌的打造具有重要作用。

二、创新文化业态，提升文化产品影响力

具有优秀传统文化基因的文艺精品、现代社会生活特质的影视创作，都从不同角度、不同形态对安徽地域文化进行了创新性继承和广泛性传播，从传播载体的角度提升了地域文化传播与文化品牌塑造的竞争力。而在传播载体的基础上，更需要创新传播模式，这就需要在打造文艺精品的基础上进行文化业态的创新，从文化业态的拓展和变革中不断推动文化品牌的塑造和推广。

（一）在《国剧盛典》的品牌塑造中拓展传播平台

在多元化打造安徽文化品牌的过程中，高品质的文艺精品是文化走出去的重要载体，而在网络社会和用户时代互相交织的文化场域下，传播载体更需要合适的传播平台。因为平台是作品传播的基础，更是作品推广的渠道。在安徽地域文化的广泛传播中，打造具有品牌效应和综合实力的传播平台，是推动和弘扬安徽传统优秀文化的重要环节。

在元旦之夜各大卫视纷纷播放跨年演唱会的同时，安徽卫视连续多年举

办的《国剧盛典》已经逐渐树立了中国电视剧行业评选的新标杆。《国剧盛典》将优秀的电视剧作汇聚一堂，将1年内国产电视剧进行分类盘点与推介，既有权威性，又具导向性，在引领国产电视剧提升创作水平、打造文化品牌的过程中起到了很大的作用。

作为传播和推介影视作品的重要平台，《国剧盛典》兼具艺术性和专业性，能够让更多优秀电视剧作品呈现在受众面前，对电视剧市场的走向起到了很好的带动效应，也为文化市场的发展塑造了很好的传播平台。这个平台的打造不仅让电视剧的艺术价值得到彰显，也让电视剧的文化底蕴得到弘扬。因此，我们在塑造安徽文化品牌的过程中，可以充分借力《国剧盛典》的媒体平台，将具有安徽地域文化特色的优秀影视作品传播给受众，推介到全国。

以往的影视节目只是单纯在电视上播出，如今的《国剧盛典》以媒体评价的形式创新了文艺精品的推广方式。“电视播出＋平台推广”这种模式是在多媒体融合发展的背景下应运而生的，多元化的融合传播也正是安徽地域文化繁荣发展的前景和趋势。

（二）在文化企业的创新中推广地域文化名片

文化企业是文化产品产生的重要平台，想要产生更多高品质的文艺精品，需要高素质的文化生产团队。这就需要文化企业不断提升自身建设，在自身的发展壮大中进行创新突破，不断推出适合社会发展、传承优秀文化的文化产品，进而推动安徽地域文化繁荣发展。

在安徽的众多文化企业中，不仅有皖新传媒这种获得中国驰名商标、成为国内第一家跻身“驰名”行列的地方文化企业，而且有科大讯飞、黄山文旅、经纶文化等一批文化民营企业或中小企业，它们都在安徽文化品牌塑造的建设中贡献力量，不断推广安徽地域文化名片。

众多的文化企业的共同特征，就是它们都在打造以徽文化为特征的文化品牌，将徽文化的历史积淀和深厚内涵与当下的时代特征相融合，制作兼具历史性和时代性的优秀文艺精品，不断打造安徽区域文化的创造力、影响力和竞争力，进而不断推动安徽从文化大省向文化强省跨越，在国内市场上打造安徽一流文化品牌。

（三）在文化创意产业的拓展中增强文化实力

从文化企业到文化产业，是从行业视角扩展到产业环境。安徽文化品牌的塑造，需要在创作文艺精品的基础上，拓展传播平台，创新文化业态，提升文化产业的创新意识和创新能力。在安徽文化走出去的过程中，要以文化创意产业作为传播模式，用产业的力量带动文化的传播，用创意的思维推动传统文化繁荣发展。

在文化创意产业的发展中，为打造安徽文化品牌，提升安徽文化发展实力，应该对传统的安徽地域文化资源进行重新梳理、深度挖掘、高端创意和特色开发，打造一批在国内具有一流水平的文化产业集群、文化创意产业园区等大型文化品牌项目，为文化产业的发展提供强劲引擎。

从多元化的视角出发，我们应该重点以“徽”字号为出发点，推动文艺精品推陈出新，推动文化平台多元发展，推动文化企业发展壮大，推动文化业态变革创新，共同打造安徽地域文化品牌，在中国特色社会主义新时代中塑造安徽特色文化品牌的新形象。

参考文献：

[1] 习近平．决胜全面建成小康社会　夺取新时代中国特色社会主义伟大胜利——在中国共产党第十九次全国代表大会上的报告［M］．北京：人民出版社，2017.

[2] 党的十九大报告辅导读本［M］．北京：人民出版社，2017.

[3] 邓小平文选（第二卷）［M］．北京：人民出版社，1994.

[4]［古希腊］亚里士多德．政治学［M］．北京：商务印书馆，1965.

[5] 陈基余，等．安徽大辞典［M］．上海：上海辞书出版社，1992.

[6] 张岱年，方克立．中国文化概论［M］．北京：北京师范大学出版社，1994.

[7] 张磊，张苹．论中华优秀传统文化的传承、转化与历史科学的发展［J］．华南师范大学学报（社会科学版），2017（5）.

[8] 李德顺．法治文化论纲［J］．中国政法大学学报，2007（1）.

[9] 许江．守住优秀传统文化的根脉［N］．人民日报，2017-05-02.

[10] 韩玉胜．传承中华优秀传统文化与增强文化自信［J］．中华文化论坛，2017（11）.

[11] 张健康，等．城市品牌研究［M］．杭州：浙江大学出版社，2013.

[12] 张晓冬．城市文化品牌的经营方略［J］．人民论坛，2011（08）.

一种总体性诗歌的诞生

——陈先发作品研讨会纪要

● 刘康凯（整理）

2017 年 12 月 16 日上午，陈先发作品研讨会暨陈先发诗集《九章》发布会在合肥市稻香楼宾馆举办。该研讨会由安徽省委宣传部、安徽省文联主办，是安徽省作家协会承办的“安徽原创文学”系列研讨活动之一。安徽省文联主席吴雪发表了欢迎讲话，省作协秘书长、《诗歌月刊》主编李云介绍了活动的相关背景。来自全国各地的 8 位知名诗歌评论家参与了讨论。

诗人陈先发创作生涯逾 30 年，诗歌成就卓然，在当代诗坛拥有巨大影响力。在他的新诗集《九章》出版发行之际，来自全国各地的众多评论家聚会淝上，对其作品展开了热烈的讨论。讨论者们从不同角度评论陈先发的写作，提出诸多颇具启发意义的观点。

以下选编了讨论的主要内容，以飨读者。

霍俊明（中国作协创研部）：

在我看来，陈先发是一个强力诗人、一个生产性的诗人、一个总体性的诗人。尽管此前他的很多诗作被广为传颂，但是，在我看来，《九章》系列文本的完成，才最终标志着陈先发由个体诗人到总体诗人的转换。

从文本内部来看，陈先发的《九章》也体现了复合和综合文本的显著特征，是融合的风物学、词语考古学和共时性意义上诗歌精神的共振与互文。就《九章》而言，生成性与逻辑性、偶然性与命定性、个体性与普世性是同时进行的。尤其是陈先发诗歌中生成性的“旁逸斜出”的部分印证了一个成熟诗人的另一种能力，对诗歌不可知的生成性的探寻以及对自我诗歌构造的认知、反思与校正，而这也是陈先发自己所强调的诗歌是表现“自由意志”的有力印证。与此同时，这一“旁逸斜出”的部分或结构并不是单纯指向了技艺和美学，而是在更深的层面指涉智性的深度、对“现实”可能性的重新理解和“词语化现实”的再造。一个优秀诗人的精神癖性除了带有鲜明的个体标签之外，更重要的是具有诗学容留性。诗人需要具有能“吞下所有垃圾、吸尽所有坏空气，而后能榨之、取之、立之的好胃口”。这种阻塞的“不纯的诗”和非单一视镜的综合性的诗正是我所看重的。

与此同时，从对事物的独特而复合的观察角度方面，陈先发也是一个总体诗人。这是介入者、见证者、旁观者、局外人、肯定者、怀疑者的彼此现身。一个诗人一定是站在一个特殊的位置来看待这个世界，经由这个空间和角度所看到的事物来在诗歌中发生。诗人有自己独特的取景框，比如陈先发在诗歌中经常站在一个个清晰或模糊的窗口。陈先发往往在玻璃窗前起身、站立、发声，似乎多年来诗人一直站在“窗口”或“岸边”，这让我想到了陈先发当年的一首诗《在死亡中窃听窗外的不朽之歌》。这一固定而又可以移动、转换的“窗口”既是诗人的观察位置（正如陈先发自己所说：“每个时代都赋予写作者与思想者一个恰当的位置，站在什么位置上才最适于维持并深究自我的清醒?”)，又是语言和诗性进入的入口和折返的出口，确切地说是诗人精神状态的对应。由此才会使得出现在“窗口”内外的事物完成精神对应：“在外省监狱的窗口/看见秋天的云”（《秋兴九章》)，“从厚厚的窗帘背后，我看见我被汹涌的车流/堵在了路的一侧，而仅在一墙之隔”（《颂九章》)，“夕光在窗玻璃上正冷却”（《杂咏九章》)，“窗外正是江水的一处大拐弯”（《寒江帖九章》)。由这些“窗口”出发，我们可以看到一个在出世和入世之间，在轮回与未知之间，在自我心象与外物表象之间游走不定、徘徊莫名的身影。“窗口”“斗室”的空间决定着诗人内倾性的抒写视角。而陈先发在斗室空间的抒写角度不仅通过门窗和天窗来面向自然与自我，而且在已逝的时间和现代性的空间发出疑问和惊悸的叹息。诗人不只是在镜子和窗玻璃面前印证另一个时间性“自我”的存在。

陈先发在《九章》中带给我们的景观是一个个球体而非平面，是颗粒而非流云，是一个个小型的球状闪电和精神风暴。这样就尽最大可能地呈现出了事物的诸多侧面和立体、完整的心理结构。诗既可以是一个特殊装置（容器）又可以是一片虚无，就像当年的史蒂文森的《观察乌鸫的十三种方式》那样穷尽事物的可能以及语言的极限，这多少也印证了里尔克关于球型诗歌经验的观点。

总之，在我看来，《九章》标志着一种总体诗歌和一个总体诗人的诞生。

李少君（诗刊社）：

如果用一个词来描述先发的诗歌风格，我觉得可以用他“写碑之心”的“写碑”来描述，就是说陈先发的诗歌，是一种雕刻的字与词的线条画。为什么这么说呢？大家知道，碑是要刻的，要一个字一个字用力镌刻，如果是把碑“写”出来，那么这就是一种举重若轻的状态，因为你把一种需要一个字一个字刻出来的文字，用线条就轻易给描绘出来、勾勒出来了，所以说，“写碑”这两个字很有深意，很有概括力。陈先发的诗歌，就是简洁有力而又深刻的，留白也很多，意味深长。此外，我们都知道，线条画是一种中国风格，具有本土性，正好和陈先发追求的本土美学相适应。这一特点，在《九章》里面表现非常鲜明。

众所周知，中国百年新诗是受西方诗歌影响的，一直披着西化的外衣，这也是当代新诗一直饱受争议的地方。比如朦胧诗，这个名称其实是对朦胧诗的批评，肯定朦胧诗的一般把“朦胧诗”叫作崛起派，但最后大家还是觉得朦胧诗这个名字好，这说明什么呢，说明大家对朦胧诗的接受一直是有限度的，一直是有争议的，因为朦胧诗受翻译的影响，显得有些晦涩，不流畅。我觉得在这一点上，先发的语言融合了古典诗歌的凝练和现代语言的灵活，内涵很丰富，表现力很强，超越了中不中、西不西的翻译体，真正形成了自己的个人特色和美学方式，形成了一种强力的风格。

先发对自己的每一首诗都是要求非常严格的，如果说他的每一首诗都是一块碑的话，他的刻写都是非常用心的，情感强烈但压抑浓缩，语言总是精准地攫取事物。具体到每一首诗，也变化多端，既有悬崖的孤绝、寒江的凛冽，也有轻霜般完美。到了《九章》，陈先发不仅仅限于对一首诗要求的完美，他开始追求整个结构的完整，我觉得这就是他写《九章》的原因。从某种意义上，可以说这体现了一种史诗的意识，或者说是一种抱负。当然这种史诗不是西方概念里的史诗的概念，而是他自身的一种心灵史和精神史，或者也包含着社会史。他的这个结构是有着开放性的，是把社会的各个方面，天地万物、社会经济、众生百态，整体涵盖在里面的一个体系。我觉得在这方面，先发达到了一个典范性的创作状态。在《九章》里面，展现出一种大的结构的完整性，且具体到其中的每一首诗，也很完美，有很大的自由空间。这些不同角度不同题材的诗歌，构成一种很大的互补性。其中的一些诗，我个人觉得是当代新诗中最好的，比如有首《早春》我特别喜欢，我第一次读就被迷住了，这首诗整体看是一个素描，白描，寥寥几句，但构成一个情境、一个画面、一个场景、一个正在发生中的事情的片段和截面，在这里面，诗人注入他的情感，并表达自己的一种感悟，这是对中国古典诗学的现代转换与创造。

陈先发的诗歌当中反复出现父亲这个形象，这个父亲当然可以是实际的父亲，因为先发的父亲很早就去世了，他不断地在精神上寻找父亲，缅怀父亲；但我觉得也可以理解为中国诗歌的传统、中国文化的传统。他在这里面其实是有一种焦虑感的。前面说了，中国新诗有一个西化的源头，所以百年新诗中，我们一直在寻找自己的传统。先发以前也写了许多这样的文章，包括谈论中国新诗的本土性的文章。我觉得，到了《九章》，先发真正是承接上了这个传统的，但又有现代的转化与创造，有很强烈的现代性和现代意识，因为，他所有的情感、困惑、挣扎、喜悦与焦灼，都有一种浓郁的现代个体的个性和个人色彩，是对自我与存在的精研，是一个现代中国人对自身生活的反省、考问、校正和修复。他源于传统又挣破传统，试图将个人性和现代性推到极致，正因为这一过程中有艰难与不容易，所以他情感浓烈但又内敛克制，感悟感叹感怀很多。从这个意义上，陈先发的诗歌，是现代进程中，一个中国人个人的心灵记录、精神叙说和意义探索。陈先发的诗歌，不仅从个人写作的角度上具有典范性，另外，从更大的意义上来说，又有民族美学的代表性，即使在整个中国百年新诗的层面上，乃至在当代世界诗歌的范围内，也呈现出了中国当代诗歌的典型性。

何言宏（上海交通大学）：

21 世纪以来的中国诗歌发生了重要的历史转型，也取得了很大成就，这些转型，除了体现在我们的诗歌体制、诗歌文化等诸多方面外，更加重要、也更基本的，还体现在诗歌创作的实际成就方面。我们衡量一个诗歌时代所达到的高度，主要就是要看出现了怎样的诗人和怎样的诗歌作品。我在很多场合都曾说过，21 世纪以来的中国出现了很多非常重要的诗人，不管是在中国新诗自身的历史脉络中，或者甚至是在目前的世界范围内，他们的成就，无论是在精神、诗学，还是在技艺上，都不算弱，不输于我们熟知的一些经典性诗人。他们的诗歌在精神和美学上，也与以往的时代有所不同，具有新的历史特点。我知道诗歌界的不少朋友，心里都会有一个 21 世纪以来中国代表性诗人的名单，人数不等，也许是十来个，也许是二十来个，每个人的版本自然也不同，但实际上我私下里也和一些朋友交流过，不管是哪一个版本的名单，都会有陈先发在。我想说的其实就是，陈先发毫无疑问的是我们这个时代的代表性诗人之一，在诗歌史的意义上，“代表性”就是“经典性”。一般人都会习惯性地认为，“经典”必须要经过一百年、二百年甚至更长的历史时期才能辨认，我觉得，并不完全如此。记得有一次刘再复先生对我说过，我们往往有一个学术或思想的误区，就是不愿意或羞于承认同时代人的杰出与天才。我知道他所说的天才指的是李泽厚，当时，他是在向我解释为什么他要称李泽厚先生是天才。这里，我套用一下刘再复先生的说法，那就是我们往往不愿意或羞于承认同时代作家或诗人的经典性，我认为这也是一个思想误区。我们从事文艺批评和文学研究，当然需要科学、稳健和理性，但在某些时候或某些方面，也需要一些基于审美和历史眼光的敏锐判断，要勇于“指认”同时代的经典作品和经典性的作家与诗人。后来的人们其实也是要依靠或参照我们的选择和判断去继续进行文学史研究，我们有责任为文学史做初步的遴选，也一定要敢于显示我们这个时代的判断水平。

那么，我们应该怎样来评价以陈先发为代表的我们这个时代的优秀诗人呢？我以为自 21 世纪以来，在世界性和本土性的新的深刻交汇中，我们的诗人做出了新的文化选择和诗学选择，这一点在先发的创作与思考中表现得非常明显。这两年来，我一直在寻找一个较为合适的概念来概括以先发为代表的这一批诗人的诗学特征。少君借用先发的《写碑之心》而以“写碑”这个说法来概括先发，我想也是在做这样的努力。而我更侧重于“心”字，我曾经用“心的诗学”来概括 21 世纪以来以先发为代表的一批诗人的诗学文化取向。这个“心”字最主要的含义就是价值理念，接近于张载“横渠四句”所说的“为天地立心，为生民立命，为往圣继绝学，为万世开太平”中“心”字的含义，这样来看，先发的诗学，就是一种文化选择与文化建构，有在我们这个时代进行价值建构的意思。

钱文亮（上海师范大学）：

陈先发在语言学的诗学意识下的诗歌实践，有很多值得研究的方面。例如，陈先发诗歌中的隐喻就不同于传统范畴中的意义，它多将贴近之物与遥远之物相连，发展出最出人意料的组合，甚至它自己取消了隐喻式语言与非隐喻式语言的差别……再比如，借助于老庄和维特根斯坦、福柯等哲学家对于语言二重性的认识，陈先发非常善于通过紧缩、省略、移置和重新组合，将来自感性现实的丰富元素提升为一种超现实，似是而非，二者之间张力弥漫，诗意弥漫，换句话说，借助可见的、现实的、逻辑性的语言或图像部分表达了不可见的、非现实的、非逻辑性的世界或图像，所以，陈先发诗歌中的关键词多为“空白”“无”“不可说”等，我认为这就相当于奥特所说的那种诗歌语言中的“创造性的空”，这种“空”是人类学的基本事态，具有一种日常性和普遍性，是“未曾意料和不可意料的”根本性的“模糊点”，属于有区别能力的人之禀性的精神理解，它总是中断和连接人意识到的意义—意向的连贯性；它又是诗歌语言的一个基本特征，即言语出自和指向的东西默默地隐藏在“字里行间”。这种中断和连接一切理解的存在之“创造性的空”，往往为伟大的诗歌所具有。当然，这种“创造性的空”又往往由诗中具体的意象、元素所诱发、指引，那些意象、元素虽然属于个别人的生命视域，却也可能触及生存之整体，人们可以在此开放了的生命视域中相互理解。也因此，陈先发诗歌中那些从个体经验和体验产生的领悟与沉思，往往表达的是与许多人、无限多的人相关的真实，因为对“已知”“已有”的消解和覆盖（陈先发语）往往导致与人相关的不可说的经验，那是人在其真实、在其所在的深层遭遇的那种真实。因为“创造性的空”，诗歌不断冲击着语言的边界，那种“临界经验”的引入使得诗歌涌向存在的“陌生处”，那神秘的世界与诗歌的源头……

还有，通过文本细读，我认为陈先发那些奇幻的诗歌背后往往隐藏着一个“不在场的他者”，这个特殊的诗歌主体的意义不仅限于提供超现实的精神视角、制造奇幻的外在修辞景观，更为重要的，其实是它经常颠倒和摧毁似乎先验、恒定的庸常现实，让语言回归其形而上的源头；除此之外，陈先发对于现代诗歌穿插技巧的熟谙，也是当代诗人和批评家很少注意和采纳的，而这恰恰是陈先发诗歌的独门绝招之一……

那么，陈先发的诗歌之所以能够在现代诗学的标准下自成一家独树一帜，奥秘何在？我认为，就在于陈先发是一个具有高度自觉的现代诗学意识的杰出诗人。不难想象，作为一个典型的新闻记者（陈先发目前的身份已经是新华社省级机构的总编），每天操持使用那种追求准确、简洁、通俗易懂的实用文体语言的现代职员，要在诗歌中创造出现代诗学所期待的审美语言将会是多么艰难，于是，我不能不提到陈先发在其名作《前世》里所出现的那个词“脱”——不断地、尽可能地脱下实用语言的紧身衣，或用陈先发本人的话来说，“在当前的时代尤其需要警惕，即写作的个人语言范式，必须尽量排除公共语言气味的沾染”：

> 但诗终是一个迟到。须遭遇更多荒谬
> 然后醒在这个裂缝里

总而言之，陈先发的诗歌能够生发诸多建设性的诗歌话题，陈先发是一个极具研究价值的诗人。对于已经写出《丹青见》《前世》《鱼篓令》和《从达摩到慧能的逻辑学研究》等难以复制、不可取代的汉诗经典之作的诗人陈先发来说，他开阔的文明视野和高度自觉的现代诗学意识使得他至今仍然活跃在当代中国诗歌实践的前沿，他已有的诗歌成就已经证明了他是当代中国屈指可数的一流诗人，他在诗学上的精进也许已经足以显示一个大诗人的潜力。

张德明（岭南师范学院）：

我对陈先发的诗歌关注既久，也对之做过一定阐发，在旧文《陈先发与桐城》中，我这样来评价他：陈先发的诗歌“代表了一种‘经验’与‘方法’的成功尝试，他的诗歌为当代诗人如何将传统的文化血脉与个体生命经验和精神气息灌注于诗行之中，从而构建心意辗转、余韵缠绕的集古典与现代于一体的新诗美学提供了范例。”《写碑之心》这本诗集正是集古典与现代于一体的代表之作。《与清风书》《丹青见》《鱼篓令》等诗作，在现代语境中吟咏古典，又借古典语词和比兴手法来阐发现代，形成一种现代与古典相辅相成、相得益彰的对话性诗意构筑形态，而这些诗歌中，又凸显着不凡的桐城遗韵。我坚持认为，陈先发的骨子里流淌着桐城文人“多朴厚”“尚气节”“敦廉耻”（姚莹《东溟文集·吴春鹿诗序》）的精神血脉，他的诗歌从不空发议论，也不滥自抒情，而是有力继承了桐城派主张“言有物”“言有序”“修辞立其诚”的文学理念，在具体的情景设置和触手可及的情绪伸展中，将自我对现代化的深邃反思与别样理解隐曲而精妙地呈现出来。

新近由安徽教育出版社出版的诗集《九章》，代表了陈先发诗歌创作在继承古典传统、重构新诗民族美学的更高阶段。诗歌已经从单纯的“地理灵性”诗学思维中超拔出来，向更为深广的传统文化根源处继续进发，试图在现代诗歌中接通“骚体”传统，重建新诗的民族美学。我们知道，“骚体”传统发轫于屈原，后经汉代一众诗人追慕跟随，渐至成为古典诗歌的伟大传统。《九章》是诗人屈原的重要诗作，陈先发将诗集取名为此，其内在用心不言而喻。纵观这部诗集中的诸多诗篇，我认为它体现出四个方面的特征。首先，心怀苍生的悲悯情怀，如《滑轮颂》对夭亡的姑姑的怀念和怜爱书写、《拟老来诗》对晚景生命的关注等，都与“长太息以掩涕兮，哀民生之多艰”的“骚体”情怀相一致。其次，反思现代的忧患意识。对现代性加以反思和批判，对更为健康有序的现代生存空间的追寻，一直是陈先发诗歌中的重要思想主线，这在《九章》中进一步得到具体体现，《秋兴九章·四》《江右村帖》《面壁行》等都是此方面的代表作。再次，钟情自然的情绪彰显。陈先发认为，民族诗歌传统中有一个伟大的品格值得我们去坚守，那就是它的强大的与自然对话的能力。基于此，陈先发的诗歌也关注自然，让现代诗歌主动与自然作多层面的深层对话，从而碰撞出有关生命的体悟和宇宙人生的哲思来。《卷柏颂》《滨湖柳》《坝上松》《秋江帖》《湖心亭》等，都体现着与自然对话、从自然中寻找心灵的慰抚与人生的寄意的艺术情采。第四是含蓄蕴藉、余味难尽的语言个性。陈先发的诗歌从不是直抒胸臆之作，也不是简单描摹自然的口语表达，而是用语典雅、表意含蓄深沉、富有美学内蕴的优秀文本，在多样化并置的当代新诗艺术园地里，陈先发是具有独特语言组构技法和诗歌美学修辞能力的重要诗人个体，这与“骚体”诗歌“含蓄深婉为尚”（胡应麟《诗薮》）的美学特性也是有着共通之处的。

许道军（上海大学）：

《九章》可说的地方有许多，我想说三点。

一，浓郁的生命悲悯意识。这种沉郁顿挫的感情与一般性的花过清明、韶华不再的中年写作、私人写作不同，《九章》的写作直面生老病死，抵达生存真相，并对万物与众生心怀悲悯。这是一种大彻大悟般的情感状态，也是一种大江大河般的情怀境界。我想正是陈先发情感状态的稳定与情怀境界的提升，才使《九章》实现了思想、技巧与情感状态的高质量的均衡。

二，强烈的文体自觉意识和诗学思想。陈先发的诗歌一方面在解决自己的内心问题，一方面也在应对中国新诗的建设问题。从《黑池坝笔记》中我们得知，中国新诗的问题陈先发全然知晓，且思虑颇深，但是他没有卷入各种无谓的争辩，而是以自己的创作去摸索，去回答。《九章》一如既往，既直面个人生存事实，又植根于中国大地，超越了传统与西方，前现代、现代与后现代等的区隔，又将传统与西方，前现代、现代与后现代等化作气息，融入现在，溶于现实，不拘形迹，是其所是，就像它曾经描述的“柳树”意象那样：“柳树立在坝上，无所谓前现代、现代和后现代。”这是一种扎根于传统、扎根于现实并面向未来及各种可能性的综合写作，真正续接了中国传统诗歌、中国新诗派的传统，同时又超越了两者，真正落实到个人的写作。这应该是中国诗歌发展的正路，新诗发展的方向，平稳、自信、大气、沉着，不急不躁。我以前想，陈先发可能是安徽诗歌的最好的诗人或者“领导诗人”之一，现在想，还不止于此，陈先发未必是中国新诗发展的唯一示范性诗人，但是他的写作方式与诗学坚持一定能对中国新诗的发展提供建设性参考。

三，高超的技巧。大家知道，诗歌是一门“炫技”的艺术，离开了技巧，一切思想、情感与生活，一切真善美，均无从谈起。我们读陈先发的诗歌，很容易被他的思想、思辨、见识、深沉的情感所打动，却往往忽略他极其敏锐的感受力、匪夷所思的想象力、精准无比的表达力，忘记了他上述种种是经过了技巧处理的结果，忘记了他是一个技巧大师。我曾在《语言的隐身术与医疗术：陈先发的诗学和诗歌》里用一个段落提及他的语言技巧、结构技巧、修辞技巧等，并承诺将来要对他的诗歌技巧做专项讨论。可以与陈先发诗歌的技巧成就相比较的，我想到了杜甫。我们习惯性地认为杜甫是现实主义诗人、爱国主义诗人，却往往忘记了杜甫同时是一个诗歌技巧大师，他的诗歌技巧之高超，几乎让我们忘记了他的诗歌技巧本身。陈先发也似乎如此。

胡亮（四川遂宁文广新局）：

陈先发把海子归还给海子，却要把自己归还给古老的传统。桐城和桐城派的先贤——比如姚鼐——“为我的阅读移来了泰山”（可参读长诗《姚鼐》）。我们还要如此晓得，陈先发的桐城派之薰，传统之薰，并非绝对之物，亦非现成之物。透过姚鼐、方苞或刘开，就可以嗅到米沃什（Czeslaw Milosz）、沃尔科特（Derek Walcott）乃至垮掉派（Beat Generation）。垮掉派？这有点奇怪。也许在陈先发看来，垮掉派就是狂禅。可见现代性也罢，古典性也罢，都如呼吸，而非角质层细胞。泰山压顶，亦可闪转腾挪。如欲讨论陈先发，先得要有此种认知。

陈先发都写了些什么呢？古文化？枯山水？冷现实？也许，还是诗人答得好，“地理与轮回的双重教育”（可参读《写碑之心》）。地理诗，山水诗，道家美学，自是古典诗传统。陈先发的地理诗，亦能重现此种传统。“涧泉所吟，松涛所唱，无非是那消逝二字”（可参读《登天柱山》《黄河史》《扬之水》《天柱山南麓》，还有《游九华山至牯牛降一线》）。当然，陈先发的新诗，较之古典诗，不免多出来若干重光影。比如，他写着写着，就把地理诗写成了轮回诗，“凡经死亡之物/终将青碧丛丛”。诗人另写有大量轮回诗，无涉地理，却让个人、他人和鸟兽虫鱼，不断交换着、分享着彼此的形体和身份，几乎建造了一座“不规则轮回”博物馆，“诸鸟中，有霸王/也有虞姬”。诗人亦恍觉其心脏长得像松，像竹，亦像梅，而他的兄弟姐妹，则寄居在鹳鸟、蟾蜍、鱼和松柏的体内。面对万物——非仅“诸鸟”和“白云”——诗人都如面对前生，都如面对异我，都如面对亲人，“我是你们的儿子和父亲/我是你们拆不散的骨和肉”。诗人随时都有可能滑出，然后回到自己的肉身，无论是滑出，还是回到，都不过是“一场失败的隐身术”（可参读《白云浮动》《埂头小学方老师叙述的灵事》《前世》《隐身术之歌》《偏头疼》《鱼篓令》《木糖醇》《我是六棱形的》《伤别赋》，还有《村居课》）。既有轮回诗，就有幽灵诗。诗人写幽灵，如写邻人，每每到了最后，读者才能知道邻人就是幽灵——这体现出修辞上的高明，也体现出认知上的神秘感（可参读《最后一课》，还有《秋日会》）。多写轮回诗，幽灵诗，乃是陈先发的一个显著特征，或可单独成文，论及陈先发之所以为陈先发。

总的来看，古与今，两种生活，人与鬼，两种形态，中与外，两种修辞，展开了彬彬有礼的辩论、交错与和解，终于把诗人——“此在之我”——推荐给了高悬于头顶和上空的永恒之眼。

海子是一团烈火，他顾不得这个世界；而陈先发，则是一个自觉的诗人，一个方向性的诗人，一个着迷于“儒侠并举”的诗人。他通过接力式——也是个人化——的写作，践行了艾略特（Thomas Stearns Eliot）《传统与个人才能》的主要论点，让曾经四顾茫然的汉诗——还有汉语——出现了可期待的峰回路转。陈先发必将同时在两种考量——美学的考量、历史的考量——中求得胜算，成为一个精致而显赫的罕见个案。

苗霞（河南大学）：

言说的方式是诗歌的基本伦理之一。对诗来说，言说的方式不亚于言说的内在。陈先发对之有着自觉而清醒的认识：“语言于诗歌的意义，其吊诡之处在于：它貌似为写作者、阅读者双方所用，其实它首先取悦的是自身。换个形象点的说法吧，蝴蝶首先是个斑斓的自足体，其次，在我们这些观察者眼中，蝴蝶才是同时服务于梦境和现实的双面间谍。”在陈先发看来，语言具有一体双面性：一方面语言是要及物的，是盛纳世上的一切存在物、幻象物之容器，一切“物”唯有借助于语言方能存在、显现，对存在的解蔽呈现与对语言的深入突进是同时进行的。另一方面，语言不只作为“物”的载体或符号而存在，还是独立自主的存在，具有本体的意义和价值。在诗歌写作中，语言的自觉性使陈先发体验到语言的深度，用心营建着他的语言乌托邦——体现在语言的抽象、内敛、知觉化上。与抽象玄奥的诗思相应和，其言说方式也发散着抽象的灵性之光晕，不仅从语义学上，从语法学上看也是如此。

陈先发深刻的存在哲思和复杂的思辨性就是通过上述语言的语义、语法学措施得以保障实现的。思想运行的轨迹凝聚在语言的运动形式上，思想和语言一旦同时进展，平行一致，不能分离独立，它们的关系就不是先后内外的关系，也不是实质与形式的关系了。思想有它的实质，就是意义，也有它的形式，就是逻辑的条理组织。同理，语言的实质是它与思想共有的意义，它的形式是与逻辑相当的文法组织。换句话说，思想语言是一贯的活动，其中有一方面是实质，这实质并非离开语言的思想而是它们所共有的意义，也有一方面是形式，这形式也并非离开思想的语言而是逻辑与文法。如果说“语言表述思想”，就不能指把在先在内的实质翻译为在后在外的形式，它的意思只能像说“缩写字表现整个字”，是以部分代表全体。

说“思想表现于语言”，意思只能像说“肺部表现于咳嗽吐血”，是病根见于症候。与心灵内在深刻的思索和细致的思辨相适应，陈诗语言也呈现出知觉化的鲜明特征。

我个人认为，确立陈先发诗歌在当代文坛上不俗价值的原因，固然有其精深的哲学思辨之功，但最根本的正在于其独特的语体风格，这种语体风格完美地体现出了诗和思、真与美的碰撞和涵融。此乃诗人对存在和语言的同时突进，并对二者进行了扭结一体的思考所致。

余同友的短篇小说精神

——余同友小说叙事视角及文本结构方式之分析

● 杨四海

一

余同友写过多部中篇小说，也写过一部长篇小说，但写得最多的还是短篇小说。在我的阅读印象中，余同友短篇小说的叙事视点，聚焦的大都是当下的日常生活。而生活在当下的我们，对于这样的生活并没有陌生感，因为那既是他以小说方式演绎的生活，也是这代人生存于此，并必须直面的生活现实。

但我所说的这种“没有陌生感”，在余同友的诸多篇小说那里，并不意味着他所叙述的生活就是我们熟悉的，如果说是熟悉，那也是“读者曾经感受和意识到的现实关系中的某些现象和规律”（别林斯基语），使读者能够从他所讲述的那些人的存在及命运，联想到同一概念的许多人，甚至整个同类人的存在与命运。在我看来，这种似曾相识的“熟悉”，对于优秀小说家与合格读者，同样都应当是一种似曾相识的不相识，也可以简而言之，即熟悉中的陌生。我觉得这一点特别重要，我以为，这是区别一个小说家及他的作品是否优秀或平庸的审美标准之一，这也同苍耳所言，“愈是可知的、日常的、平易的事物，人们便愈是希望跳出它的樊篱，从新的陌生角度重新感知它”①。在短篇小说集《去往古代的父亲》② 许多作品中，我读到了余同友自“新的陌

① 苍耳：《陌生化理论新探》，中国戏剧出版社，2011 年 4 月版，第 262 页。

② 余同友：《去往古代的父亲》，安徽文艺出版社，2017 年 11 月版。

生角度重新感知”的那个世界——他的短篇小说里的那个世界。

《去往古代的父亲》收入余同友近7年来写下的20个短篇小说。这20个短篇小说中的人物、情节、场景虽然不尽相同，但都有一个共同点，那就是人物的生存处境与命运的起伏跌宕，是处于社会转型时期——城市化的进程中。毋庸讳言，也正是转型时期“城市化”的社会结构转换、社会资源的重新调整与组合、经济利益再分配和社会秩序的重构，才带来了人们的心理状态、文化形态、价值诉求等诸多方面的冲突与矛盾。

然而作为小说家的余同友，毕竟不是“城市化”决策制定的参与者，他只能是“城市化”进程的观察者，因此他在关注现实、直面现实的同时，不会也不可能以小说这样的文本，找到解决或缓解城市化进程中所出现的种种矛盾的方法。他要找到或想找到的，是以怎样的写作策略，建构自己的短篇小说精神，将“自我内在的精神空间安置在人类存在的整体性境域之中”[①]，从而呈现他笔下的那些人在这个年代的存在及命运。即使那些人的生存境遇与命运被遮蔽、被挟裹，甚至荒诞不经，他也能潜下身去，深入这些人的精神内部，期待自己能够独到而又多向度地寻查那些人的心灵，激活他们生命的质感，将所叙之人之事、之情之景，艺术地复活在他所结构的小说场景中，而不甘于自己的作品，流于当下风起云涌的所谓“底层写作”或“官场书写”之中，因为当下众多同类题材的小说为迎合市场与卖点，其文本所呈现出来的模式化、平面化、雷同化，甚或粗俗化，已足够让人读之索然无味，甚或味同嚼蜡的也有之。

二

读余同友的短篇小说，我有这样的想法，他并非是以往有些评论者认为的那样，是“乡土小说”作家。之所以作出这样的判断，不仅仅是指余同友既写过乡村，但也写过城市，而是指余同友构筑小说的意识，即使写的是乡村，也与通常意义上的“乡土小说”中的乡村有着本质上的不同。比如收入这部集子的《暖坑》《白雪乌鸦》《打黄黄》《柴门闻犬吠》《过夜》《雾月灰马》等，这些小说既不像以往的“乡土小说”那样，需要依靠回忆与自己的经历来描写故乡的农民生活，也不符合“乡土小说”最为重要的美学特征，即“风土人情和异域情调给人的审美餍足”[②]。记得余同友曾经有过这样的感

① 洪治纲：《先锋：自由的迷津》，《当代作家评论》2003年第1期。

② 丁帆：《中国乡土小说史论》，江苏文艺出版社，1992年9月版，第170页。

慨，“我意识到，在新时代新语境下……我们对乡土的隔膜、漠视阻碍了我们的发现……我们应该有新的方式、新的视角来写新的乡土”①。

“新的方式、新的视角”，自然与余同友所意识到的“新时代新语境”相关，因而他在多篇小说中反复写到的那个“瓦庄”，也理所当然地陷落在乡村“城市化”或“城镇化”的进程中，不仅不再是旧日的乡土“瓦庄”，甚至不是严格意义上的乡村，这个“瓦庄”和“瓦庄”中的人与事，在小说家余同友心理坐标上，总是与城市相互交织、相互渗透，并与城市难解难分地纠缠在一起，渴望着类似“瓦庄”这样的乡村进入者（小说叙事人），以“新的方式、新的视角”去演绎它的世相。

在这部短篇小说集的许多作品中，我就读到了余同友这种有意味的探索。如果以《白雪乌鸦》② 为例，我注意到的是，以第一人称出现的叙事人“我”，在叙述故事的同时，又是“乌鸦事件”的经历者。但叙事人所要叙述的并非是“我”的故事，而是“我”——一个刚从警校“分派到白雪乡派出所当实习生”的杜宇，按照所长老马要求，对白雪乡瓦庄村发生的“乌鸦事件”进行的走访调查。值得玩味的是，由于杜宇是“乌鸦事件”的法定调查者，因而他（即“我”）虽然不在这个事件（故事）中，却又可以进入这个事件（故事）内部，成为这个故事中不可或缺的一个人物，并因此暂时获得了“王翠花在那个冬天变成了一只乌鸦”这个事件——第三人称才可能有的全知视角。

所有的故事只存在于叙事人的讲述中，但小说叙事以谁的视角切入，关系到故事结构的呈现形式和小说展开的视域。毫无疑问，对于第一人称“我”暂时获得的这种全知视角，即使是隐约地存在于“乌鸦事件”中，也具有相当的侵入性与强制性。

如果仅仅如此也不足以为奇，有心的阅读者也许能够察觉，《白雪乌鸦》结构故事的方法，并非是按照“乌鸦事件”发生的时间顺序去叙述，而是依照实习警察杜宇在调查“乌鸦事件”过程中，将他“遇见”的事情仔细描写一番。“遇见”，不只是“看见”，但在包括“看见”的同时，还有面对面的“听见”，因而显现在读者面前的故事情节实际上由以下几个板块组成，即分别由白雪乡派出所所长老马、瓦庄村村主任操金狗、王翠花丈夫陈大毛等三个人物对“乌鸦事件”的讲述（包括对事件的看法），及王翠花失踪化身为乌鸦后与案件调查人杜宇直接与间接的触及场景等组合而成。“我”作为事件或

---

① 《脚踩坚实大地　讴歌时代风采》，《安徽日报》2014 年 12 月 12 日，第 8 版。

② 《去往古代的父亲》，第 138 - 153 页，原载《文学港》2013 年第 10 期，《小说选刊》2013 年 11 期转载。

案件的调查者，介入事件（故事）的方式是又“看”又“听”，换句话说，就是将“我”在走访调查过程中耳闻目睹到的——特别是上述三个人所叙述的“乌鸦事件”进行一次整合性的转述。但这种“转述”一经实习警察杜宇的口，就不再是老马、操金狗、陈大毛原本说出来那个“事件”了，原本相对独立的三个人有关“乌鸦事件”的“汇报”，还有王翠花失踪化身为乌鸦后一再呼喊的“苦哇，苦哇……我要上访，我要上访”，在叙事者（调查者）那里得到了重新排列、互为印证，并且由此相互勾连起来，成为叙事人杜宇——实际上是“我”说出的故事了。

这种板块状结构小说的方式，其实余同友运用过多次，其中《打黄黄》[①]运用得更为突出、明显，在这篇小说中，叙事人用的是全知视角，将整个故事“切割”成六个板块（或片段），全方位地描述了瓦庄的那场民间祭祀驱邪活动中的人物和情节（此时的瓦庄在乡村城镇化进程中，土地已被征迁，村民身份转换为某街道办事处幸福花园小区的市民）。但值得注意的是，《打黄黄》的故事“情节板块”与《白雪乌鸦》板块状结构小说的方式有很大的区别，前者叙事人并不是瓦庄祭祀驱邪活动的经历者，所以叙述者可以无名无姓，只是小说家本人；而后者的叙事人由于是警察身份，并且是“乌鸦事件”的调查者，他有权知道他想知道东西，所以读者读到的应该是不同于传统意义上的第一人称的叙述，在这样的叙述中，“我”的身份被弱化，隐含着第三人称的全知视角，它已经变形或变体，在“他看”“他说”“他感知”（此处“他”是指所长老马、村主任操金狗、王翠花丈夫陈大毛等人，还有那只乌鸦）与“我看”“我说”“我感知”之间来回穿插、互为融贯，叙事人最终的目的，无疑是将“王翠花在那个冬天是怎么变成了一只乌鸦”的荒诞事件的成因予以揭示。

与《打黄黄》那种板块状结构相比较，我觉得这种叙述策略对于《白雪乌鸦》结构形式有着举足轻重的作用，它将故事的“情节从正常的表象世界强力地拖出来”，让余同友的这篇小说写作艰难且有效地“抵达了事物的本质和人物的精神世界”[②]。

三

《白雪乌鸦》的故事当然是荒诞的，但“荒诞”在余同友的这些小说中有

---

① 《去往古代的父亲》，第 154－170 页，原载《红豆》2015 年第 12 期。

② 《小说选刊》2013 年 11 期李昌鹏的“责编稿签”。

两种，一种是《白雪乌鸦》式的荒诞，另一种则是《转世》①《鼻子》②《两个宏伟》③《老魏要来》④ 等文本所显现出来的“荒诞”。前者的“荒诞”首先表现在作者以“荒诞”的视角来透视现实生活，将所描述的“事件”从一开始就框架于荒诞的故事情节之中，从而照见出现实世界所存在的荒诞，也可以说，《白雪乌鸦》式的荒诞，是以“荒诞”的手法去抓取现实中所存在的那种荒诞。而后者的“荒诞”则是现实生活本身就存在着的荒诞，作者只是以“现实主义”的手法将这种“荒诞”剥皮见血地描摹出来。

对于我上面提到的那些小说，此处所指的“现实主义”与“真实客观地再现社会现实”的那种“现实主义”不尽相同，它在余同友那里，弥漫在小说中的是时空的倒错、情节的诡谲，现实与虚幻常常混淆在一起，它们共同织造出另一种样式的“荒诞”。我借此机会向余同友发问，这是否是“魔幻现实主义”“新写实主义”等创作方法对你自觉或不自觉的影响？其实“魔幻现实主义”也好，“新写实主义”也罢，它们最基本的相似点，都是以自己的形式指向自己理解的现实。

依我拙见，《两个宏伟》所显现的“荒诞”方式是耐人寻味的。余同友没有借助诸如“乌鸦”这样抽象化的象征体来完成故事的“荒诞”。我们看到，小说中两个宏伟，同名，并不同姓，他俩只是“发型（板寸）、服装（西装）、眼镜（黑框近视镜）、面貌（都挺大众的）、身材（微微发胖、微微的小肚子）有点像”（也包括两人年龄、职务及人生经历，甚至私密生活的相仿、相似），而被某次培训会（班）报到处登记的小女孩误认为是同一个人。他俩原本并不相识，但也正是这一点，在培训中他俩成了无话不说、“越处越融洽”的朋友。当为期半个月的培训即将结束的头天晚上，为了解开“喜欢思考人生问题”的陈宏伟这些天来一直耿耿于怀地纠结于自己怎么可能与王宏伟是同样的“人生款式”的苦恼，陈宏伟接受了王宏伟的建议，他俩决定以三个月时间为期调换一下身份，陈宏伟回到王宏伟的城市——合城，王宏伟回到陈宏伟的城市——艾城，看“有没有人会发现”，“如果没有人发现”，则“说明他俩的确是一个型号的同一个款式的产品”。

为了验证这次荒唐的行动，他俩还“互换了皮包、手机和身份证”。接下来的故事情节令人瞠目结舌：陈宏伟自高铁站安检开始，直到在“王宏伟与

---

① 《去往古代的父亲》，第 28 - 44 页，原载《文学港》2014 年第 6 期，《小说月报》2014 年第 8 期转载。

② 《去往古代的父亲》，第 127 - 137 页，原载《长江文艺》2012 年第 1 期。

③ 《去往古代的父亲》，第 191 - 207 页，原载《文学港》2016 年第 8 期。

④ 《去往古代的父亲》，第 208 - 216 页，原载《滇池》2011 年第 9 期，《小说选刊》2011 年第 11 期转载。

情人丁小丽经常约会那家餐馆”“王宏伟工作单位合城分局”“王宏伟的家里”“王宏伟大学同学聚会”等多个场景中，“一切都如王宏伟所说的那样，没有人发现”，甚至连王宏伟的老婆、王宏伟的女儿小云也没发现，自此，“王宏伟已经被这个陈宏伟调包”，“陈宏伟完全成了王宏伟”。

在我这样的读者（评论者）眼里，这篇小说直到此处，所演绎的故事已是离奇荒诞。我从中感觉到了余同友赋予这个故事的暗示性：作为生活在现实中“这一个”——陈宏伟、王宏伟这样的“人”，难以逃脱现实环境的裹胁，只能无可奈何地异化成“非人”。陈宏伟、王宏伟，还有小说之外的李宏伟、赵宏伟等，这一个个的“我”，也都有可能变成了“非我”，他们已不再是自己。

但《两个宏伟》给我带来的暗示还有另外一个层面，即这种众多的人的异化之结果，在本质上是诸如陈宏伟、王宏伟，或者李宏伟、赵宏伟等人的同质化造成的。这里，我得说明一下，“同质化”这个术语在一般意义上，原本是针对产品或商品而言，它意在指出某些产品或商品明显模仿现有产品，我借来使用一次，是因为陈宏伟、王宏伟这种“一个型号”的人，与“同质化”那些产品一样，因为“无特色”“无差异”而使人们难以辨识。

倘若《两个宏伟》的故事到此为止，也已趋于完美，但似乎又意犹未尽，让我感到惊诧并且欣喜的是，这篇小说将要结束的时候，小云寄养在外婆外公家里的那只宠物狗贝贝，也随外婆外公来看从韩国留学回家的小云。这只宠物狗贝贝的突兀出现，对于这个故事简直是一个奇迹，它将这篇小说的荒诞带到所有人的视线之外（包括读者），因为那只叫贝贝的狗，面对被调了包的假王宏伟，挣脱了小云的怀抱，“眼露凶光，喉咙里狺狺地吠着，四肢刨着地板”，向陈宏伟扑去。小说的叙事至此戛然而止，但值得回味的是，两个宏伟这样的人——异化成“同质化”的人，在这只狗的视野中，最终得到了纠正，陈宏伟不能替代王宏伟！这样的细微情节的追进加入，使这篇小说的文学意味获得了极大的扩展与延伸。

这是一个聪明的短篇技术。如果余同友疑惑我所说的这一点，不妨将这个小小的情节去掉一下试试，看看缺少这个情节的《两个宏伟》是否能有现在这样精彩？余同友当然不用回答我的这个提问，因为那是他这篇小说写作过程中，那个不期而至的灵感带来的“发现”。

小说，尤其是短篇小说的这种“发现”，要比“表现”更为重要，我觉得这是衡量短篇小说作者艺术才能与功力最为重要的尺度，与作家的勤奋不勤奋没有太大的关系。这自然是余同友小说的聪慧与敏锐之处，也是我特别看重这篇小说的原因及理由之一。

四

而《老魏要来》这篇小说，从它的叙事表层结构上来看，似乎要相对简单些。叙事人基本上是按照时间顺序（如叙事人所述：从“刘浪到三院工作的第一天”开始，直至“到了下一年，三室又来了一个新人，刚来报到那天”），将“老魏要来”的故事渐次向前推进。但稍作深入分析，这种结构上的貌似简单显然是有意为之，实际上蕴含着小说作者试图给予这个故事极为错综的复杂性，“启示出表面故事背后的另一层意义”，即这个时期中国大地上“文化中的深层社会心理，往往呈现为暧昧多义的状态”①。从这篇小说中我们看到，叙事人所讲述的“老魏要来”的故事结构线并不是直线向前发展的，时间里的故事伸展常常会节外生枝，多次停留在刘浪与同事们聚会的餐桌上，除了刘浪，艾城的那个“老魏要来，却一直没有来”的原因，大家都找到了心照不宣而又充分合理的说词。

“老魏要来”，是大家共同编织的一个谎言。因为谎言制造的老魏及老魏的糗事、趣事总是能给同事们带来快乐、带来合心合力、带来人际关系的和谐，甚至在年终考评时，能给他们科室带来先进集体称号的荣誉。从工作的第一天开始，到三个月之后某一天，当站在这个谎言之外的刘浪，一次又一次地焦急等待“老魏要来了”却仍无结果时，他借休年休假之际，与做生意的表哥去了一趟艾城，并动用了各种手段，但仍然没有找到老魏。当刘浪寻找老魏终无结果，知道“老魏要来了”与“老魏”这个人，只是一个谎言、一个臆造的人物时，他在这之后大半年长的时间中，充满了迷惘与痛苦，发现自己没人搭理，已被大家边缘化。至此，刘浪从无反抗集体意志，他终于醒悟，也加入谎言的队伍中，并在翌年新职员报到的那天，异化为“老魏要来了”这个谎言的响应者与扩散者。

其实我们无须刻意地将《老魏要来》这篇小说与爱尔兰现代主义剧作家塞缪尔·贝克特的《等待戈多》作横向比较，因为这也如同当代作家——特别是具有现代小说意识的作家，谁又能说自己没有受过卡夫卡《变形记》、海明威《老人与海》等作家作品的潜移默化的影响？如果非要将《老魏要来》与《等待戈多》做一番比较的话，那么这两者共同之处是：根本不存在的“老魏”与始终未出场的“戈多”在小说（戏剧）中居重要位置，对这两个人的“等待”，都是贯穿整个故事的中心线索。然而前者与后者的区别仍然是非

① 童庆炳主编：《文学理论教程》（修订版），高等教育出版社，1998年4月2版，第216页。

常明显的，虽然两者述说（演出）的故事同样是荒诞的，但表达的方式不相同，《等待戈多》是“用荒诞的手法直接表现荒诞的存在”[①]，而《老魏要来》则是以“魔幻现实主义”却又不失“新写实”的手法，将叙事人的视角压低，走进了那些人物的内心，呈示了像刘浪这样原本涉世不深的人，在现实却又是荒诞的生活中——那种无可奈何的悲哀。

读余同友的多个短篇后，我有这样的感觉：他似乎不甘于已有的写作经验，一直乐此不疲地在尝试着以各种小说手段，寻找自己的现代叙事方式，而且他的叙事动机以及小说中故事的起因，几乎都与时代背景有着密切联系。从《柴门闻犬吠》[②] 中我们看到，对于小说中那场按照“红头文件”的“打狗”行动，这些年来人们也曾遇到过，并不觉得有什么陌生。但这个短篇像是一个例外，其叙事人视角、故事的结构方式及艺术表现手法都有了很大变化。在我看来，这个短篇与我前面评论过的那些小说，它们共同构建了属于余同友自己的小说文体精神，显现出余同友对小说艺术的多方位思考。

（一）叙事人身份及叙事视角

《柴门闻犬吠》的故事是以一个 8 岁孩子的视角来叙述的。这有别于余同友的其他短篇，叙事人无论以何种身份出现（比如《白雪乌鸦》的实习警察杜宇、《去往古代的父亲》的外科大夫、《另外的那个西湖以及小青》的某单位科长、《画火的人》的某次列车乘客等），讲述故事的都是成年人。因而我们自这个 8 岁男孩的叙述中，读到了作者给予叙事人并非是成年人的经验，在狗伢的视角里，其叙述的“我”，与被叙述的“我”，是两个声音。一个声音是在叙说整个故事的来龙去脉，而另一个声音是在叙说这个故事时，狗伢这个孩子（“我”）本人由于也在“事件”之中，他自然也会发声。

这两个声音既相互并列又相互交织，既是叙述者又是被叙述的对象，同时经历着瓦庄响应政府号召，为防止疯狗伤人事件的再次发生，村庄所有的狗都必须打掉，因而狗伢家里的那只“两块瓦”也得除掉，最后导致狗伢的父亲被自己家里的狗咬了一口，有可能逃避不了死于“狂犬病”的命运。

（二）“我”在叙事中的地位

其叙述的“我”，因为也是被叙述的对象，所以“狗伢”始终深陷于瓦庄的“打狗”事件中。但由于“狗伢”只是个孩子，他不能决定父母马得良与王翠花如何面对瓦庄的“打狗”行动，也就是说，“狗伢”在这个故事中只是

① 《现代主义文学・名词解释》，张志如编写：《〈外国文学史〉学习辅导》，齐鲁书社，2007 年 7 月版，第 150 页。

② 《去往古代的父亲》，第 171－190 页，原载《野草》2017 年第 3 期。

个次要人物，与这个事件保持着若即若离的距离，即使有所参与，也是力量微弱，并不决定故事——“打狗”事件的起因、发展与结果。

（三）“狗伢”的家及家庭关系

如果仔细回顾一下曾经读过的那些经典作品，在中国现当代文学中，“家”应该是反复书写的一个主题，余同友的此篇和许多篇小说也都是这样。在叙事人那里，“狗伢”的家由父亲马得良、母亲王翠花、叙述者“我”（被叙述的“狗伢”）组成。但不能忽视的是，这个家庭还有一名重要成员，就是那只叫“两块瓦”的狗，因而叙述者的聚焦首先不是在他的父母身上，而是在“两块瓦”的生死上。

究其原因很明了，故事的切入与出落都与“两块瓦”的死而复生、生而又死的情节紧密相关，读者从打狗的人（这个家庭外）与马得良、王翠花、狗伢（这个家庭内）的那里，体验到了“以具有血缘、姻缘关系成员为基础所形成的亲属团体”[①] 的这个家庭，有可能由于突如其来的事件（这里指打狗行动中一只狗的生死）而变得不再结构稳定，甚至有可能支离破碎（我这个或然性的判断“可能”，是基于小说未对马得良是否会死于“狂犬病”给出答案）。

（四）三个词语：“柴门”“两块瓦”“长麻绳”

在这篇小说中，也许不应该忽略的还有“柴门”“两块瓦”“长麻绳”这三个偏正结构的词语。我们自然知道“柴门”原本出自唐代刘长卿的《逢雪宿芙蓉山主人》，但这篇小说故事中的“柴门”与那首五言诗中的“柴门闻犬吠，风雪夜归人”并不发生直接联系，余同友只是将“柴门闻犬吠”借来用作小说标题，将“柴门”与小说中那只叫“两块瓦”的狗联系起来。然而事情却又有些复杂，小说中的“柴门”与刘长卿诗里的“柴门”都具有同义性，即意味着用树枝或杂木编扎成“门”的这样人家，不仅是简陋的，而且是贫寒的。这一点，我们可以从叙事人的讲述中看到。

在这篇小说中，那“一截长麻绳”与两块瓦“喜欢吃的腌猪脚”同时由王翠花递到了马得良的手中。“腌猪脚”是诱饵，“长麻绳”是圈套，都是为那只死而复生逃到山林的狗准备的。但这“一截长麻绳”因为马得良的心软，最终没有套在“两块瓦”的颈部，反而被即将死于打狗队队长李国林等人枪下的“两块瓦”咬了一口，以致他害怕自己会染上疯狗病，要狗伢用麻绳（麻绳再次出现）将他绑在竹凉床上，免得疯了后“到处咬人”。

① 王跃生：《中国当代家庭、家户和家的“分”与“合”》，《中国社会科学》2016年第4期。

（五）有生理缺陷的孩子的叙述

在这篇小说中我们看到，围绕着“两块瓦”的生死而展开的故事，自始至终都是狗伢一个人讲述的。而且这个男孩的眼睛有疾、视力模糊，被医生确诊5年之后，也就是他13岁那年眼睛将“完全看不见了”。这就决定了小说作者给予这个男孩叙事的特殊性：其一，狗伢才8岁，他的叙述不具有成年人的逻辑性，是直觉的、宁静的、无序的、自言自语式的，不干预成人（父母与打狗队）之间激烈的矛盾，犹如河道的流水——自然而然地流动在人们面前；其二，因为他的眼睛有疾、视力模糊，他所看到的那个世界是不清晰的、不完整的，甚至变形的，却又是客观现实的；其三，正因为眼睛有疾、视力模糊，“当上帝关了这扇门，一定会为你打开另一扇门”（语出《圣经》），因而他的听觉（包括触觉）异常敏感，他能“看”到我们看不见那些。

事实就是如此，他用耳朵“看”到了“先是有一口风，一小口风，不知从什么样地方吹过来，像一个走夜路的小偷那样轻手轻脚”，“与此同时，另外的风来了”，这另外的风是“一群风，它们从各个方向奔来……把大树梳头发一样扯来扯去，把墙头上摊晒的酱钵子竹箕子掀翻了，把地上的草秆树叶浮尘扔到高高的天上”，“我家的柴门被它们推来搡去，吱扭吱扭地响，我担心，柴门要被它们推散架了……”其实在这篇评论中，我无须再次重复狗伢的叙述，我只是借此强调，“声音”对于这篇小说是有多么重要，它几乎可以成为余同友切开这篇小说的刀，找到“故事”能否成为“小说”这颗果实的核，赋予了既是叙述者，又是被叙述的对象的狗伢，看似随意实则专注于内心的叙事使命。

小说视角的选择与控制，文本结构的思考与构设，叙事语言的恰切与诗意，显现了余同友这类题材的小说写作充满了人世间的温情，也使这篇小说获得了稳定的美学性质。这或许与他曾经的乡村生存经验和现时的城市生活心理不无关系。但这只是我的一个猜测，因为至今我与余同友只见过两次面，除他的小说之外，我对他了解得并不多，直到决定写这篇评论的时候，才与他进行过一次电话上的交流，而且是为核实评论将要涉及的那几个问题而交流的。

从《皖北金秋》初识李培华的版画艺术

● 马　勇

近几年来，安徽省文联每年组织“我们的沃土，我们的梦——千名文艺家下基层”采风创作活动，2017 年的主题是“大淮河”采风创作，以皖北地区几个地市作为艺术家体验采风的主战场，扎根基层，走进生活，到人民大众中去发现创作的素材和获得创作的灵感。在 2017 年底的安徽省采风活动的创作成果展览中，涌现一大批优秀作品，版画《皖北金秋》就是其中的一个代表。

安徽版画自有文脉渊源，从 20 世纪享誉全国的新徽派版画的产生，到当下安徽版画的发展，徽派版画表现手法、作品形式非常多元化，版画本体语言的发展及艺术水准都是前所未有的。但是遍观整个版画界，似乎缺少了什么，那就是对当下社会的关注，尤其与新兴木刻时期相比，缺乏对社会发展的宏观把握和价值评判。有些版画家们局限在个人的世界里，表现一些小情趣，缺乏思考的痕迹和与社会生活的互动，版画家的作品远离社会生活，最终是被大众疏离。我想，这也是当下版画不被大众接受的重要原因。当下版画创作直接表现社会生活的作品不多，木刻版画形式在现代被许多人视为落后与老套的代名词。

李培华的版画创作，在其导师当代著名美术大家代大权先生的关注和指导下——用木刻语言碰撞当下的现实生活，作品鲜明的个性语言，娴熟的刀法，在当下版画艺术的多元格局中特立独行，他在当代艺术风起云涌的情境下，坚持用现实主义手法进行创作，无疑具有特别的意义，这是一种可贵的品质。他曾经非常诚恳地对我说：我坚持重拾新兴木刻运动的传统，坚持现实主义创作手法，表现我的创作理想。

《皖北金秋》刻画的是普普通通的淮北平原秋天收获玉米的场景，在漫天遍野的金黄色的大地上，人们世世代代辛勤劳作、繁衍生息，一代一代的轮回也在演绎着不同的故事。应该说对于这片土地上的人们来说，这是一个前所未有的美好的时代，庄稼地的尽头，村树掩映间，一座座新居楼房显示着农村生活条件的改善，人们和土地的关系也和以往有所不同，农村已不是传统意义上的农村，农民也不是用以往的概念能形容的农民。

《皖北金秋》绝版套色

客观地说，当下的时代背景下，以淮北平原作为绘画题材，地域的地理、人文特征并不明显，和北上广当代艺术的炫酷相比，作为乡土绘画选材的皖北，显得局促落寞……这和欣欣向荣、蓬勃发展的皖北大地的现实景象显然不相符合。这当然和艺术家个体的认识和选择有关，地域特征的弱化，也加大了表现的难度，不像大家争相表现描绘的边疆少数民族题材容易取得效果。但这种表象的背后是艺术家对皖北题材缺少更深层次的认识，对这片土地上的人们及他们的生活缺少真挚情感与深刻思考，对表现角度与视点缺乏更多尝试。

翻看李培华的版画作品，人物的表现贯穿始终，他近年创作的《西海固》系列、《西藏》系列，都有一个共同的主题：人与人性。近两年他又开始了皖北题材的版画创作，这种绘画题材的重新调整和归位，实际上也显示着画家心路历程的改变。

李培华出身于皖北农村，淮北平原广袤的大地给了他坦诚的胸怀，赋予他平易朴实的品格。对于农民和土地，他有一种发自内心的热爱。每次回到故乡，他看到日新月异的乡村面貌，在欣喜于这种变化的同时，也满含无尽的忧虑：儿时的乡村环境不见了，淳朴的民风也失落了很多。每年回乡，他都要走近亲朋好友、左邻右舍，了解他们在异乡的生活状态、憧憬与忧虑。在当下城镇化进程中，农民与土地、农村生存环境、农民的物质生活与精神世界，都是他热切关注的视点，也成为他版画创作的主题。

如果说农村生活的经历是李培华创作的外在动因，那他身处的文化环境和当地丰厚的人文积淀无疑演变成了他创作的内在基因，他成长生活的地方是皖北历史文化名城亳州，这里是老庄文化的发祥地，是三曹故里；汤汤涡水流经千年时空，一端系着老子、庄子的吟咏思考，一端给予他无尽的启迪。他每天徜徉在涡水之滨，似乎依然听得见建安风骨的回音。徽派版画的深厚底蕴，也不时给他的创作带来充沛的滋养。

版画《皖北金秋》选择一个较大的场景作为表现的视角，金黄的色彩无疑是作者心灵过滤后的选择，天空澄澈明净，田间的机耕道路蜿蜒曲折，在庄稼的掩映下消失在远方，玉米地的尽处，白杨树或成行成林，或数棵挺立，橙红色的树叶和天地的色彩交相辉映。近处的地头，已经砍下的玉米秆随意地堆放着，一位年长的老汉正费力地把一筐筐玉米倾倒在农用车上，中景处有一少年和妇女在摘拾玉米。同以往的表现秋收场景的热闹喧嚣的画面不同，《皖北金秋》所呈现的是一种宁静的景象，金色的大地在蓝色天空的对比下，散发出光辉的力量，这是一种生命的张力。他所表现的劳动似乎也没有传统意义上的辛苦不堪，这里展现出一种虔诚专注的仪式感，对，大地就是一个农民的信仰！

初见培华，一如他的画，朴实浑厚，平淡无奇，却有一种似乎司空见惯、却与众不同的气质。他性格内敛，甚至有些木讷，对于不同的评价与声音常报以憨憨的笑容，很少见他高谈阔论。但是他一旦进入创作状态却又截然不同：全神贯注、解衣盘礴、精神饱满、激情四射，一如他饮酒时的酣畅淋漓。他生活中粗粗拉拉，不大讲究，但内心情感丰富细腻，非常敏感，作画时每一根线条的刻画、每一个刀触的变化、每一块墨色的浓淡都能被他处理得恰如其分。李培华是个勤于思考却言语不多的人，独到的见解更多的是通过文字和形象表现出来，一如他刚直有力、毫不妥协的刀刻印痕。

《新春的里程》《新城》《母亲的土地》《生生不息》等作品，表现了他对当下农民境遇的思考，他说他是农民的儿子，对土地情有独钟，他的祖辈父辈、他的兄弟姐妹都生活在这片土地上；这片土地见证了他的奋争、努力、希望的全部过程，他的生活经历和环境，促使他表现这样的题材及采用这样的表现形式，他出身于农村，兄弟姐妹都是民工，周围的人也都是民工。他们的喜悦、痛苦、期望、迷惘、幸福、困境，他都感同身受，他们的现实处境，他们和土地的关系，他们和这个社会的关系，他们和这个时代的关系，他们和民族传统价值观的关系，都是他一直思考的东西，他觉得他不但有责任去表现当下农民的生活，更有义务去反映他们的生存状况。

《新春的里程》黑白木刻

《远望雪山》《春风拂过高原系列》等作品则表现了他对崇高的人性的认识，他一直对生活在青藏高原的生命有一种敬畏和尊重，觉得他们更体现了生命的顽强和坚韧不屈。自然环境的恶劣，没有磨灭他们对生存的信心，人们可以从他们身上体会到生命的沉静、从容、豁达和乐观，及一种朴素、单纯、高贵的情感。这些作品多是取材于青藏高原的人物、风景，表现他自己对这方神圣之地的敬畏和向往，通过不同刀法语言的组织安排，形成有特定结构的黑白色块，传达出果敢、坚毅、明朗、神圣的画面境界，以自己不断的付出实践着生命的一次次升华。

《清平乐·春动花戏楼》

培华正处于人生的壮年，也是艺术创作的黄金时期，他长期扎根基层，既从事着一份中学教职，兢兢业业，养家糊口，又怀有艺术理想，苦心孤诣，辛勤创作；一边是尘世俗务的牵绊，一边是艺术上的不断追求。近年来，他多有作品问世，也得到了社会的认可，这是培华个人的幸运，能为现实主义版画创作添砖加瓦也使他倍感欣慰。

我们相信，扎根皖北、热爱皖北、热爱版画艺术的培华，一定会取得更大成就。

现代悲剧经验书写如何可能

——从《第七天》看英国马克思主义悲剧理论的阐释力

● 韩清玉

韩清玉，1981 年生，山东梁山人，南京大学文学博士，山东大学文艺美学专业博士后，现任安徽大学哲学系副教授，硕士生导师，美国马凯特大学访问学者。主要从事文艺理论与批评、文艺美学研究。现主持国家社科基金一般项目、国家社科基金重大项目子课题各 1 项，中国博士后科学基金特别资助等省部级科研项目 4 项。先后出版专著《艺术自律性研究》（人民出版社即出）、《马克思主义文艺理论中国化论纲》（合著，安徽文艺出版社 2016 年版），在《文学评论》《哲学动态》《韩中言语文化研究》（韩国 KSCI）等发表学术论文近 40 篇，其中 4 篇被人大复印资料转载，并发表散文等数篇；曾获第五届安徽省文联文艺评论奖三等奖、安徽省社科联“三项课题”优秀成果奖等。主要学术兼职有安徽省文艺评论家协会会员、安徽省美学学会常务理事、中国文艺理论学会会员、中国中外文艺理论学会会员、中华美学学会会员、国际美学协会会员、韩国融合人文学会外籍编委等。

一、现代悲剧观念与中国语境

在漫长的西方艺术史上，悲剧一直是高贵而成熟的艺术形态，也正是它的尊贵，关于悲剧死亡的论调一直以来被学界热烈讨论。作为一种文体形态，现代人的情感模式更为小说（特别是长篇小说）提供了滋生的土壤，这其中敲响丧钟的不仅是悲剧，还有诗歌。更重要的，悲剧死亡的另一缘由则在于作为一种经验，传统悲剧的崇高色彩已经不再具有适合的土壤，现代社会的乱象丛生，自然会促使人们的价值观念出现多元取向。这样一来，每天在我们身边发生的悲惨事件是更为鲜活的悲剧，牺牲、痛苦也不再必须升华为一种悲壮的审美体验。从后一种悲剧消亡的表征来看，所谓的"悲剧死亡"，只不过是作为传统意义上的悲剧经验不再处于主流的位置，取而代之的是关注个体和日常的悲剧体验。可见，悲剧不是死亡了，而是变异了。比如夏志清曾经这样讨论过悲剧的话题："张爱玲说她不愿意遵照古典的悲剧原则来写小说，因为人在兽欲和习俗双重压力之下，不可能再像古典悲剧人物那样的有持续的崇高情感或热情的尽量发挥。"①

正是在这一语境下，英国马克思主义理论家雷蒙·威廉斯（Raymond Williams）和特里·伊格尔顿（Terry Eagleton）另辟蹊径，提出了更有当代生命力的现代悲剧观念。虽然威廉斯和伊格尔顿这师徒二人的具体观点也并不一致，但是本文无意做出细致区分。因为在笔者看来，与传统悲剧观念相比，威廉斯和伊格尔顿把悲剧界定为具体的经验或者事件，在这一问题上，区分二者也仅仅是初步的工作；最为重要的是，这样的悲剧体验如何在文学中加以书写？虽然他们也举出了诸如易卜生、田纳西·威廉斯、劳伦斯、贝克特等作家，一方面说明了现代文学写作已经从崇高的审美经验中走出来，部分地显现了现代悲剧经验的美学特质；另一方面，威廉斯和伊格尔顿已经从文体上解决了悲剧形式被小说吞噬的状况。因为把悲剧界定为经验或者事件，小说也同样具有承载这一经验的合法性，甚至比戏剧样式更有展现的张力。

英国马克思主义美学解决悲剧观念从传统到现代转换难题的手段在于对悲剧这一范畴重新界定。雷蒙·威廉斯认为"悲剧是一系列经验、习俗和（机构）制度"。② 伊格尔顿则在悲剧问题上试图实现唯名论与实在论的沟通，

---

① 夏志清：《中国现代小说史》，刘邵铭等译，香港：香港中文大学出版社，2001年，第342-343页。

② Raymond Williams, Modern Tragedy, London: Chatto & Windus, 1966, p. 46.

这是在意识到悲剧理论建构危机之后的有意识突围。比如他在肯定威廉斯的以上界定之后，马上提出了这样的疑问："我们为什么要用悲剧这一个词同时来指称《美狄亚》和《麦克白》，一个少年的被杀和一场矿难。"[①] 描述性的界定或许更能表达悲剧这一范畴的内在张力，实际上，伊格尔顿认为"十分悲伤"的情感体验最能精确地概括悲剧，这一点，比威廉斯所钟情的共同的情感结构要具体。虽然在悲剧的界定上伊格尔顿并没有走向虚无主义的极端，但是他更倾向于用维特根斯坦的"家族相似"性来表达对悲剧的理解，这似乎又回到了威廉斯的经验性描述。总之，雷蒙·威廉斯和特里·伊格尔顿正是在坚固的悲剧传统中找到了更为贴近现代社会的悲剧言说方式，不仅在文体上解决了长篇小说对悲剧形式的强势占领，更从审美情感上使濒临理论危机的悲剧传统安全着陆。因此，这样的范式转换把悲剧研究引入一个更为广阔的研究空间。

在对悲剧传统的反思中，雷蒙·威廉斯意识到悲剧理论无法与现代悲剧进行有效的对话，甚至"现代悲剧理论对现代悲剧的存在持有否定态度"[②]。这其中，很重要的原因在于，悲剧理论先于悲剧的创作，特别是用被受过学术训练的人系统化之后的理论规范来考量现代悲剧，自然会出现格格不入的状况，这种"以古论今"的做法把批评理论与创作实践分离开来。虽然雷蒙·威廉斯在《现代悲剧》的第二部分就把重点放在悲剧文学的批评实践上，但是，他所倡导的现代悲剧经验如何书写？这在英国马克思主义悲剧理论那里仍然是一个悬而未决的问题。更进一步，虽然英国马克思主义的悲剧观念不再追求形而上的价值尺度，而是把普遍人物的日常灾难和痛苦作为其研究的重心，但是这并不意味着悲剧书写完全成为私人化痛苦的倾泻；相反，在这些普通公众的偶然遭遇背后仍然有普遍性的不合理结构。正如威廉斯所言："悲剧经验之所以极为重要，在于它通常引发一个时代的根本信仰和冲突。悲剧理论的有趣性则主要在于它深刻地体现了一个特定的文化形态和结构"[③]。那么我们在悲剧研究中就需要转变视角，"我们不再寻找悲剧的新的普遍意义，而是寻找自己文化中的悲剧结构"[④]。这无疑给我们很大的启示：中国语境中的现代悲剧应该如何书写？其与当代中国的社会结构有怎样的关联？又如何从中国的传统文化中寻找根本性的价值冲突？

---

① Terry Eagleton, Sweet Violence: The Idea of the Tragic, Oxford: Blackwell Publishing Ltd, 2003, p. 3.

② Raymond Williams, Modern Tragedy, London: Chatto & Windus, 1966, p. 46.

③ Raymond Williams, Modern Tragedy, London: Chatto & Windus, 1966, p. 45.

④ Raymond Williams, Modern Tragedy, London: Chatto & Windus, 1966, p. 62.

悲剧与中国的关系实在是一个有趣的话题，不少极端者认为中国自古以来就没有悲剧的产生，在情节上追求大团圆的结局，悲剧主人公的人格体现“礼”多于“义”，虽然多有牺牲的结局却缺乏悲壮的色彩。这不仅影响了悲剧冲突的连贯性，也是悲剧表达缺乏主体性精神的重要表征。当然，这些都是以西方悲剧理论传统为标杆所作的判断，而中国悲剧也不乏自身的独特性，如在苦情苦趣的情感基调中创造了浓郁的悲剧意境，使读者在忘我的审美观照中唏嘘感叹。[①] 而如果以西方现代悲剧观念为参照，中国当代社会不仅存有滋生悲剧的土壤，更有大量悲剧文学的创作实践。其中我们不难看出，虽然中国自古以来在悲剧发展中一直坚持自己的路数，没有与西方悲剧传统的对话和契合；但是当代悲剧书写，在文学文本层次上与英国现代悲剧理论有了呼应。这其中除了中国当代文坛对社会和个人苦难有了自觉的倾诉意识之外，更在于当代中国正遭遇威廉斯和伊格尔顿悲剧理论所生发的语境。

学术界普遍认为，中国当代小说创作中悲剧是唱主角的，无论是伤痕文学还是寻根文学，以至先锋文学，多以描写苦难、渲染悲剧色彩为主要特征。这其中，余华的小说是具有典型性的。有人认为余华的《活着》标志着“后悲剧时代的来临”[②]，这一判断显然是需要进一步说明的：如果说就中国文学发展的角度而言，余华的悲剧书写确实具有自己的特色，在人性深度和社会批判性上具有突出的特点；但是这并不意味着余华的《活着》引领了悲剧创作的转变——《活着》所展现的仍然是一种形而上的生存观念与偶然性命运之间的纠葛，除却主人公福贵的渺小外，其主体特征还是传统悲剧观念的重要体现。不过，纵观余华悲剧书写的变化，我们确实能发现其在悲剧观念上的嬗变，特别是在其新作《第七天》这部小说中，余华把社会热点事件通过故事人物的经历贯穿起来，没有刻意回避故事情节的公共性。尽管小说被诟病为“段子集锦”，但这样的公共事件的大集合也体现了作者对悲剧性表达的独特理解。因此，《第七天》以当代“中国式悲剧”的写作模式恰好应和了现代悲剧经验，主人公具有小人物的社会身份，在面对社会体制、价值观念等总体性扭曲中，个体无奈地为此付出代价，甚至死亡。这一对日常生活的怪诞书写使得现代悲剧在喜剧表达中更具张力。在方法论层次上，一直以来，以理论阐释文本是文学批评的通行惯例，而文本呼应理论或者印证理论似乎并不多见。从这一点出发，我们不妨把《第七天》这部小说作为分析重点，而目标则是探究现代悲剧理论的阐释力、书写的可行性以及与当代中国的深度对话。

---

① 参见谢柏梁：《中国悲剧的美学特征》，载于《中国社会科学》1990 年第 6 期。

② 李育红：《后悲剧时代的来临——从余华的〈活着〉谈起》，载于《小说评论》2006 年第 1 期。

二、主人公群体：无罪的“草芥”

在汉语中，常用“草芥”来形容个体的渺小和对生命的漠视，如“草芥贱命”“草芥其民”。现在，我们用这个词来形容《第七天》的人物遭遇是非常贴切的。

小说以男主人公杨飞为叙述视角，通过他遭遇饭馆爆炸死亡之后被送往殡仪馆火化的路上经过，以及游荡在“死无葬身之地”的过程中，回忆了自己的生平，也展示了社会多重悲剧景象。从主人公的身份来看，《第七天》这部小说已经不再沿袭传统悲剧的套路，把人物的历史性身份看作重要因素。杨飞由一个单身铁路工人养大，大学毕业后成为一名公司员工。在他身上，看不到高贵与富裕，像大多数普通年轻人一样，背负着沉重的经济压力，每天的辛勤工作只为求得安稳的生活。但是，恰恰是因为杨飞的平凡，才使他具有了社会性的身份。历数古典悲剧的经典之作，大多数人物是有历史性身份的，但是超越了社会环境对他的影响，或者说，王公贵族是不会受制于社会压迫和贫苦之束缚的。

不仅杨飞如此，故事中的多数人物都是在社会体制环境中挣扎的小人物，遭遇“强拆”被砸死在家中的夫妇，牵挂着还活着的女儿；在贫困线上苦苦挣扎的情侣鼠妹和伍超，面对物质上的诱惑，甚至要选择堕落，最后在山寨iphone手机事件的极端性思考中选择了自我毁灭，等等。这些小人物都是社会存在的主要群体，他们在经济上匮乏，在社会生活中也缺乏尊严。如果这些构成某种必然性的话，那这种必然性本身就是悲剧性的。

在这里，势必要涉及悲剧人物与悲剧情节之间的关系。其实，在亚里士多德对悲剧的定义中，事件和行动是关键点，并没有对人物作太多规定。但是在悲剧发展中，对主人公的身份要求却成为一种定势。按照伊格尔顿的分析，人们对贵族的偏爱在于他的命运是与社会甚至历史联系在一起的，在象征意义上能代表总体性的状况，因此更能产生历史性的影响。另外，高贵的身份跌落到厄运的底端，更能产生悲剧感。但是，就我们今天来看，问题可能恰恰出在这里，因为“在古希腊悲剧中，悲剧主人公的地位与继承、血缘及责任密切关联，这样的地位特征使得人物个性发展仅仅是为了满足普遍行动的需要”[①]。而人物的个性与社会角色的矛盾是形成悲剧冲突的张力，或者按照福柯的说法，社会角色的形成是社会意识形态对其规训的结果，对个性

---

① Raymond Williams, Modern Tragedy, London: Chatto & Windus, 1966, p. 90.

必然产生一种限制。

当然，传统悲剧的英雄人物观之所以能够长时期以来作为强势话语存在，根源在于其以艺术化的方式传播关于人生存在的正能量，正如伊格尔顿所言："悲剧英雄通过其勇气和耐受力将苦难的秘密转变成可理解性，改善它并且达成和解，我们对人类状况的信心因此而得到强化和重申。"[①] 如果从社会学的角度分析，悲剧人物地位的不同不仅是亚里士多德意义上情感的差别，更是政治身份的表征。在这一点上，威廉斯依然突破了马克思主义经典作家的阶级论观点，而侧重实践层面人与人之间的区隔。在他看来，阶级仅仅是一个无定形的社会中的区分，而地位则意味着秩序和关系。[②] 这样一来，当下的悲剧形态就不再是威廉斯所概括的自由主义悲剧特征，不再把悲剧人物的自我否定与自我反抗作为主要呈现方式，而是回归自我与外部的简单关系。进一步地，我们可以把现代悲剧的产生不再归结为人而应该是社会环境，个人不仅不再具有追求自由幸福的权利，甚至已然丧失了使自己避开祸难的能力。其实雷蒙·威廉斯在谈到米勒的《人民公敌》这部作品时，已经对这一困境作出了深刻的解析，他认为："社会不仅仅是供解放者挑战的不合理制度，它还主动毁灭和陷害人们，只是因为他们还活着。社会仍然被看作是错误的和可以改造的，但现在仅仅生活在其中就可以使其成为受害者。"[③] 从威廉斯的论述我们不难推断，像《第七天》中诸如杨飞他们的悲剧在于，即使遵从社会的法则仍然无法逃脱。

在悲剧人物的这一讨论中，我们还可以进一步结合《第七天》接着威廉斯和伊格尔顿的视角对传统悲剧观念进行批判。英雄悲剧在历史上表现的是人们所固有的偶像崇拜的冲动，是尼采意义上的仪式体验，也正是如此，表现英雄的悲剧除了表现之外没有外在的价值；而现代悲剧则从人物命运的表现（或者说是展示）中介入社会生活，至少从《第七天》这部小说中我们不难发现其端持的激进立场。摘掉了悲剧人物高贵的光环，现代悲剧显现了大众化的趋向，这是艺术向日常生活的扩张，也是"悲剧作为经验"这一命题的重要支撑，当伊格尔顿宣称对悲剧主人公的唯一要求是"你是这种人当中的一员"时，也是在昭示悲剧不是衰亡了，而是增多了。

---

① Terry Eagleton, Sweet Violence: The Idea of the Tragic, Oxford: Blackwell Publishing Ltd, 2003, p. 76.

② Raymond Williams, Modern Tragedy, London: Chatto & Windus, 1966, p. 90.

③ Raymond Williams, Modern Tragedy, London: Chatto & Windus, 1966, p. 104.

三、革命无序与悲剧困境

主人公固然是悲剧性的承载，但是悲剧的核心从来都不是人物而是事件，亚里士多德把悲剧艺术定义为对行动的描写，通过事件和人物的行动表现矛盾冲突，这是亚氏悲剧情节论的重要理论关联。这说明，冲突是悲剧艺术的永恒主题，只有在“非此即彼”的困境中才有悲剧性的产生，这一点在传统悲剧和现代悲剧中是共通的；但是所不同的是，现代悲剧的冲突更多的是人与外部世界的矛盾，而不再是人自我的纠葛。更重要的是，当我们把现代悲剧事件界定为偶然性的时候，作为社会存在的必然性根源是更为深刻的矛盾缘由。这与悲剧人物的选择问题是相关的，当悲剧着意刻画社会与个体的冲突时，自然要选择被社会所压制的人群，而不可能是试图去驾驭世界的历史性人物。

当然，个人与社会的关系在悲剧观念史上有一个历时性的变化。在很长一段时间，个人的意志或是社会历史发展的推动力，或在对立的立场上通过革命来推进社会的进步；而正如雷蒙·威廉斯所认为的，从契诃夫和皮兰德娄开始，个人与社会的对立就不再像自由主义悲剧那样积极的了，“个人所应对的不是反抗某种社会状况，而是社会事实本身。如此一来，人们除了退却还能做什么呢”[①]？

这一变化的深层社会根源是什么？通过对悲剧观念的考察，雷蒙·威廉斯和特里·伊格尔顿都发现了问题的所在，这就是相对于人而异化存在的社会秩序。秩序与无序是相对的，现有的秩序往往被认为是合理的，受到伤害的或者反抗这一秩序的人似乎都是制造暴力和无序的动因。可是，威廉斯提醒我们：我们必须摒弃将革命理解为社会危机的看法。换言之，我们应该把思维深入为什么会有革命和反抗，这就必然使我们反思社会秩序本身。小说《第七天》中的人物并不是一个主动反抗的群体，辛勤劳动，为人友善。即使如此，他们仍然无法摆脱与现有秩序的对立。主人公杨飞的父亲是一位铁路工人，在自己得了癌症之后拖垮了生活小康的儿子，最后放弃治疗，离家出走客死他乡。小敏的父母在遭遇了“强拆”之难后，被自己的家园埋葬，与年幼的女儿从此相隔阴阳两地。给读者更强烈震撼的，莫过于杨飞的“妈妈”李月珍老人的经历了。老人一生善良和蔼，在即将去美国投奔女儿颐养天年之前，却因为正直地揭露出医院处理死婴不当事件而被杀害。虽然说暴力拆

① Raymond Williams, Modern Tragedy, London: Chatto & Windus, 1966, p. 140.

迁等行为并不能代表现有秩序的全部面貌，但是这些不合理的存在本身就意味着现有秩序是部分的无序状态。在其积极意义上，如果人们对秩序的不合理成分加以批判和反抗，这一革命过程的表现仍然是无序的，这就是说，“特别是在悲剧中，秩序的创造与含有行动的无序现实直接相连。不管最终得以认可的秩序有何特征，它的确是在这一具体行动中被创造出来的。有序和无序之间有着直接的联系”[①]。这是黑格尔意义上的辩证，只不过，在实践层面，悲剧主人公在秩序中承受无序是何等的痛苦与艰难！

悲剧冲突的当代语境在于时代信仰的危机。人们关注日常生活胜过对生命本身的思考，即使是拼命工作也不是为了实现人生的价值而是在快节奏的生活中挣扎。当代悲剧已经把信仰看作是一种奢侈的能指存在，而很难把它与人们的实际生活联系在一起。在这一问题上，威廉斯仍然把马克思主义的悲剧理论奉为圭臬，认为最常见的悲剧历史背景是某个重要文化全面崩溃和转型之前的那个时期，“它的条件是新旧事物之间的现实张力：体现于制度和人们反应之中的既定信仰与人们最近所明显经验到的矛盾和可能性”[②]。这一观点就与当代悲剧产生了距离，客观的秩序和客观的无序成了冲突的双方，而在它们互相挤压的中间部分则是悲剧人物，这就是《第七天》所要传达的悲剧性。

与信仰有关的一个话题是价值观念，这一点在小说中也得到了淋漓尽致的展现。“鼠妹”刘梅和伍超来自农村，同在一个发廊打工，做钱少活累的工作，羡慕于同村姐妹卖淫所得的高收入，也想为了改善自己的物质生活而主动选择堕落。“干上几年后挣够钱就从良，两个人回他的老家买一套房子，开一个小店铺。”[③] 这是刘梅与男朋友商量去卖淫之事时提出的想法，由此可以看出主人公的价值取向：追逐物质生活的丰盈比保留自身的尊严更为紧要，这无疑是“笑贫不笑娼”这一畸形价值观念的生动写照。在这里，传统的价值观念虽然没有站出来，但是作为隐形的存在，它的力量依然是巨大的。这就意味着，畸形观念的出现本身即是悲剧性的。威廉斯宣称“最有价值的东西与最无可挽回的事实被置入一种不可避免的关系和冲突中”这一悲剧表现时，我们不禁进一步追问，在当代社会，“什么才是最有价值的东西”？可是，在这个问题上的迷惘已经说明了我们是何等的悲剧。

雷蒙·威廉斯认为具有直接经验属性的悲剧感本身是对信仰的质疑，在

---

① Raymond Williams，Modern Tragedy，London：Chatto & Windus，1966，p. 52.

② Raymond Williams，Modern Tragedy，London：Chatto & Windus，1966，p. 54.

③ 余华：《第七天》，北京：新星出版社，2013 年，第 113 页。

这种情形下，“将无序状态和苦难戏剧化并解决的共同过程就被深化为最容易被认作是悲剧的层次”[①]。悲剧冲突的艺术化解决，这是威廉斯一直以来坚持的论调，只是这其中不免使人生疑的是，即使在悲剧艺术中，无序和苦难何以能解决？又如何解决？悲剧人物的死亡可以实现冲突的解决吗？在现代悲剧中，死亡固然是一种悲剧经验，但是悲剧绝不停滞于死亡本身。

四、“死亡”新解：现代悲剧的展示功能及意义

在对《第七天》的诸多评论中，对余华“以死写生”艺术手法的关注并不多，人们多把这一点看作是作者作文雕饰的噱头。其实余华在其中试图赋予死亡以悲剧叙事的功能，这一点是大于死亡的主题学意义的。这主要表现为两点：一方面，以死者为叙述视角。杨飞在死去之后回望人生，从容不迫地把生前的无奈与痛苦尽数展现，虽然是以第一人称“我”为叙述者，但正因为是死去的人，在游荡中被赋予全知全能的视界。另一方面，一般而言，悲剧的高潮是主人公的毁灭，至于这一毁灭所带有的形而上或伦理学的悲剧意蕴则是对文本的诠释；但是，《第七天》的故事却是从死亡开始讲述的，并且是通过死亡来讲关于死亡的故事。“以死写生”不仅是创作手法的标新，更是通过这种荒诞的讲述，来揭示现实世界的真实。

死亡的意义是什么？这似乎是在传统悲剧中已经得到充分解答的问题，正如特里·伊格尔顿所言：“悲剧英雄向死亡屈服，这看起来可能是命运的胜利。但是由于他自由地这样做，知道死亡是自己走向永恒的通径，因此可以说，他在这一行动中超越了命运。”[②] 这是传统悲剧的典型特征，作为客观的死亡在效果上彰显了命运的主导力量；作为主观的死亡却是主人公的自由选择，无论是主观还是客观，死亡在此都是一种手段。而这一点在现代悲剧中不再存在，因为在现代社会中人自身的毁灭既不能带来形而上的追问，也不会带来道德意义上的崇高，更重要的是，现代人更多的是“被死亡”。杨飞死于饭馆的煤气爆炸，他的父亲则在绝症中死去，交通事故，商场火灾……这些毁灭在传统悲剧的批评范式中是不能称为悲剧的，但是在当代，死亡却是可以成为悲剧的全部理由。

威廉斯说死亡在悲剧表现中的意义在于以此来定义人的孤独、人与人之

---

① Raymond Williams, Modern Tragedy, London: Chatto & Windus, 1966, p. 54.

② Terry Eagleton, Sweet Violence: The Idea of the Tragic, Oxford: Blackwell Publishing Ltd, 2003, p. 126.

间关系的丧失，以及随之而来的人类命运的盲目性；可是在我看来，这仍然是基于传统悲剧基础上的逻辑认知，因为现代悲剧更多的是对死亡的一种展示。对死亡的展示也即是对无序的呈现，在这一呈现中揭露人的存在状态，把价值判断的权力交给读者，把对死亡的认知和思考也交给读者。因为死亡本身也是一次行动，一种经验，“无论人怎样死亡，这种经验不仅仅是肉体的瓦解和终结，它还给他者的生活与关系带来变化，这是由于我们在自己的期待和结束中认识死亡的同时，也会在他人的经验中认识死亡”[①]。更进一步，我们通过死亡所了解的并非仅仅它本身，更有我们周围的政治、人事，甚至人心。这样一来，在无序的社会秩序中，观看者对悲剧人物的怜悯和同情是没有多少意义的，因为造成悲剧的原因就像空气一样在我们周围，每一个人都是平等的。

通过分析我们不难看出，与英国马克思主义大众文化研究相联系，现代悲剧观念无论是创作理念还是批评方法，都不再是精英主义的，或者说悲剧已经成为大众文化的重要表现，这在艺术流变史中是比较难得的。甚至可以说，在英国马克思主义悲剧思想中，已经实现了悲剧研究的社会学转向，威廉斯在讨论革命与悲剧的关系时曾经指出：“一般形态的悲剧观念特别排斥社会性的悲剧经验，同样一般形态的革命观念也特别排斥悲剧性的社会经验。”[②]这似乎构成了二者的悖论；但是，从生成论的角度来看，我们完全可以在具体的事件中找到他们的联系。在小说《第七天》中，社会性是这出悲剧的主色调，个人也因承载了诸多社会无序带来的伤害而具有了普遍性。

总之，《第七天》是现代悲剧经验书写的典范之作，它突破了传统悲剧的固有范式，以社会个体的悲剧经历为主要内容，展示了整体秩序失衡下的悲剧事件和场景。它本身也是一种对话——作为小说体例的悲剧书写与英国现代悲剧理论的对话，悲剧书写的中国经验与西方当代理论话语的对话。

（本文主要内容发表于《文学评论》2014 年第 6 期，有改动）

---

① Raymond Williams，Modern Tragedy，London：Chatto & Windus，1966，p. 57.

② Raymond Williams，Modern Tragedy，London：Chatto & Windus，1966，p. 64.

“史统”兴衰与长篇历史叙述的发展

● 刘霞云

刘霞云，1977 年生，汉族，安庆怀宁人，南京师范大学文学博士，马鞍山师专中文副教授，校应用研究中心主任，马鞍山市文艺评论家协会主席，中国文艺评论家协会会员，安徽省文艺评论家协会会员，第四届中国文艺评论骨干班学员。主要从事中国现当代文学研究与批评。已出版《人性边缘》《当代名家小说研究》《20 世纪后 20 年长篇小说文体革新现象研究》《张弦艺术论》《流风遗韵话千古》等专著。在《小说评论》《当代文坛》《宁夏社会科学》《理论月刊》等学术期刊公开发表学术论文四十余篇。研究成果多次获安徽省文艺评论奖、马鞍山市社科成果奖、马鞍山市政府太白文艺奖。主持完成安徽省人文社科、江苏省普通高校学术学位科研创新计划项目等共 5 项；主持在研安徽省高等教育振兴计划优秀青年人才计划基金项目、安徽省社科联科学创新发展项目、安徽省高校人文社科重点项目、安徽省高校教学研究重点项目等共 6 项。

基金项目： 安徽省高等教育振兴计划优秀青年人才支持计划项目；2018 年度安徽省高校人文社科研究重点项目；马鞍山市文联中青年作家扶持项目阶段性成果。

一、"史统"与小说的关联

"史统"作为一个概念的提出大约在明中后期，广为人知的是明冯梦龙在为自己编撰的小说集《古今小说》作序时提出"史统散而小说兴"[①] 的论断，而在明末清初又出现以"史统"命名的著述，进一步证明"史统"作为独立概念的可能性。关于"史统"，学者张开焱认为其是明代文人仿"道统"而提出，而"道统"指由孔子开创、后世儒学大家继承和发展的儒家学说的传统与规范[②]，并以此推断"史统"是"上古三代关于历史叙事的神圣原则与传统"，是"庄严、崇高、雅正"的文体，体现的是"官方指认的历史伦理意识"[③]。与此同时，学界还有诸如"史传传统""史传意识""史传精神"等提法，如陈平原在《中国小说叙事模式的转变》中提出"史传""诗骚"传统促成新小说到现代小说叙事模式的转变，认为史传影响中国小说大体表现为"补正史之阙的写作目的、实录的春秋笔法以及纪传体的叙事技巧"[④]。诸如此类提法的还有朱水涌的《历史传奇：史传传统与史诗模式》、孟繁华的《历史主义与"史传传统"终结之后》、郭冰茹的《"革命历史"叙述与史传传统》等。方锡德在《中国现代小说与文学传统》中提出"史传意识"对现代小说的影响，并从"通古今之变的历史意识、实录写真的现实精神、美丑必露的审美原则、心存泾渭的春秋笔法"[⑤] 来概括"史传意识"。毕文君则认为"史传传统"作为一种文学资源，其对小说的影响呈现出不同层面的形态，不仅是文学精神的凝固，也是叙事要素、美学经验的彰显与延续，故称为"史传精神"[⑥]。上述提法各异，但究其含义却大抵相通，相比较，"史统"所括内涵丰富，其中"统"除了"传统、规范"之义外，还有"统摄、正统、权威"之义。作为一种神圣而崇高的文化形式与思想意识，"史统"确认了历史文化在中国文化体系中的统摄性地位，确认了由《春秋》所开创的历史编纂传统，故欲深入分析中国传统文化对历史文学的影响，"史统"当为妥帖的选择。

作为一种叙事规范，"史统"首先是一种历史叙事，描述对象为中国历史

---

① 冯梦龙．古今小说·叙．古今小说（上）［M］．许政杨，校注．北京：人民文学出版社，1958：1-2.

② 张开焱．"史统散而小说兴"——冯梦龙小说思想研究之三［J］．明清小说研究，2007（2）：178.

③ 张开焱．冯梦龙与巴赫金小说起源思想比较研究［J］．华中师范大学学报，2013（1）：92-94.

④ 陈平原．史传、诗骚传统与小说叙事模式的转变——从新小说到现代小说［J］．文学评论，1988（1）：94.

⑤ 方锡德．中国现代小说与文学传统［M］．北京：北京大学出版社，1992：146-198.

⑥ 毕文君．"史传精神"与当代长篇小说的文学资源［J］．甘肃社会科学，2011（1）.

上发生过的重大事件或出现过的重要人物，叙述时乃“有是事而如是书”，讲求“博考文献，言必有据”的实录原则。为保证叙事的权威与真实性，多采用第三人称全知视角，叙述者多抱客观冷静的态度，最大限度排除主观性与情感性。为隐匿表达作者的好恶，多采用微言大义的“春秋笔法”。在体例上，既有以《春秋》《左传》为代表的编年体，也有以《史记》《汉书》《三国志》为代表的纪传体。编年体善做连贯记叙，具有整体性和全面性，但对人物不做过多停留，人物被迫变成碎片镶嵌在历史的长河之中。纪传体以人物为中心，既对人物及中心事件做连贯记叙，也对历史场面做细致描写，形成小场景有细节逻辑、大事件描写粗线条、局部构造严谨、整体架构松散的样态，这种结构分而观之，如同短制，但合而视之，却有整体性。对此结构样态，茅盾曾赞其“可分可合，疏密相间，似断实连”①。其次，“史统”讲求“唯史独尊”的史家意识、“怨毒著书”的叙事动机、“究天人之际，通古今之变”的叙事目的等。这些具有小说特质的叙事规范和写作思维使“史统”孕育并长期影响小说发展成为可能。

毋庸置疑，影响小说发展的因素是多元的，其中既有中国本土传统的延续，也有西方外来思想的渗透；既有创作主体的自主选择，也有时代语境的外力使然等，故谈及小说发展成因时学界总是莫衷一是，但在小说起源问题上能基本达成共识，将“史统”视为中国小说的母体。其中石昌渝的一段论述影响相当大，他认为“史传孕育了小说文体，小说自成一体后，在它漫长成长过程中依然师从史传，从史传中汲取丰富的营养”②。达成如此共识并非毫无根据，太多的证据表明“史统”含有小说的要素。如在古代就有史学家不断指出《史记》的叙事存在“失真”“自相矛盾”“次序错乱”等缺憾，其实此“缺憾”正是历史著述具有“文学性”的体现。现代史学家吴晗读《明史》，发现“除记人类活动外，实亦兼收志怪、鬼神诸非人的记载”，并扩大范围，认为“在史书中，人与非人的记载，两千年来实有平行趋势，且两者互纠不可分”③，此论也充分说明即便是被推崇的官修正史依然含有虚构成分。而钱锺书研究《左传》《史记》得出“史蕴诗心”的结论，指出“史家追叙真人实事，每须遥体人情，悬想事势，设身局中，潜心腔内，忖之度之，以揣以摩，庶几入情合理。盖与小说、院本之臆造人物、虚构境地，不尽同而可想通”④，再次指出史传著述的虚构性和文学性。其实，从文学角度研究史传，

① 茅盾．茅盾文学评论集（上卷）[M]．北京：人民文学出版社，1978：290.
② 石昌渝．中国小说源流论［M］．北京：生活·读书·新知三联书店，1994：67.
③ 吴晗．吴晗论明史（中册）[M]．北京：北京理工大学出版社，2016：542.
④ 钱锺书．管锥编（第一册）[M]．北京：中华书局，1986：166.

早在唐代就已有之，韩愈、柳宗元推崇《史记》“雄浑雅健、峻洁”的语言风格，苏洵、苏辙发现《史记》叙人写事的“互见法”，茅坤、归有光推重《史记》“以人记事”的写作特征和“言人人殊”的艺术特色，方苞、刘大櫆赞赏《史记》内容与形式的有机结合等。诸如此类对“史统”小说因素的发掘一直延续到现代乃至当下。

“史统”在文类上孕育了“小说”，但让其成为一种与散文、诗歌、戏剧等同等地位的文类却是很久以后的事，尤其对于长篇小说而言。追根溯源，中国长篇小说的雏形最早可溯至南宋《大唐三藏取经诗话》，其情节粗略，为唐三藏取经故事的最早形态，但已初具名著《西游记》的大致轮廓。若以此为起点，中国长篇也只有数百年的发展历程，如此缓慢的发展历程在一定程度上折射出“史统”对于小说发展的制约性影响。众所皆知，“小说”一词最早见于《庄子》，但此处意为“浅识小语”，并不具有文类意义。而作为文类理解的则是东汉的桓谭和班固。桓谭因袭庄子的观点，认为小说家合从残小语，近取譬论，以作短书，治身理家，有可观之辞。班固在《汉书·艺文志》指明“小说”乃稗官收集的街头巷语，鲁迅认为这些“小说”“大抵或托古人，或记古事，托人者似子而浅薄，记事者近史而悠谬者也”[①]，此种界定与现代叙事学意义的“小说”依然还是两个不同的概念。也就是说，中国古代小说历经杂史、杂传、志人小说、志怪小说、笔记小说、野史小说，直到唐传奇为止，才开始在小说中不加掩饰地加入想象和情感的成分。传奇的出现意味着文学意义上“小说”的开始，同时也意味着“小说”对“史统”依附关系的开始，如《云麓漫钞》（卷八）中有着一段经典论段讲述唐传奇“文备众体”具有“史才、诗笔、议论”[②] 之艺术体制和功能，认为“‘史才’是用史家写传记的笔法写小说，至于‘议论’，则是‘史才’的一个组成部分，模拟《左传》的君子曰、《史记》的太史公曰，显示其继承的是史家传统”[③]。自此，以唐传奇为起点，在漫长的发展过程中，小说一方面与作为历史叙事的“史统”相联系，另一方面作为稗史，与“史统”相对立甚至互为补充。这种关系在一定程度上促进和指引着小说的发展，但与此同时也制约着小说的发展。“史贵于文”的历史叙事传统轻视杜撰，史料始终是主流，以虚构为主的小说自然无法与其抗衡，这导致小说长期在史实与虚构之间徘徊，在正史与文学的缝隙中求生存。对此，石昌渝曾形象指出“史传文学太发达，以至她

---

① 鲁迅．中国小说史略［M］．北京：中国书籍出版社，2015：4.

② 赵彦卫．云麓漫抄［M］．北京：中华书局，1996：135.

③ 程毅中．文备众体的唐代传奇［M］．北京：中共中央党校出版社，1994：80.

的儿子在很长时期不能从她的荫庇下走出来，可怜巴巴地拉着她的衣襟，在历史的途程中蹒蹒而行”[①]。“史统”如此强大，小说如何发展才能求得生存？对此冯梦龙提出“史统散而小说兴”之说，石昌渝也提出小说只有“克服‘史统’的强大阻力才能走上康庄大道”[②]。但如何使“史统”散？能否让“史统”散？这又是另一个复杂话题，在此且不展开，回溯中国长篇历史小说的发展历程，我们可窥不同“史统”观则深度影响着历史小说的叙述方式，尤其体现在文体设置上。

二、“史统”之“兴”与传统历史叙述之“平”

承上所述，中国古代小说一直生存在历史的强压之下，所以“历史小说”的命名也无从谈起。当然，没有命名并不代表不存在，当正史将以稗史面目出现的“小说”从其领域剔除时，市井艺人却以他们特有的形式创设了另一个历史空间，即从唐开始的“俗讲”到北宋的“说话”活动。艺人们将历史事件演绎为“小说”，使“古代历史小说”破茧而出成为可能，故从严格意义上说，中国古代历史小说起源于宋元话本。话本分为讲史与小说，前者讲述根据史书敷演而成的故事，后者讲述现实生活中发生的故事。讲史虽讲述正史但用的是文言记录的方式，平话虽通俗易懂但内容粗略，都不能很好地满足听众的需求，于是艺人们在讲史实践中逐渐吸取小说因素，将讲史和小说融合，促成了历史演义体长篇小说的出现，其中尤以《三国志通俗演义》最具代表性。由此以降，“文不甚深，言不甚俗”的历史演义小说取代宋元评话，明清之际出现系列长篇历史演义，如以历史事实为主的《春秋列国志传》《东周列国传》《三国志后传》等，以传说虚构为主的《五代史演义》《东汉演义》《说唐演义全传》《隋唐演义》等。毫无疑问，历史演义首先是小说，然后才是历史演义，它以自己独有的优势登上中国古代小说的高峰，但“演义”的文体形式又先天决定其所书写的第一要义是“正史”之义，由此看来，正史是源，小说是流；正史是本，小说是末，历史演义小说显然处于历史的附庸地位。如此语境下作家进行历史小说创作必然自觉秉承“史统”精神：如集中关注重大题材，大都表现帝王将相、谋臣策士、英雄豪杰等的历史。如继承“史统”的“发愤”写作动机和写作目的，大多批判政治之压制，哀痛社会之污浊，痛恨婚姻不自由，在“以史鉴今”中实现“补正史之阙”的文

① 石昌渝．中国小说源流论［M］．北京：生活·读书·新知三联书店，1994：1.
② 石昌渝．中国小说源流论［M］．北京：生活·读书·新知三联书店，1994：81.

学功能。评价时多以“史统”相类比，以至形成“千古文人谈小说，没有不宗《史记》的现象”[①]。

缘于梁启超等人发起的“小说界革命”，小说附庸于历史的现状到了近代有了根本性改变，再加上晚清经济的发展、印刷业技术和新闻事业的发达以及市民的文化需求等，长篇小说逐步发展为和诗歌、散文、戏曲同等地位的文类。小说独立地位的确立自然促使各种题材类型小说的出现成为可能，现代历史题材小说也就应运而生。1902 年《新民丛报》第 14 号刊出“历史小说者，专以历史上事实为材料，而用演义体叙述之”，至此“历史小说”作为一个独立概念被提出，但这段时期历史小说数量并不多，代表作有《孽海花》《洪秀全演义》《痛史》等。接下来的“五四”新文化运动使历史小说创作有了质的飞跃。现代历史小说的奠基者主要有鲁迅、郁达夫、郭沫若等，他们以独立的观点、求索的精神审视历史，采用借古讽今的手法寻找现实与历史的内在联系，用现代性的思维观照历史，实现了历史题材小说创作的一次革命性转变，但遗憾的是，这种具有现代性特质的历史讲述主要体现在短中篇小说创作中。

接下来 20 年代后期至 40 年代，长篇历史小说开始进入繁荣期，但小说的主题与时代政治风云息息相关，在创作模式上也表现出对“史统”的尊崇。且随着西方文化思潮的涌入，黑格尔的“史诗”美学也逐渐为中国知识分子所熟悉并接受，黑格尔的“史诗”美学强调描述的整体性，崇尚西学的时代语境使人们笼统地将史统的宏大性和史诗的整体性等同，如李长之认为《史记》“发挥了史诗性的文艺本质”，指出其具有“全体性”“发展性”“造型性”“客观性”“抒情性”等史诗特质[②]；郭沫若甚至认为《史记》“不啻是我们中国古代的一部史诗”[③]。确实，史诗和“史统”具有相通之处，美学者浦安迪从“史统”中发现了西方史诗的美学特质，他认为“《史记》既能笼万物于形内，有类似于史诗的包罗万象的宏观感，又醉心于经营一篇篇个人的列传，而令人油然想起史诗中一个个英雄的描绘。中国古代虽没有史诗，却有史诗的美学理想”[④]。此论表明二者相通但不等同。

细读文本我们也可发现，史诗的整体性不仅包括“人类精神深处的宗教仪式”，也包括“具体的客观存在”[⑤]，更注重生活的整体性与全面性，而“史

① 陈平原．中国散文小说史［M］．上海：上海人民出版社，2004：8.

② 李长之．司马迁之人格与风格［M］．北京：生活·读书·新知三联书店，2013：399－402.

③ 郭沫若．关于接受文学遗产．郭沫若古典文学论文集［M］．上海：上海古籍出版社，1985：19.

④ （美）浦安迪．中国叙事学［M］．北京：北京大学出版社，1996：30.

⑤ （德）黑格尔．美学（第三卷）［M］．朱光潜，译．北京：商务印书馆，1982：107.

统”虽具宏大性，但更注重事件的重大和人物的重要，在一定程度上忽略了生活细节的质感。关于二者的历史书写，朱水涌曾做细致分析，认为“史统”借助“众多历史英雄人物的直接参与展示历史风貌”，叙述历史时“只给读者提供一个事变的视角，与主干情节无关的分支情节都会被作家特意舍弃”，而史诗“借人物个人的命运遭际来折射历史”，叙述历史时“总是在历史事变的底色上，多线索交叉主人公政治、军事、经济和情感生活的各个方面，由此展开不同的情节线索，构成一个多情节中心的叙事结构”①。但即便已意识到区别，现代作家依然将二者等同，以宏大性、整体性作为衡量长篇小说艺术品质的主要标准，其中《子夜》就以“广阔的历史内容”“巨大的思想深度”“重大的历史题材”“史诗性创作特色”② 等而成为现代长篇小说史诗性特征典范，对现代乃至当代长篇小说的创作产生重大影响。

时代语境决定作家的写作内容，十七年时期的历史书写则集中体现在对20世纪革命历史的关注上。时任文化部部长的茅盾就强调：“革命在全国取得胜利，革命胜利的代价不小，文艺工作者有责任分历史家半席，使伟大时代的英勇创造者再现于各种文艺作品中间而垂之久远。”③ 于是一系列如《红日》《红岩》《红旗谱》《创业史》《三家巷》《林海雪原》《暴风骤雨》等长篇革命历史小说问世，意欲“分历史家半席”的作家“在既定意识形态的规限内讲述既定的历史题材”④，在创作目的上“力求真实地再现历史生活的本来面目”⑤，在美学上追求恢宏的气势、典型的人物形象、宏大的结构等，在一定程度上体现出对“史诗性”的推崇。如冯雪峰评价《保卫延安》为“史诗”或“英雄史诗的一部初稿”⑥，罗荪称《红岩》是“黎明时刻的一首悲壮史诗”⑦。即便时隔半个世纪后，洪子诚也将十七年革命历史小说的特征定为“史诗性”，认为其在写作目标上“揭示历史本质”，在结构上具有“宏阔的时空跨度与规模”，在描写对象上重视“重大历史事实”，在表现手法上注重“艺术虚构的加入”⑧，从而塑造出英雄形象，营造出革命英雄主义基调。其实，从文本上看，十七年长篇历史叙述重整体，少细节；重宏大，少日常，

---

① 朱水涌．历史传奇：史传传统与史诗模式［J］．文学评论，1990（3）：111－112.

② 王瑶．茅盾对中国现代文学的历史贡献．茅盾研究论文选集（上册）［M］．长沙：湖南人民出版社，1983：16－23.

③ 茅盾．一致的要求和期望［N］．文艺报，1949－09－25.

④ 黄子平．革命·历史·小说［J］．当代作家评论，2001（2）：98.

⑤ 金汉．中国当代小说艺术演变史［M］．杭州：浙江大学出版社，2000：131.

⑥ 冯雪峰．论《保卫延安》的成绩及其重要性［N］．文艺报，1954年第14－15期．

⑦ 罗荪，晓立．黎明时刻的一首悲壮史诗——评《红岩》［J］．文学评论，1962（3）：99.

⑧ 洪子诚．中国当代文学史［M］．北京：北京大学出版社，1999：108.

在对待历史的态度、讲述历史的方法以及价值评判上，都倾向于对“史统”的尊崇，此处的“史诗性”等同于“史统”。

综上可知，以何种方式叙述历史不仅与作者“史统”观有关，也与作者所处的时代语境相关。十七年时期社会主义现实主义方法占据主导地位，作家们讲述历史时在写作目的、创作态度上基本接近“史统”，而在“文革”时期，“史统”暂时得以中断。若说十七年以及“文革”时期的历史叙述都受到政治意识形态的规约，进入新时期之后的历史书写则受到多元意识形态的渗透，其中既有对“史统”一如既往的尊崇，也有对“史统”的彻底颠覆。在尊崇“史统”的这股力量中，自20世纪80年代初至今有如《东方》《许茂和他的女儿们》《将军吟》《芙蓉镇》《冬天里的春天》《亮剑》《历史的天空》等依然表现出对革命历史题材的青睐，引导读者对正义革命历史的认同。还有部分作家如二月河、唐浩明、凌力、刘斯奋等秉承中国传统历史叙事，在古代历史书写中诠释人生，获取启迪，如《李自成》《金瓯缺》《少年天子》《张居正》《曾国藩》等，这些叙事以正史为对象，探究历史本身或超出历史的关于“人性”“人生”“命运”等哲学思考，作家在演绎文本时，以主流文化意识形态立场追求历史真实和艺术真实的巧妙融合，在现代化的语境中构建民族国家的史诗化图景。

从古代历史演义，到现当代的革命历史小说和古代历史小说，尽管时代语境不同，但“史统”的权威一直在场，传统历史叙述形成的既定模式深度影响着作品的文体表达。

一是体现在结构体例上。石昌渝认为：“编年体和纪传体的结构方式为后世长篇小说结构类型的形成奠定了基础。”[①] 此言不虚，回溯历史，明清以来很多长篇采用编年体、纪传体或二者结合的网状体模式来结构小说，这种倾向直到当下依然普遍存在，只不过有的作家在原有基础上做了些微拓展。在此且以新时期部分历史小说为例，《白门柳》《浓雾中的火光》等作品多呈现为由一个主要故事线索而引发出多组人物情节的矛盾冲突，这使小说在意义内容上呈故事型结构。讲述故事时，作品较注重前因后果的线性发展，故从叙述逻辑来看，又多呈线性结构或单体式网状结构等。随着文体意识的增强，部分作家在叙述过程中开始对笨重、冗长的编年体叙述进行局部改良，意欲提高结构的艺术性以及其与表达内容的融合度。如《黄河东流去》采用锁链式结构来展现黄河泛灾区七户农民悲欢离合的命运，其结构是对《水浒传》的继承与发展，但不是递进式的环环相扣，而是有断有续，分合自如。对此

① 石昌渝．中国小说源流论［M］．北京：生活·读书·新知三联书店，1994：78－79.

拓展性表达，有文学史评价其采用《水浒传》的链条式结构和古诗、民歌、谚语的开篇导入，适应了我国人民群众审美心理和审美习惯的民族化艺术形式”[①]。再如《李自成》的“单元共同体”设计也是对传统有机结构的拓展，作者根据行文所涉的几条矛盾线索，将相应章节定为一个单元，分单元集中描写各方矛盾，且各单元之间注意轻重搭配，上下之间巧妙衔接，或者不注意衔接突兀插入事件，这种“笔断意不断”的方式较之严密的线性表达显得虚实相间、波澜起伏。《芙蓉镇》也秉承传统结构手法，但追求“立人物小传的‘链条式’结构”[②]，从正面构建历史，反思历史。当然，如此拓展改良在一定程度上丰富了历史叙述方法，但在结构体例上依然脱不了“史统”的编年体模式。

编年体结构自古至今在历史叙述中大量运用，而纪传体结构自古以来（尤其在当下）更受作家欢迎。古典长篇《水浒传》则是标准的纪传体，石昌渝认为：“如果追寻思维逻辑模式的根源，显然又受史传文学纪传体结构的影响。《水浒传》以‘传’为名，多少透露它与史传文学的深刻联系。”[③] 韩少功也认为明清两代的古典长篇“除了《红楼梦》较为接近欧式的焦点结构，其他都多少有些信天游、十八扯、长藤结瓜，说到哪里算哪里，有一种散漫无拘的明显痕迹”[④]。确实，独立并列的故事，互相纠缠的人物，统一的人物视角，共同的叙事指向，这种结构特征在古典小说中已然出现，在现代小说中也能觅得痕迹，如师陀较早创作的《果园城记》，这部集子创作历时 18 年，包括 18 个短篇，各篇之间在形式上并列，在内容上独立，叙事视角统一即第一人称“我”，叙事内核指向同一即描绘虚拟的果园城封闭自足、自然恬静的人生状态。此种结构方法使得系列小说形成一个相对严谨的整体，但在现代小说观中，此类结构并不能归为一部独立长篇。到了新时期初，有论者则将诸此结构的小说命名为组构体小说，认为“一部小说不仅由一个叙事整体组成，人物和情节组织成多个相对独立的构体，而不集中投射到一个线性发展叙事主线上”[⑤]。细致梳理则会发现，新时期以来的长篇历史书写中出现诸多类似于纪传体的结构设置，且其表现形式绝不仅限于故事组构，有的还表现为人物组构、叙述者组构、情节组构等。如《无风之树》《万里无云》等则是叙述者并置，叙述者就是文中人物，包括不会说话的死者、哑巴和动物。如

---

① 刘景荣．中国当代文学［M］．开封：河南大学出版社，1995：304.

② 陈其光．中国当代文学史（1976—1988）［M］．广州：广东高等教育出版社，1992：464.

③ 石昌渝：中国小说源流论［M］．北京：生活·读书·新知三联书店，1994：331.

④ 韩少功．大题小作［M］．北京：人民文学出版社，2008：278.

⑤ 林焱．论组构小说——小说体式论之四［J］．小说评论，1987（1）：65.

《李氏家族》《东八时区》《告别夹边沟》等则是故事并置。新时期以来蔚为大观的组构体历史叙述，表明当代作家对类似于纪传体开放式结构的模仿与青睐。

二是体现在叙事视角和叙述方法上。与封闭式有机结构相呼应，“史统”采用第三人称上帝之眼和冷静客观的方法讲述历史，这种视角与方法自明清以来也一直为长篇小说所采用。在第三人称叙述中，叙述者多为游离于故事情节之外的零聚焦叙述者。在这些叙述者中，有的扮演权威叙述者，“既在人物之内又在人物之外，但又从不与其中的任何一个人物认同”①，故又称介入型叙述者，其权威性不仅体现在无所不知的视角上，还体现在通过叙述干预对作品主题的确定、人物的评价与价值立场的判断上。如《李自成》通过间接评价，认为李自成具有威武不能屈的英雄气概和果断的执行力。这些看似中立的评价直接表露叙述者的好恶评判，无形中会诱导读者在阅读过程中逐步趋向于隐含读者的阅读期待，将故事主旨指向一元，窄化了读者的接受视野。还有的扮演隐身人叙述者，叙述者不介入作品，客观呈现、叙说、报道、描述所发生事件场景，故又称非介入型叙述者，这种讲述方法使故事显得真实可信，在情感表达上冷静客观，少了旁逸斜出的主观评议，最大限度隐匿了叙述者的情感，在传统历史小说中也较多见。零聚焦的叙述方法使人称视点固定，少有人称转换现象出现，对于读者来说，其有可能在思想道德上接受精神的洗礼，但在心理上很难与作者取得审美共鸣，读者需要接受作者的一切安排，从而产生厌倦感、束缚感，真正意义的艺术审美因距离太近而未真正开启。

在自古至今的传统长篇历史叙述中，“史统”如同一面光辉的旗帜，在中国文人心头飘扬，这种历史意识与情结在一定程度上丰富了历史小说的数量发展，但也束缚了历史小说的文体发展，使文体探索陷入一种平面模式之中，鲜有大胆突破之作。虽自明清以来长篇小说的数量曾几次达到小高峰，从表象上已然成为时代中心文类，但从文体发展角度看，长篇历史小说的文体探索应是在“史统”的权威得以消解之后。

三、“史统”之“衰”与新历史叙述之“变”

长篇历史小说发展至20世纪80年代中后期，随着西方文化思潮的渗透以及社会语境的变迁，随之而来的是寻根小说转向对民族文化以及民间野史

① 徐岱．小说叙事学［M］．北京：中国社会科学出版社，1992：188.

的挖掘、社会政治对历史的反思、新潮小说的形式实验以及对意义的消解等，诸多因素的合力使传统历史小说队伍中出现新历史小说，这些小说在写作理念上表现出对历史与文学关系的重新清算、对“史统”观念的颠覆与权威的质疑。

在传统历史叙述中，历史与文学虚实相见，真幻相补，历史中有文学，文学中有历史，但历史处于支配地位，文学处于被支配地位。而在新历史叙述中，历史和文学不再是等级关系，历史具有文学文本的叙述性、虚构性、可阐释性，而文学也可参与历史的构成，转化为创作历史文化意义的力量，在历史与文学的相互转换中，文学是目的，历史是工具；文学是主导，历史是辅料。如此历史观必然导致叙述方法的变更，使得传统历史叙述模式被打破，在结构设置、叙述方式与话语表达上呈现出自问世以来最活跃的多元无序状态。

80 年代中后期出现的新历史叙述在书写对象、写作目的、历史态度以及叙述手法上表征出对“史统”的颠覆。

一是书写对象有了变异。传统历史叙述关注国家民族“大”历史，而新历史叙述转向对诸如村落史、家族史、家庭史、心灵史等“小”的民间历史的演绎，甚至，“大”历史化为“小”历史的背景，叙述时带上浓厚的个人印记。如《古船》描写从晚清至新世纪近百年改革开放的浩瀚历史，历史时空纵贯土改、合作化、“大跃进”、改革开放等重大政治经济事件，但作家没有按常规线索讲述，而是以一个家族的变迁为轴心，将“大”历史纳入民间家族的宗法关系中进行审视。再如《故乡天下黄花》所描写的历史进程、时代背景开阔宏大，但作者却以故乡几个家族几代人之间因一个不足挂齿的村长职务而产生不共戴天的恩怨仇杀为切入口，呈现故乡家族的历史变迁，此处的历史叙述以正统历史为背景，在暗喻、反讽、戏仿中呈现暴力、权力与欲望等，消解了传统的阶级斗争书写模式，在一定程度上揭露了历史的残酷。

二是写作目的有了变异。传统历史叙述追求历史真实，力求“以史为鉴”，而新历史叙述之“新”恰恰体现在对这一切的质疑与反拨上，他们信奉克罗齐的“一切历史都是当代史”，他们“既没有改写历史、重铸历史的雄心，也没有恢复历史真相、确立历史之魂的意向”[①]，其写作目的更大层面上是以“历史”这块自留地为平台，尽情宣泄写作个体对普泛意义上人性、命运、人生、历史等的另一番诠释。

三是历史态度有了变异。新历史叙述虽也以历史为演绎对象，但面对历

① 胡良桂．新历史小说的创造性变异［J］．求索，1997（3）：98.

史时，采取的却不是尊崇与敬畏的态度，具有极强的个体色彩。有论者认为“十七年的叙事主体是‘阶级叙述者’，新时期则是‘精英叙述者’，进入90年代则是‘个人叙述者’”①。由于作家注重表现个人的独特体验，这种立场自然又影响作者对历史的言说方式和价值评判的姿态。作为历史的旁观者和反思者，他们对历史没有一致的评判立场。在此且以部分作家对“文革”的感受为例，如余华认为：“八十年代中期，文革记忆带着文革时代的阴鸷与暴力，到了九十年代，文革记忆变成一种纯粹的记忆，不再调动我在政治上的判断力，道德上的判断力。进入新世纪之后，文革就成了恐怖和欢乐并存的年代。”② 余华对“文革”的记忆在变，苏童对“文革”的记忆找不到悲哀的影子，甚至还有轻松的基调，这可从《河岸》《黄雀记》中窥见一斑，而毕飞宇的“文革”记忆则是“伤害”，正如他自己所言：“严格地说，我的书写对象至今没有脱离文革。”③ 他对“文革”的记忆和评判是仇恨、冷漠和伤害。这种情感倾向直接体现在他的作品《地球上的王家庄》《玉米》《平原》等上。

四是叙述手法有了变异。新历史叙述之“新”还体现在艺术手法之“新”上。传统历史叙述从正面进攻历史，多以现实主义手法和史诗化风格来表现作品，最大限度追求艺术的真实，而新历史叙述采用隐喻、寓言、荒诞、戏仿、戏谑、反讽等现代主义和后现代主义艺术手法，使作品呈现出开放、跳跃、包容之态势，具有极强的解构与建构意味。如《我的帝王生涯》以戏仿方式演绎古代历史，但作者不从正面描写司空见惯的宫廷阴谋，而是虚拟一个新的历史环境来表现一个新的主题，即天下独尊的皇帝渴望自由却无所皈依的悲哀。宏大的正史在这里被消解，正如作者自己所言：“《我的帝王生涯》或许是我的精神世界的一次尽情漫游。”④ 再如《人面桃花》虽取材于秋瑾起义，但作家将这段语焉不详的历史陌生化，甚至还出现“若没有爱情，这革命还有什么意义”的腔调，消解了宏大的历史意义。有的甚至连历史背景也消弭于主题表达或技巧设置之中，使小说成了无关乎“历史”的小说文本，如《敌人》书写重心不是描述家族的衰落史，而是要和读者一起寻找导致家族衰败的“敌人”，小说一直笼罩在神秘、不可知的气氛之中，这显然已颠覆历史小说的基本要义。有的虽正面进攻历史，但在新的历史表述中此“历史”已非彼“历史”，如《花腔》让诸多叙述者从不同角度探讨主人公的生死之谜，作者试图通过不同叙述者的质疑与回忆来还原历史现场，寻求历史真相，

① 程文超．新时期文学的叙事转型与文学思潮［M］．广州：中山大学出版社，2004：271.

② 余华，王尧．一个人的记忆决定了他的写作方向［J］．当代作家评论，2002（4）：21－24.

③ 毕飞宇，汪政．语言的宿命［J］．南方文坛，2002（4）：29.

④ 苏童．我的帝王生涯［M］．太原：北岳文艺出版社，2001：1.

但从追寻结果看，作者苦心追寻的“历史”真相已在追寻过程中被逐步还原的“历史”真相所替代，且在叙述过程中过度的技术化分析将历史湮没在浩瀚的史料中，历史已在“花腔”般的炫技中被肢解得支离破碎。

新历史叙述在书写对象、目的、态度以及手法上对“史统”的背离必然导致文体表达的相应变异。

一是体现在结构体例上。新历史叙述中鲜见传统封闭的编年体或纪传体结构体例，多开放式杂糅立体结构，如《花腔》的“花腔”体、《苍河白日梦》的采访笔录体、《中国一九五七》的“大小事纪”体、《羽蛇》的意象型结构、《柏慧》《无字》的心理型结构、《敌人》的迷宫结构、《心灵史》的散文化结构、《村庄秘史》的回溯体、《九月寓言》的寓言体、《马桥词典》的词典体、《尘埃落定》的意象并置体、《坚硬如水》的反讽结构、《繁花》的话本体结构等。当然，开放的立体结构究其本质还能窥出大致的体例，在新历史叙述中还新出现追求极致形式主义的“反小说”结构，无典型人物、少中心事件、历史背景模糊，作品呈现出碎片化、情绪化、无序化的迷离状态，其中影响最大如《光线》等。

二是体现在叙事视角和叙述方法上。虽然在新历史叙述中第三人称视角依然是作家的首选，但较之传统历史叙述，第三人称叙述者类型变得丰富起来。除了全知视角，第三人称视角里还出现限知人物视角叙述者，如《69届初中生》以主人公雯雯的视角来讲述主人公从孩提时代至成年后的命运沉浮，小说自始至终都是雯雯的限知视角，由于视角稳定，相当于第一人称视角，增强了故事的真实性。第三人称里也有同为限知叙述者，但“视角越界”使固定的视角具有全知视角和限知视角的双重功能，如《玫瑰门》采用人物眉眉的视角来有限度地展现以眉眉的婆婆和姑爸、妈妈和哥嫂、妹妹等为代表的三代女性的命运。作为故事的参与者，眉眉是限知者，在这种情况下小说不可避免出现向全知视角转移的倾向，如此变异视角提供的信息量很大，“既可表现为外在视角模式中透视某个人物的内心想法，也可表现为在内视角模式中，由聚焦人物透视其他人物的内心活动或者观察自己不在场的某个场景”[①]。正因借用“视角越界”，《玫瑰门》表面看似仅有眉眉的限知视角，深层运行的还有帮助作者完成叙述的隐含叙述者，作者在偶数章最后一节插入成年眉眉和幼年眉眉的对话，将关于人性、命运的命题升华，叙述人称由第三人称变成“你”和“我”，凸显眉眉具备限知人物和叙述者的双重身份。还有将主观议论和潜入人物意识进行糅杂的“介入型次知叙述者”，如《无字》

① 申丹．叙述学与小说文体学研究［M］．北京：北京大学出版社，1998：269.

《长恨歌》等。除此之外，新出现第一人称叙述视角。在第一人称叙事中，有主人公叙述者。如《血色黄昏》中的"我"是故事的主人公，在某种程度上，读者将"我"等同于作者，作品被称为"新新闻主义"小说也许缘于此种误会。这种通篇稳定的视角、细腻的内心描摹，无形中拉近了与读者的距离，增强了故事的感染力。还有人物叙述者，依据人物叙述者出现的多寡，可将其分为单一的人物叙述者和并置的人物叙述者，前者如《我的帝王生涯》中的顺治皇帝、《苍河白日梦》中的少年家仆、《尘埃落定》中的傻子少爷、《马桥词典》中的下乡知青等，后者如《光线》《无风之树》等。单一的人物叙述者中"我"是故事的参与者，作为作品中众多人物之一，视角是有限的，但有些作品如《尘埃落定》《苍河白日梦》等虽为第一人称限知视角，但在实际上承担着第三人称全知视角的功能，借助不可靠叙述的功能来实现"视点转移"。单一的人物叙述者是限知叙述者，而多重并置的第一人称则能取得全知视角的叙述功能。除了主人公叙述者和人物叙述者，还新出现旁观叙述者如《疼痛与抚摸》。若说第三人称中的视角越界让人称赞，第一人称中的视角杂交让人称奇，新历史叙述中出现的多重视角交叉现象，如《羽蛇》叙述视角的诡异与凌乱令人瞠目结舌，而借鉴了元叙述手法的《上下都很平坦》则极度考验着读者的智力与耐心。总之，在叙述者功能开掘上，新历史叙述中多种人称视角在叙述干预、视角交叉、叙述者并置、不可靠叙述、视点转移、元叙述等手段的辅助下，偏向全知视角功能的开掘，打破了传统历史叙述的单调局面。

四、历史情结与长篇历史叙述的可能

从对"史统"的"尊崇"，再到尊崇基础上的"拓展"，以及尊崇之余的"颠覆"，作家的历史观在变，小说观也在发展。比较新旧历史叙述，学界皆扬旧抑新，如有论者虽肯定新历史叙述有重建历史的勇气与决心，但指出其"所暴露出来的种种问题，与其说是这些作家面对中国复杂历史状貌时的顾此失彼，更不如说是重建历史本身就是一个西西弗斯式的过程"[①]。而论及历史叙述的文体构建，有论者则批判新历史叙述所呈现出"碎片化""传奇化""去历史化"的弊端，认为新历史小说的出现"使历史的庄严表述早已在文学

① 杨庆祥．历史重建及历史叙事的困境［J］．文艺研究，2013（8）：21.

的千疮百孔中变得举步维艰"[①]。如此立场表明论者们倾向于传统历史叙述，颠覆"史统"的新历史叙述并没有获得大众认可。甚至还可推断，新历史叙述对正史的解构、对崇高的消解、对单调历史叙述方法的突围等，从另一层面表现出对历史叙事浓厚的兴趣，因为没有厚重的偶像崇拜，也就不会产生消解偶像和权威性的诉求。从此角度看，相对于传统历史叙述对"史统"的尊崇，新历史叙述以另一种方式表示出对"史统"的兴趣。

纵览中国作家对"史统"的态度变化，由此也折射出历史小说叙述方法的变迁，从正统的历史叙述，到革命历史叙述以及个体历史书写，历史小说在结构样态、叙事视角以及叙述方法上呈逐步开放、灵活多元的姿态。而一切形式皆承载着一定的文化意味，结构的碎片化、时间的空间化、叙事视角的多维化，一方面表达着新历史写作者意欲以自己的方式窥视历史真相的决心，另一方面也无形中表露出他们对历史叙述的不自信。正统的历史叙述皆是做足了案头工作，在尊重历史史实、熟悉历史资料的基础上动笔，但在部分当代作家那里，虽也以历史叙述作为成就不朽巨作的基本条件之一，但他们缺乏正面了解历史的耐心，所以"历史在笔下永远是演绎、发展故事的背景，是为故事服务的条件，这是历史写作的尴尬，也是写作的无奈"[②]。虽然已有作家意识到这些，但他们并不会因此而放弃对历史的讲述，也不会重新捡回正面攻克历史的决心与耐心，而是顺势而为，在历史写作上寻求新的表达秩序，构建"新"的历史叙述。

那么新历史叙述相对于传统历史叙述是不是就是最理想的叙述？要想回答这个问题我们必须弄清文学发展的内在规律。文学的发展变化如同一切事物的发展变化一样，都表现为一个连续性的历史过程。在这个历史过程中，变异性与承续性不仅以生动具体的历史形态出现，而且互为因果，互相联系。世界上不存在永恒的连续性变异，也不可能存在长久的变异性承续，在源远流长的中国文学发展史上，任何文学现象都不过是文学发展的历史链条中的一个具体环节，它既成于历史的变异性，又根源于历史的连续性，二者统一才构成文学发展的基本面貌。而"史统"作为一种文化思维与文学资源，历经历史的淘汰沉淀，且为多数作家遵循，经过连续性的变异而体现出一定的历史连续性，故传统不是僵化的，而是在不断的生长发育之中。尽管每一时代都会有作家背离传统中的某些成分，甚至还会增加一些新的内容，但传统中的基础部分依然千百年来固存。传统具有稳定性，但我们不能片面夸大这

---

① 徐刚．碎片传奇与历史的魅影——近年来长篇小说历史叙述的侧面［J］．创作与评论，2015（10）：5.

② 阎连科．长篇小说创作的几种尴尬［J］．当代作家评论，2006（1）：31-32.

种稳定性，因为这种稳定性中暗含着缓慢的变异性。尤其在当下出现激烈的变异性，则是前期缓慢变异性的积累，这又说明传统具有一定的开放性，此特性在一定程度上消解了传统的稳定性。进而言之，文学要想发展，必须要在承续中进行变革。恪守常规的传统历史叙述和极具后现代特质的新历史叙述虽皆存掣肘，前者历史意味浓郁但形式单调，后者形式灵活但偏离历史本义，如此特质皆为历史小说发展过程中的必然表现，所以我们不能简单粗暴地扬旧抑新或扬新抑旧，且历史小说一直处在发展之中，“何为理想的历史叙述”也应是值得我们思考的重要命题之一。对此，钱中文先生曾说：“最理想的历史小说应是作者史观和现代意识的结合，即在自我批判、自我反思的现代历史观指引下创作出极具深刻的思想性和历史意味的历史小说。”[①] 确实，在继承“史统”基础上糅合现代意识，注重思想性与艺术性兼备的历史叙述才是打通当下历史写作通道的基础。

① 钱中文．历史题材创作、史识与史观［J］．文学评论，2004（3）：7.

黄梅戏的跨文化翻译研究

●冯　冬

冯冬，32 岁，籍贯河南省郑州市，2013 年 7 月毕业于中国艺术研究院研究生院戏剧戏曲学系，2013 年 11 月进入安徽省艺术研究院工作，现任助理研究员。中国“田汉戏剧奖”论文奖获得者、安徽省戏剧家协会会员、安徽省文艺评论家协会会员。

硕士阶段师从中国艺术研究院戏曲研究所研究员毛小雨老师主修东方戏剧，对中国戏曲进行了全面、深入、系统的学习，在国内最具权威的梵语言文学专家黄宝生老师和毛小雨导师的指导下进行印度古典戏剧论著《舞论》的研究及全本翻译。另外，在校期间在《剧本》《文艺报》《中国艺术报》《东方艺术》《中州大学学报》等期刊发表学术文章数篇。毕业之际，荣获中国艺术研究院研究生院颁发的“科研之星奖”。

自工作至今，在全国核心、重要刊物发表戏剧理论评论 30 余篇，共 20 余万字。其中《精粹　丰满　出新——评廖奔新编昆曲〈红梅记〉》一文在首届安徽戏剧理论评论双年奖评选中荣获二等奖；《艺术性与时代性的交融——走入人心的黄梅戏〈凤鸣宏村〉》获得第三十届“田汉戏剧奖”论文三等奖；《黄梅戏音乐的跨文化发展》入围 2018 年度安徽文艺评论推优活动。完成大型黄梅戏《小泥车》、小品《拜年》、黄梅小戏《庆生》和《巧帮扶》等多部戏剧剧本创作。2016 年，获批文化部文化艺术研究项目“黄梅戏的跨文化互动与传播”（16DB17）。同年，受《中国艺术报》邀请，完成《一场有筋骨、有思想、有温度的优秀文艺盛宴——“百花迎春——中国文学艺术界 2016 春节大联欢”述评》和《民族文化与时代精神的交融互汇——评 2016 年央视元宵晚会》两篇晚会评论，并在该报刊发。2017 年 8 月，合作编著的《东南亚戏剧概观》由广西人民出版社出版；2018 年 3 月，合著的《河南戏曲现代戏研究》由中国戏剧出版社出版。

戏曲翻译作为融通不同文化的桥梁，从戏曲走出国门伊始就成为该艺术形式对外传播、交流中不可忽视的重要环节与手段。不管是对戏曲剧目本身的翻译或是对剧种、剧目起到推广、普及等作用的宣传性的翻译，都体现了中国戏曲文化独特的文学价值和艺术魅力。黄梅戏是中国最具影响力的地方戏剧种之一，本应因其特有的艺术魅力在世界艺术领域中占据一席之地，但事实上其外译情况一直捉襟见肘，不容乐观。明显滞后的黄梅戏外译现状不但限制了该剧种文化在世界舞台上的展示与传播，也使中国传统戏曲的跨文化发展产生了无法忽视的缺憾。因此，加强黄梅戏外译的实践和研究势在必行。

把中国戏曲作为一个整体来看，其外译的发展是一个在探索中不断稳步前进的过程。从 18 世纪前叶，法国耶稣会传教士马若瑟（Joseph Henri Marie de Premare）把元杂剧《赵氏孤儿》（Tcho-chi-cou-eulh；ou，L'orphelin de la Maison de Tchao，tragedie chinoise）译为法文，成为中国戏曲外文翻译之滥觞。近 300 年来，国外有不少学者都致力于中国戏曲的外译及研究，并引起多股中国戏曲热潮。如果说 20 世纪 50 年代之前，中国戏曲的对外传播大多处于一种无意识的、放任自流的状态，那么，50 年代之后，中国戏曲的外播进入了自主意识的觉醒及发愤图强的时代，其态度之转变是伴随着国家对对外文化交流的重视与国人对中国传统文化之热情的再度复苏出现的。由于“中国将译介本国文学作品当成促进中外文化交流的大事，给予了相当的关注”[①]，国内也有越来越多的翻译家将目光投向了饱含中国传统文化深厚底蕴的戏曲文学，随之出现了一批优秀的戏曲译作。如翻译界泰斗戴乃迭和杨宪益夫妇翻译了《长生殿》（1955）、《关汉卿杂剧选》（1958）、《十五贯》（1958）等 20 余部戏曲剧作，张光前教授、许渊冲教授、汪蓉培教授等翻译名家也翻译了多部经典剧作。这些翻译大家的译著无一不是在坚实的翻译理论与深厚的中国传统文化根基的基础上完成的，

① 曹广涛．英语世界的中国传统戏剧研究与翻译［C］．广州：广东高等教育出版社，2009：21.

但同时，这也决定了他们在选择翻译对象时对文学性较强的古典名著有着特殊的偏爱。因此，虽然这些"产于本土"的译著与之前国外译者的译本相比有着无可比拟的质量优势，在国内外引起了强烈反响，却也使他们在翻译剧目的数量和剧种的丰富性上有着相当大的局限和缺憾，无法反映中国戏曲文化的全貌与博大精深。

21世纪以来，一些由国家推动和支持的对外文化交流项目为中国戏曲的大规模外译和传播提供了高质量的平台。如2007年，中国首部外文版中国文化典籍整理、翻译重大工程"大中华文库"（汉英对照）正式面向全球发行，其中有《西厢记》《长生殿》《关汉卿杂剧选》《南柯记》等多部经典戏曲剧目的汉英对照译本。之后，法语、德语、西班牙语、阿拉伯语等多种版本的同系列译著已经或将要陆续推出。2008年，由中国人民大学发起的"国剧海外传播工程"正式启动，具体包括"百部国剧英译工程"、"国剧口述历史编纂整理工程"、"京剧中国"有声普及读本、"交响乐京剧海外巡演"等系列子项目。截至2015年底，已有京剧（京藏剧）、昆曲、越剧、河北梆子、川剧、黄梅戏等多个剧种十余部剧目的英译本由外语教学与研究出版社出版。但总的来说，在浩如烟海的中国戏曲剧目中，目前已经出版的外译本不过五六十部（不包括一戏多译），英译本也仅仅不到40部，在数量上仍然优势甚微。

近十几年来，随着戏曲作为独立的文化艺术形态，"走出去"的程度不断加深，在前辈翻译家奠定的基石之上，国内的戏曲翻译理论研究取得了令人瞩目的成就。如曹广涛教授在《英语世界的中国传统戏剧研究与翻译》（2009，广东高等教育出版社）中的《明清传奇剧本的翻译研究》和《基于演出视角上的京剧剧本英译》两个章节，引用了大量例证有针对性地论述了戏曲英译的困难、不足及相应的应对措施。他还在论文《传统戏曲英译的翻译规范刍议》（2011）中提出了建立戏曲英译规范的重大意义，认为："理论研究先行，以正确的理论指导戏曲英译实践，才能使戏曲英译实践健康发展。"[①]香港理工大学中文及双语学系专任导师魏城璧与香港大学中文学院助理教授李忠庆合著了《中国戏曲翻译初探》（2012），该著作首次对中国戏曲翻译研究提出全面的审视，通过质化、量化的研究方法，探讨了西方戏剧翻译标准中的"可表演性"在中国戏曲的语内及语际翻译的应用、戏曲外播等与中国戏曲翻译研究有关的重要课题，并对个别译本进行深入的剖析及讨论。除此之外，还有数量可观的相关论文在全国核心刊物上发表。总体看来，这些著

① 曹广涛．传统戏曲英译的翻译规范刍议［J］．译林，2011：141.

作研究范围广泛，涉及类型多样，有的是对翻译概念的论述，有的是对戏曲翻译传播的探讨，最多的是对具体译作的对照及剖析。无论是宏观角度的整体性研究，还是微观层面交叉汇聚的条分缕析，都呈现出国内戏曲翻译理论研究的欣欣向荣之象。

在中国戏曲外译稳步趋进的背景下，我们再来看黄梅戏。

作为较为晚出的地方性剧种，黄梅戏相对于昆曲、京剧而言，没有辉煌壮阔的历史和几近完美的程式化艺术，但它生于花部乱弹百花齐放的繁盛时代，深受吴楚文化的滋养，以率真、质朴、自信的文化精神和实践品格在积极顺应时势中发展壮大。其丰厚的情感凝结及艺术特质彰显了中国文化的独特魅力，成为中华文化在“走出去”的战略背景下，增强自身竞争力与国际影响力的有利资源。

黄梅戏走出国门始于 1953 年赴朝鲜为志愿军进行慰问演出，随后的 20 年间，《天仙配》等黄梅戏影片和黄梅调电影风靡东南亚及中国港澳台地区。虽然这个时期黄梅戏的海外传播颇具规模和实效，但由于以华人为主的观众群体、黄梅戏物化（产品）的传播形式及制作、推介聊胜于无的主观介入，该艺术形式的翻译似乎成为无关紧要的传播手段，陷入了可有可无的尴尬境地。80 年代之后，黄梅戏事业得到了进一步发展，频繁而多样的中外文化交流引起了国内文艺界对黄梅戏海外传播的重视。不但国内的黄梅戏艺术家、学者主动承担起黄梅戏的外译、宣传工作，该剧种还乘借改革开放之“东风”走向世界，足迹遍布中国港澳台地区和东南亚、印度、日本、德国、瑞士、希腊、美国、加拿大、澳大利亚等十几个地区和国家。随着传播主体的不断扩大及传播媒介和传播方式的多样化发展，黄梅戏译介在该艺术海外有效传播及互动中的作用日益凸显，并开始广泛介入整个外播的过程当中。但即便如此，黄梅戏的外译现状仍跟不上该剧种如火如荼的国外巡演、名家讲座等外播形势的紧密步伐。

我们从国内黄梅戏外译的特点切入，通过全面深入地了解黄梅戏的外译现状、主客观原因造成的自身局限、在对外传播中所面临的困境，可以针对存在的问题制定相对的应对措施，并对黄梅戏外译的未来发展做出前瞻性的趋势预测。

一、黄梅戏外译

黄梅戏外译以海外受众面最广的英语为主要目的语，按内容可以划分为以剧本为主体的文学类翻译和以宣传、推广为目的的信息类翻译。

戏曲的文学类翻译以作用为导向可以划分为文本阅读翻译和舞台翻译，舞台翻译又有外文演出翻译和外文字幕翻译两种类型。黄梅戏的文学类翻译主要集中在对《天仙配》剧本的翻译上。《天仙配》是黄梅戏的经典传统剧目，也是流传最广、最受群众欢迎的戏曲剧目之一，因此，该剧作为黄梅戏对外交流传播的“重头戏”，有着不可替代的重要作用。《天仙配》最早的译本出现在 1985 年，是安徽省艺术学校（现为安徽艺术职业学院）黄梅戏班的黄梅戏音乐老师吴其云、表演老师黄昌国在安徽大学外语学院杨善禄教授的协助下对陆洪非的改编本《天仙配》进行的英文全本翻译。该译本以英语演出为目的，最终由安徽省艺术学校的校长程功恩任导演将其搬上了舞台，之后虽然由于各种原因并没有完成全本的排演，但其中一些重要场次多次由安徽省艺术学校黄梅戏班的学员在当地的安徽大学、中国科学技术大学上演。译本中的选段《路遇》在专业期刊《黄梅戏艺术》1987 年第一期发表。另外，由马兰、陈国庆、徐君、周源源、李文等主演的英文版《仙女四赞》还登上了 1991 年安徽电视台的春节联欢晚会，为观众呈现了一场耳目一新的“洋味”黄梅。之后正式出版的译本是张一凡翻译的 *Marriage to Fairy*（英文《天仙配》），该译本是由中国人民大学发起的“国剧海外传播工程”的子项目“百部国剧英译工程”中的一部。在这本书中，张一凡不但翻译了《天仙配》的全本，还对译文所包含的文化元素、故事来源及黄梅戏的特色和演变过程等内容进行了详细介绍。该著作由安徽文艺出版社于 2012 年出版，可惜的是只刊印了 300 册，并不对外发售，因此国内读者无缘品读。另一个《天仙配》译本是安徽大学的朱小美教授为该剧在 2016 年印度“中国旅游年”开幕式上的演出翻译的汉英双语字幕。该译本以石挥导演的黄梅戏电影《天仙配》为基础，分为“鹊桥”“路遇”“上工”“织绢”“分别”5 场进行敷演，为使观众专注于场上表演，汉英字幕仅呈现对白和唱词。除《天仙配》之外，在一些中英文网站上还出现了部分黄梅戏经典名剧如《女驸马》《牛郎织女》等剧目的译本和著名唱段[①]，除了安庆市政府网英文版等网站发布的一些译文，这些翻译大多是由戏曲或英语爱好者所作，自由发挥的空间较大，且没有正式出版。

黄梅戏的信息类翻译主要指该剧种对外演出、展示时以宣传、推广为目的的翻译，其内容可以涉及剧种、剧目、演员、剧团、相关活动等多方面信息。英国当代著名翻译理论家彼得·纽马克（Peter Newmark）根据不同的文

① 参看陈睿、胡健的论文《关联理论视角下黄梅戏英译分析——以〈女驸马·谁料皇榜中状元〉选段为例》（2016）。

本内容和文体将文本划分为三种类型：表达主观感情的表达功能（expressive function）型文本、传递信息的信息功能（informative function）型文本和以读者为中心的呼唤功能（vocative function）型文本。在这里，我们也可以借用该理论将黄梅戏的信息类翻译进行实用性质的类型划分。

出现最为频繁、使用最为广泛的是信息功能型翻译文本。这种文本一般针对的是某一特定演出剧目或有关活动，以活动宣传页、报纸等传统媒介和中英文网站（如安庆市政府网英文版、湖北门户网站英文版、央视网英文版、中国日报英文网络版）、博客、微博、手机 App 等网络新媒体为载体，具有信息的广泛性、丰富性、时效性及简洁性等特点。如 2018 年 5 月，在"美国马里兰州中国安徽周"文化活动中，安徽黄梅戏作为其中的一个重要版块进行展演。为此次活动印制的中英文宣传册中，除对黄梅戏的历史、艺术特征、在中国戏曲艺术中的定位、代表性剧目等进行了简要介绍之外，还发布了此次黄梅戏演出的详细目录，包括剧名、表演者、演出单位及每出折子戏的出处（全剧名）和剧情梗概，并附以剧照及名称。一些信息功能型翻译文本还带有呼唤功能型文本的特点，除了具备传达信息的基本功能之外，还用带有强烈感召力的语言、显示中西方文化的共通点、添加精彩花絮小视频等形式，达到与观众产生情感联结、最大限度地吸引观众的目的。如央视网英文版在 2014 年 2 月发布的一则新闻：Huangmei opera classic revived in Beijing（黄梅戏经典剧目《梁山伯与祝英台》重现北京舞台）[①]，这个题目本身就具有一定的吸引力，题目下方首先出现的是一个剧目演出片段及采访主创人员的 Watch Video（小视频），之后的正文从对黄梅戏的简要介绍带出此次的演出剧目《梁山伯与祝英台》与演出地点，用西方的经典名剧《罗密欧与朱丽叶》类比该剧"梁祝"二人的爱情悲剧，然后是梁祝爱情传说对该剧目形成的影响、该剧的主创团队及成功吸引观众的优势。

另外，还有一种史志类的宣传册也属于信息功能型翻译文本的范畴。如《安徽省黄梅戏剧院史志（1953—2003）》的全本翻译。《安徽省黄梅戏剧院史志（1953—2003）》是为庆祝该院建院 50 周年，于 2003 年印制的宣传册（非正式出版物），由黄梅戏表演艺术家丁式平和杨庆生编著完成。该书共分为 8 个章节，系统、全面地记述了安徽省黄梅戏剧院的建制沿革、业务建设、演出活动、黄梅戏电影电视剧广播剧、人员、获奖情况、资产及 50 年大事记等多方面的内容，从中可以看出安徽省黄梅戏的发展脉络及其特点，凸显了安徽省黄梅戏剧院在黄梅戏推广、普及方面及对我国戏剧、文化事业的发展所

① http：//english. cntv. cn/program/cultureexpress/20140223/101762. shtml.

作的重要贡献。其译本是由夏亚莉、霍雨佳和陶欢3位安徽大学外国语学院的翻译专业硕士在其导师朱小美教授的指导下于2014年联合完成的，他们把各自完成的译文附在了自己的毕业论文[①]当中。此次虽然是全本翻译（只有个别章节的少部分内容及表格、附件、后记没有译出），但因为由3人分章节完成，每人在翻译实践中所依据的翻译理论和翻译策略都有所不同，因此译文还是表现出了相当大的语言差异。如夏亚莉的翻译（第二章“业务建设”前五节和第八章“五十年大事记”）以功能目的论为指导，比较注重源文信息的完整性、准确性在译文中的兼顾体现；霍雨佳的翻译（第三章、第四章及第五章的部分内容）以功能对等论作为关照，力争做到源文与译文从语义到文体的大致对等；陶欢的翻译（第一章、第六章、第七章及第五章部分内容）同样以功能翻译理论为指导，强调目的语读者获得与源语读者类似感受的效果。虽然源文不可避免地掺杂了一些带有主观色彩的语言，但总体而言，这种丰富、翔实的记述体文本仍然显示出了它客观、准确、严密、简练的谨慎态度，3位译者也同样尽最大努力使这种风格在译文中得以体现。此次对黄梅戏宣传资料外译的尝试对该剧种在国内外的传播、推广具有重要意义。

主观感情深度介入的表达功能（expressive function）型文本也是黄梅戏信息类翻译的主要类型，《安徽省黄梅戏剧院》《再芬黄梅　美国纪行》等都属此类。这些文本多为黄梅戏团体集中式地展示自身实力与优势的撰述，除了具备一般的宣传性、展示性之外，还带有明显的回顾性、总结性特征，并试图最大限度地表达自己的主观感情色彩、展示自身的风格特质。

《安徽省黄梅戏剧院》是安徽省黄梅戏剧院于2009年编辑出版的英汉双语宣传册，其内容包括8个主要块面，分别是“剧种、剧院介绍”（Introduction of Huang Mei Opera and the Huang Mei Theatre of Anhui），介绍黄梅戏老一辈艺术家的“剧院前辈　黄梅宗师”（Forefathers of Huang Mei Opera），介绍优秀新编剧目的“黄梅飘香　春色满园”（Fragrant Huang Mei Blossom），介绍剧院海外演出的“文化使者　友谊桥梁”（Envoy of Culture and Bridge of Friendship），对黄新德、吴亚玲、李文、蒋建国等20位表演艺术家及近30位优秀青年演员、演奏员等艺术人才的介绍“Performing artist”“Excellent young actor”“Up and coming”“天仙配茶戏楼”（Tian Xian Pei

① 夏亚莉的《〈安徽省黄梅戏剧院史志〉部分内容翻译项目报告》；霍雨佳的《功能对等理论指导下文化信息的传递——以〈安徽省黄梅戏剧院史志（1953—2003）〉节选内容英译为例》；陶欢的《功能翻译理论视角下的文化事业机构外宣推介翻译项目报告——以〈安徽省黄梅戏剧院史志（1953—2003）〉部分内容汉译英为例》。

Tea Theater)，对《天仙配》《女驸马》《红楼梦》等 20 多部经典传统剧目（包括折子戏）和新编剧目的简要介绍（包括剧情简介、演员表和主创人员名单)，以及该剧院的主要演奏员（The List of Players）及舞美职员表（The List of Stage Designers)。除文字之外，书中还附有大量剧照及中英文名称以增加读者的感性认知。该宣传册的中英文语言朴实平和、生动而不失沉稳，彰显了安徽省黄梅戏剧院作为全国重点戏剧院团的自信与实力。

《再芬黄梅　美国纪行》(*Zaifen Huangmei Opera's Trip to America*）于 2010 年由安徽大学黄梅剧艺术研究中心、安徽韩再芬黄梅艺术基金会编辑出版。该宣传册以中英文双语著作的形式记录了以黄梅戏表演艺术家韩再芬为首的安徽再芬黄梅艺术剧院 2010 年出访美国的全过程和成果，但观其内容却不局限于出访行为本身。在正文之前，首先是前言（Preface）和韩再芬(Hanzaifen）及安庆再芬黄梅艺术剧院（Anqing Zaifen Huangmei Opera Art Theater）的详细介绍。正文分为序幕（Prologue)：出发（Set off)；第一幕(Act Ⅰ)：收藏、演讲与访谈（Collection，Speech & Interview)；第二幕(ActⅡ)：巡演在大学（Tour at Universities)；第三幕（ActⅢ)：漫游美利坚（Roam in USA)；第四幕（ActⅣ)：拜访使领馆（Call on the Consulate)。之后的附录（Appendix）中有两篇文章《安庆黄梅戏赴美国国会图书馆访演随感》(*Thoughts on Anqing Huangmei Opera Trip to the Library of US Congress*）和《黄梅飘香美利坚》(*Anqing's Huangmei Opera's Tour of the U. S.*)。另外，还有随书赠送的纪录片《光荣与梦想》(*Dreams of glory*)的碟片。该宣传册最大的亮点在于以充沛的情感灌注于翔实客观的记录之中，感性陈述与理性思辨使其成为黄梅戏艺术外播美学当代诠释的最好例证。

现如今，在中国传统文化国际受众快速增加，信息传播渠道及方式越来越多元化的背景下，随着黄梅戏愈加活跃的对外传播态势，黄梅戏的外文翻译需求量猛增。继续增加目的语种类以拓展黄梅戏外译的海外受众群体、保证黄梅戏外译形势的稳步提升，会在很大程度上推动黄梅戏的传播及国际性发展，这种良性循环的动态模式对黄梅戏保持生机活力及持续上升的国际影响力具有重要的战略意义。

二、黄梅戏外译重实践而轻理论的实用主义特征明显

黄梅戏作为近现代“相对晚出”的地方剧种，在历史文化底蕴深厚、表演程式精美的元杂剧、明清传奇（昆曲)、京剧等剧种占据国外戏曲翻译几乎

全部资源的情况下，并没有引起国外汉学家、艺术家的特殊关注，因此除了黄梅戏的翻译实践，其翻译理论研究也大多产于国内。目前，对黄梅戏翻译理论的研究主要集中在以下三类：

（一）直接以黄梅戏外译策略技巧的视角进行文本翻译研究

如吴其云在论文《架起通向世界的桥梁——英语黄梅戏〈天仙配·路遇〉翻译札记》（1987）中阐述了怎样在最大程度保留黄梅戏原有风格的基础上，通过对音韵、字音、音节等翻译技巧和演唱的处理与润色手法的把握进行唱词译配；王巧英、朱忠焰在论文《黄梅戏经典唱段英译难点及其翻译方法与技巧》（2013）中针对黄梅戏唱词体制的多样化，诗词、民谚、歇后语及衬字、垫词、串词的大量使用，建议根据具体情况采用控制音节数、转换词性及语序、略译、增译、音译、意译等技法达到传神达意的翻译目的；朱小美的论文《黄梅戏〈天仙配〉英译有感》（2016）通过《天仙配》的英译实践的简要分析，反思译本产出过程中对剧本意义的解读及对受众情趣的照顾。这类论文大多是对以英文演出为目的的翻译实践所做的理论总结及回顾，有着极强的针对性，却点到即止，并没有深入的理论分析，其内容也缺乏对黄梅戏外译理论的整体关照。

（二）以国内外各种翻译理论为基础的文本翻译研究

如夏亚莉的《〈安徽省黄梅戏剧院史志〉部分内容翻译项目报告》（2014）、陶欢的《功能翻译理论视角下的文化事业机构外宣推介翻译项目报告——以〈安徽省黄梅戏剧院史志（1953——2003）〉部分内容汉译英为例》（2014）及霍雨佳的《功能对等理论指导下文化信息的传递——以〈安徽省黄梅戏剧院史志（1953—2003）〉节选内容英译为例》（2014）分别以汉斯·费米尔（Hans. J. Vemeer）的以翻译目的作为决定翻译行为首要因素的功能目的论，尤金·奈达（Eugene Nida）提出的强调信息传递“动态对等”的功能对等理论及德国以“文化转换”和“跨文化交际”为目的的功能翻译理论作为翻译实践的参照[①]；张定的《戏曲翻译的目的论视角——以黄梅戏翻译为例》（2013）和张定、王占斌的《论目的论对黄梅戏翻译的指导作用——以〈天仙配〉为例》（2012）同样以功能目的论为基础对黄梅戏翻译的可行性和适用性等问题等进行了探讨；陈睿、胡健的论文《关联理论视角下黄梅戏英译分析——以〈女驸马·谁料皇榜中状元〉选段为例》（2016）以德国学者加特（Ernest-August Gutt）提出的突出翻译认知特性的关联翻译论为视角，对黄梅戏《女驸马》选段英译本的语音、词汇、句子

① 汉斯·费米尔（Hans. J. Vemeer）的功能目的论是德国功能翻译理论的一个分支。

结构、修辞特点进行了分析。这些翻译研究尽管立足于国内外具有影响力的翻译理论，但最终仍落脚于基础的翻译方法与技巧的阐述，且无论哪种翻译理论指导下的翻译技法都差别甚微，更没有进一步对所依据的翻译理论进行系统的评价与定位，显示出研究者对翻译理论表层化、公式化和概念化的认知特征。

（三）以黄梅戏海外传播为本体的翻译研究

如曹瑞斓的论文《黄梅戏外译研究》（2014）以黄梅戏的海外传播为立足点，对黄梅戏外译的历史、意义和学术探索三个方面进行了概括性梳理；吴瑾宜在论文《平行文本对比下黄梅戏英文外宣文本的改进》（2013）中通过中西方平行文本模式的对比，映射出黄梅戏外宣文本在目的语文化环境下对接受性的局限，并提出了相应的改进建议；章二文、张文明的《黄梅戏英译及对外传播策略研究》（2017）提出从语言、社会及文化多个角度来制定黄梅戏英译策略，从而提高黄梅戏的海外传播成效；吴瑾宜在论文《改革文本范式 唱响宣传前奏——黄梅戏英译传播的“去词条化”研究》（2017）中提出，改革黄梅戏外宣文本的行文风格和内容安排“词条化”的范式，与英美文化中的戏剧宣传文本接轨，对推动黄梅戏海外传播具有重要意义；谷峰的论文《“一带一路”背景下黄梅戏的外宣翻译及其媒体融合传播研究》（2018）从黄梅戏译事阶段的“文本移植”（体现受众意识的外宣翻译的适应性选择转换）、译事后阶段的“文本存活”（培育媒体融合传播生态）等方面探究黄梅戏的外译外宣策略。这些论文基本上都对黄梅戏的外译现状、目前存在的局限性及所处困境进行了简要分析，并最终提出了相对科学、合理的应对之策，具备较高的学术价值，对黄梅戏的对外传播具有重要的理论意义及现实意义。

我国国内的戏曲外译主要建立在20世纪50年代之后，是国内逐渐发展起来的文学翻译理论基础之上的新域类，在多年来对戏曲翻译不断深化的探索中，逐渐形成了一种重实践而轻理论的不良倾向，如著名翻译家许渊冲就是翻译领域重实践轻理论的代表。黄梅戏等戏曲外译作为文学翻译之一种，也就毫不例外地染上了这种“通病”，即便是理论研究，也大多是以翻译理论中微观的翻译策略及翻译方法为主要着力点的应用型研究。由于研究者的黄梅戏翻译理论仅局限在应用层面，对其缺乏宏观性、深层次的本质把握，这虽然是国内戏曲翻译界的普遍现象，却在很大程度上局限了黄梅戏翻译理论的研究范围，也就不能实现理论对实践的超越、引导、规范之目的。以此观之，黄梅戏翻译理论距离形成一个涵盖翻译方法、翻译规范、翻译思想等完整、周密的翻译理论体系还有很长一段路要走。

三、黄梅戏外译主体类型分化倾向中高水平的专业戏曲翻译人才缺失

译者是翻译活动的主体。虽然中外翻译界一直对翻译主体是单一的译者还是原作者、译者、读者等组成的多元存在持有争议，但这都不能否认译者在翻译过程中举足轻重的主导地位。译者既是原信息的接受者，又是译文文本的创造者，在参与原作与译本价值创造的过程中，其价值体现在专业技术性与主观评定性两个方面。具体来说，译者既要以对翻译实践有着规范、引导作用的翻译理论作为学术支撑，在思想上还要对人与社会等因素进行考量；既要懂得吸取“信达雅”“信达切”“真善美”等翻译思想的精髓并应用于实践，又要合理有度地利用自身的主观能动性，根据具体的文化利益和译介目的采取相应的翻译策略主导翻译实践。做到这些之后，译者还可以更进一步，对黄梅戏英译甚至整个戏曲艺术外译的实践与研究进行综合性的反思参考，做出调研总结。曹广涛在《传统戏曲英译的翻译规范刍议》中讲到戏曲翻译实践中所要遵循的标准时提出：“从戏曲文本出发，正视原文本的存在，以原作为本，以戏曲文学（文人之文学或民间之文学）为基本翻译视角，以译者个人的自律为准则，戏曲翻译实践就会形成能被广泛认可的翻译标准……”[①]“译者应该明确作品译出和译入在译介目的和策略上的不同，对于戏曲的译出，不能为翻译而翻译。”“国外汉学家有西方的规范，中国译界也自然有中国的规范。戏曲英译不应妄自菲薄，不必盲从西方汉学家的戏曲英译规范。”[②]这里提到的“译者个人的自律”“不能为翻译而翻译”及“不必盲从”都是指一个合格的译者应该在尊重原文的前提下，采取适当、明确的翻译态度及立场，使自身的主观能动性有度彰显。因此，一个好的译者应该是译文翻译质量的决定性保障。

虽然黄梅戏外译的主要受众是海外人士，但其外译活动作为传播和推介的先期准备大都由国内译者完成。从目前的实际情况来看，黄梅戏翻译的主体大体可以分为学院派译者和商业派译者两种类型。学院派译者是指接受了正规翻译理论和技巧教育的外语等相关专业的师生；商业派译者则是指专业翻译机构（如翻译公司）的译员，这些译员既有外语专业毕业的学生，也有非科班出身的翻译工作者。近十几年来，随着中外交流日趋频繁，专业翻译机构成为戏曲翻译的最佳选择之一。这两种翻译主体有着较大差异，从在翻译活动中所处的主导地位来说，学院派译者立足于学术，没有强烈的商业性诉求，因此在翻译活

① 曹广涛．传统戏曲英译的翻译规范刍议［J］．译林，2011：143.

② 曹广涛．传统戏曲英译的翻译规范刍议［J］．译林，2011：144.

动中居于绝对的主体地位；而商业派则把翻译当作一种经营活动，主要以项目委托人（客户）的需求和翻译效果为指导原则，因此商业派译者可以说是项目委托人的遵从者，在翻译活动中的主体地位有所弱化。从翻译质量来看，学院派译者侧重于宏观翻译理论关照下的翻译实践，具有较高的翻译技能和文化素养。但由于戏曲是一种综合性极强的舞台艺术，各种艺术特性在原始文本中都有所体现，由于术业有专攻，译者可能对一些历史民俗、音乐舞蹈、美术雕塑、文学表演等专业知识了解不够，难免在翻译中出现用力不均、似是而非的现象，甚至有偏差纰缪之处；商业派译者更是如此，他们出于对效益、效率的追求，往往不能深入中国文化的精神内核，对源文的一知半解及流水线般无差别的处理方式，就会使译文流于千篇一律的形式主义，观之有隔靴搔痒之感，甚至出现断章取义、生搬硬套的情况，翻译效果更不理想。

黄梅戏有着涵养深厚的历史底蕴和鲜明的地域人文色彩，是具有明显风格特质的戏曲剧种。要在对黄梅戏的翻译中做到内容及形式最大阈值的“等值”翻译，就不是普通的学院派或商业派译者轻易能够做到的了。这就对黄梅戏译者提出了更高的要求：除了具备专业的翻译素养之外，还要有对综合知识的广博融通及对戏曲，尤其是黄梅戏艺术的深入研究。但就现实情况来看，国内真正懂得戏曲艺术，又精通外语，能够承担戏曲外译工作的专业人才屈指可数，遑论更为“小众”的黄梅戏这种地方剧种的翻译了。这不能不说是一种遗憾，但也并非无法弥补，像中国人民大学在2008年发起的“国剧海外传播工程”就集结了众多戏曲界、翻译界的优秀人才进行专门的戏曲翻译及研究。黄梅戏也有为数众多的学院派和商业派译者可以作为潜在的翻译人才储备，人才引进也是快速增强外译力量的手段，但这些同样需要政府的筹措、号召及资金支持。如果将黄梅戏外译专业人才培养作为重点项目有效实施，那么把黄梅戏外译提升到一个新的高度将指日可待。

四、黄梅戏外译的整体成效不足

相对于京剧、昆曲等剧种而言，黄梅戏不管是在剧本、宣传资料的翻译实践或是在以外译理论为主的研究等方面都存在成果偏少、质量偏低的现象。

从翻译实践来看，黄梅戏剧本中现已正式出版的全本翻译作品只有“国剧海外传播工程”中的《天仙配》一种，投入使用的字幕英译也仅限于《天仙配》（包括《路遇》等折子戏）、《女驸马》、《戏牡丹》（小戏）等少数的经典剧目及《唐诗宋词》《六尺巷》等更为少量的新创剧目。而20世纪80年代吴其云等人以演出为目的翻译的英文全本《天仙配》并没有以全貌出版甚至排演。黄梅戏外宣资料的译文除了以海外活动的宣传页及中外媒体的宣传报道等形式短时间、小范围地散播之外，大多都零星散布于各种文化、旅行类网站当中。较为全面系统地翻译只有央视英文网和安庆、湖北等地方性政府网站的英文版中的黄梅戏专题板块，以及前文提到的《安徽省黄梅戏剧院》（汉英双语）、《再芬黄梅 美国纪行》（汉英双语）和《安徽省黄梅戏剧院史志》的翻译，这其中，也只有《再芬黄梅 美国纪行》为正式出版物。这些黄梅戏翻译质量参差，类型划分模糊不全，即便是海外演出时的宣传页也大多停留在剧种、剧目等常规信息的简单介绍，少有形式活泼、以观众为中心的呼吁型文体出现。

反观其他具有较大影响力的戏曲剧种，京剧作为中国之“国粹”，在国内外享有极高的关注度，其外译情况自然也非其他剧种可比。国外的译者大多是著名的汉学家或中国戏曲方向的专业学者，译本有二三十种之多，如斯科特（A. C. Scott）翻译的《四郎探母》《女起解》，刘若愚（James J. Y. Liu）翻译的《李逵负荆》，珂润璞（J. I. Crump）翻译的《潇湘夜秋雨》，海登（George Allen Hayden）翻译的《陈州粜米》，白之（Cyril Birch）翻译的《十五贯》《浣纱记》，伊维德（Wilt L. Idema）翻译的《王勃》，杜威廉（William Dolby）翻译的《浣纱记》《霸王别姬》，魏丽莎（Elizabeth Ann Wichmann）翻译的《凤还巢》，卞赵如兰（Chao Julan Pian）翻译的《打渔杀家》《捉放曹》《苏三起解》……各种传统与新编剧目、历史与现代剧目不一而足。国内的译者中也不乏翻译名家，如杨宪益、戴乃迭就翻译了多部经典剧目，“百部中国京剧经典剧目英译系列”还陆续推出了《霸王别姬》《贵妃醉酒》《拾玉镯》等多部京剧英译本。京剧的外宣资料翻译更是异常丰富，其中，“国剧海外传播工程”的子项目“‘京剧中国’有声普及读本”将高科技及产业化运作运用到京剧的海外宣传普及当中，代表着戏曲外译外宣的最高水平。与京剧比肩的昆曲同样成果显著，以江苏省演艺集团昆剧院为例，几乎每部大戏都配有中英文字幕。而黄梅戏与越剧、豫剧、评剧等地方性剧种一样，虽然扎根于民间，有着广泛的群众基础与较高的市场活跃度，但外译情况却明显滞后，一篇有关越剧英译的论文中就提道：“根据《21世纪英文报》的调查和统计，在国内外演出中某些英译字幕漏洞百出，错误率竟然高达15%……”[①]这显然与这些剧种在国内的认知度和对外传播中的地位不相称。

在外译实践尚且不足的情况下，以翻译理论为主的外译研究只能是浮光掠影式的浅层探索。在正式刊物发表的有关黄梅戏外译研究的论文不足20篇，这些论文大多简单套用国内外翻译理论作为实践关照，却往往落脚于千

---

① 凌来芳．越剧跨文化传播中外宣翻译的若干思考［J］．海外英语，2015（9）：110.

篇一律的翻译方法和技巧的解析，行文呈现出仅以主观直觉为依准的“点评式、随感式”① 的仓促的散论状态。仅有的几篇颇具创见性的研究，仍然超不出特定翻译实践的应用性分析等微观范畴。

再以京剧为例，其外译研究相比于黄梅戏来说可谓宏富精深。《英语世界的中国传统戏剧研究与翻译》（曹广涛）中就有专门一个章节对“基于演出视角上的京剧剧本英译”进行了详细论述，其中，就美国从事京剧翻译研究的卞赵如兰、魏丽莎、黄为淑等学者“对京剧英译的原则、文学翻译、以演出为目的的翻译、剧本唱词、对白、科介说明、上下场诗、双关语、专有名词等各方面”② 都进行了理论联系实际的探讨和对比，并评价这些研究“具有很高的学术性和很强的可操作性，对于国内的京剧翻译工作者来说，具有十分重要的指导意义”。对比之下，黄梅戏外译研究缺乏足够的实践经验以及对实践和理论的系统梳理分类与深度探讨，这些显而易见的狭隘之处正是其尚未形成完整周密的理论体系的症结之所在。

黄梅戏外译的成效不足既有国内外文化差异及世界环境下戏曲发展趋势的客观影响，又有自身对该方面的重视程度不高造成的外译氛围低迷、外译机制缺衽及优秀译者及研究者的缺位等主观原因，这些都严重影响了黄梅戏对外交流、传播和发展的有效进程。这种不利局面需要从思想、理念、策略等多方面入手，经由黄梅戏从业者及地方政府、社会各界长期不懈的努力协作才能够扭转。

在中国文化“走出去”的系统工程当中，黄梅戏的海外传播承载着众多关怀者的期待。士不可以不弘毅，任重而道远。黄梅戏的外译状况虽然不能和与国际接轨的京剧、昆曲等量齐观，且前景困难重重，但不可否认，该剧种仍有着巨大的开发潜力。近十几年来，国家对整个戏曲艺术外译外播的重视程度和推进力度有目共睹，黄梅戏也有幸“分得其中一杯羹”。地方戏曲剧种俱以独特的艺术价值存在于世，以黄梅戏为主体来说，能够以彰显剧种独树一帜的艺术魅力为目的，在外译领域组建起属于自己的一系列完备机制，并得到国内外相关专业人士的辅力、参与，实现广度和纵深拓展黄梅戏的外译实践及研究，才是持续有效地推动该剧种的海外传播之正途。

① 吕俊．结构　结构　建构——我国翻译研究的回顾与展望［J］．中国翻译，2001（6）：8.

② 曹广涛．英语世界的中国传统戏剧研究与翻译［C］．广州：广东高等教育出版社，2009：21.

“真”与“美”极限抵近的“还原”

——评季宇的长篇传记文学《段祺瑞传》

● 陈振华

季宇不仅在虚构性叙事文学领域取得重要文学成就，在纪实性文学领域，也是当代中国纪实文学大家，出版了一系列有影响的纪实文学作品。《权力的十字架》《共和，1911》《铁血雄风》《淮军四十年》等，几乎都聚焦于晚清到民国这一时段震荡不安的历史风云、纷繁复杂的历史场景和升腾与坠落的历史人物。其中既有长篇的历史纪实，也有历史人物的个人传记。长篇传记文学《段祺瑞传》（2018 年 5 月，百花文艺出版社出版）是季宇纪实性文学的代表性作品，也是其创作生涯中非常重要的作品，文本以宏阔的架构和相当大的历史区间为我们还原了晚清到民国，封建政体瓦解与复辟，共和政体挫折与再造这一特定历史时期复杂真实的风云人物——段祺瑞的形象。该书甫一面世，就登上了 2018 年 6 月文学好书榜和文艺联合书单，充分展示了季宇传记文学的创作品格和非凡的思想艺术才情。

一、“还原”的必要性及其如何“还原”

传记文学“以历史上或现实生活中的人物为描写对象，所写的主要人物和事件必须符合史实，不允许虚构”[①]，这就决定了传记文学的生命或灵魂是真实性。作为纪实文学之一种的传记文学在中国有着悠久的历史传统。司马迁《史记》中的“本纪”“世家”“列传”，无一例外是优秀的传记文学作品，这些历史人物经由司马迁的传记而在悠远的历史时空中熠熠生辉。以人物还

基金项目：安徽省教育厅人文社科重点课题：淮文化视域下当代安徽籍作家创作研究（SK2018A0653）。

① 《中国大百科全书·中国文学（卷二）》，中国大百科全书出版社，1986 年版，第 312 页。

原、描写和刻画为中心的“纪传体”，成为历代传记文学的标本。因为所传对象是真实的历史人物，所以在以人物为主的传记文学中，首要的任务是还原人物的真实性，其次才是在真实性的基础上进行刻画、凸显和塑造。

《段祺瑞传》成功之处就如其封面所言：“去标签化，不妖魔、不神话，还原一个真实的、有血有肉的段祺瑞”。[①] 段祺瑞是极富争议的历史人物，历史上或现实中对他褒贬不一、毁誉参半。其一生勾结日本卖国求荣，破坏五四运动，屠杀刘和珍君等 40 多个爱国学生引起众怒，破坏南北和谈，主张武力统一中国，由于袒护皖系导致皖系、直系、奉系、桂系等军阀的长期混战……诚如佛克马・蚁布思所言：“历史叙事的形式并不是一扇洁净明亮的窗户，人们可以毫无阻碍地透过它回望过去，它可能镶有有色玻璃或以其他形式歪曲被看到的景象。”[②] 当然，上述历史事件也并非子虚乌有，空穴来风，段祺瑞的历史行为也难辞其咎，但段祺瑞在这些历史事件中究竟扮演了什么角色，起到多大作用，是其主观意愿还是历史情境使然，则被删繁就简了。这就是段祺瑞历史形象的全部内涵吗？事实可能远非如此，或者说历史上真实的段祺瑞绝非如此简单的负面形象。即便是与段祺瑞同时代的人对段祺瑞的评价也非全是负面的。梁启超的评价是：“其人短处固不可免，然不顾一身利害，为国家勇于负责，举国中恐无人能比。”冯玉祥则这样看待段祺瑞：“白发乡人空余涕泪，黄花晚节尚想功勋。”章士钊则认为：“在派系私斗上虽有失德，却无反革命之举……按其征讨复辟、对德宣战以及晚年抗日南下诸节，皆不失为革命荦荦大端。”本着对历史负责、对历史人物公允的精神，还原历史人物的本来面目，无论过去、现在还是未来都十分必要且非常重要。尤其在当下西方敌对势力抹黑民族英雄，混淆历史试听，妄图毁灭一个民族历史的严峻的、隐性的意识形态领域的斗争下，还原历史人物的本来面目，以正历史视听，显得极为迫切。在这样的思想语境和当下情境中，《段祺瑞传》旨在还原历史上真实的段祺瑞，自然具有重要的历史与现实意义。

如何还原一个极具争议的段祺瑞呢？所谓还原，不可能绝对地原封不动地重现，而是最大程度抵达历史的真实性，极限地靠近历史人物的本来面目。

一方面，文本以“视界融合”的综合视角尽可能多地占有历史资料。据季宇介绍，为了让《段祺瑞传》最大程度抵近历史上真实的段祺瑞，他参考了 200 余种图书，阅读 1000 万字以上的资料、家书、手札、密电、日记、诗文……全书主体部分 25 章，加上序篇和尾声，共 27 个章节，都详细列举了

---

① 季宇：《段祺瑞传》，封面，百花文艺出版社，2018 年版。

② 佛克马・蚁布思：《文学研究与文化参与》，北京大学出版社，1996 年版，第 67 页。

参考文献。书的主体内容之后还详附了段祺瑞年谱简编。这样用材料说话，做到事事有出处的叙述模式，就为文本的真实性奠定了良好的基础。在整部书的写作过程中，作家收集整理材料的“功课”是极其繁重的。这里面有官方的记载，有民间的传闻，有涉世者的回忆，有段祺瑞后人的讲述。不同的记载、回忆、传闻大相径庭，这当然也在情理之中，因为每个讲述者都有自己的讲述立场。如何辨析这些不同观点、不同立场的材料呢？“‘偏信则暗，兼听则明’，作家的高明之处就在于把对同一事件的不同回忆、见解、史料等拿到文本中进行共时性‘晾晒’，这样，读者总会在自相抵牾、冲突、矛盾的云山雾罩的史料背后，找到历史真实的蛛丝马迹，历史真实也会在对回忆、材料等的辨析、甄别中显山露水。”① 这里作家采用多元的视角，以“视界融合”的方式对各方信息进行仔细的辨别分析，是最明智的选择。

另一方面，作家对材料的空白处进行适当的理性分析，填补了材料的缝隙。材料与材料之间不可能是无缝连接的，这时就需要作家发挥理性分析能力和对历史的判断能力，考验的是作家的材料把握能力以及基于这些材料的驾驭能力，这也充分体现了作家的创作主体性。比如书中提到袁世凯的彰德密会，有这么一段叙述：“王镜芙的回忆说得言之凿凿。其实，关于这次密会并无详细史料记载，不过，从北洋军的行动看，他们显然得到了某种暗示，这一点毋庸置疑。因为所有的北洋军几乎都是出工不出力，故意拖延进剿的时间。”不难看出，这里的叙述带有作家基于当时情势的主观判断。这些分析是基于大量材料占有、分析之后的理性判断，而非凭空的臆想，它不仅遵循历史、生活的逻辑，同时也遵循想象、情理的逻辑。司马迁在《史记》中对人物的刻画有很多对话，司马迁是不可能重返历史现场听到这些对话的，但这些人物对话，反而为人物的形象塑造增光添彩。

二、由“真”至“美”的艺术辩证统一

现代的读者对传记文学的审美要求逐步提高，不仅仅要求传记文学具备“真”，更要求具有阅读的审美感受，也就是由“真”至“美”，做到“真”与“美”的艺术辩证统一。这是优秀传记文学的必然品格，《段祺瑞传》则充分实现了这一点。文本既具备史学家的严谨、细腻、耐心，收集整理官方的、精英阶层的、民间的等各种思想立场的材料，倾听甄别各方的声音，力图抵近历史和人物的本真；同时，又具有艺术家的敏锐、诗意和美感，从故纸堆

---

① 参见拙著：《当代文学多维勘探与审美批判》，光明日报出版社，2015年版，第204－205页。

里发现叙述的修辞，洞察话语背后的“隐微之义”，还要赋予传记文本严密的结构、流畅的叙述、审美的感染力与深邃的思想，这需要作家具备很高的史学修养和文学修养。某种程度上而言，传记文学是一门“艰险的艺术”，往往在真与美之间，顾此失彼，而《段祺瑞传》则很好地把握了两者之间的平衡，取得了真与诗（美）完美的融合。

首先，文本在真实基础上赋予了段祺瑞形象的整体性和秩序。段祺瑞的生平、事迹、所经历的事件、命运起伏等散落于各种材料之中，将这些材料去伪存真，去粗取精，文本构建了段祺瑞形象、性格的整体和秩序，充分体现了作家深厚的艺术功力，因为理想的读者“大多不再将传记视为装有‘透明的事实材料’的容器，而是充分认识到了其中事实性与审美性、客观性与主观性、外在性与内在性的交互影响，将其视为人性的个体微观展现。也就是说，现代传记文学是将人生转化为艺术（life to art）的加工整合，使琐细、重复、杂乱的生平具有了整体性和秩序，便于理解和把握，体现了艺术创造的过程”[①]。《段祺瑞传》就是一个艺术创造的过程。段祺瑞一生经历的事件、参与的活动不计其数，传记文本遴选了最能够体现段祺瑞性格、形象，最能够还原其人物形象的材料进行理性的组合和艺术的加工。从各个方面“还原”了“他是叱咤风云的军阀，却誓死不当汉奸；他是乱世枭雄，又是‘六不总理’，廉洁奉公；他‘三造共和’，顺应潮流，但又褒贬不一，毁誉参半”的形象。依据上述梁启超、冯玉祥、章士钊的言论，可以看出，他们心目中的段祺瑞绝不仅仅是一代枭雄、北洋军阀那么简单，而是一个身上负载着历史、时代的多重人性内涵的人。

其次，以文学的方式营造逼真的历史现场。历史现场是永远不可能重返的，作家可以充分发挥创作主体性，再造历史现场的逼真镜像，从而获得历史的现场感。一方面文本营造了可能性的情景氛围，让读者犹如身临其境。比如写段祺瑞奉袁世凯之命秘密进京，文本对北京城的氛围进行了适当的渲染：“天空阴沉沉的，像是要下雨了。空旷的街道上寒风萧瑟，枯枝败叶随风飘舞，天气阴冷。北京城的气氛显得十分紧张。车站、码头戒备森严，街上的兵丁也比往日增添了许多。全副武装的军警在主要街道上穿梭巡逻，如临大敌。”另一方面文本特别注重细节的作用，比如文本写到袁世凯受到满清朝权贵的怀疑和排挤，暂时“告病”还乡，段祺瑞去看望袁世凯，袁世凯在外人的监视下，故意引领段祺瑞去看他兴修的宅院和他养的花鸟虫鱼，有意谈

① 梁庆标选编：《传记家的报复——新近西方传记研究译文集》，广西师范大学出版社，2015年版，第5页。

论一些和政治无涉的日常生活话题，就是为了避免清朝统治者的怀疑。这个细节充分披露了袁世凯的城府、韬晦与隐忍。文本中类似这样的细节比比皆是，传记文学只有夯实细节的真实性，才能营造更加真实的现场感。因为“对日常生活所特有的那种无意义的或偶然的细节的包容成为正面故事‘真正发生过’的证据”①。再一方面是人物的对话，能充分体现人物的性格特征。袁世凯的老谋深算；段祺瑞的果敢、胆识和过于自信；冯国璋的圆滑、世故和精于算计；黎元洪的软弱和委曲求全；徐树铮的胆略与刚愎自用……文本中的重要历史人物每每具有不同的性格特征，通过人物的话语，尤其是对话能很大程度体现历史人物的形象与性格。

再次，超越文献的审美叙述源于将所传对象生命的故事化。传记文学既有传记的属性，又具有文学的品格，二者不可偏废。《段祺瑞传》引人入胜，令人爱不释手，一个重要的原因在于将段祺瑞的命运故事化、情节化了。段祺瑞的一生本身就是一部传奇，文本在此基础上将段祺瑞一生最为重要的节点放到当时内政外交的历史情境中，将段祺瑞的人生命运充分地情节化。全书主体部分为25章，每个章节又分为3个小部分，每个小部分自成一个情节段落，各个情节段落连成整体，就是段祺瑞一生命运升腾与坠落的整个历史过程。每个小部分的叙述都别具匠心，极具情节色彩，富有戏剧冲突性，且每一个小标题都具备一定的情节性。如“秘密进京”“大祸临头”“釜底抽薪”“谣言满天飞”……第一章从段祺瑞秘密进京开始，让整个阅读进入一种紧张的阅读情境。全书近40万字，读起来一气呵成，丝毫没有冗赘之感。读《段祺瑞传》，不禁被故事的精彩纷呈、情节的跌宕起伏、命运的起承转合所折服。尽管段祺瑞的命运被情节化了，文本的故事情节非常精彩，但故事情节设置并非是第一位的，这一点作家季宇十分清楚，不是故事情节大于人物，而是这些故事情节的设置是为了凸显人物的命运与人物的性格形象。

三、创作主体性的充分凸显与深度贯穿

《段祺瑞传》为我们再现了晚清到民国前后中国社会真实、丰富、复杂甚至充满吊诡的历史图景，文本中段祺瑞的形象、命运、性格的多维度展示一以贯之，为我们还原了历史上有血有肉、真实的段祺瑞。全书充分体现了作家的思想认知、史德史识和超越性的历史人文情怀，作家的创作主体性得以

---

① 华莱士·马丁：《当代叙事学》，伍晓明译，北京大学出版社，2005年版，第55页。

充分凸显和深度贯穿。

其一，思想史的深度追求。《段祺瑞传》虽是一个人的传记，也对晚清至民国这一历史区间的思想史有深度追求。文本以段祺瑞一生几起几落的人生命运为主线：小站练兵的声名鹊起、创建北洋各种军事学堂、跟随袁世凯的鞍前马后、袁氏政权的重要功臣、执掌北洋的权柄、三造共和、六次掌权到“八勿”遗嘱。经由这条主线，文本以开阔的历史视野、恢宏的叙事构架构建了这一历史区间的多面深度历史镜像。序篇的背景一、二、三、四就为段祺瑞的出场预设了历史语境和思想背景，然后从晚清的君主立宪闹剧，到群雄逐鹿中原的军阀混战；从封建帝制的崩溃、复辟，到护国运动、护法运动；从政治、经济到军事、外交的重要历史事件都有全面深刻具体的展现。经由这些历史镜像，再现的不仅是晚清到民国复杂的历史风云，更能获取这些历史事件、运动、进程背后的政治规律、思想脉动和历史逻辑的哲学认知。所谓的精通历史，不仅仅是熟悉历史的基本事实，更在于这些事实提供给历史和现实怎样的镜鉴，在于通历史的“常”与“变”，在于通历史上王朝兴衰的“历史周期律”，在于通历史人物成败的幽微转折及其历史动因。如果传记文本只停留在事件的叙述，仅仅停留在历史事件的表象或人物命运的悲欢离合，如果还原的仅仅是历史的表层喧嚣，这样的历史人物传记只能是平庸之作，而《段祺瑞传》以人物传记的形式某种程度上抵达了历史哲学的深度认知。

其二，史识对历史素材的照亮。“不同的作家主体，就会建构不同的历史镜像，即便这些镜像的建构都来自于真实的历史素材，也会因为主体的‘选择性’不同而呈现出建构性差异，因为如何选择史料则体现作家史识、史德、历史观、价值观与思想立场的不同面相。”① 历史素材是沉默的，作家的史识才能照亮它们。对于《段祺瑞传》而言，作家的史识体现在：一方面，作家以纵横捭阖的历史气度明确而真实地镜像了晚清到民国的历史，尤其是北洋时期军阀派系极为复杂的斗争，历史的云谲波诡被淋漓尽致地表现出来。这对于深入了解这段历史具有十分重要的认知功能，文本极大地丰富了近代中国历史的血肉，改变了历史教科书的僵硬、呆板，以段祺瑞的人事、形象为中心，体现出作家非同一般的历史认知：“历史以人事为中心，所以历史学也称之为生命之学。如果把历史看作一个生命的过程，就会发现，由人的生命而有生活，构成了真正的历史基础。”② 尽管传记文学不是小说，但某种程度上也承担着书写民族历史的功能。另一方面表现为把历史中段祺瑞的个体命

① 参见拙著：《当代文学多维勘探与审美批判》，光明日报出版社，2015年版，第207页。

② 谢有顺：《小说的心事》，作家出版社，2016年版，第213页。

运放置到当时的王朝更替、历史兴衰、世界格局以及科学、民主、共和等现代性的历史观念中加以考察，深刻揭示段祺瑞的人生命运和历史、时代之间的复杂辩证关系。再一方面，作家的史识表现在以现代的观念和意识去诠释历史，即克罗齐所言的“一切历史都是当代史”。黄仁宇在评论《万历十五年》时曾说：社会科学和自然科学一样，都只能假定自然法规逐渐展开，下一代的人证实我们的发现，也可能检讨我们的错误，就像我们看到前一代的错误一样。司马迁也曾言：“居今之世，志古之道，所以自镜也，未必尽同。”其实他们的观念基本相同，意思就是纯粹客观的历史是不存在的，没有绝对的“还原”，这里的“还原”必然带有个人的、主观的、时代的等诸多因素的影响。《段祺瑞传》也莫能例外，它定然带有作家季宇鲜明的个人色彩，带有作家对历史的个体认知，带有时代赋予季宇的历史观念和思想印记。

其三，历史“阐释者的魅力”。在故事情节之外，文中客观性叙述中嵌入了一些作家主观化的评论、感叹和阐释，充分体现了历史“阐释者的魅力”，显示了作家的主体性精神对写作对象的思想投射，这也为叙述增添了别样的魅力。比如在写到段祺瑞培养北洋军事人才时，文本加入了这样的评论和分析：“从历史角度而言，段祺瑞恢复和创建北洋各军事学堂，对发展中国近代军事教育功不可没。尽管作为封建军事集团的军事学校，其培养出来的学生大部分只能为封建势力服务，但客观上对中国军事教育的发展也是一种推动。”类似这样的评论、分析、感叹甚或情感的外溢在文本中多次出现。现代文学的叙述方式有两种重要的朝向，一个是叙述中有创作主体情不自禁的评论或抒情，这是传统的讲述型叙述最基本的叙述方式，带有作家鲜明的主观色彩和情绪、思想、价值倾向，传统现实主义文本如路遥的《平凡的世界》就属于这种；另一种就是稍晚出现的所谓的纯客观的“呈示”，将价值判断和主观的情感、思想倾向完全隐匿，仿佛话语在自动地自我呈现，比如当代文学领域中的新写实小说、先锋文学和新历史主义文本往往都采用“零度叙述”、搁置判断等。两种叙述模式并没有高低之分，只是根据叙述的实际需要。显然，《段祺瑞传》采用的是更靠近带有价值倾向的“讲述”而非搁置判断的“呈示”。当然这样的主观性叙述并不会损害叙述的客观性和真实性，只是增加了作家的有效阐释，帮助读者更深入把握历史，获取历史认知的深度，同时也让叙述带有超越性的人文、历史情怀，带上创作主体的情感温度和价值判读的尺度，在客观性的基础上赋予了主观阐释的思想魅力。

总而言之，《段祺瑞传》“还原”了历史上最真实的段祺瑞，“还原”了晚清至民国这段风云震荡的历史。其文本叙述做到了真与美的艺术辩证统一，在“还原”叙述上极限抵近了“真”与“美”。作家季宇以对历史的虔诚，以非凡的艺术才华融会自己的史识，以敬畏的“史心”描摹历史，以当下的思想意识回眸反思历史，以创作主体的责任使命关注国家、民族、个人的历史命运和现实处境，体现出一种集思想史家、作家和现代知识分子于一体的情怀与担当。当然，文本在历史的幽昧、人性的复杂、人物的心理挖掘上还可以走得更深更远。然而，传记文学的纪实性、非虚构性决定了作家只能“戴着镣铐跳舞”。

季宇近期小说创作论

● 疏延祥

季宇先生 1952 年出生，早已年过六旬，如果从 20 世纪 80 年代发表小说算起，他的创作生涯已近 40 年，这些都表明他是名副其实的老作家了。可是老骥伏枥，志在千里，他从前几年相继从安徽省文联主席、作协主席、《清明》主编的岗位上退下来后，不仅出版了散文集《勇敢者的精神》和《淮军四十年》，体现和证明了他的创作热情和生命力，2018 年发表了《救赎》（《中国作家》2018）、《最后的电波》（《人民文学》2018）、《假牙》（《作家》2018）、《金斗街八号》（《长江文艺》2018）、《归宗》（《当代》2018）5 部小说，这些小说甫一发表，就被《小说月报》《小说选刊》《中华文学选刊》《作品与争鸣》《长江文艺·好小说》等刊物转载，产生了很好的社会反响。《最后的电波》荣获 2018 年度人民文学中篇小说奖。这充分说明作家季宇创作生命力不减，仍在攀登文学高峰的路上。

一

季宇的《救赎》讲的是一个浪子回头的故事。朱家二少爷朱宝臣在 7 兄妹中排行最小，朱家有天元火轮船公司，是民族资本家，由朱宝臣哥哥朱宝衡经营。朱宝臣在 15 岁前中规中矩，接受忠孝节义教育，无不良嗜好，甚至他还无师自通，表现出不凡的艺术天赋，为此，家里为他聘了一位擅长徽雕的绘画师傅，在师傅调教下，朱宝臣徽雕技艺突飞猛进，老太爷看了小儿子徽雕，惊呼家里要出艺术家了。或许是管束过头，老太爷死后，朱宝臣在书房再也待不住了，开始放荡起来，妓院一待就是一两个月，由于朱宝臣是小儿子，老太太十分溺爱，无人敢管。只是到朱宝臣在 18 岁那年迷上名妓小金玉，要把小金玉带回家当老婆，老太太一气之下喝砒霜水，大哥朱宝衡实在看不下去，才扇了他一掌。老太太醒来后，朱宝臣答应不犯浑，3个月不出家门。但是，朱宝臣表面上的乖是假象，在家这段日子并没有闲着，他看上了老太太喜欢的丫鬟秋云，致其怀孕。老太太虽然骂了，但并未惩罚，只是要秋云做妾。

朱宝臣的浪荡害死了大哥，他在赌场认识了丁葫芦，丁葫芦被卫树森买通，卫树森是朱家对头，和保安团长白大麻子联合。卫家是朱家轮船公司的对手，而白大麻子曾要和朱家合作，遭拒绝。他们让丁葫芦找到朱宝臣，说是要运棉纱，其实是鸦片。等到一切就绪，白大麻子不仅扣下了朱家的船，还打死了朱宝衡。朱家老太太也伤心过度死亡，临死还对朱宝臣一腔怨恨。

朱宝臣的成长至此开始，他一改荡子形象，表面不动声色，内里紧锣密鼓，不仅先清除了丁葫芦，还卧薪尝胆，表面放荡依旧，实则开始了庞大的复仇计划。等到白大麻子和卫树森两人放松警惕，他炸死了白大麻子，嫁祸卫树森，其计划之周密、用心之冷酷，实在令人敬佩和胆寒。卫家虽然怀疑为朱宝臣所为，但一点证据也没有。

季宇写过浪子的故事，《当铺》中的朱辉正就是，但他并没有真的回头，而是变本加厉，他花花公子到偷清贫守财父亲的妾，被父亲的子弹留下疤痕。他带着疤痕，远走他乡，10年后衣锦还乡，开始毫不留情地报复父亲，直至毁灭。如果说朱辉正的浪子“回头”是一场悲剧，承载的是杀父娶母的性心理派生出的人性黑暗，而朱宝臣的回头和复仇承载的则是正义和人性的复归。

说到复仇，季宇就写过一篇小说叫《复仇》，《复仇》和《救赎》一样，故事发生在民国时期，奇女子吴玉雯被马大鞭子杀了父亲，几乎灭门。为杀五湖联防团团长马大鞭子，她装成无家可归的孤女，医生丁志琛动了恻隐之心收留，继而，她嫁给丁医生做三房。她利用马大鞭子来丁医生处看病，杀了他，得遂所愿。

如果《救赎》只写到朱宝臣复仇成功，那不过是《复仇》的再版，是一场私人恩怨的故事。可《救赎》并没有到此结束，而是使朱宝臣性格进一步发展，心胸更加开阔。朱宝臣表面和日本人合作，暗地却输送情报给新四军，走上了抗日救亡的大道，这就使得他的形象不仅超越了朱辉正，也盖过了奇女子吴玉雯，成了一个顶天立地的汉子和英雄。

报了大仇后，朱宝臣性格更加内敛，不仅尽力保护大哥的儿子，这自然是心中愧疚所至，就像《新安家族》中的鲍二爷倾力爱护哥哥鲍翰源之女罗丝一样。朱宝臣甚至为了把大哥的儿子从日本人手里救出来，接受了日本人的条件。当然，这是一种无奈，朱宝臣虽然明里和日本占领军安田正树合作，暗地里却自残，使日本人要他当维持会长的阴谋无法得逞，并撤去对他的监视，于是他才能脱身向新四军传递情况，成了中共情报界重要人物九条。

有一部著名电影叫《肖申克的救赎》，影片中，安迪的妻子和她的情人被杀，虽然安迪没有开枪，但在事情发展的整个过程中，他都是起了坏作用，一直到最后提供了枪。他没有罪吗？当法官问他为什么要杀人的时候，他一句也没有辩解，罪犯是替他杀了人的，安迪当然有罪，他有心罪，心罪虽不犯法，但良心是交代不过去的。安迪在漫长的监狱生活中战胜了消沉，获得了监狱长贪污受贿的真相，出狱后告发了监狱长，灵魂的拯救至此完成。

显然，原罪和心罪都强调人人有罪，有罪就要通过自己的努力，走上救赎之路，耶稣和安迪都是榜样。

我觉得，朱宝臣的救赎不是宗教意义上的，尽管他致使大哥丧命，的确有罪。但他复仇，又为国家和民族做事，为赶走日本侵略者做出贡献。并且他之复仇不像基督，是一种消极的心灵救赎之路，而是积极的正义之路，他之抗日也非安迪的控告，而是大爱大恨。

《救赎》通过“我”要写朱宝臣传记，查找朱宝臣历史，还原出一段尘封的故事，同时也将现实与历史勾连起来，而朱宝臣就是“我”姑父，如此一来，小说充满了亲切感。

二

李宇的《最后的电波》是一部关于信仰和政策攻心的故事，同时也是一部献给父母、献给新四军通信兵的故事。

故事发生在皖南事变之后，新四军独立师第三团阻击敌人，掩护大部队撤离。任务完成后，团长顾少宾带领残部 300 余人退入白马山区。撤退途中，电台被打坏，报务员牺牲。没有电台，和上级联系不上，部队就等于聋子、瞎子，而白马山区所属的青城地下党由于叛徒出卖，全遭破坏，新四军总部想通过这条线联系顾少宾部，也成泡影。

顾少宾部是好样的，他们利用山高林密的地形，巧妙与敌周旋，当地群众自发送衣送药，针对敌伪的屠村，顾少宾部以牙还牙，打击了他们的嚣张气焰，战斗中还缴获了一台电台，只是没有抓到敌人的报务员。小说至此，才到了关节点，前面内容不过是铺垫。小说的主要人物李安本开始正式上场。

有了电台还要有会发报的人，顾少宾部抓来了山下在电报局工作的李安本，通过他，终于和总部联系上了。

李安本没有什么政治觉悟，他有收发报技术，本来服务于国民党军的川军一四五师，广德一战，部队被打散，战斗的鲜血淋漓使他心灰意冷，便回到老家电报局谋了一份差事。

李安本被“我”父亲半劫持半哄骗地带上山后，目睹了新四军种种顽强的革命作风，缺衣少粮，为了躲避日伪的追逃，体能消耗极大。他们一点好吃好抽（烟）的，都尽着李安本，在部队转移中，有专人负责李安本的安全。为了使李安本无后顾之忧，将李安本家人转移到了安全的地方，为此还牺牲了老彭。这个老彭平时对李安本仗着技术能耐拿跷，很是看不惯，可关键时候他把老百姓生命放在第一位，毫不顾忌自己的安全。

本来，李安本常常想离开部队，经过老彭这件事，他彻底认清新四军这支部队为人民服务的性质，他再也不提下山，认真工作并积极培养新四军报务员（“我”父亲），直到主动参加一支小分队的诱敌任务。这次诱敌，如果李安本不参加，敌人会从发报手法上认定这不是新四军主力，那么敌人会咬住主力部队。小说至此，李安本像个战士了。的确，李安本从毫无政治觉悟的普通群众向革命战士的转变过程，季宇写得风生水起，一波三折。小说不仅好看，而且令人信服。

读了这部小说，我们对新四军的坚强、对新四军和人民群众的感情，有深切体会，也敬畏新四军的光辉业绩。

小说的叙述者是“我”，“我”父亲当年就是顾部战士，李安本是“我”父亲的师傅。小说通过“我”父亲的陆续介绍以及几十年后父子二人前去探望李安本的经过，不仅还原了当年一幕幕的血雨腥风，也将历史和现实勾连起来。这样一来，小说和读者的距离感消除了，我们随着季宇的脚步，走进了历史深处。

小说题目《最后的电波》是其情节实写的表达，杜参谋和李安本这支新四军队伍艰难地完成了诱敌任务，部队战至只有杜参谋和李安本俩人，李安本用明码向旅部发了永别电和新四军军歌。杜参谋用绳子将李安本送至崖下，自己壮烈牺牲，凸现了共产党人爱护群众的崇高品格。

三

用小说探索人的性心理现象，一直是季宇小说的一个着力点。比如《当铺》中的朱辉正和父亲的妾私通，此类题材有点类似《雷雨》，看似写性心理的乱伦现象，但也可以用西方弗洛伊德的杀父娶母的性文化解释；《盟友》讲了个“重色轻友”的故事，“利比多”的强大突破了人伦道德；《街心花园》通过某城市一青年爱上了裸体牧羊女雕塑，讲了“皮格马里翁”性心理现象，即“雕像恋”。20 世纪 90 年代初，为了探索性心理文化现象，季宇还写了报告文学《生命启示录》。季宇新作《假牙》接续他以前的性心理探索，讲了个“意淫”的故事。

《假牙》中老包是上过大学的高等知识分子，画不错，喜欢交朋友。他最喜欢谈自己的风流韵事，引得朋友们非常羡慕，甚至他和“大洋马”这样外国女人亲密，使其堕胎这种虚构的故事，他都说得绘声绘色。直到有一天，老包因为女人玛丽被抓起来了。人们对玛丽死亡案有好多版本，最多的说是奸杀，凶手就是老包。老包一帮朋友有的对玛丽被奸、老包被抓幸灾乐祸，因为他们嫉妒老包有桃花运，身边总不缺女人。让人大跌眼镜的是，随着案件调查的深入，大家才知道，凶手另有其人，因为老包没有性能力，为此到处求医，几十年来都是这样。他说自己不缺性伴侣，那是撒谎。在心理学上，这种行为叫反态，将自己性无能以一种完全相反的意淫方式释放出来，从而缓解焦虑。小说中的胖哥说老包是假牙，没有真家伙。小说在众人嘲弄老包的欢声笑语中结束，老包也从此在朋友的视线中消失。

《假牙》用小说方式讲了反态的意淫现象，同时以“老包被抓的消息几乎一夜间就传开了”开头，一下子吸引读者，随着玛丽案的说法不同以及介绍老包身世，给人扑朔迷离之感，慢慢地谜底揭开，读者恍觉“原来如此”，这种吊足读者口胃的叙述方法是成功的。

四

近年来，被翻拍成谍战剧的小说很多，而且收视率不错。其中大部分都以情节曲折离奇和悬念丛生取胜，季宇的《金斗街八号》也可视为谍战小说，但它的叙述方式比较独特，往往不是大肆渲染，而是点到为止，比如中共特派员在特务设置的天罗地网中逃脱，好多年都是一个谜，直至解放后，当年的富华照相馆老板、地下党员黄凡才告诉即将被枪毙的当年特务行动队队长元鹏飞。原来问题出在瞎子老章和女儿小芬突然出现在接头地点佛照楼茶馆，唱了《马嵬驿》，这就是撤退和中止接头的信号。相信很多读者只看一遍《金斗街八号》，还会对这个谜底有些疑惑，再细看原文，原来负责特派员安全的九叔在启动中止接头的路上碰到了瞎子老章和小芬，临时起意，要瞎子到茶馆去唱这一出。

《金斗街八号》不仅不浪费笔墨，三言两语，话说一半，而且是采取多头叙述，仿佛是捕鱼人手中的网，千头万绪都在捕鱼人手中，撒开和收网，都在捕鱼人即叙述者掌控之中。叙述者叙述一个个看似关系不大的人物和故事，却无形中有了内在关联。比如瞎子老章在五湖城卖唱，收留了弃婴小芬，在老章的调教下，小芬也唱得一手好戏文，他们住在金斗街附近的大同巷，由于小芬出落得漂亮，便被几个青皮盯上并纠缠了起来，九叔恰好路过，救下他们父女。如此一来，后面瞎子老章和女儿小芬为九叔在茶馆唱戏，就顺理成章，同时作为五湖地下党负责人的侠义形象也彰显出来。

小说不仅写了地下党负责人老九、下层民众老章和小芬，还写了特务队长元鹏飞、叛徒夏先生等人。

元鹏飞一出场就是行动队长，他毕业于省政法学堂监狱科，表面上非常讲究仪表，头发纹丝不乱，还打蜡，行动队蔡扁头原是裁缝，会熨衣服，才被招进行动队，专门为他打点衣服。他外表光鲜却内心凶残，反差太大，令人生畏。他整起犯人，恶毒其极。为了爬上去，他收买小偷，偷了来五湖视察的国民党要员手表，结果警察局长破不了案，他却破了，一案成名，由此升迁，直至当上局长。他敲诈勒索，坏事做绝。事发后判刑，日本人来了，他投靠亲日政权，为日本人办事。这样的恶人与同情下层民众、在码头做活的独臂九叔斗法，其失败是必然的。正义和邪恶较量，若恶势力占上风，也是一时的。

叛徒老夏是五湖地下党交通员，公开身份是五湖城关中学的国文老师，课讲得好，除了性格内向，很少与人交往外，也挑不出什么毛病，但是，此人风流，和寡妇张嫂有一腿，经常往张嫂家跑，对外，张嫂却说夏是他表哥，张嫂儿子喊夏先生舅舅。这种关系，自然瞒不了众人。他也因此被警方注意，直至被捕。夏先生令人想到《红岩》中的甫志高，上级认为他已经暴露，要他晚上不要回家，他舍不得和妻子的温情，还是买包牛肉回家，结果被捕，而且忍受不了酷刑。把个人安危置于革命事业之上，贪图肉体欢乐，背叛革命是迟早的事。

五

注重安徽元素，挖掘安徽人文内涵，一直是季宇创作的一个方向，比如他写《段祺瑞传》《淮军四十年》《铁血雄风——辛亥革命在安徽》，他为徽商、淮军写电视纪录片脚本。在小说创作领域，他也凸现徽元素，如长篇小说《徽商》《新安家族》，中篇小说《王朝爱情》，最近他又发表了小说《归宗》。他告诉笔者，1919 年，在北洋政府总理段祺瑞的支持下，北洋军司令徐树铮出兵外蒙古，迫使外蒙古取消自治，完全回归中国，撤销自治。这是一件很厉害的事情，也是安徽人的光荣，因为主政此事的段祺瑞、徐树铮都是安徽人。因此，季宇作为安徽人，把这一段历史用小说形式表现出来，是早有此念。《归宗》中的贺文江就是收复外蒙时库伦保卫战的英雄。

贺文江和《救赎》中的朱宝臣一样，是个浪子。他从小不喜读书，舞枪弄棒倒是在行，因为打人还坐过班房。家人管束，毫无作用，及至杀了马七，母亲为此自杀，他不知感恩，反而杀了调解者贺四公。不得已，贺文江远走亳州，隐姓埋名，被族谱除名。

在亳州的贺文江以姜大槐之名从军，同在亳州入伍的安徽子弟竟有一营之多。此时的姜大槐当兵只是为了糊口，营长宋长忠鼓励士兵为国家而战，他还不以为然。但是通过剿匪，他娶了花儿，尤其是有爱国心的宋长忠的言传身教，使他不但有家的温情，更有国的大爱。库伦保卫战中，人越战越少，有的士兵想撤，团长宋长忠也要他撤退，他却选择和宋长忠在一起，战至最后一滴血。

贺文江亦邪亦正，尽管他是为国捐躯的英雄，长时间却得不到承认，甚至入不了族谱。莫让英雄死不瞑目，再现库伦保卫战的辉煌，这是《归宗》的微言大义。不过《归宗》中几个主要人物，如贺文江、宋长忠、于大棍子，作为小说人物，性格可以再突出一些。据作者说，《归宗》是其将要出版的长篇中的一部分，或许在那本书里，《归宗》中的主要人物性格会丰富些。

如果说，季宇这 5 部小说有什么一以贯之的特点的话，我觉得就是故事性。讲好中国故事，讲好安徽故事，是季宇几十年来小说创作自觉和不自觉的追求。这 5 部小说的故事性如何，我想读者通过阅读我上文的分析，自然有自己的结论。

讲好安徽故事，我觉得首先要激活本土资源，《归宗》以安徽人贺文江为主角，《最后的电波》叙说皖南新四军的故事，都是安徽资源的成功运用。而《救赎》《金斗街八号》故事发生地都在一个叫五湖的地方。五湖，对于季宇创作来说，不仅是一个地理概念，也是一个文学概念。早年的《当铺》《盟友》《县长朱四与高田事件》的故事都发生在这个鄂豫皖交界的县城小镇，而且都是民国时期。不过，我以为，季宇目前还没有用文学彩笔建立一个像莫言的高密、沈从文的湘西那样的文学王国。或许，向五湖的文学王国挺进，对于季宇来说，仍有很大的空间。

徽剧表演艺术探究

● 韦京东

徽剧为国家首批非物质文化遗产，300多年来一直是安徽代表性古老戏曲声腔。在“天下第一团”的安徽省徽京剧院，仍然保护和传承着饱有丰富传统特色的优秀徽剧剧种。徽剧表演艺术以朴实、粗犷、重排场、擅武功、具有浓郁生活气息为特色，其独到的戏曲表演艺术魅力，不仅体现着安徽本土优秀传统徽文化的精华，更彰显着中华古老戏曲乃至世界古典戏剧之精粹。

一、源流

宋末到明初200多年的南戏在元末一直与北方杂剧分庭抗礼，直到明中期四大声腔的产生。明后期由南戏形成四大声腔的昆山腔和余姚腔流传到当时江南经济发达的中心之一徽州府和池州府，随之弋阳腔和海盐腔等戏曲声腔也流入此地，衍化成徽州腔和池州腔，并以此为主体，形成了名噪一时的徽池雅调，并相继产生了徽州腔、青阳腔（池州腔）、太平腔和四平腔等多种声腔；弋阳腔的流入，使得青阳腔不断壮大，影响力极广。弋阳腔和昆山腔等流传到安庆府，以安庆石牌为中心，影响着当地的民间腔调；随着青阳腔的壮大流行，逆皖江而上，朔皖河而行，抵岳西为高腔，达石牌变新腔。由于安庆石牌调的本土地位和地理位置等原因，促成了地方本土声腔兼容各大声腔的流入，形成了石牌主调并不断发展。明末清初，社会动荡，文化南移，戏曲变迁，此时的石牌调更多的是接受昆腔和西秦腔等声腔的影响。1667年，石牌依附的安庆府由以前归属江南省而为安徽省，并成为省府治地，从此，主要从安庆府地区走出去的戏曲班社称为“徽班”；加之“安庆色艺最优”，徽班演员的主要力量有了明显的界定；随着“梨园佳弟子，无石不成班”的流传，徽班演员的主要来源也就更加明晰；而此时的石牌，早已是安徽省府门前的经济文化重镇。显然，徽班表演的主要声腔是石牌等安庆地区演员在石牌调基础上衍化、发展而形成的徽调，或称徽昆，亦称乱弹，现称徽剧。

徽剧表演的发轫期约在明嘉靖（1522—1566）至万历（1573—1620）年间。万历三十三年（1605年），冯梦祯在《快雪堂漫录》日记中记载：春日来徽州，已见徽州班“优人改弋阳为海盐”，秋日再看唱昆腔的“吴徽州班演《义侠记》，旦张三者，新自粤中回，绝技也”。这是“徽州班”的名字第一次见诸史料。这时的徽州班主唱昆曲等腔，后融合为徽昆；徽昆兼容并蓄，很快徽州府各路徽州班的徽州腔四起，同时，池州府的池州腔也风靡皖江南北，池州腔和徽州腔衍化为主腔；从此，以池州腔和徽州腔为主的池州府和徽州府的戏班愈演愈盛，其影响越来越广。当时戏坛有两种倾向，一种是以池州腔和徽州腔为代表的适合普通老百姓口味的声腔，一种是以昆腔为代表的适合文人口味的声腔。与此同时，安庆府的石牌调等诸腔调也在慢慢发轫孕育，也在同时受到南戏诸腔的影响。

徽剧表演的形成期约在17世纪下半叶的清康熙年间（1661—1722）。安庆府的石牌调在一直受到昆腔和弋阳腔的影响之后，随后又受到徽池雅调特别是青阳腔的影响。徽池雅调流布江南（今华东地区等）、闽粤、江西、湖广、四川和山东、山西等地，比弋阳腔之流传有过之而无不及，已经改革的昆腔亦难与之匹敌，因此赢得“天下南北时尚徽池雅调”之美称。徽池雅调的青阳腔等诸腔乱弹一直在皖江、皖河一带流传，与安庆府的怀宁石牌（时怀宁县治同驻安庆府）、枞阳（时桐城所属之镇）、桐城、潜山、岳西等地方声腔及民间音乐相结合，到了清康熙年间，以安庆府石牌为演唱中心的石牌调渐渐地形成了一种拔子新腔，其中就包含青阳腔。可以说，拔子腔的出现基本说明了“徽调”的形成。当然，促成“徽调”形成的另一个重要原因是1667年“安徽布政使司（省）”地名的首次出现，而安徽布政使司的巡抚府治亦即首次设在安庆府，因而从安庆府石牌等地所唱出的腔调也就称为“徽调”，即安徽的腔调，主要指安徽省府安庆府以石牌为中心的拔子腔等腔调。

徽剧表演的成熟期约在18世纪上半叶清康熙后期至乾隆前期。明末清初，安徽石牌徽调的早期声腔除拔子、青阳腔和石牌调等腔调之外，还有一大腔调昆弋腔。昆弋腔在受到西秦腔等腔调的影响下，在石牌、枞阳（桐城属镇）一带又形成了一个新的腔调“吹腔”（一说由四平腔脱胎而来），故又名“石牌腔”“枞阳腔”或“安庆梆子”“芦花梆子”。起初是曲牌体的长短句，后逐渐发展为接近板腔体的七字句、十字句，用笛子伴奏，有正板、顿脚板、导板、叠板等板别，徽剧《奇双会》《巧姻缘》等都唱吹腔，现今京剧、湘剧、婺剧、赣剧、绍剧等皆保存有吹腔；但用“芦花调”“安庆调”“婺源调”“安春调”等不同名称。到了雍正、乾隆年间，吹腔与拔子逐渐融合，形成二黄腔（一称弹腔）。石牌二黄腔的产生，声腔音乐从准板腔体进入了正板腔体，丰富了徽调的声腔，促成了徽调进一步形成，从而奠定了徽调表演的基础。商业发达之地，戏曲文化繁荣。据民国四年（1915）《怀宁县志》记载：石牌“粟布云集，货贿泉流，为怀宁诸镇之首”。清雍正元年（1723），石牌上街（石牌镇曾分上下街，上街于2002年移民拆迁）程如卿、潘仲发创建了一个职业弹戏班“义和班”。全班演职人员只有20多人，为客商和船户演唱。这是石牌有史可考的首个职业戏班。所谓弹戏班，即唱弹腔的戏班。弹腔，当时的二黄腔。据考证，在雍正年间，以程、曹、张、郝、杨、潘、产姓伶人为班主的石牌弹腔戏班，远赴福建、广东、湖南、湖北、浙江、江苏、江西等数省巡回演出。其中，程如卿、潘仲发的义和班，曹松旺的义庆班，沈裁缝的春江班，主要活动于浙江和南京、扬州等地，为后来“徽班”唱响扬州以及徽班进京打下了基础。

徽剧表演的繁荣期在18世纪下半叶清乾隆时期（1735—1795）。清中叶花部四起，地方戏兴盛。而以徽调和徽昆为主的徽班凭借徽商的推动和提倡，很快进入全面繁荣时期。这一时期的徽调更是兼收并蓄，博采众长，在先后吸纳拔子、吹腔、梆子腔、罗罗腔和秦腔等声腔艺术和表演优点之后，又吸纳了汉调，成为兼有西皮调的皮黄合流合奏的声腔，形成了一个以徽调为主，融合众长，昆乱杂呈，文武老少，集唱、念、做、打表演的戏曲剧种。清乾隆中叶，徽调的主要声腔均已成熟。1790年徽班进京不久，便与秦腔、昆腔、京腔等腔调博弈并容，又几度徽汉合流，再次从汉剧中吸收西皮等腔，进一步丰富和发展了自己的声腔。至此，徽调已经发展成为一个完整的声腔体系。而徽班的发源地石牌，仍是以“安庆色艺最优”的演员不断地走向京城。此时的石牌仍然是远近闻名的商业中心，拥有商家三千、帆船千艘。江西、福建、湖北等地客商纷纷在此设馆驻节。石牌除本地居民外，大都是过往船帮和商户，商业的发达，进一步促进了当地戏曲文化的发展。石牌当时可供表演的戏剧舞台多达800处，不仅有戏园、戏楼，还有花戏台。戏园，在石牌镇就有3家。上镇横街的长乐大戏院可容纳观众600多人，专供徽调、皮黄班演出。据清杨懋建《梦华琐簿》记载，以石牌为中心的安庆戏班规模较大，生、旦、净、末、丑俱全，而且在角色分工上比昆、弋的体制更加完备，所能表现的生活面也更加广泛。正因如此，出现了全国各地城市“戏庄必演徽班，戏园之大者……亦必以徽班为主”的局面。乾隆四十五年（1780）所立的“外江梨园会馆碑记”，统计出当时在广州活动的戏班有江西班两个、湖南班两个，徽班班社就有9个之多。而这一时期“徽班”的定义更为明确。清乾隆二十五年（1760）安徽布政使司定为“安徽省”，安庆府定为安徽省省会，安徽省治和怀宁县治均驻安庆，出现一府两治的现象。石牌属怀宁首镇，其戏班在当时又形成了“梨园佳弟子，无石不成班”的盛况，其声腔表演又以“安庆色艺最优”，因而，石牌等安庆“石班”自然便成了安徽省“徽班”的主要代表。

徽剧表演的鼎盛期在19世纪上半叶清嘉庆（1796—1820）至道光（1820—1850）年间。乾隆五十五年（1790），徽班高朗亭率三庆班入京演出，轰动京师。之后，在乾隆、嘉庆年间进京的还有四庆徽、五庆徽、四喜、春台、和春和三和等徽班。其中，以三庆、四喜、春台、和春四班最为有名，人称“四大徽班”。至此徽剧表演进入鼎盛时期。嘉庆、道光年间，徽班在北京更加兴旺发达。清道光八年至十三年间（1828—1833），汉调众多艺人在北京加入徽班，使徽、汉再度合流，出现变“诸腔杂陈”为“以皮黄为主”的新局面。直到1840年前后，一个新的剧种随之而诞生，后称京剧。徽剧表演的衰落期在19世纪下半叶。道光后期，徽班渐趋式微，慢慢进入了衰退时期而湮没于京畿舞台，京城外的徽班也受到京剧和其他各新兴地方剧种的冲击。而在此时，徽班的徽调徽戏在本土安徽的安庆地区依然活跃着，徽调表演仍然是省府安庆府及怀宁石牌等安徽西南地区的主要表演形式，直至民国初期。

二、表演

徽剧在表演艺术上善于兼收并蓄，博采众腔之长。它演出容量大，表现力丰富，能以多种声腔表现各种复杂人物情感，以多种表演技艺塑造舞台人物形象，是一种浓墨重彩的表现形式。

徽剧的表演题材广泛，既能演出诸如《八阵图》《水淹七军》《龙虎斗》《七擒孟获》等历史题材的大戏，又能表演如《踢球》《闹灯》《骂鸡》等生活小戏。其表演场面或委婉细腻，如生旦戏《赠剑》《断桥》《醉酒》等；或火爆炽烈，如武打戏《烈火旗》《八蜡庙》《英雄义》等。其表演形式也是灵活多样，可分可合，可大可小，单折戏、连台戏均可演出。

徽剧表演艺术以朴实、粗犷、重排场、擅武功、具有浓厚生活气息为特色。其表演历来讲究功底扎实、技术全面、阵容整齐、色艺兼优，歌、舞、乐、白高度综合。要求演员能文能武，唱念做打俱佳。既重视排场，讲究舞台艺术完美，如以“三十六顶网子会面，十蟒十靠，八大红袍”来显示班社阵容强大和行当齐全；又重视表演朴实、粗犷，如《八达岭》中单龙套就有10至14堂之多，还有八红蟒、四官衣，演员边歌边舞，再配以唢呐、锣鼓，表现出千军万马的声势，好不气盛。

徽剧演员的舞台动作强烈鲜明，技术性强。既讲究人物亮相和舞台画面的雕塑美，又重视平台、高台的武功表演，在一些戏中还有不少特技表演。人物亮相和舞台画面表演如《水淹七军》中关羽、周仓、关平 3 人表演的一系列身段亮相，特技表演平台如跳圈、蹿火、蹿剑、飞叉、筋斗等，高台如《一箭仇》中的史文恭要翻三至七张桌子等。徽剧中其他角色的表演也各有特色，并吸收民间武术动作加以丰富自身的表演艺术。特色表演如旦角的表演，早期因无水袖，故有很多手腕、手指的舞蹈动作，指法颇多；净角亮相时双手过顶，似举千斤，五指岔开，形如虎爪，或用“滚喉”暗呜叱咤，辅以顿足，用以表现角色愤怒时的情感，显得粗犷激越；武术动作如“红拳”等成为徽剧表演武打中具有特色的招式。

徽剧在表演上具有动作粗犷、气势豪壮的特点，是因继承了安徽旌阳（今旌德）一带目连戏艺人的技艺。此外，徽剧中尚有不少“绝活”，如《滚灯》中的顶灯，《活捉》中的矮步，《三岔口》中的大带功、辫子功，《双下山》中的甩念珠，《月龙头》中的打红拳，《伐子都》中的三变脸等。

同时，徽剧的表演还讲究群歌齐舞的雄伟气派，平台、高台的武功技巧均注重舞台的整体画面和身段、亮相的雕塑美，这些特点大多继承了安徽皖江以北地区石牌腔等徽调的表演风格。

徽剧表演艺术特别是声腔的表现从 17 世纪下半叶到 19 世纪上半叶，是一个由少到多、由弱到强的过程，表演形式是由单一表演走向综合表演，且丰富多彩，特色鲜明；徽剧表演在 20 世纪五六十年代是一种恢复和传承的表演形式；在 20 世纪八九十年代是一种保护和出新的表演形式；而在 21 世纪初的一二十年间，徽剧表演艺术却走出了一条改革和创新之路，是谓“新徽剧”。从《徽班进京》到《惊魂记》，从编剧、导演、表演、音乐到舞美等，无一不在寻求出新之路，尤其是表演艺术，第三代徽剧表演艺术家的主要担纲，声腔的全新演绎，唱念做打舞的全新表演，群体表演的全新调度，人物之间的交流，演员与观众的互动等，体现着整个表演艺术的新局面。

当下徽剧表演艺术的革新又总是万变不离其宗的，总是以朴实、粗犷、重排场、擅武功和具有浓厚生活气息为其自身表演艺术的本色。

三、探究

纵观徽剧表演艺术发展史，就是一个徽剧声腔的衍变和进化历程。从 17 世纪上半叶雏形石牌调等诸腔调的发轫，到 17 世纪下半叶拔子腔等徽调的形成，再到 18 世纪上半叶吹腔、二黄腔等石牌腔的进一步成熟，到 18 世纪下半叶徽汉合流徽调的繁荣，最后到 19 世纪上半叶徽调的鼎盛直至京剧形成，徽班式微，徽调仍在安庆府乃至皖南地区及至婺源（今属江西省）等地区的发展变化，不难看出徽剧表演艺术的生命力；同时也看到了徽班徽调的归属，其主要源于安徽的安庆石牌。由于徽调一直是在石牌调基础上发展而起等主要原因，加之 1667 年和 1760 年清康熙到乾隆两度在安庆府设立安徽省府（直至抗日战争时期）等重要因素，徽调即指安徽省府治安庆府的腔调，从安庆府唱出去的演员称徽伶、徽优，从这里走出去的班社就叫徽班。当时安庆府近属石牌的徽班演员形象出众，技艺精湛，非常出色。安庆徽班演员主唱石牌腔、二黄腔，同唱徽昆腔和青阳腔等。

安庆戏曲属于“乱弹”，列为“花部”，但安庆戏曲又不完全“乱弹”，它有一定雅的成分，即昆曲的元素。安庆地属皖江，南北交汇，其戏曲既有北杂剧南移过程在此隔江与南戏对台而歌所保留的“慷慨高调”，又有在南戏滥觞及发展之时由昆腔蜕化为弋阳腔而为怀宁石牌腔的悠扬婉转，可谓“南腔北调”，以至安庆戏曲包容性强，且能俗雅共腔。据《听春新咏》记载，徽班的昆、乱同台演出是一个特点，安庆艺人多长于昆曲，常有“昆、乱俱妙”“昆、乱、梆子俱谙”，这就使得安庆戏班与其他众多“乱弹”的草台班子区别开来。

探究徽剧表演从石牌调到徽调再到徽剧，整体就是一个包容的过程。也正因如此，徽剧表演才能像今天这样丰富多彩，特色鲜明。

横看徽剧艺术的本体在于多彩多姿的表演，其鲜明的古韵特色有“四重”：即唱念重音、服化重色、武打重翻和群戏重阵等。“四重”的浓墨重彩，彰显了徽剧表演的艺术特征。

然而，当下徽剧表演艺术的难点在于推陈出新，其主要在于表演新人的推出和表演新剧的推广。推出新人是要考虑如何推出徽剧表演青年艺术人才的拔尖，而推广新剧是要考究如何不断推广徽剧新的剧目，进而产生原有的徽派表演艺术价值及徽文化附加值。当然，面对徽剧的历史曲折和现实状况，在对于徽剧表演艺术做进一步探究与保护、传承与发展的同时，徽剧依然要与时俱进、推陈出新、不断创新。

徽剧表演艺术的生死存亡犹如中华戏曲一般，更在于与时俱进、不断前行。就徽剧表演艺术的出新，首先是徽剧表演声腔及其唱念艺术的自我回归，如将安庆官白作为徽剧剧种基础语言的重新确立。2017 年 8 月 10 日走访原安徽省文学艺术联合会副主席柏龙驹时，他谈到在 20 世纪 80 年代初，曾在电视上看过上海京剧团的一位安徽籍老演员刘明坤，演唱过一出徽剧独角丑戏

《花子失惊》，其念白用的就是安庆话，他还曾与当时来安徽出差的文化部艺术局局长马彦祥谈过此事。这是一个徽剧使用安庆方言的佐证。其次是徽剧舞台“青春版”的打造。一方面是演员及人物容装的青春版，一方面是让现代戏走进徽剧。徽剧表演出新的出路再就是保持徽剧表演艺术兼容并蓄、自我完善的优良传统，再一次走出去，与数字影视、自媒体和互联网＋接轨，促成徽剧“四度梅开”，实现 21 世纪徽剧表演艺术的凤凰涅槃。

回看徽剧表演一路“亮相”走来，发现有几个方面值得探究：一是徽剧表演艺术是特色鲜明的具有唯一性的独特古老艺术；二是徽剧表演的声腔艺术既具有古腔余韵又具有徽声皖韵的特点；三是徽剧表演艺术人才培养应朝着专业性和全面性方向发展；四是徽剧表演艺术既要保护与传承，又要出新与创新，也就是徽剧表演艺术的唯一性即独特性、徽元素即安徽性、专业性和兼容出新即创新性。

四、思考

（一）徽剧表演艺术是一种独特的地方戏曲文化

徽剧表演艺术的独特性在于它仍然保护和传承着丰富多彩的传统特色表演手段，其包含的表演艺术特色朴实、粗犷、重排场、擅武功，又具有浓郁的生活气息，即所谓大锣大鼓、大喊大叫、大红大绿、大蹦大跳的表演风格，乡土气息浓厚，且丰富而多彩。

徽剧表演讲究平台与高台武功，讲究身段、亮相的雕塑美，讲究人物形象的塑造和画面气派等。平台与高台武功在徽剧表演里最为突出；身段、亮相在徽剧表演里很有雕塑艺术感；注重集体表演，必要时众歌齐舞，显得气势壮伟，场面热烈，这在徽剧表演里显得尤为突出。在安徽省内，过去徽调表演又有江北和江南、徽州等各具特色的流派。江北徽调表演多以武功见长，有些筋斗、档子，为其他剧种所少见或罕见；江南、徽州徽调表演多以唱功见长，声调纯朴浑厚，韵味十足。

随着社会的发展，戏曲日趋小众，徽剧艺术也显露出它的唯一性来。徽剧的唯一性不仅表现在剧种的唯一、剧院的唯一和合肥团址的唯一上，还表现在徽剧表演行当传承的唯一上，特别是生行，这是个亟待解决的问题。所幸安庆怀宁县正在筹建徽剧博物馆；黄山市或有徽剧传承活动；2013 年，江西省婺源县（原属安徽）招收了一批徽剧学员，已委托安徽艺术职业学院进行专业培养，这批行当齐全的徽剧传人很快即可回到婺源登台表演。

徽剧表演艺术作为一种地方戏曲文化，其独特的艺术价值是显而易见的。

（二）徽剧表演艺术是具有安徽声腔的徽调艺术

如果说当今安徽戏曲声腔的代表是黄梅戏，那么 200 多年前的安徽声腔代表当属徽班徽调。

徽调主要流行于安徽安庆的怀宁、枞阳、桐城、潜山、岳西等地区，池州、徽州等地区以及江浙一带，在南方流布甚广。可以说徽调的影响遍及江苏、浙江、江西、湖北、湖南、福建、广东、广西、贵州、云南、四川、陕西、山西和山东等地，全国有 40 多个戏曲剧种和它有着渊源关系，在淮剧、婺剧、赣剧、湘剧、闽剧、粤剧、桂剧、黔剧、滇剧和川剧等兄弟剧种里，都可以找到徽调的影响。徽调声腔因徽班的推动发展为各个流派，如浙江的婺剧、江西的赣剧等，几乎都是徽调的嫡派；云南滇剧、广东粤剧的主要声腔都是“二黄”；湖南湘剧中的“南北腔”，就是徽调的“二黄西皮”；广西桂剧也以“二黄西皮”为主调，吹腔则称“安庆调”，这些主要来自徽调。其他剧种在吸收徽调声腔的同时，也还吸收了徽调的武功等表演。

徽调底蕴深厚，影响深远，其源头均来自清康乾时期安徽省治所在地的安庆地区，无论是先期的石牌调、拔子腔，还是后来的吹腔、石牌腔、弹腔、二黄调等都来源于当时安庆府的徽班重镇石牌。“无石不成班”，见证了徽班徽调的发展历程。

因此可以说，源于安庆的安徽声腔徽调才是徽剧表演艺术的主要特征和重要基石。

（三）徽剧表演艺术人才相对匮乏，亟待全面培养拔尖新秀

“天下第一团”也是“唯一团”的省级院团安徽省徽剧团，2005 年重新组建为安徽省徽京剧院，从 1956 年建团 60 多年以来，培养的徽剧表演艺术家和知名演员有章其祥、曹尚礼、秦彩萍、李泰山、李龙斌、王丹红、汪育殊、张敏、罗丽萍、汪杰和杜铭等，1982 年和 2006 年，剧团和安徽艺术职业学院联合办学，培养了一届徽剧表演班、一届徽京表演班，2016 年又培养了一届徽京班。

然而，当下这一剧种能够活跃在徽剧舞台上的主要演员仅有王丹红、汪育殊和罗丽萍等，且行当不全，特别是缺乏优秀的青年演员以传承徽剧表演艺术。

王丹红和汪育殊等主要演员于 1987 年进团，将近 20 年，在徽京剧院建立 30 多年后的今天，王丹红和汪育殊等仍然是主要演员，且主演越来越少，又无青年主要演员出现，可见，徽剧青年拔尖人才的培养问题亟待解决。同时，徽剧演员人才的全面培养和人才自身专业的全面培养，也是一个亟待解

决的问题。

由此可见，徽剧新秀的传承和徽剧院团的专业性及其演员队伍的全面性是摆在徽剧面前的首要课题。

（四）徽剧表演艺术有待融会贯通，推陈出新，不断创新

再看徽剧表演艺术发展史又是一个融会贯通、推陈出新和不断创新的历程。

从徽调的孕育衍变到形成、成熟、繁荣、徽班的晋京、四大徽班的确立、几度徽汉合流、徽班的鼎盛再到徽班徽调的流传，徽剧一直是在吸纳和包容、出新和创新着。特别是在徽剧表演的繁荣时期，更是兼收并蓄、博采众长，先后吸纳秦腔、昆腔、弋腔、吹腔、高拨子、梆子腔、罗罗腔、京腔等声腔艺术和剧本优点，形成了一个以徽调为主，融合众长，集唱、念、做、打并重的徽戏；直至“四大徽班”形成，徽剧表演进入了一个鼎盛时期；尤其是徽剧表演不仅吸纳秦腔、京腔和梆子腔等声腔元素，还融合了昆腔的精华，特别是从汉剧中吸收了西皮等腔，再次吸纳汉调艺人的表演并在京融入徽班，使徽、汉几度合流，出现变“诸腔杂陈”为“以皮黄为主”新剧种的戏曲新声腔新时代的到来。因此，安徽戏曲家金芝称赞徽班为“一支红烛”，这也正是徽剧的红烛精神。

“一支红烛照千秋”，徽剧精神即是一个兼收并蓄，博采众长的精神，一个融会贯通、推陈出新和不断创新的精神。因此，徽剧表演艺术需包容融合，求变求新，更需常变常新。

徽剧表演正是要保持和发扬自身博采众长、求变创新和与时俱进的优良传统，丰富自我，更新自我，发展自我。

五、意义

探究徽剧表演艺术是一个学习的过程、交流的过程和促进的过程。徽剧本身就是一个永不言弃、借船出海和包容变新的过程。因此，徽剧表演艺术一直引得业内业外的关注。当下，适逢国家前所未有地高度重视中华优秀传统文化传承之际，对于徽剧表演艺术的探究，利于传承，意义深远。

第一有利于国家珍稀戏曲文化的保护。徽剧是国家级非物质文化遗产，徽剧表演艺术是一种珍稀文化，目前仅存一家国有省级院团保留它的活态演出，这不仅对观众、对研究中国传统文化的学者是福音，而且对于世界了解中华历史文化都具有十分重要的意义。

故宫博物院尚存清廷“升平署”一整库房亟待整理的徽班剧本及文字材

料，而徽剧剧种的消失将会使这批文物成为无法解读的“天书”。对这样一份中国戏剧文化遗产，理应倍加珍视，并加以抢救和保护，这也是历史赋予我们的责任。2013 年 7 月，为了保护与整理徽班进宫演出的资料，故宫博物院将 11000 件徽班进宫演出资料进行了第一轮整理，挑出了品相相对完好的 300 多件资料，进行了影印。2016 年，安徽省安庆怀宁县选址“戏曲之乡”石牌镇，建立首个中国徽班博物馆，收藏、保护和展示大量关于徽班与徽剧的相关史料。

第二有利于安徽地方优秀传统文化——徽剧表演艺术的传承和发展。徽剧表演艺术是安徽五大剧种之首，它不仅是京剧之源，更对安徽诸多地方剧种特别是黄梅戏的形成都产生过很大影响。据安徽戏曲专家柏龙驹回忆，过去他在与黄梅戏老演员们交流时了解到，很多黄梅戏老演员的父辈大都是徽班演员出身，自身也会一些徽腔徽调；黄梅戏耆宿蔡仲贤（一说黄梅戏鼻祖，望江人），其父正是徽调艺人，自己也常唱徽调徽戏。因而，徽剧在安徽戏曲界有着举足轻重的作用。

探究徽剧表演艺术，对于进一步厘清徽剧自身的地位、特色和规律，培育徽剧表演人才，推陈出新徽剧剧目，传承和发展徽剧表演艺术具有积极的意义。

第三有利于徽剧表演“进校园”活动的进一步推动和深入开展。近几年，全国各地相继开展了“戏曲进校园”传承优秀传统文化活动，安徽合肥市一些中小学也陆续开办了徽剧艺术国学特色班，传承徽剧文化，弘扬民族精神，增强民族自信力。这对于普及和宣传徽剧徽文化、培养徽剧艺术土壤将起到积极的促进作用。

近年来，在新的“文艺工作座谈会讲话”精神指引下，党和政府相继出台了《中共中央关于繁荣发展社会主义文艺的意见》和《国务院办公厅印发关于支持戏曲传承发展若干政策的通知》《国务院办公厅关于全面加强和改进学校美育工作的意见》等文件。2016 年 11 月 30 日，习总书记在中国文联十大开幕式上发表了“高擎民族精神火炬，吹响时代前进号角”的重要讲话，安徽省委省政府也印发了《安徽省“戏曲进校园”活动工作方案（试行）》的通知文件；2017 年，中共中央宣传部、教育部、财政部、文化部四部委又联合发布了《关于戏曲进校园的实施意见》的文件通知，为弘扬中华优秀传统文化，增强文化自信，促进戏曲传承发展，就戏曲进校园的实施提出了总体部署和工作要求。该通知再一次表明，戏曲是表现和传承中华优秀传统文化的重要载体。

因此，探究徽剧表演艺术，这将有利于徽剧进校园等活动的开展，也将对徽剧表演实践与研究产生积极的影响。

六、结语

徽剧源于徽班，徽班主要源于徽商的家班，而家班演员主要来源于当时安徽省（省治安庆府）安庆的艺人，时称“安庆色艺最优”。正因如此，它才能形成风靡京华的独立演出班社，形成四大徽班，形成促成京剧形成的主要力量。徽班表演的主要内容是徽调和徽戏等，而现在的徽剧表演正是传承了徽班的表演精华，这种表演艺术不仅能促成京城京剧的形成，也能影响本土戏曲如黄梅戏的发展；它既是特色鲜明具有唯一性的独特表演艺术，又具有古腔余韵、徽声皖韵的声腔特点。因此，重新探究徽剧表演艺术，进而能够认知它是一种独特的地方戏曲文化，是具有安徽声腔的徽调艺术，同时也发现徽剧表演人才匮乏，亟待全面专业培养拔尖新秀，徽剧表演还有待继续包容求变，不断创新。

灵璧石鉴赏评估理论初探

● 任树文

作为当代首批发现灵璧石实物价值并潜心研究、关注灵璧石文化现象的灵璧人之一，笔者先后写出并已在《大公报》《花木盆景》《安徽日报》等报刊发表了《天下第一石——灵璧石》《线宜曲不宜直，面宜凸不宜平》《灵璧石的形成、储量和开采前景之我见》《灵璧石新考》《我把狭义灵璧石命名为青黑磬音石》《灵璧石命名、分类和产地分布一览表》等文章，制作了《灵璧县灵璧石产地分布一览图》，并且在20世纪90年代就首先提出了赏石应从"声、形、质、色、纹"5个方面进行，还提出了"线宜曲不宜直，面宜凸不宜平"的赏石审美标准。这些观点和赏石理论，广受关注，被《宿州奇石》等赏石专著采用，被国内外广大灵璧石研究者沿用。本文主要是根据笔者多年来积累的赏石经验和方法，从美学意义上对灵璧石进行鉴赏、评估，对其涉及的多方面内容进行全面系统的总结和归纳，且从鉴赏评估内容和设项方面采取边叙、边说、边问答的形式，尽量拓宽赏石的内容和层面，以利于更全面细致地表达赏评理论、观点和方法，使"评估理论体系"被打造成为可以适应于对每一块灵璧石进行鉴赏评估的办法和模式。为使这种模式切合实际，具有指导意义，赏石者可根据各石种类型审美的不同情况对照"评估理论体系"进行鉴赏评估，具体操作中如发现不足或不适应的情况，可随时进行增删和修正。

为了不忘初心，不负众望，不辱20年来作为灵璧县灵璧石资源管理者和践行者及今天作为灵璧县灵璧石非物质文化遗产传承人的使命和职责，笔者愿将从实践研究中积淀的赏石经验和办法写成"评估理论体系"向社会传播，引领那些想走进灵璧石鉴赏评估的人，直接获得灵璧石鉴赏评估该从何处入手和从哪些方面了解和掌握灵璧石鉴赏评估的理论、观点和方法，从而揭开灵璧石鉴赏评估神秘莫测的面纱。再者，更是为灵璧石鉴赏评估能获得更多具有透明度和一致性的认可，创建一个大家可以适应的灵璧石鉴赏评估通用模式的大平台。这个平台，不仅有利于普及新时期赏石知识和方法，更有利于为灵璧石进入市场确定品质和价格提供有据可依、有规可循的服务，为构建灵璧石鉴赏评估的统一标准做铺垫。谨请赏石界同仁和读者朋友不吝批评指正。

灵璧石，产于安徽省灵璧县，集声、形、质、色、纹诸美于一体，妙趣天成，有博大的文化内涵和动人的艺术魅力，具有极高的观赏收藏价值。“天下第一石”的美誉古已有之，在源远流长的中国赏石文化史上曾占有重要的地位。

据考证，灵璧石的采掘发端于唐代，赏玩流行于宋代，民间收藏、叠石造园断续绵延至明代万历年间。之后数百年，关于灵璧石的可考记载很少，赏玩活动逐渐沉寂，在灵璧石产地尚不知有灵璧石一说。以至于到了20世纪80年代末期，在笔者等人的发掘带动和宣传后，灵璧石才再次面于世人，随后迅猛掀起一波空前的赏玩和收藏热潮。

今天，关于灵璧石赏鉴的内涵和外延已经改变。从文字考证来看，灵璧石曾经只为皇族贵戚及文人雅士之流赏玩推崇，说石论石的内容、观点文字寥寥。例如宋代书法家米芾提出的“瘦、皱、漏、透”一说作为古典赏石审美标准由来已久。从今天来看，“瘦、皱、漏、透”最适用于太湖石、昆石、墨石等形体孔洞玲珑、形态抽象审美的奇石。然对于千姿百态，多姿多彩，声、形、质、色、纹五美皆备的灵璧石来说，传统理念固然有重要指导意义，但局限性显而易见。“瘦、皱、漏、透”对于灵璧石已不是审美的全部或唯一标准，如圆润饱满的禅石，美得大气内涵，实实在在，何须仅局限于“瘦、皱、漏、透”？特别是对于灵璧石中的人物或动物象形石，在形态不该有的部位有了“瘦、皱、漏、透”，不仅不美，反而为丑。自这次灵璧石开采以来，在灵璧县域及周边山脉采掘发现了品类繁多，颜色、造型和图纹特征各异，面貌非凡的灵璧石，呈现出史载未见的采石、藏石、赏石和研究的繁荣景象。所以说今天的灵璧石审美标准绝不是“瘦、皱、漏、透”唯美，而是应从实践中不断探索发现更多适应于灵璧石审美的规律，发掘灵璧石鉴赏评估的理论观点和方法。在继承传统美的同时，更应重视现实中的灵璧石所具有的多种美。

为发展灵璧石文化，奠定好灵璧石鉴赏评估理论基础，笔者曾为这次大开采中已发掘的灵璧石品种建立“广义灵璧石”和“狭义灵璧石”的新概念，创建了灵璧石理论新体系，并制作了《灵璧石命名、分类和产地分布一览表》（见《宿州文化》2017 年第 2 期），记载灵璧石有 8 大石型类别、30 多个石种类型、200 多个石品种，简称《灵璧石家族一览表》，为人们尽快了解和认识灵璧石提供了便利，也为灵璧石留下了这次开采以来的第一手资料。

由于灵璧奇石的神奇和美妙程度不同，其蕴藏的文化品位和观赏价值级别也不同。奇石鉴赏评估是鉴其外在品质的真伪优劣，赏其内在的文化神韵给人们带来的精神上美的享受。如果奇石品质不好，便会降低观赏品位或失去审美价值，这就是灵璧石鉴赏评估的意义所在。

至于奇石是否属于艺术品的范畴，赏石界一直争论不休。笔者认为，奇石与艺术品同样具有观赏性，只是一个天生，一个人为，有着本质上的不同。为了便于赏石思想的表达，自这次赏石大潮开始，就不断有人在艺术品前面加上“天然”或“自然”二字。于是在赏石文章里便出现奇石属于天（自）然艺术或天（自）然艺术品的新词，并且目前已得到多数人的认可。如果没有更适合的概念名词出现，久之，“天然艺术品”便可成为约定俗成的固定名词。但必须明白，奇石是大自然创造的宝物，是被发现的天然艺术品，与人们创作的艺术品有着天壤之分。

奇石本是自然界的石头，由于人们发现其具有审美价值而成为自然瑰宝，被请入神圣的殿堂和高雅的园林胜境，赏石就是发掘奇石中蕴藏着的符合人文审美要求的自然美。赏石过程，是使奇石被自然造化的天然美与人们感官关联起来进行交融碰撞，让人们在解读自然美而获得天人合一的人文美的过程中得到精彩的审美体验。

初步鉴赏评估

鉴赏评估对象为出产于灵璧县境内及周边地区具有观赏价值、自然天成的奇石。主要品种有：青黑磬音石、皖螺石、五彩石、图纹石、白灵石、框架石、条带石、莲花石、珍珠石、千层岩等（涉及石种见《灵璧石命名、分类及产地分布一览表》）。其中：灵璧石种中“青黑磬音石”，是宋朝杜绾在《云林石谱》中开篇介绍的灵璧石，是清朝《灵璧志略》中说的巧石。今天我在建立的灵璧石理论体系中，把它称作狭义的灵璧石，是“评估理论体系”中对灵璧造型石进行鉴赏评估的主要石种。

（一）奇石名称（　　）

（二）奇石种类（　　）

（三）奇石产地（　　）（注：此项须由熟悉石种地理分布，有丰富采石实

践、赏石经验、见多识广者填写）

（四）石型观赏类别（　　）

1. 造型石大类

（1）石型类型分类（　　）

① 具象形石　② 抽象形石　③ 意蕴石

（2）石型特征分类（　　）

① 立式石　② 卧式石　③ 屏风石　④ 避雨石　⑤ 过桥石　⑥ 组合石等

2. 图纹石：（1）图案石　（2）画面石　（3）散纹石

3. 兼形石：（1）磬音石　（2）图纹（造型）石　（3）图纹白灵石　（4）文字石

（五）奇石的放置方式（　　）

（1）立式　（2）卧式　（3）斜立式　（4）镶嵌式　（5）挂壁式

（6）其他（特殊）方式

（六）石型规格（　　）

（1）长（　）厘米/米　（2）宽（　）厘米/米　（3）厚/高（　）厘米/米

（七）奇石重量（　　）

（1）克　（2）千克　（3）吨

（八）体量类型（　　）

（1）微型（把玩石）（2）小型（博古案头石）（3）中型（室内案台石）

（4）大型（厅堂石）（5）庭院石约2米以上　（6）大型园林石3米以上

灵璧造型石的鉴赏评估

1996年12月在合肥举办的“安徽省首届观赏石展”活动期间，原《安徽日报》《江淮时报》主编钱林和著名记者袁孝炳先生专程采访笔者，笔者给他们说关于“赏玩灵璧石应从声、形、质、色四个方面进行”的方法，曾在1996年12月27日的《江淮时报》上刊登。

1997年，灵璧青黑纹石在渔沟镇白马山被采掘发现，其纹理已引起笔者的重视，笔者结合众多图纹画面石的纹理认为，纹理是灵璧石审美不可缺少的一部分，于是从声、形、质、色、纹5个方面根据实践观察和研究体会，撰写了全国首篇以全新内容全面介绍和赏评灵璧石的学术性论文《天下第一石——灵璧石》（见1998年4月3日安徽《文化周报》第三版、1998年《花木盆景》第五期及2000年12月10日香港《大公报》），被多家报刊转载，并在各级广播、电视和网络传播。20多年来，其在灵璧石界产生了很大影响。

看到大家皆用“声、形、质、色、纹”进行赏石，笔者感到很欣慰。

此外，对于灵璧石形体艺术方面的审美鉴评，笔者又提出在古人“瘦、皱、漏、透”的基础上再加上“圆、蕴、雄、稳”新的审美观点和方法，用以满足灵璧石种类日益增多和内涵不断丰富的评鉴需求。这些方法理念皆已成为赏石界流行的灵璧石鉴赏模式。

自从发现了灵璧石形体在“声、形、质、色、纹”5个方面蕴藏着人文美的元素，而它山之石往往只具有其中的四种或三种，笔者认为这才是灵璧石被誉为“天下第一石”的缘由，于是提出利用“声、形、质、色、纹”全面发掘灵璧石的自然美，并把声音美作为灵璧石的主要特征和灵气所在，被排在五美之首。故因笔者以“声、形、质、色、纹”作为灵璧石鉴赏评估的主体和排列顺序，用自己在赏石实践和研究中取得的理论、观点和方法，尝试从灵璧石“声、形、质、色、纹”和底座6个方面进行普遍意义上的鉴赏评估，并对鉴赏评估过程中可能涉及的具体内容、观点和方法上的要求加以分述。

一、声

灵璧县境内有5大产石区，渔沟和朝阳为2大主要产石区：渔沟磬石山一带产石质地细腻、音韵悠长；九顶山一带石音粗犷、铿锵作响。近30年来出土的不少新石种也具有“磬石”一般美妙的音韵，这些能够“发声”的灵璧奇石被我称作“磬音石”。磬音石悦耳的声音作为灵璧石五大审美要素之一，最使灵璧石独具特色和难能可贵！在鉴评时尤应作为一项重要指标，不可轻视。声音不仅是作为审美要素，通常情况下，灵璧石的声音与质地是互为表里、相辅相成的，可以说声悦则质优，哑声无韵则另当对待。人们还可以通过石音来鉴赏辨析石体内部是否有伤损及石质的优劣。

灵璧石音质优劣的鉴评参照(　　)

(1) 音质优雅，余音悠长，具有金属和磬石的美妙音韵

(2) 似有金属和磬石之声，音韵不够悠长

(3) 声无韵味

(4) 瓦砾之声

(5) 破损之声

(6) 哑石无声

声韵综合评价(　　)

A. 优　B. 较好　C. 一般　D. 较差　E. 差

二、形

灵璧石是大自然造化之物，其形态千变万化，神秘莫测，妙趣天成，实

为大自然赐予人类的瑰宝。在灵璧石5大审美要素中，形态美对于造型观赏石来说是鉴赏评估的核心内容。

面对一块灵璧石，形态审美该如何进行呢？笔者认为，应结合奇石形体和形态内容两方面进行考评（奇石形体是客观物质，奇石形态是由奇石形体产生的主观认识。形体是形态的载体，二者互为表里不可分离）。一是利用“线宜曲不宜直，面宜凸不宜平”的奇石形体的审美标准来评析其蕴含的美学价值；二是根据形态内容和意境的主题体现，结合人文内涵来对其进行审美评价；三是将以上两方面综合评估，最终得出较为全面合理的赏评结果。

（一）奇石形体外表轮廓线与面的鉴赏评估

书法讲究线条美，舞蹈讲究形体美，音乐讲究韵律节奏起伏变化的美。但书法是平面艺术，音乐是听觉艺术，而灵璧石是自然塑造的立体综合艺术，是可赏可玩的自然物体，是能够让人看得见、听得到、摸得着，能够感触到冷暖、砺腻及形体凹凸的客观实物。笔者认为，万物形态皆可归纳为由线与面构成，“龙曲则活，龙直则僵”，可视艺术中一些曲线的美感是大家所共识的，对于周身可以体现美的立体奇石而言，线的曲能体现奇石形态的动感和灵性，面的凸则是奇石立体效果的体现，这是笔者在探索奇石审美规律中于1996年初感悟出的观点。多角度可赏的立体奇石不同于平面艺术，其能够变换视角审美，有移步易景之妙。随着观赏视角的变化，线与面的关系也在转换，线可变为面，面也可以变换成线。线的内涵是面，面的外沿是线。奇石形体中线与面的“美”，是鉴赏造型石形态美的实质和主要依据。所以说，一块好的灵璧石应进行多角度观赏和综合评价，仅凭一张直观的照片是看不尽灵璧石美的。

笔者曾写过一篇名曰《线宜曲不宜直，面宜凸不宜平》乃奇石形体审美标准的文章，刊发于《花木盆景》1998年第五期上，诸多报纸杂志进行了转载。2000年底，笔者作为宿州市、灵璧县筹备工作中做具体落实工作的主要成员，参加宿州市在香港展览中心举办“宿州市灵璧石展暨招商会”期间，马来西亚大收藏家、赏石家张世宏先生参会时看到《线宜曲不宜直，面宜凸不宜平》一文后甚为推崇。2001年和2002年，其先后两次出资邀约笔者前往马来西亚吉隆坡为其近万块灵璧石进行评估分类，并与当地藏石家进行了石文化交流。著名学者冯其庸先生2006年在为笔者题写书名“中国灵璧石鉴赏”时，再次评价这一赏石观点“具有实际指导意义”。多年来，在灵城和产区有很多人用这一观点指导选购奇石，被誉为是“立竿见影”的赏石标准。利用“线宜曲不宜直，面宜凸不宜平”的奇石形体审美标准，可以简单地发现奇石形体上的线直或面平部位，如不能和形态内容及意境结合起来，又没有其他美的内容可赏，便可断定该处的线与面与整体不和谐而不美。若能与人文精神和自然界中的景观、物象的形态内容和意韵恰到好处地结合起来，体现或丰富主题内容，则是美矣！这就是用“宜”不用“要”的道理。此标准普遍适用于造型石审美。

由于灵璧石属于碳酸盐岩，具有可蚀性，所以大自然造出的灵璧石多具有形体凸凹不平的曲线美，曲线与直（曲中寓直）线结合的形体具有的阳刚美或刚柔相济的美，以及曲线与直线结合的形体能与形态内容和意境结合起来的美。很难看到直线与平面结合的形体具有几何形状的美。

1. 卧式奇石形体审美

一般来说，卧式奇石是保留了石在土中生存时的自然状态。其观赏面和观赏角度宽广，可以环视、俯视。特别是卧式奇石要追求整体完美，底部虽然不是观赏面，但追求自然“平稳”，于是，笔者把卧式奇石底部的自然平稳的“稳”，已作为奇石形体审美的一个指标在 1998 年提了出来。但是，不论是“立式奇石”还是“卧式奇石”，在入座放置时都应该考虑好平衡和稳定。奇石底部的自然“平稳”不单是为了便于配置底座，而是使其能更符合自然景观、物象的客观实在和人文情理。实际上能符合这一指标的奇石较少。

对于卧式奇石入座以上的形体，可以从各角度、各部位进行考评，看是否有线直面平的部位与整体不和谐而不美。

2. 立式奇石形体审美

传统赏石中所称的供石多见于立式奇石。这类奇石只有立起来观赏才能体现出最美的观赏效果。灵璧石中可以立起来观赏的供石不多。在立式奇石中一般都有两三个面可赏，能够四面可赏的很难得。因为石体背面处于自然形成状态中的根（底）部，因不易受到蚀变作用而往往呈平面状态，立式奇石要以主要观赏面审美为主，应与其他面综合起来进行评估。

（1）立式奇石观赏面和观赏角度的审查（　　）

① 通体可观，四面可赏　② 主面和两侧，三面可赏

③ 主面和一侧面可赏　④ 仅单面可观赏

（2）立式奇石形体厚度是否符合形态内容的审美需要（　　）

① 符合　② 超厚　③ 稍微超厚　④ 少微单薄　⑤ 单薄

（3）主视奇石整个形体约呈（　　）形状

① 几何形状　② 不规则形状　③ 块状　④ 片状　⑤ 浑圆状

（4）立式奇石主要观赏面与其他部位的衔接状况（　　）

① 形体轮廓线与面相互之间转折起伏优美，过渡衔接自然和谐

② 有一定过渡，较和谐　③ 缺少过渡，生硬不适

3. 各式奇石形体中线直、面平部位有针对性的鉴赏评估

（1）线直、面平部位处于观赏面的部位（　　）

① 关键部位　② 一般部位　③ 次要部位　④ 其他情况说明

（2）线直面平部位占有可观赏面积的大小比例（　　）及直线长短占有的比例情况（　　）

（3）线直面平部位是否具有其他审美内容，有则另做评价（　　）

① 有　② 无

（4）形态审美（　　）

① 主要观赏面的形体轮廓线呈优美曲线或弧线走势，立体效果好，形态有动感

② 观赏面突起部位较平，形态动感欠佳

③ 观赏面形态审美效果差

（5）奇石形体轮廓线与面体现形态内容和主题的状况（　　）

① 奇石形体轮廓线与面能产生主题，能够恰到好处地体现主题内容

② 形体有多余部分，不仅能够满足主题内容和意境的审美需求，而且有利于烘托主题

③ 形体有多余部分，但不影响主题内容和意境的体现

④ 形体有多余部分，影响形态内容的审美

⑤ 形体有缺陷，体现主题内容不够明确

⑥ 形体有缺陷，不能构成主题内容

奇石形体审美是单纯的轮廓线与面的审美。笔者认为，不管奇石形态体现或反映出什么物象和人文内涵，只要符合线与面的形体审美标准，就是舒适耐看的美石。如果形体本身不够美，即使具有形态内容和意境美，但也是美中不足。形体美的奇石往往不为大众所共识，形态内容和意境美的奇石则能获得人们的广泛好评。所以，当形体美与形态美两个方面的美能够在同一块灵璧石上体现时，就容易获得人们的普遍喜爱，可谓雅俗共赏。

（6）在对奇石形态审美时，还应结合形态美学标准进行审美（　　）

奇石形体与体现形态内容各部位之间的过渡、距离、比例等是否合理得体（　　）

① 合理得体　② 有针对性地指出有哪些方面不够合理得体

奇石形体与构成形态内容的各部位之间，在前、后、左、右、大、小、高、低等方面是否错落有致、合理得体（　　）

① 合理得体　② 有针对性地指出有哪些方面不够合理得体

③ 奇石形体在体现形态内容方面，还有哪些未提及的方面，不够合理得

体，可有针对性地指出不足方面的内容和问题所在（　　）

（7）奇石形体（态）具有以下哪些审美特征（　　）

① 瘦　② 皱　③ 漏　④ 透　⑤ 丑

⑥ 圆　⑦ 蕴　⑧ 雄　⑨ 稳　⑩ 奇

奇石形体艺术审美的综合评价（　　）

A. 很好　B. 好　C. 较好　D. 一般　E. 较差　F. 差

（二）奇石形态内容和意境的鉴赏评估

奇石形态讲究形神兼备，以形传神。神采是人物或动物象形石的生命和灵魂。神采的有无，关系到奇石形态能否具有生命气息和撼动人心的魅力。每块形态神采飞扬、令人精神振奋的奇石，都是胜于一切雕塑家之手的天然之作。说到底，奇石神态的有无，还是由奇石形体的线曲和面凸所带来的动感和立体效果产生的，有的还来自纹理和色彩等方面带来的点睛之笔。在奇石形态内容和意境的审美中，遵循一切符合人文科学和自然科学情理的形态就是美的形态。

（1）奇石形态内容的类型（　　）

① 山水类　② 人物类　③ 景物类　④ 动物类

⑤ 静物类　⑥ 器物类　⑦ 文字类　⑧ 意蕴类

（2）奇石形态给赏石者的总体印象（　　）

① 清　② 巧　③ 秀　④ 奇　⑤ 顽　⑥ 拙　⑦ 丑　⑧ 怪

象形石的形态难有逼真的形似，多在似与不似之间。笔者曾撰文说过，象形石形态越逼真越罕见难得，至于说奇石形态美在似与不似之间，像而俗和像而不美的观点，是没有把自然天成的美与人为制作的美区别开来对待的偏见。实际上二者同样美，只不过是审美观念和情趣爱好不同。有的人喜爱雾里看花的抽象写意画，有的人喜欢看得情真意切、栩栩如生的工笔画罢了。笔者在这里丝毫没有否认奇石形态“美在似与不似”之间的观点，只是想说在灵璧石中，形态在“似与不似之间”的象形石甚多，而能像到酷似逼真程度的形神兼备者，实在是奇绝难得，让人赞叹不已。特别是像伟人的石头，就在于越像才越美妙神奇。由于今天赏石界过于宣传“瘦、皱、漏、透”的传统赏石理念，不强调就石论石，在思想上还没有把象形石的天然美认识和重视到应该有的高度罢了。

形态内容和意境与主题的关联，可从以下几个方面进行：

（1）奇石形态体现自然景观、物象的象形程度（　　）

① 酷似　② 近似　③ 有些相似　④ 不似

（2）奇石形态能否使人产生联想而具有意蕴美（　　）

① 能 ② 勉强 ③ 不能

(3) 奇石形态内容能给人们带来哪些审美印象和意蕴感受（以下参考）(　　)

① 具有受到人们敬畏的人物形象

② 能给人们带来快乐、吉祥、喜庆等美好的心情

③ 有催人进取、奋发向上的感召力

④ 神态夸张，极具个性与表现力，令人震撼

⑤ 动态活力，神采飞扬

⑥ 形体奇巧罕见，让人感到新颖神奇

⑦ 和谐得体，舒适耐看

⑧ 简约明快，赏心悦目

⑨ 沧桑峥嵘，耐人品味

⑩ 气势磅礴，意境深远，耐人寻味

⑪ 圆蕴雄稳，大气内涵

⑫ 玲珑剔透，孔穴迂回幽通

⑬ 浑圆饱满，雍容大度，禅意十足

⑭ 潇洒飘逸，清新雅致

⑮ 形体厚重沉稳，庄严威武

⑯ 普通常见，平淡无奇

⑰ 呆滞、刻板，很少有观赏价值

⑱ 形态怪异恐怖，令人厌恶反感

奇石形态内容和意境审美的综合评价(　　)

A. 特好 B. 好 C. 较好 D. 一般 E. 较差 F. 差

(三) 主题产生情况和命名效果

(1) 主题名称(　　)

① 由形态内容直接产生的

② 由形态意境产生的

③ 由形体外部特征产生的

④ 由声、形、质、色、纹其中某项或多项内容和意韵综合产生的

(2) 命名评价(　　)

① 命名高雅 ② 画龙点睛 ③ 命名贴切，较有文采

④ 一般 ⑤ 肤浅、庸俗 ⑥ 命名偏颇，与形态内容和意境不符

主题命名水平的综合评价(　　)

A. 很好 B. 较好 C. 一般 D. 较差 E. 差

（四）奇石形体入座部位的审美评价

奇石入座部位的选择不仅是为了平稳重心，更是为了体现奇石本身所具有的自然条件，来选取一个能够展现形态内容最佳审美效果的需要。

奇石形体入座部位的审美评价（　　）

① 奇石形体具有能够较好体现自身形态的天然条件，只需配座进行装饰

② 奇石入座部位恰好是能够体现形态美的最佳部位，使审美实现了自身形体与形态内容的完美结合

③ 入座部位不是形态审美的最佳角度

④ 应入座部位的形体因缺少或过多，需要用木头来支撑，或通过镶嵌来弥补其不足，使立式奇石重心稳定，卧式奇石“平稳”

⑤ 入座部位不是形态审美所需求的部位，需要特制异形托座才能展现其观赏效果

总结奇石形体入座部位的观赏效果（　　）

A. 很好　B. 好　C. 较好　D. 一般　E. 较差　F. 差

（五）奇石形体上有人工雕琢制作迹象及残损状况的鉴评

1. 奇石形体上有人工雕琢、取舍、伤残、酸浸、打磨、拼接、其他材料合成等人工情况的举例（　　）

（1）奇石底面或后背被人为揭层

（2）人工或机械裁截底面，使其平稳

（3）人工或机械为奇石后背等处减肥

（4）在奇石观赏面等不同部位进行雕琢取舍，使其形状更可人意（　　）

① 局部加深或添加沟壑　② 切削局部或添加孔洞改变自然形态

（5）皮表打磨过度，伤害了皮表孔隙和肌理，失去了原有的自然、朴璞和沧桑感

（6）皮表被酸液侵蚀过度

（7）酸液滴浸成型

（8）奇石形体上有黏合拼接

（9）形体由其他材质合成

2. 奇石形体上的断面状况鉴定（　　）

① 断面较大　② 断面较小　③ 断面微小

3. 断面或残损处，位于奇石观赏面的部位（　　）

① 关键部位　② 一般部位　③ 次要部位

4. 奇石形体伤残情况（　　）

① 外表碰破　② 风化剥蚀脱落

③ 外表有伤痕　④ 能察觉到内部有伤

5. 伤残或风化脱落处位于观赏面的部位(　　)

① 关键部位　② 一般部位　③ 次要部位　④ 可忽略不计

是否有人工介入的综合评价(　　)

A. 全天然状态　B. 微有人工　C. 部分人工

D. 大部分人工　E. 全部人工

奇石形体审美和形态内容审美，是石形的统一审美范畴。把石形分成以上两个方面进行审美细化，在实际操作中要综合把握和权衡好二者的主次轻重。针对形体完美，而在形态内容和意境方面主题不突出或形态无主题的意蕴石，可在形体艺术审美方面根据其美的不同程度，要着重考虑好加分来平衡其在形态内容方面的失分，因为从艺术赏石的角度来看，纯粹的形体唯美是深层次的审美。

造型石鉴赏评估的综合评价(　　)

A. 特好　B. 很好　C. 好　D. 较好　E. 一般　F. 较差　G. 差

三、质

灵璧石的岩体，约为 9 亿年前新元古代震旦纪浅海潟湖沉积而成，以碳酸盐岩为主。其中磬石质地的青黑磬音石由均匀的微粒方解石组成，并含有多种矿物元素及丰富的有机质，使其音质清越。其莫氏硬度一般在 3～5 度。在天下奇石的葩苑中，灵璧磬音石不仅审美价值高，声音悦耳动听，而且石质细腻致密，利于长久珍藏。

关于灵璧石质地的优劣，在条件允许的情况下可通过仪器进行测评检验，一般多根据目测感受进行评估。以下是笔者在石质鉴评方面的一点经验之谈。鉴评时应充分调动视觉、听觉和触觉进行综合研判，必要时可借助放大镜、槌击木、水、雨淋、曝晒等辅助工具和方法。

(一) 质地优良者(　　)

① 石质细腻、抚之若肤

② 温润雅致、舒适耐看

③ 有光泽，润味十足，能增添形体的韵味

④ 筋脉精美，能增添形态内容、意境和审美效果

⑤ 结构致密，质地坚硬，扣之有声，不仅观赏效果好，而且寿命长，利于久置

(二) 质地粗劣者(　　)

① 质地混杂，不清爽

② 质地粗劣，观赏效果不佳

③ 筋脉粗、宽、僵直，影响观赏效果

④ 有干涩感，无润味

⑤ 石质较软，易风化受损

奇石质地鉴赏的综合评价(　　)

A. 很好　B. 好　C. 较好　D. 一般　E. 较差　F. 差

四、色

近年来发掘的灵璧石，有不同的石种类型，在颜色上已不再是过去人们印象中单一的青黑色，而是有单色、双色和多色。复杂交织的色彩，变化丰富，绮丽多姿，既有黑、白、灰，也有常见的红、黄、紫和褐、棕、绿。

灵璧石具有绘画般的色彩，有的艳丽，有的素雅。色调的冷暖变化以及纯正与杂浊，都会给观赏者带来不同的观赏效果和感受。

1. 颜色类别(　　)

① 无彩色：白、黑、灰

② 有彩色：红、黄、褐、紫、棕、赭、绿等

2. 颜色类型(　　)

① 单色　② 双色　③ 复（多）色

3. 色彩与形、质、纹的结合，能否产生主题和意蕴美(　　)

① 能产生主题和意境　② 能渲染、衬托主题

③ 不影响主题审美　④ 对主题审美有一定影响

⑤ 破坏主题

4. 形体中各部位色彩的组合搭配情况(　　)

① 和谐　② 基本上和谐　③ 不太和谐　④ 不和谐

5. 灵璧石形体中色彩的搭配与主题内容和意境的结合，能带给人们的审美感受(　　)

(1) 美好的感受(　　)

① 纯正雅致　② 五彩缤纷　③ 艳丽夺目　④ 清心淡雅

⑤ 清爽明快　⑥ 多彩多姿　⑦ 色彩分明

(2) 厌恶的感受(　　)

① 浑浊暗沉　② 颜色混杂

③ 色彩搭配不和谐　④ 人工染色

奇石颜色审美的综合评价(　　)

A. 很好　B. 好　C. 较好　D. 一般　E. 较差　F. 差

五、纹

大自然给灵璧石造就了变化无穷的形态，并在奇石形体的外表神镂了无

比奇妙的纹理，有的能独自形成主题或能与形态内容结合烘托主题。特别是灵璧石造型石中青黑磬音石的纹理美和声韵美都是灵璧石成为中国四大名石之首的重要因素。

灵璧造型石和图纹石的纹理赏评具体如下：

(1) 奇石纹理的形态类型(　　)

① 凸纹　② 凹纹　③ 平纹　④ 点纹

⑤ 线纹　⑥ 面纹　⑦ 综合纹

(2) 奇石纹理的形态内容(　　)

① 象形纹（纹理形态像自然界中的景观、物象）

② 无名纹（不好确定物象名称的纹理）

③ 闲散纹（闲逸纹、散纹）

(3) 造型石纹理千姿百态，常见的纹理形态有(　　)

① 沙粒纹　② 雨滴（点）纹　③ 线纹　④ 核桃纹

⑤ 无规则圆形纹　⑥ 回纹　⑦ 龟纹　⑧ 蝴蝶纹等

(4) 图纹石常见的纹理形态有(　　)

① 斑点纹　② 线纹　③ 面纹　④ 蛐蟮纹　⑤ 蝌蚪纹

⑥ 花草竹木纹　⑦ 虎皮纹　⑧ 斑马纹　⑨ 蝴蝶纹　⑩ 画面纹

(5) 图纹石画面的风格(　　)

① 水墨画　② 彩墨画　③ 水粉画　④ 油画

(6) 纹理与造型石形态内容的结合状况(　　)

① 纹理内容占主导地位，可以立题

② 纹理对形态内容能起到画龙点睛作用

③ 纹理对形态内容能起到烘托作用

④ 纹理与形态内容和谐能起到装饰作用

⑤ 纹理属从属地位，对奇石形态内容无影响

⑥ 纹理与形态内容不和谐，对奇石审美效果有一定影响

(7) 奇石纹理人工制作迹象的鉴评(　　)

① 奇石皮表纹里被人工打磨过度

② 人为制作纹理

③ 酸浸过度出现残纹或无皮

④ 为使奇石形态形成物象，对形体某些部位进行取舍，破坏了原有的自然纹理

灵璧石皮表纹理变化莫测、鬼斧神镂，加上肌肤孔隙的棕眼等都具有超凡的自然美，这些内容都是鉴定灵璧石真伪或是否经过人为加工最行之有效

的办法。要做好鉴定，需要熟悉了解灵璧石各石种的皮表纹理情况，鉴定时才容易分辨。必要时可借助放大镜对皮表纹理进行细致观察比对，对形态最能体现观赏价值的关键部位和可疑处要认真审视分析，谨慎判断。

上述人为手段有损或破坏了奇石的自然观赏价值和天成的灵气，使原本属自然艺术形体变成了工艺品的实例也常见发生。按理说，此类石不应参与天然灵璧石的展出和评比活动，一经发现应当剔除。

奇石纹理鉴赏的综合评价（　　）

A. 很好　B. 好　C. 较好　D. 一般　E. 较差　F. 差

灵璧石以上五项指标鉴赏评估的结果汇总如下：

声（　　）形（　　）质（　　）色（　　）纹（　　）

灵璧图纹石的鉴赏评估

图纹石，是奇石形体上有不同颜色不同形状的纹理，或由不同色彩与形体基色结合，形成不同的图纹、图案和画面的奇石。灵璧图纹石石种很多，色彩、图纹和画面内容丰富，艺术风格奇特，观赏效果极佳。主要石种有透花石、五彩图纹石、彩色画面石、汉画石、五彩白灵石、雪花白灵石等。图纹石美丽的图纹和画面与造型石的形态同样离不开形体作为载体。只有美的载体才能最好地体现图纹和画面，使图纹和画面与石头形状能够完美地结合于一体。笔者认为，图纹石审美应以图纹画面为核心主体。对于图纹石鉴赏评估，可更多地参照画理、书理和诗理以及造型石审美等美学标准和方法。关于图纹石鉴赏评估有关的一些内容，已纳入了造型石鉴赏评估内容之中。

一、奇石托座的评估

托座配制的好坏与奇石鉴赏关系密切，在奇石赏评中不可低估。常言道"好马配好鞍"，石与座可谓是马与鞍的关系。与奇石珠联璧合的托座，对于提升奇石的品位和经济价值十分重要。但不要忘了奇石是审美主体，这种自然美是唯一的，而底座是可以复制的。

（一）托座的工艺水平（　　）　好　中　差

（二）托座材质的档次（　　）　高　中　差

（三）托座油漆的质量（　　）　好　中　差

（四）与奇石搭配的整体效果（　　）

① 托座大小与奇石形体的审美比例是否得体

② 托座的颜色与奇石色彩的搭配是否和谐

③ 托座的纹饰与主题内容是否和谐统一

④ 托座能否体现奇石的形体美和形态内容带来的意境美

奇石托座审美的综合评价（　　）

A. 很好　B. 好　C. 较好　D. 一般　E. 较差　F. 差

二、综合作出鉴评结果

根据以上从声、形、质、色、纹和底座这些主要因素，可对一块具体的灵璧石进行较为全面细致而又可以操作的鉴评。所涉及的赏石方法、内容和观点是由个人把握的。因此这就要求鉴赏者要具有一定的文化底蕴、审美悟性和审美水平及赏石实践经验等综合素养。特别是应有对奇石形体和形态内容审美的洞察力与捕捉能力及相关意境的丰富联想力。另外，由于灵璧新石种众多，因此，在鉴赏评估时还应遵循“物以稀为贵，形以罕为珍”的原则，对石种数量少、风格特点稀有的奇石，可在各方面进行品评后再加以权衡。只有灵活运用“评估理论体系”，才能鉴赏评估好每一块灵璧石所蕴含的文化价值和市场价值。切忌生搬硬套，脱离实际，凭想象任意发挥。

最终鉴赏评估结果：

奇石名称（　　）　种类（　　）　产地（　　）

采掘时间（　　）　收藏人/机构（　　）

确定该奇石艺术品位等级为（　　）

A. 极品　B. 珍品　C. 精品　D. 上等品　E. 通品　F. 等外品

正确对待灵璧石鉴赏评估结果

由于人们的知识和阅历不同，审美情趣和爱好有些差异，对鉴赏评估内容的侧重点在认识上也不可能一致。所以，对于同一奇石进行鉴赏评估得出不同的结果是正常的。这并不是“评估理论体系”出现了问题，而是“评估理论体系”已经使其在更多方面获得了认识上的一致。笔者坚信，奇石所具有的形态或画面美景是不会改变的，只要能遇上好的评估师，就一定能使其得到正确的评估结果。

笔者1987年底在灵璧县委老干部局工作时，从花木盆景书籍中看到“灵璧石”一词，并寻找到了灵璧石，从此便与灵璧石结下了不解之缘，开始如痴如醉地采集收藏灵璧石；接着便动员产区群众采挖灵璧石，从中选优收藏，就这样掀起了新一轮的灵璧石开采大潮；直到1999年初，从县计划生育委员会调到县地质矿产局任副局长，便专门从事灵璧石资源管理工作；到了2007年任灵璧县灵璧石资源管理办公室主任兼灵璧县灵璧石资源鉴赏评估中心主任。笔者经历了灵璧石开采和赏玩全过程中的观察、实践和研究，不仅能熟悉了解灵璧县产出的众多新石种，以及产在不同坑口中的灵璧石所具有的样貌和风格特征。因此，笔者曾多次被邀往海内外为灵璧石藏家鉴赏评估灵璧石，还经常被赏石活动组织邀请做评委，被多家灵璧石馆所邀为顾问，很多来自全国各地的灵璧石藏家从远处把石头或石头照片送到家中请求评估。特别是为县内和全国不同地区的灵璧石进行评估，已在赏石界和社会上产生了一定影响，这正是笔者今天感到欣慰、骄傲和自豪的。

注释：

“瘦、皱、漏、透、丑、圆、蕴、雄、稳、奇”是笔者在古人“瘦、皱、漏、透、丑”五字的基础上根据灵璧石具有的审美特征，于1996年添加“圆、蕴、雄、稳、奇”五字作为灵璧石形态审美十字诀。

瘦：立式传统供石，形体修长、精炼、瘦硬有神；各式奇石形体各部位无冗余累赘之多余。

皱：形体表面纹理丰富或凹凸不平，多褶皱，轮廓线与面的起伏丰富多变，多有深浅不同或凸凹不平的沟壑和孔眼，多具有与大自然抗争留下的沧桑痕迹。

漏：有孔洞上下串通或丰富的水流痕迹等自然特征。

透：孔洞穿透或迂回串通于形体之中。

丑：让人们从看似丑的形态中找到美的感受，化丑为美。

圆：奇石从总体到局部，所有凸起的面和棱角约呈不规则的浑圆状，轮廓线呈弧线或曲线为美。圆，是大气内涵，蕴藏丰富，给人们的感受是圆满美好。

蕴：蕴是内在美，美在其中，藏而不露；美在深邃，耐人寻味；美在意会，不好言传。

雄：雄，是奇石具有能够牵动人心的神韵，又在气壮山河，让人震撼的魅力。

稳：无论卧式奇石还是立式奇石，都讲究形体重心的平衡和自然稳健。卧式奇石要求底面能够天然平稳，这不仅能更好地体现自然景观物象的真实性，而且符合人文科学和自然科学情理，也能满足人们追求自然美的心理感受。在灵璧青黑磬音石中，卧式奇石占立式奇石出土量80%以上。卧式放置是保持了奇石在形成过程中的原始状态。实际上，根据形态内容审美要求，底面能够天然平稳的奇石并不多。

奇：指奇石形态或图纹画面美妙神奇。奇是奇石具有的文化和艺术内涵以及观赏价值的所在。所以说，奇石美不美，关键在于形态奇不奇！

意蕴石：指从形态上不好确认属于某种物象的奇石，亦称无主题奇石。意蕴石具有耐人寻味的艺术魅力，其所具有的美常具多义性、模糊性和朦胧性，体现某种哲理、诗情或神韵，经常是只可意会，不可言传，欣赏者要用心去揣摩和领悟。

中国传统音乐元素在歌曲创作中的运用

——以谢林义作品集《江南女花中花》[①] 为例分析

● 张红霞　田可文

一、谢林义与他的《江南女花中花》

作为安徽省音协专职副主席、安徽省作曲指挥家协会副主席、中国音乐家协会理事、国家一级作曲的谢林义，到目前为止，共创作歌曲、舞蹈音乐、电视片音乐300多首（部）。他曾为徽剧《玉洁冰清》、《七步吟》、《潘金莲》（合作）、《凤冠梦》、《赵氏收赋》及话剧《山那边》等多部大型剧目作曲；他创作的舞蹈音乐《摘石榴》获得安徽省作曲一等奖。在他的创作中，歌曲创作是他的最爱。他创作的歌曲《梦想成真》为安徽省第十一届运动会会歌；其歌曲《亲亲背篓情》获得了第十三届中国广播电视学会奖；歌曲《忆江南》《文明创建歌》《九九雁归来》《放歌江淮》等分别获得省政府社科奖、安徽省“五个一”工程奖；其歌曲《亲亲背篓情》《天也说你好，地也说你好》《江南女花中花》等在全国获奖；还有多首作品先后在中央电视台、安徽电视台及广播电台文艺节目中播出，在刊物上发表，并在网络上广为传播；其歌曲《望天门山》《淮河人家》《美丽的江》等还入选义务教育中小学教科书。

《江南女花中花》是他于2016年2月出版的一部作品选，分为“歌唱祖国”“美好安徽”“快乐儿童”“企业之声”几大板块，由107首歌曲汇编而成。该歌曲集包括了独唱、齐唱、领唱与重唱、合唱等形式。

---

① 谢林义《江南女花中花——谢林义作曲作品集（声乐作品选）》由安徽文艺出版社2016年2月出版，全文简称《江南女花中花》。

谢林义的《江南女花中花》很多作品运用了中国传统音乐元素进行创作。从对民族民间音乐元素的运用上来看，大致分为三类：其一，是运用民间歌曲的音乐元素进行创作的，作品有《春满巢湖》《大湖之美》《江南女花中花》等；其二，是汲取了民族器乐的音乐元素进行创作，作品有《巢湖之夜》《中国青》等；其三，是运用了戏曲音乐元素创作的作品，如《蒙城是个好地方》《都说你好》等。

谢林义的许多作品既保留了传统音乐的精髓，又融入现代的作曲技法。著名作曲家时白林先生[①]为此部歌曲集所写的序中提到“有些作品还能让人隐约地感受到具有安徽民歌、戏曲或说唱的熟悉音调，听起来使人倍感亲切而舒畅”[②]。从这段话中可以看出，谢林义在该歌曲集的作品中熟练地运用了中国传统音乐元素进行创作，给听众带来亲切舒畅的艺术感受。

二、民歌旋律的运用

在谢林义的《江南女花中花》中，具有代表性的是运用中国民歌元素进行作品创作。民歌即人民之歌。众所周知，民歌是经过广泛的群众性即兴编作、口头传唱而逐渐形成和发展起来的，其音乐形式具有简明朴实、平易近人、生动灵活的特点。从古至今，每一时代、地域、民族、国家，在不同的地理、气候、语言、文化、宗教的影响下，都会产生自娱、文化留传或生活宣泄内容的民歌，人们以不同的形式传递着历史、文明及人心底的热爱。

安徽地域广阔，各地的民歌有多种形式和内容。从内容上分有6种：一是反映劳动生产场景的民歌，主要集中在号子、山歌和秧歌等类民歌中，如六安民歌《车水不唱瞌睡多》、和县秧歌《认不得稗子要姐教》等；二是反映农民生活场景的民歌，如巢湖民歌《唱四季》、淮北民歌《四季颂》等；三是反映农民爱情生活的民歌，这种类型的民歌在民歌中比例最大，从多侧面反映劳动人民的爱恋和婚姻生活，如舒城民歌《棒棰打在石头上》、滁州民歌《山头调》等；四是反映当地生活习惯的民歌，这些歌曲有不少是在节日和集会中用以助兴的，如在结婚仪式中演唱的《哭轿》《敬酒》等；五是在旧社会广大农民受到残酷的压迫，他们把满腔的愤怒化为歌声，用以揭露当时的黑暗，如贵池民歌《唱个山歌出出气》、淮北民歌

---

① 时白林（1927—），笔名白林，著名黄梅戏作曲家。曾任安徽省黄梅戏剧团副团长、安徽省艺术研究所音舞室主任、中国戏曲音乐学会会长、中国音协理事、安徽省音协副主席等，获“戏曲音乐终身成就奖”。

② 谢林义《江南女花中花——谢林义作曲作品集（声乐作品选）》，安徽文艺出版社，2016。

《杀赃官》等；六是新中国成立后，农民过上幸福生活，从而出现一批热情歌颂党和祖国的民歌，如颍上民歌《多亏共产党好领导》、当涂民歌《芝麻开花节节高》等。

从体裁上来分，安徽民歌主要分为以下几类：一是号子，是伴随劳动而歌唱的歌曲，它的旋律铿锵有力，节奏性很强，十分口语化，易于传唱。号子遍布安徽各地，有农事号子、建筑号子、搬运号子和船工号子等。二是山歌，主要流行于安徽山区。安徽的山歌分为放牛山歌、采茶山歌等，进入全国非物质文化遗产名录的“大别山民歌”就是山歌的一种。三是秧歌，有些地方称秧歌为田歌，安徽民间把在秧田中插秧、薅草时唱的歌都统称为“秧歌”，秧歌旋律悠扬悦耳、节奏自由舒缓，被评为国家非物质文化遗产的巢湖民歌，就是以秧歌为代表的。四是舞歌，指民间歌舞中所唱的歌曲，它的特点是载歌载舞，融歌唱和舞蹈为一体，如“灯歌”和“花鼓歌”等，其中凤阳花鼓就是其中的代表之一。此外，还有流行于淮河两岸的“花鼓灯歌”、流行于舒城地区的“舒城花鼓”、流行于歙县一带的“牧牛花鼓”等。五是风俗歌曲，指在民间传统的风俗性节日活动中演唱的歌曲，包括“划龙”“门歌”“婚礼歌”“庆寿歌”和“葬礼歌”等。安徽民歌种类繁多，内容丰富，反映了江淮儿女勤劳善良、多才多艺的一面，通过民歌也能看到当地人们的生活和劳动的场景。由于民歌一般都是通过人们口耳相传，因此通过民歌也能看出一些地方特定的历史和人文背景，正因为这些，民歌的传承也受到国家的重视。

谢林义的创作充分运用了安徽民歌素材进行创造性发展，如在女声独唱《春满巢湖》中，在这“A＋B＋A[1]”的三段式曲式结构中，就采用了安徽巢湖民歌《太阳出来一点红》的旋律音调进行创作，在A段的前12小节原样引用巢湖民歌《春风又到巢湖边》，B段的主题引用了重新填词而成，其歌曲的B段主体音调，是巢湖民歌原样的出现：

巢湖民歌 《太阳出来一点红》	5	3	2	1	2	5	3	2	3	-
	衣	呦	嗬	嗬	嗬	衣	呦	嗬	嗨	
《春满巢湖》 B段音乐主题	5	3	2	1	2	5	3	2	3	-
	春	风	哎	轻	拂	巢	湖	哎	岸	

这种民歌原始形态的运用在西方民族乐派的作品中经常使用，如在格里格等挪威民族乐派作曲家的作品中常常显示；我国作曲家也常常使用这种作曲形态，其优点在于运用了民歌旋律，使其民族性与地方性的特征尤为鲜明。

再如，合唱曲《大湖之美》，谢林义在这部带引子的二段体结构的歌曲中，其引子与主题的旋律均取材于巢湖号子的《绞关号子》[①]。引子部分基本保持《绞关号子》原有的旋律形态，只是稍做改动；而B段的主题则对原有旋律改动较大，虽然保持原作的基本轮廓，但在旋律和节奏方面都有明显的变化。作曲家在引用传统巢湖《绞关号子》的旋律作为歌曲的主题时，在保持其原旋律基础轮廓的基础上进行艺术加工，使其保持传统风韵的同时又表现出了截然不同的音乐性格。如：

《绞关号子》
(领) 2 – – 5 | 6. 5 6 – 0 | (合) 2 6 2 1 1 – | 5 5. 0 0 |
喂 吼 哟 吼 吼 喂 呀 喂 哎 嗨 呀

《大湖之美》引子
(领) 2. 5 6 5 6 | (齐) 2 6 2 1 6 5. |
哟 吼 哟 吼 喂 喂 呀 喂 哎 嗨 呀

《大湖之美》B段主题
(领) 2. 3 | 3 1 6 | 5 6. | (合) 5 5 6 | (领) 2. 3 | 3 1 6 | 6 5. | (合) 6 6 5 |
湖 是 蓝色的 梦哎 哟吼嗨，蓝 是 大湖的 美哟 哟吼喂

在上谱例中我们可以看到，《大湖之美》的引子基本保持《绞关号子》旋律的原貌，而到了B段的主题旋律时，进行一定的变化发展。《绞关号子》与劳动节奏紧密结合，律动感较强，节奏也较为固定，这部作品的领唱与合唱正是借鉴了《绞关号子》的劳动特征以及民歌《绞关号子》的音乐元素，使用交替演唱的方式，使歌曲极具律动性。

除了对安徽民歌旋律进行直接借鉴外，谢林义在歌曲创作中还借鉴了中国其他地方民歌的旋律并进行了大胆创新，如歌曲《江南女花中花》就引用了扬州民歌《拔根芦柴花》的主题音调。《江南女花中花》中将《拔根芦柴花》的旋律进行变形使用，通过移位音区、节奏紧缩，主题乐句意境准确。他的歌曲旋律紧密结合歌词，创作出极具江南风格的歌曲风格，将江南水乡秀丽可爱、水灵灵的小姑娘形象展现在人们面前。这首作品的曲式结构为：过门＋A＋B＋尾声。A段音乐主题取材《拔根芦柴花》，如下谱例：

该歌曲的B段乐句多在弱拍上开起，前半部旋律多在高音区流动，之后旋律回旋递进下行，尽情抒发了人们对“柔情似水，心美如水，笑声似水，歌声如水”的江南美少女的赞美之情。尾声唱词主要是“水灵灵”三个字，曲作者在创作时连续六次使用了三连音节奏，旋律迂回流淌，表达人们对水乡姑娘的喜爱迷恋之情。

① “绞关”是在枯水季节行舟，因河水浅用绞关的办法把船拖过浅滩。《绞关号子》就是绞关过程中唱的号子。

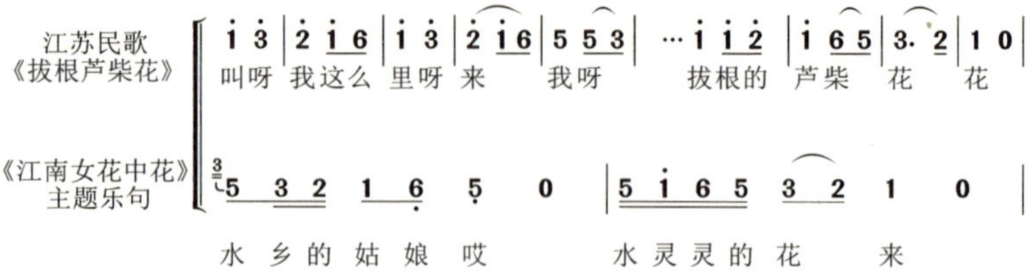

江苏民歌《拔根芦柴花》 1̇ 3̇ | 2̇ 1̇6 | 1̇ 3̇ | 2̇ 1̇6 | 5 53 | …1̇ 1̇2̇ | 1̇ 65 | 3. 2̇ | 1̇ 0 |

叫呀 我这么 里呀 来 我呀 拔根的 芦柴 花 花

《江南女花中花》主题乐句 5 32 1 6 5̣ 0 | 5 1̇ 6 5 3 2 1 0 |

水 乡 的 姑 娘 哎 水 灵 灵 的 花 来

三、民族器乐曲元素的引用

“民族乐器”是人们用来演奏音乐以表达和交流思想感情的工具，而“民族器乐”是人们利用民族乐器演奏出来的、具有不同民族特色或地方风格的、表现人民生活和情感的音乐。中国传统乐器演奏的民间器乐，有独奏与合奏两种表演形式。独奏曲一般以演奏方式归纳为吹奏、拉弦、弹拨、打击等类型；合奏曲在民间一般分为鼓吹、丝竹与清锣鼓三类。不同的乐器组合，不同的曲目和演奏风格，会形成多种多样的器乐乐种。我国民族器乐是中国民族或传统音乐的一个不可缺少的组成部分，传统音乐中的民歌、歌舞、戏曲音乐、曲艺音乐等，都要有器乐伴奏；同时，这些音乐形式又给民族器乐注入新的血液，推动它向更高、更丰富的境地发展。

自然，谢林义的歌曲创作也毫不犹豫地引用了民族民间器乐曲的元素，如他的歌曲《巢湖之夜》这部作品，其曲式为“引子＋A＋B＋C＋尾声”结构，其歌曲除了在引子部分借鉴了巢湖民歌《摇娃娃》的旋律素材并进行艺术加工外，还借用了《摇娃娃》这种摇篮曲的艺术形式，通过描绘岸边的母亲们唱着摇篮曲，哄着心爱的宝宝进入梦乡时的情景，以表现出巢湖岸边的美好。

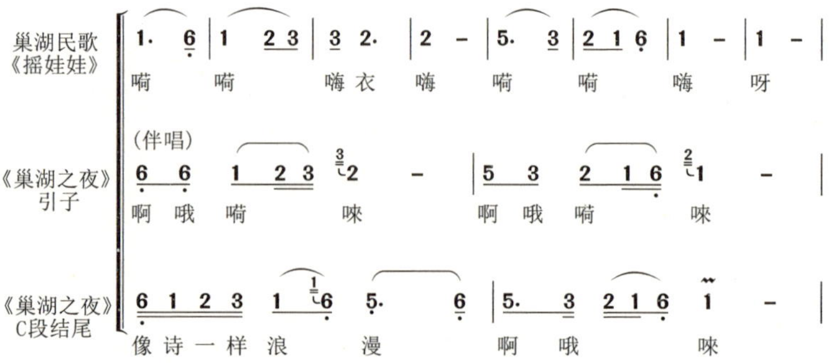

巢湖民歌《摇娃娃》 1. 6̣ | 1 23 | 3 2. | 2 – | 5. 3 | 21 6̣ | 1 – | 1 – |

嗬 嗬 嗨衣 嗨 嗬 嗬 嗨 呀

《巢湖之夜》引子 (伴唱) 6̣ 6̣ 1 23 2 – | 5 3 2 16̣ 1 – |

啊 哦 嗬 啰 啊 哦 嗬 啰

《巢湖之夜》C段结尾 6̣ 1 2 3 1 6̣ 5. 6̣ | 5. 3 2 1 6̣ 1 – |

像诗一样 浪 漫 啊 哦 啰

而该歌曲的C段的音乐主题材料，则源于古筝曲《渔舟唱晚》的元素。《渔舟唱晚》是中国古筝曲中重要的作品，《渔舟唱晚》是以古曲《归去来兮》为素材发展编创而成，其曲名取自唐代诗人王勃《滕王阁序》中“渔舟唱晚，响穷彭蠡之滨”的诗句。乐曲描绘了夕阳映照万顷碧波、渔民悠然自得、渔船随波渐远的优美景象。

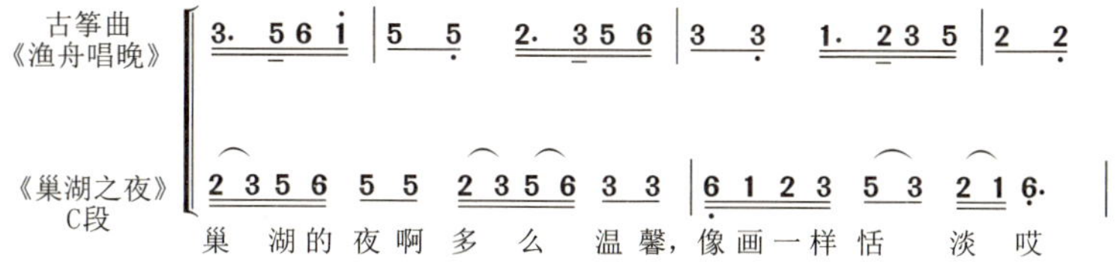

古筝曲《渔舟唱晚》 3. 56 i | 5 5 2. 356 | 3 3 1. 235 | 2 2

《巢湖之夜》C段 2356 5 5 2356 3 3 | 6123 5 3 21 6. |

巢 湖的 夜 啊 多 么 温 馨，像 画 一 样 恬 淡 哎

谢林义正是借用这首经典器乐的文化意境来表现月光之下巢湖泛舟时美丽动人的情景。该曲从传统的民间歌曲与器乐曲当中汲取灵感，意图表现巢湖夜晚的美好与幸福的情景。在尾声部分，《摇娃娃》音乐元素再现，使得歌曲前后呼应，在一片宁静中结束。

谢林义同样使用古筝曲《渔舟唱晚》音乐元素进行创作的歌曲有《中国青》。《中国青》的音乐主题也是汲取了《渔舟唱晚》的旋律进行艺术加工，通过拓宽节奏、放慢速度，歌曲主题乐句意境准确，旋律抒情优美，一幅山清水秀的江南美景映入眼帘，美轮美奂。这部作品的曲式结构为：引子+过门+A+B+尾声（引子的变化重复）。其A段就是借鉴了古筝曲《渔舟唱晚》音乐元素，又在节奏上有所变动。

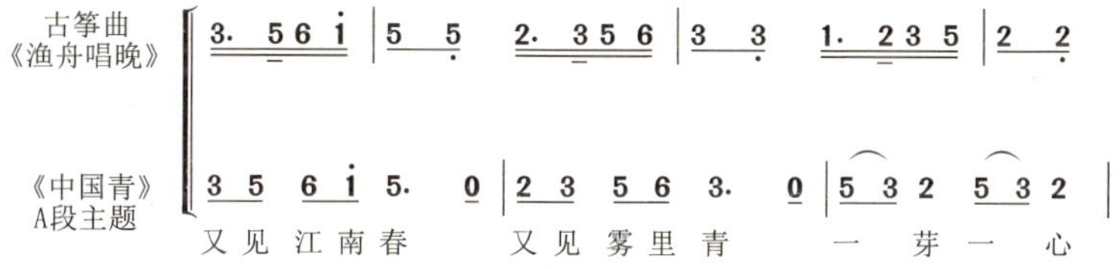

古筝曲《渔舟唱晚》 3. 56 i | 5 5 2. 356 | 3 3 1. 235 | 2 2

《中国青》A段主题 3 5 6 i 5. 0 | 2 3 5 6 3. 0 | 5 3 2 5 3 2 |

又 见 江 南 春 又 见 雾 里 青 一 芽 一 心

B段音乐弱起，采用衬字“啊”来抒情并进入高潮，之后又循序落潮，使人们在听觉上得到满足。尾声是引子的变化再现，运用了和声色彩的变化，使得旋律色彩更加丰富，加之此处在和声配置上运用大三、小三和弦转换，运用了和声色彩的变化，形成忽明忽暗的色块，准确表现了雾里江南的茶乡美景。

由于民族器乐曲的旋律与节奏的律动性强于民歌，因此，谢林义对民族器乐曲元素的引用，就加强了歌曲的流动性与律动性，以及作品的力度丰盈性。

四、戏曲声腔的借鉴

中国戏曲以演员表演为中心，以唱、念、做、打等手段为基础，是融文学、音乐、舞蹈、美术、武术、杂技等为一体的综合性舞台艺术。安徽戏曲的声腔与剧种都比较丰富，剧种有20多个，其重要的剧种有徽剧、黄梅戏、淮北梆剧、庐剧、皖南花鼓戏、曲剧、泗州戏、清音戏、坠子戏、梨簧戏等。谢林义就充分利用安徽戏曲的多样性因素，将其引入自己的歌曲创作之中，如歌曲《蒙城是个好地方》吸收了淮北梆子戏曲中的音乐元素，淮北梆子戏活泼婉转、激昂嘹亮，有着浓厚的地方色彩的唱腔，引入歌曲之中，腔内多衬哪、啊、吼、哇、嗷、呀等虚字，起到装饰唱腔的作用。

谢林义的歌曲《蒙城是个好地方》曲式结构为引子＋过门＋A＋B＋尾声。在其引子中就以淮北梆子戏的“哪哈呀哈……”的衬词开始，歌曲一开始便展现了浓厚的北方梆子的韵味。在B段六次运用了衬词“哪依呀呼”，更进一步强调了淮北梆子的韵味。

再如，谢林义的歌曲《都说你好》，其音乐元素来源黄梅戏《满工对唱》。这部作品结构为“引子＋A＋B＋尾声”曲式，引子和尾声是汲取黄梅戏《满工对唱》的开始句、结束句的音乐元素，经变化发展而成，其音乐亲切、优美、大气，并具有徽风皖韵，给人以优美亲切之感。

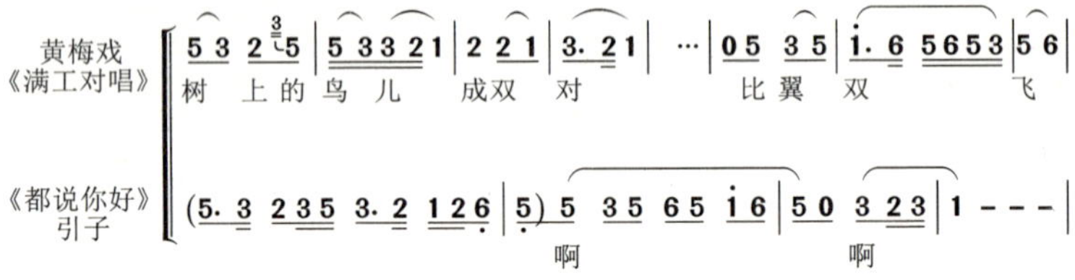

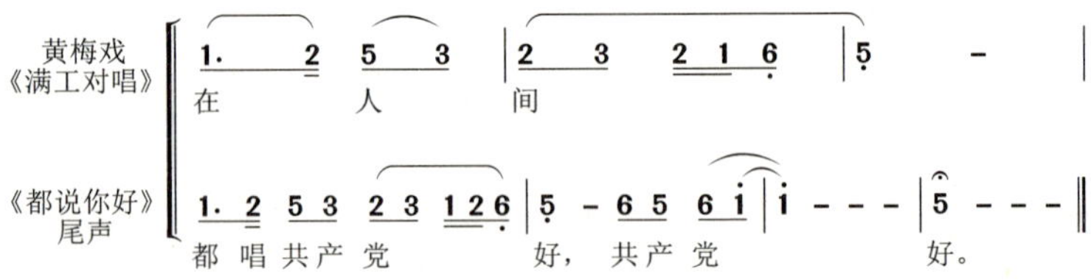

黄梅戏《满工对唱》

5 3 2 5 | 5 3 3 2 1 | 2 2 1 | 3. 2 1 | … | 0 5 3 5 | i. 6 5 6 5 3 | 5 6 |

树 上 的 鸟 儿 成双 对 比 翼 双 飞

《都说你好》引子

(5. 3 2 3 5 3. 2 1 2 6 | 5) 5 3 5 6 5 i 6 | 5 0 3 2 3 | 1 - - - |

啊 啊

黄梅戏《满工对唱》

1. 2 5 3 | 2 3 2 1 6 | 5 - |

在 人 间

《都说你好》尾声

1. 2 5 3 2 3 1 2 6 | 5 - 6 5 6 i | i - - - | 5 - - - ‖

都 唱 共 产 党 好，共 产 党 好。

该歌曲的A段主题，前两小节开头分别运用了大六度、小六度的大跳作为乐节的开始，并以亲切说话的语气节奏，唱出“山也说你好，水也说你好”，并且音乐的律动很有规律，突显创作手法很有章法。B段音乐节奏出现

4/4、3/4 节拍有规律的交替，在弱拍上运用了三连音，音乐给人以律动感，同时合唱声部的切入与独唱交相辉映，使得情感逐渐推向高潮，似江河之水一泻千里，将人民对党的深厚之情表达得淋漓尽致。之后的落潮的旋律中出现“4”，使得旋律向下属调转移，形成调式交替，音乐色彩鲜明，较好地表达“致富思源”的深深寓意和感恩情怀。

安徽戏曲音乐今天有 20 多个剧种，音乐的地方风格都很浓郁，是洋洋大观的历史遗产。谢林义对安徽戏曲音乐的借鉴，正是对安徽非物质文化遗产的继承性开发利用。

五、歌曲创作的技法特征

谢林义的歌曲集《江南女花中花》充分展现了中国传统音乐元素与现代作曲技术的结合。作曲家汲取了中国传统音乐精华进行歌曲创作，不仅创造性地引用了传统音乐的旋律进行创作，更是巧妙地运用传统音乐的文化内涵，增加了其歌曲创作的艺术表现力。

谢林义在对传统音乐元素的引用上，尽管使用了传统音乐的旋律，但其引用的方法主要分为“原样引用”与“变化引用”两种。

“原样引用”指作曲家在引用传统音乐作品的旋律进行创作时，努力保持其原有的旋律形态不加改动，如歌曲《春满巢湖》就直接引用了巢湖民歌《春风又到巢湖边》和《太阳出来一点红》的旋律，只是谢林义将两首乐曲的旋律“拼贴组合”在一首作品之中。

“变化引用”指作曲家在引用传统音乐作品的旋律进行创作时，在保持其原有旋律形态的同时作一定的改动，对传统旋律进行的性格变化、自由截取、变形和调扩展等，如《中国青》的音乐主题是汲取了《渔舟唱晚》的旋律进行艺术加工，通过拓宽节奏、放慢速度，使其在变化中表现出前所未有的新意。“变化引用”与“原样引用”相比，其引用传统旋律元素与传统音乐之间的关系由“形似”进一步发展到了“神似”，虽然听众感受到的更多是创作的成分，但仍能产生和引用传统旋律一样的共鸣。

除了引用民歌的旋律外，谢林义还引用传统音乐中具有特色的音乐元素，如歌曲《大湖之美》就引用了劳动号子的节奏，这种节奏型的引用，对塑造歌曲的性格非常有价值。

谢林义歌曲创作的另一特征，是引用人们熟悉的器乐曲与戏曲的元素为其歌曲创作的艺术表现形式，如谢林义的歌曲《巢湖之夜》和《中国青》，都引用古筝曲《渔舟唱晚》的旋律音调；在对戏曲音乐的引用方面如歌曲《都说你好》中引用黄梅戏《满工对唱》的因素，歌曲《蒙城是个好地方》引用了淮北梆子戏曲腔调。由于这些传统音乐元素深入人心，具有很高的流传性和辨识性，因此，谢林义的歌曲也能迅速地被听众所熟悉，这就有利于作品的传播和被接受，容易与听众产生共鸣。

正是由于谢林义直接引用传统音乐的旋律与节奏因素，巧妙运用了具有传统旋律的象征性意义，也更巧妙地借用了传统音乐作品所蕴含的文化意味，展现出更深层次的情感表达。实际上，借用传统音乐作品的文化内涵进行渲染，对深刻理解所引用的传统音乐作品有极大的好处，只有这样才能充分和巧妙地运用传统音乐中的文化内涵去增加歌曲的艺术表现力。

谢林义的歌曲集《江南女花中花》体现出了传统音乐与当代中国作曲歌曲技法的结合。他运用传统音乐元素进行歌曲创作，对中国传统音乐的继承具有重要意义，也是作曲家重新认识与发扬本民族音乐的重要途径。他对传统音乐元素的引用，增加了其歌曲创作的艺术感染力，其在运用传统音乐的民歌、器乐曲、戏曲音乐元素时，创作出了具有民族音乐特点、优美动听的歌曲，起到了事半功倍的效果，同时，也使我国传统音乐得到继承与发展。

丰碑是怎样铸成的

——品读《高正文研究》

● 程子珉

我对著名作家高正文先生的真正了解，是从《高正文研究》这本书开始的。在2017年的春节前夕，一个偶然的机会我获得了《高正文研究》这部有38万字的安徽优秀作家研究专著。虽然他早已在宿州文坛、安徽文坛乃至中国文坛一度叱咤风云，但是由于我们之间始终没有相识的机会，所以只是零零碎碎地听到一些关于他的传说。1982年8月我从安师大毕业分配到宿城一中教书，不久就看到《安徽文学》重磅推出的高正文的成名力作《部长家的枪声》。这是典型的宿州身边的人写宿州身边的事，虽然枪声是发生在一位部长的家里，但《部长家的枪声》则像一枚引爆在宿城地面上的重型炸弹，其释放的能量至少相当于4级以上的"地震"，让整个宿城地区有明显的"震感"。宿州的文坛被震动了，宿州的政坛被震动了，宿州地区的社会各界都被震动了，一时间，所有转载《部长家的枪声》的报刊，在宿城都被抢购一空，我真正感受到了什么叫洛阳纸贵。机关、学校、工厂、商店、街头巷尾等，凡是有人群的地方，都会很自然地听到有人谈论《部长家的枪声》和枪声背后的故事。虽然此次"地震"的"震中"在宿城，但"震波"波及了全国文坛并影响到了社会各界。

1978年改革开放到1983年"严打"，这期间社会腐败的主要表现，还不是贪污受贿、不是买官卖官、不是权力寻租，而是地痞流氓的打架斗殴、寻衅滋事、欺行霸市、横行乡里、偷盗抢劫、强奸猥亵妇女、欺压百姓、坑蒙拐骗等刑事犯罪，社会上渐渐形成了一种被扭曲的地痞流氓文化。地痞流氓受宠，地痞流氓出面办事一路绿灯所向披靡，甚至一些地痞流氓出面调解社会争端和民间纠纷比法庭还有效，一些群众明知吃了亏，也是敢怒不敢言。

这些地痞流氓中就有一些是干部官员的子弟，甚至成为核心领头人物，一些类似于旧社会的帮会组织又沉渣泛起，成了社会的一大公害，加上领导干部说情护短。拉关系走后门等歪风邪气盛行，拿原则做交易，导致严重的司法不公，恶人坏人得不到惩处，人民群众丧失了安全感，无人敢去坚持正义，老百姓有冤无处申，社会治安问题突出，基层人民怨声载道。《部长家的枪声》所披露的腐败问题，绝不是孤立地出现在宿州，更不是孤立地出现在某一个部长家里，这是一个社会问题的缩影。实际上，类似于“革命军中马前卒”，高正文的《部长家的枪声》是为 1983 年掀起的全国性的“严打”运动，鸣枪预警，鸣锣开道，做了舆论准备和决策铺垫。

当时，我和高正文老师可以说是近在咫尺，工作生活在同一个城市，但从来没有产生去拜访他的念头。1984 年我调回家乡灵璧，直到 2014 年才决定去拜访高正文，走近高正文。

随着了解的深化，脉络渐渐清晰，对丰碑是怎样建造起来的有了一些初步的轮廓概念……

生死关头　方显英雄本色

高正文在部队的时候，是王杰式的英雄人物，他的事迹曾被多家媒体报道宣传。一个英雄的出现绝不会形成于一时的心血来潮，绝不会是偶然的冲动，唯物辩证法的朴素原理告诉我们，偶然性寓于必然性之中，英雄人物内在的成长轨迹往往会必然地把他推向英雄的爆发点，一旦有社会需要，便会引爆自己、照亮世界。

高正文与共和国同龄。他们与共和国一起成长，沐浴着新中国的阳光雨露，思想纯粹、心灵纯净、作风纯洁，成为这一代人的重要特征。从年龄结构上看，20 世纪 60 年代正是高正文风华正茂的年代，是其世界观人生观锻造雏形的年代，整个社会的主流价值观是崇尚理想、践行信仰、目标远大，誓为共产主义事业奋斗终生，那是一个英雄辈出的时代。“全心全意为人民服务”的雷锋精神，“一不怕苦二不怕死”的王杰精神，“铁人”精神，焦裕禄精神等，舍身救人的欧阳海、蔡永祥等英雄人物和英雄事迹，进入中小学教科书，英雄伟岸的身躯成为他们崇拜的偶像，英雄的行为激荡着他们的热血，成为英雄一样的人物是他们这一代人的梦想，更是高正文的梦想。1969 年高正文应征入伍，在那个特殊的历史年代，由于大学停招，优秀青年的最佳事业通道就是当兵入伍，成为一名解放军战士，成为解放军这座红色大学的学生。高正文入伍后仅一年半的时间就被提拔为干部，成为一名年轻的军官。

据时红军的文章介绍：25 岁便当上了“临汾旅”某部英雄连连长，部队主要担任对外军事表演任务，他和战友先后为 50 多个国家 70 多批次的领导人及军事专家们进行过军事表演，为中国军人赢得了极高的国际声誉，受到敬爱的周恩来总理和叶剑英元帅的高度赞赏……

1976 年是中国的龙年，“天地龙人齐抖擞”，陨石雨、大地震、三巨星陨落，中国一派迷茫。1976 年对中国来说是一个不平凡的年份，对于高正文来说更是一个惊心动魄的年份，是一个改变命运的年份。1976 年盛夏的一个早晨，高正文率领他的连队进行实弹训练演习，战士们一个个精神抖擞、生龙活虎。要想战时少流血必须平时多训练，实弹训练就是在模拟真实的战斗，在和平年代，实弹演习会让战士们异常兴奋，同时也会有明显的紧张感。在演习即将结束的时候，最后一名投弹的战士，因为紧张竟然严重偏离了方向，把手榴弹投到了指挥所跟前，在这千钧一发之际，作为指挥官的高正文由于长期训练有素反应也最为敏捷，便以最快的速度用自己的左腿压住手榴弹，用身体换来了身边战友的平安。他虽然被炸飞了左腿，但战友们却毫发无损，这是他最大的欣慰。在医院抢救 3 天醒来后，他在病床上吟了一首诗：“纵身一扑义满怀，左腿顿时化尘埃。似闻恶鬼呼唤我，又见花圈布灵台。牙关咬紧硬支撑，游丝未断终醒来。战士一颗凌云志，天不让死地难埋。”他诗中表露的战士情怀显然带有那个时代明显的特征。高正文写诗是高调的，做人却是低调的，几十年来，他一再强调，自己不是英雄，“王杰用身体扑向炸药包，而我只是用腿遮住手榴弹，在生死关头，我既想掩护战友，也想保护自己”。

求真务实、通情达理是他的一贯作风，既然残疾了，再留在部队已经没有任何意义，便主动申请转业到地方。当时，从国家层面看，恰遇改革开放，举国上下一片欣欣向荣，科学与文化更是进入了明丽的春天，文学大潮成为 20 世纪 80 年代中国最重要的社会潮流之一。文学必定是关于人的学问、关于社会的学问，与政治之间有着割不断的千丝万缕和爱恨情仇。对于已经有了新的梦想的高正文来说，似乎犹在沙场，他通过严肃的思考，选定了事业上的“突破口”，并从一个抒情诗人转为一个报告文学作家，开始了新的冲锋……

铁肩道义　正气铸就华章

高正文的英雄主义情怀和英雄情结到底是与生俱来还是后天的培育，不好考证，在部队舍生忘死去保护战友，还可以理解为是责任所系，因为他是连长。但来到了地方，在轮椅上撰写《部长家的枪声》，要从个人安危的角度来说，确实是在自找麻烦、自找苦吃。写报告文学不同于写小说，写小说还可以加上一个托词，本故事纯属虚构，请勿对号入座，如有雷同纯属巧合；写报告文学总体来看歌颂类偏多，披露类偏少，特别是本土作家来揭露本地区的事情，这需要特殊的素质和勇气，这种勇气一方面可能来自他天不怕地不怕的潜质，更重要的可能来自他的信仰，来自他作为一个作家的责任感和正义感，来自他的良知和担当，来自他曾经的英雄阅历。1982 年，中国社会已经开始分化，高正文撰写这样一篇揭露性的报告文学，可以说是舍得一身剐了，官场中有些人很不高兴，他还经常接到恐吓信和恐吓电话，有人把子弹和刀片寄给他，有人扬言要砸断他的另一条含有 24 粒弹片的所谓的好腿，甚至策划实施了撞翻他的手摇三轮车和断路等具体报复行动。然而，正义的阳光一定会穿透乌云普照大地，是社会的正义正气保护了高正文。客观上讲，《部长家的枪声》发表后，全国各大小媒体共同发力、推波助澜，高正文迅速成为时代名人，名人效应也为他形成了一层无形的保护网，让那些躲在阴暗角落里的鸡鸣狗盗式的报复行为的制造者望而生畏。高正文的英雄情怀也使他具备强大的心理优势，为保护战友他可以奋不顾身，把生死置之度外，他根本就不惧怕几个小混混的威胁恫吓。他对来自社会不同方面的人身攻击与陷害、造谣中伤，可以说是一笑了之，继续坚定地跋涉在自己选定的崎岖而布满荆棘的山路上。在那个年代，社会上仍然流行着马克思的那段著名的励志名言：如果我们选择了最能为人类福利而劳动的职业，我们就不会为它的重负所压倒，因为这是为全人类所作的牺牲；那时我们感到的将不是一点点自私而可怜的欢乐，我们的幸福将属于千万人，我们的事业并不显赫一时，但将永远存在；而面对我们的骨灰，高尚的人们将洒下热泪。也许这一段话在激励着高正文。

继《部长家的枪声》之后，高正文的创作进入了井喷期。《法官落网记》《法官受审记》《一个并非独立的王国》《贼星升腾的轨迹》《痞子证券兴亡录》《萧瑟秋风今又是》《筑起我们新的长城》《啊，苍天》等一批揭露社会阴暗面的作品相继在社会上引起强烈反响，风吹火旺、火借风势，风风火火，高正文就像脚蹬风火轮大闹东海龙宫的哪吒，中国文坛上出现了高正文现象，安徽文坛更是出现了火爆热烈的场面。一时间，高正文可以说是风光无限，赢得了荣誉、地位和社会的认可。

在目前中国的作家队伍中，拥有 600 多万字的创作量的作家，毫无疑问应该属于高产作家了。高正文是一位勤奋的人，每天睡眠时间一般不超过 5 个小时，几十年如一日。凌晨 3 点到 7 点是他思维最活跃、灵感最丰富的时间段，这是他一天中固定的写作时间。他的大脑似乎永不停歇地在思考着问题，和你一起说话聊天或吃饭喝酒时好像也是一半在应酬一半在思考。他对每一篇作品思考的时间可能会比较长，但一旦动笔大多是一气呵成，作品给人的总体感觉是流畅。有些人搞了一辈子的创作，但没有创作出有影响的作品，很多人只知道有其作家而不知其作品，或知道其作品但不愿意去花时间阅读，也就是说作品没有受众，没有吸引力。在这方面高正文就比较幸运了。

高正文作品的名字一般都起得比较直白，有很强的诱读力，除了《部长家的枪声》《法官落网记》《贼星升腾的轨迹》等名篇外，诸如《共和国文物第一大盗案》《痞子政权兴亡录》《刀尖上的风流》《死路》《阳光谁也不能垄断》等，都是看到题目便想阅读内容的作品。高正文的文笔总是紧跟时代的脉搏，关注社会热点焦点，勇于针砭时弊，为人民群众代言，为正气正义而呼号呐喊，被称为是开启了我国法治文学的先河之人。《调查牛群》的影响力、知名度、转载量和阅读量可以说使其成为高正文的又一巅峰之作，也形成了中国文坛文学作品的奇葩现象。牛群是著名的相声演员已经家喻户晓，牛群在蒙城挂职副县长成了重要的新闻事件。2004 年牛群官司缠身、绯闻不断，处于舆论的风口浪尖，而恰在此时高正文的长篇报告文学《调查牛群》应运而生，全国 200 多家媒体发布了出版消息和内容梗概，110 多家报刊作了转载或连载，高正文再次证明了自己，以他的实力、敏锐、勇气和担当再次火爆中国文坛。作家必须靠作品说话，靠作品对社会施加影响，靠作品来传导自己的思想、立场、观点，传导自己的价值取向、审美情趣和判断是非的标准。作家无法离开作品而独立存在。

高正文成名已经 30 多年了，他从不啃老本，一直叱咤在反腐败的风口浪尖上。他的长篇小说《暗害》（与孙明华合作）不仅是悬疑、侦破的佳作，更是投向官场腐败的“集束手榴弹”，深刻揭露了交通局长在收买喽啰暗杀情妇之后，利用其母亲和老市委书记的暧昧关系，依然能逃脱法网，调到异地升迁副县长，揭示了反腐永远在路上的严峻事实。这部小说后来获全国金盾文学奖是当之无愧的。企业改制致使多少国有资产流失，一些有识之士敢怒而不敢言，一些企业的下岗工人派代表找到高正文，诚恳地请他“代言”。高正文 2008 年前后连续写出了报告文学《把泪问青天》《掀起你的盖头来》《阳光谁也不能垄断》，矛头直指那些损公肥私的丑类和幕后的黑手，几乎每一篇文章的发表都能引起较大的震动，也引起了当地政府的高度重视，不同程度地解决了改制中遗留的问题。人民群众欢迎高正文，拥戴高正文，是因为他的文学作品始终贴近群众、贴近生活、贴近事实。诚如著名文艺评论家、安徽大学中文系教授、博士生导师王达敏所言：高正文“扎根民众，为平民鼓呼的豪爽之气依旧不减当年”。写了那么多严重关切现实的作品，得罪了那么多的“权贵”和不法之徒，却没有引来一起诉讼，可见高正文采访功力的深厚和对事实把握的力度。

高正文的胸怀是宽广的，目标是远大的，眼光是深邃的，思考问题是透彻的，他深深知道一枝独秀不是春，百花盛开才能春满园。他对文学同道者的鼓励与帮助是无私的，甚至是竭尽全力的。文学作为一个不朽的事业，必须要有后来者接力跟进。他把工作重心逐渐由以个人创作为中心转移到以培养文学新人为中心。甘做人梯，才能让后人站得更高。

红心化雨　润物护花无声

高正文长期生活在宿州，宿州的文学界大多喜欢喊他高老师，也有一部分人喊他高主席，喊他主席是因为他先后担任过市作协主席、省作协副主席、省散文家协会常务副主席，2016 年又被选举为省散文家协会主席，几十年“主席”不离身。但高正文更喜欢别人喊他高老师。

他在成为文学名人以后，一直在着手做培育文学新人的工作，20 世纪 80 年代他就先后创办了“浪潮文学社”和“神农文学院”，开始举办创作培训班，从当年的培训班里走出了一批现在颇具影响的作家诗人，诸如黄龄君、侯四明、曹大臣、黄雪蕻、周恒、韩旭东、史红山、徐芳龄等。尤其是侯四明、徐芳龄，当时拜师的时候还是高中学生，他们的处女作经高正文“指点”后都在《福建文学》发表，这一对文学青年当时被称为高正文弟子中的“金童玉女”，而且几十年过去了，他们之间的文学情结不曾断过。农民小说家韩旭东一直受到高正文的关注，他成为安徽文学艺术院签约作家并出席全国青年作家代表大会，与时任省作协副主席高正文的努力是分不开的。诗人张璘是高正文的得意门生之一，已经出版 5 本诗集，因为他是残疾人，高正文更是对他庇护有加，不仅推举他为宿州市作协副主席，还称赞他为文艺界自强不息的模范。刘楚仁和孙明华是 2004 年正式拜高正文为师的弟子，高正文指点刘楚仁主攻报告文学，指点孙明华主攻小说。拜师当年，高正文和刘楚仁合作的报告文学《勒痕》便在《啄木鸟》发了头条，并在《北京晚报》和《新安晚报》连载，之后刘楚仁又出版了纪实文学集《看守所长手记》《神秘的木乃伊》《印痕》等，加入了中国作家协会。高正文和孙明华合作的长篇小说《暗害》由群众出版社出版，获全国金盾文学奖。孙明华现在也是宿州市作家协会副主席，已经发表中短篇小说近百部。高正文对周恒的帮助更传为佳话，周恒创作的长篇小说《汴城》《汴山》《汴水》从构思到写作，高正文全程关注，从主持作品研讨会到写序为作品出版做努力，他都付出许多心血。后来周恒的长篇小说《喇叭》获得了省长篇小说精品工程资助。

高正文是一个勇于创新的人，不断创新工作思路和工作方法，不喜欢因循守旧，喜欢通过各种活动来营造文学创作的氛围，在他担任宿州市作协主席期间，经常组织一些笔会和采风活动，作品征文、作品评奖等活动，每两年评选一次“宿州市十佳作家”，又别出心裁地在女作家中评选“宿州文坛五朵金花”。他作为宿州文坛的领军人物，看到宿州文学创作队伍的阵容和实力与发达的地市比还有一些差距，要想赶超他们，让宿州真正成为安徽文学创作的强市，提出文学创作要从中学生抓起的构想，并付诸了实践。市作协与市教育局联合，在全市选 12 所中学作为“青少年作家培养基地”，我所熟悉的灵璧就有 3 所中学入选，而恰恰是这些入选的学校，在文学创作方面还真的出了人才、出了成果。李成恩是灵璧三中（基地学校）毕业，目前是全国文坛知名度较高的 80 后女作家诗人；闫瑞月是渔沟中学（基地学校）毕业，近年来创作成果丰硕，尤以小说见长，目前在北京从事出版工作。那几年，全国中学生作文竞赛、省市读书活动比赛，宿州榜上有名的学生基本都出自“青少年作家培训基地”。高正文不仅亲自讲学，还带领市骨干作家现场批改学生作品，他倡导的“文学走进校园”活动深受学校师生及学生家长的欢迎。

收录在《高正文研究》里有一篇文章是砀山县的 80 后女作家李晓莉写的，题目叫“写给尊师高正文先生”，该文情真意切，字里行间透露着对高正文先生的尊敬、爱戴和褒扬，表达了浓浓的尊师之情。现把李晓莉文中的一段文字摘录于此：“他豪放犀利，勇破世俗禁忌，直面‘审丑’现代社会的阴霾鄙陋；他心怀民意，忧苍生患天下，拼一己微力‘伐鼓撞钟’欲扬振聋发聩之声；他建馆藏书，尊前师举后人，散私银费心神为他人著书传说甘做江淮后浪；他又心存善良，抱素怀朴，遇苦无声，遇难无泪，遇荣无形……”明显能感觉到，李晓莉的这些文字是诚恳的，是认真负责的，也是发自肺腑的，是能够温暖人心的。这出自她的心声，同时也是宿州范围内一群作家的共同心声。

高正文多年来先后为 100 多位作家和出版社之间建立了桥梁关系，为作家们著书立说和出版发行提供了极大的方便，大大提升了作家们的创作热情和创作信心，客观上帮助了作家的成长，并成功推荐了一批作家加入省作协和全国作协。应该说对安徽文坛的创作队伍建设，特别是对皖北地区文学事业的发展壮大及后备力量的培养等方面，他是功不可没的。十多年来，他先后为省内外一百多位作家写序，为培养新人付出了巨大的艰辛。高正文写序不应付、不推诿、不要报酬，更可贵的是他从不重复自己，每篇文章都有血有肉，有思想有见地。他给诗人吴玲写的诗评，优美至极、沁人心脾，既像是散文诗又像是情书，读后让人印象深刻，无法忘怀，不得不感慨高正文的文采横溢、风情万种，让我明白了原来书评竟然还可以这样写，真是大道无形了。

其实，写到这里，高正文的文学丰碑是怎样铸成的，我们已经有了明晰的答案。习近平总书记在中国第十次文代会和第九次作代会上讲话中有一句话可以当作我们的警句，“文艺要塑造人心，创作者首先要塑造自己”。可以说所有作家都梦想写出经典，都希望自己的作品既能容纳深刻流动的心灵世界和鲜活丰满的本真生命，又能包含历史、文化、人性、时代的丰富内涵，更希望具有思想的穿透力、审美的洞察力、形式的创造力，成为不朽的传世之作。但是要想写出经典，恐怕得先做一个经典的人。俗话说文如其人，人品就是文品，作家要想创作出优秀的具有重大影响力的精品之作，必须内外双修，既要练好外功又要练好内功，必须把人做好，那生花妙笔才能有所附着。

酒旗风暖少年狂

——胡竹峰散文读评

● 江　飞

一

今天是一个“散文的时代”，无论是业余还是专业的散文家都不再追求史诗品质的宏大叙事，而努力探索个体风格的日常叙事。正如批评家王兆胜在总结近5年的散文创作时所言：“自20世纪90年代以来的散文热，在急剧降温后归于平淡，到近几年的文体回归变得非常明显。近五年来，大文化散文悄然退场，代之而来的是日常生活化散文，甚至出现很多小散文、微散文。大文化散文往往纵论古今、谈笑风生、笔底裹挟风雷，甚至以高密度的知识轰炸影响读者；但往往也带来巨大的负面效果，那就是情感虚化做作，离普通读者太远，缺乏细节和不接地气，尤其失去了委婉之美和拨动读者心弦的力量。近五年的散文或谈亲情、乡情、师生情，或说生活细节、自然风光、鸟兽虫鱼，或道灵感、梦幻、神秘与未知，从而显示了散文文体的回归。”[①]

在写这些“日常生活化散文”的作家中，胡竹峰可谓独领风骚的一位文体散文家。他凭借着聪慧、勤奋和对文艺的敏感与执着，力避当下流行的亲情叙事、乡村记忆、城市光影、地理笔记、家国情怀等写作套路，专注于以雅洁自然的语言书写有滋有味的日常饮食、有情有趣的民国文人，从而走出了一条与众不同的散文之路。

---

① 王觅：《“砥砺五年——散文创作研讨会”在京举行》，《文艺报》，2017年9月13日。

二

与竹峰交往和读其作品已逾10年，大体而言，我以为他的拿手绝活有三："以情动人""以食诱人""以貌取人"。兹分而述之：

以情动人。这里的"情"并非爱情、亲情之类，而是"性情""才情"。毫无疑问，竹峰是性情中人，不曲意逢迎，不盛气凌人，坦白直率，任性而为，颇有古时文人的狂狷之气。依我之见，这种"性情"既是其天性使然，也是其浸淫古籍、追慕名士的结果。也正因此性情，他才会初次见面就直言不讳地批评某位著名作家的作品[①]，才会对那些"有今人鲜见的性情，有不同寻常的风范与面貌"的民国文人和民国文章报以惺惺相惜的青眼。"一个文人很难靠散文升官发财，但他们因此被人记住，即便沧海桑田，他们的性情依旧在散文上挥之不去"[②]，这话似乎同样适合竹峰。才情是性情的底子，在这一点上，古今一也。竹峰的才情早已众人皆知，单是从量上来说，迄今已出版《空杯集》《墨团花册》《衣饭书》《豆绿与美人霁》《旧味：中国古代饮食小札》《不知味集》《民国的腔调》《闲饮茶》《雪天的书》《墨迹》《大是懵懂》等11部，可谓才华横溢，下笔皆成文章。而从质上来说，竹峰对中国的饮食文化、新旧文学传统以及书法、绘画、戏曲等艺术皆有涉猎和心得，这使得他能在一篇千字文中纵横捭阖，游刃有余，读来非常畅快。与其说这种才情是与生俱来的，不如说这是他勤奋学习尤其是"读一本小书同时又读一本大书"的产物。"小书"是指典籍书本，对于14岁就开始闯荡社会的竹峰而言，买书、淘书、读书始终占据着他的生活世界和精神世界，书籍是他进步的阶梯，更是其心灵的慰藉，使他在学院之外慢慢接受了"文脉的滋养"；"大书"是指日常生活，对于生性敏锐纤细的竹峰来说，柴米油盐酱醋茶，琴棋书画诗酒花，无一不是大千世界，无一不有情趣滋味，无一不可形之于手。日常生活多是琐碎的、重复的、无聊的，甚至是苦难的、荒诞的、无意义的，对这种生活取一种审美的而非实用的、闲适的而非焦虑的态度，何其难哉？从这个意义上来说，竹峰可谓一个把生活艺术化的"闲人"，一位自学成才、无师自通的"生活美学家"。

由此，我们也就能明白，流淌于竹峰笔下的闲情逸致，看似"饮食男女"皆可学，实则非有情怀、有趣味之人所不能见出，非有性情、有才情之人所

---

① 石楠：《锦衣绣口，云卷云舒——读〈衣饭书〉》，http://www.sohu.com/a/191816295_99895731.

② 胡竹峰：《不知味集》，山东画报出版社，2015年，第123页。

不能言也。诚如王祥夫所评价的，“竹峰在国内文章家中，是闲情雅致一路。既出世又入世，清简悠远，自然朴拙，形成了极富个性的标识。我喜欢这样的文字，不谈经济时事，不谈做人道理，左一篇右一篇顾随着自己的性情来也极见性情，这样的好文字想不好都不可以”[①]。是啊，当今这样的有性情、有才情、有闲情的好文字想不动人都不可以。

以食诱人。“食色，性也”，“饮食男女，人之大欲存焉”，竹峰深知此理。凭着对一切世俗和一切俗世的热爱，他用活色生香的文字再现了一个活色生香的饮食世界，表现了一种饮食无分别的“饮食精神”，写活了一个根植于民间的“舌尖上的中国”。这既是自觉承继中国饮食文化的传统，也是有意在“瓜果蔬菜家常饭”的世俗生活中“取一种生活态度与风致”，“一种清静独赏”的趣味。于是乎，酸、甜、苦、辣、咸、鲜、膻、腥、麻、涩、嫩、脆，12 种味汹涌而来；笋干、葛根粉、芥蓝、大头青、韭菜、豇豆、丝瓜、白菜、葫芦、辣椒、藕心菜、黄瓜、南瓜、山药、豆渣、萝卜、羊肉泡馍、醋椒鱼片、猪头肉、刀鱼、馄饨、胡辣汤、烩面、汤饭、螃蟹、核桃、瓜子、茴香豆、爆米花、西瓜、樱桃、葡萄、荸荠、石榴，几十种瓜果蔬菜、小吃佳肴“你方唱罢我登场”。作者信马由缰有感而发，实现了文学与生活的完美结合，却说“不知味”；读者一边大饱眼福，满口生津，一边却只能咽下羡慕嫉妒恨的口水。

本是平常百姓的吃食，却吃出富贵人家的滋味；知味本不易，味道本无法言传，却偏要借笔墨传达，不得不佩服作者的饮食境界之超拔、笔下手段之高妙。这种超拔与高妙，归根结底，源自对食物的敬重、对自我的尊重、对生活的看重，因而这些无关宏旨的饮食文字字字充盈着人情之美，处处弥漫着人间情怀。生活不易，情怀更难。有情怀，方有境界；有境界，才有笔下乾坤。“饮食之道，讲究风韵与心境一体，表相共味道相依。饮食男女何尝不是如此，但许多人往往徒有其表，就像高级酒店的饭菜，看着漂亮，吃了不爽啊。”[②] 饮食男女未必都懂得“饮食之道”，而懂得“饮食之道”的，比如竹峰，其实也并非浪迹市井的“饮食男”，而是懂得“人情味是天下至味”的“说味高手”、大隐于市的“得道之人”吧！读这样接地气的、充满烟火味的文字，不由得人不对司空见惯的世俗生活另眼相看、不由得人不去培养属于自己的生活情趣吧！

以貌取人。但凡见过胡竹峰本人或其照片的，都赞叹其相貌之清秀俊逸，

---

① 王祥夫：《闲饮茶·序》，山东画报出版社，2017 年，第 3 页。

② 胡竹峰：《不知味集》，山东画报出版社，2015 年，第 57 页。

言谈之宛然清致，活脱脱一个从民国穿越而来的旧派文人。或许也正因此，他写民国文人往往“以貌取人”，这在“民国热”的诸家写法中算是另辟蹊径，殊为独特，也颇有意趣。在他看来，“名字是作家的标签，相貌是作家的符号”，“一个人的相貌，能看出五官背后的分量。俞樾、章太炎、陈寅恪这样的老先生，即便提着菜篮子在巷子里孑然而行，你也会觉得此人非同凡响。鲁迅、胡适、周作人、沈从文、于右任、李叔同，个个都有匹配自己文章学问的长相”。此外，他又说：“人的相貌也会被身份左右：徐志摩是典型的诗人样子；郁达夫一副小说家派头；齐白石天生一张中国水墨之脸；梅兰芳天生一张中国戏剧之脸；于右任则有草书风范；晚年李叔同一派高僧气度；徐悲鸿长出了西洋画的味道……”[①] 经他这么一说，好像的确如此。相貌本是天生，但后天的相貌则是一个人心性气质的显现，而心性气质则由文章学问、长期所从事的艺事修养而成，这种“相貌与身份相匹配”之说为“相由心生”作了别解，读来心领神会，不禁颔首认同。而在民国诸家中，竹峰又最欣赏胡适，“从长相上说，废名太奇，茅盾太瘦，鲁迅太矮，徐志摩太嫩，穆时英太粉，钱玄同太憨，老舍太正，李叔同太古，巴金太薄，朱自清太板。沈从文面相不错，英俊清秀，年轻时文化分量不够，看起来少了股味儿。丰子恺年轻时的照片我没见过，老来须发花白，清瘦脱俗，是个大人物的模样。李叔同有古意，于右任仙风道骨像胖罗汉，甚是不俗。当真论起来，还是胡适最好看，有一张干净的书生之脸，有一副文雅的书生之躯”[②]。如果我的猜想不错的话，竹峰潜意识里是以胡适为自己的镜像的，“风流潇洒”或“周正儒雅”，既是对胡适的赞美，也是对自我的期许或暗示。

当然，竹峰并非“外貌协会”的会员，他善于“看相”，但更看重相貌背后的风骨，“好相貌若缺乏风骨，就少了光泽”[③]。因此，他格外欣赏胡适在蒋介石面前“跷着腿，一脸随意，透着风流与俏皮”，赞赏胡适“终生不失书卷气，不改文人面目”。这既是对胡适等“不改文人面目”的民国文人的礼赞，又何尝不是对当下某些在权贵面前卑躬屈膝、丧失风骨之文人的间接批评？而在读完整部书之后，这种“今不如昔”“人不如旧”的感觉愈发浓烈，我想这恐怕也是竹峰秘而不宣的“压在纸背的心情”吧！

---

① 胡竹峰：《民国的腔调》，河南文艺出版社，2015年，第128页，第173页。

② 胡竹峰：《民国的腔调》，河南文艺出版社，2015年，第179页。

③ 胡竹峰：《民国的腔调》，河南文艺出版社，2015年，第183页。

三

由上不难看出，在竹峰所出版的这十余部作品中，我最喜欢的还是《民国的腔调》。理由亦有三：

其一，主体性。尽管“饮食三书”及其之前的文章也“写出了一点不同的地方”，但相较于写日常生活而言，写这些已成历史的、影响深远的民国旧人更需要过人的胆识、素养和手段。饮食文字的经年写作，明清小品（如张岱《西湖梦寻》）和民国旧文的广泛阅读，都为其奠定了上述基础，最重要的，是使竹峰养成了一种近乎民国文人的趣味风度，操练出一套自然本色的性情话语。于是乎，竹峰顺利地“潜回”到历史现场，随人宛转，同声相应，同气相求，写出了民国文人的风骨，写活了民国文章的姿容，正所谓：锦衣绣口，恰是当行本色；绣口一吐，便是半个民国。这种自然而然建立的主体性，使《民国的腔调》个性分明，从而在泥沙俱下的书写民国的浩瀚图书中占有一席之地。

其二，自觉性。我指的是竹峰具有自觉的文章意识。就目前来看，他似乎更倾向于文章本身而非文章背后的深意即所谓“思想”，由此他认为鲁迅和周作人的文章比他们的思想更有意味，换言之，竹峰似乎更愿意做一个接续文脉、受文脉滋养的文章家而非思想家。由此，他不刻意追求思想的深邃性，而在乎文章的个性，在他看来，“散文写作，见解、知识、阅历固然重要，但更需要字里行间的个性光芒”①。创作个性的凸显，确实使竹峰的文章打上了难以复制的烙印，形成了独特鲜明的风格。与之相应，他不追求语言的陌生化，而在乎语言的本色化。“文章千古事，一辈子太短，不着力便好，少些铺排，少些心思，有话则长无话则短，文章兴许自然本色些”②，这一点竹峰看得相当明白。本着这样的原则，竹峰的文章均惜墨如金，长不过万言，短不过百字，尤以千字文为多，他说“千字文便是长篇”。这种短小精悍、言简意赅又风神绰约、诗意盎然的白话散文，既合乎文言小品雅洁蕴藉的传统规范，更满足了当下读者“短平快”的阅读心理，无怪乎大受欢迎，倍受热捧。

其三，去魅化。对“思想”的有意看轻，并不表示其散文浅薄如水，一览无余，恰恰相反，凭借着对作家文本和性格的对照阅读与深刻洞察，竹峰时有真知灼见，时有奇思妙语。比如，“郁达夫是一流朋友，二流作家，三流

① 胡竹峰：《民国的腔调》，河南文艺出版社，2015 年，第 29 页。

② 胡竹峰：《民国的腔调》，河南文艺出版社，2015 年，第 50 页。

丈夫”，“苍蝇只叮有缝的蛋，胡兰成却是个能把好蛋叮出缝的人”[①]；又如，“文人一御用，便无足观”，“任何一个人最终都会输给时间，输给生活”，可谓犀利洞见，俏皮有趣，意味深长。再如，针对鲁迅和周作人的“兄弟失和”，竹峰不同意目前学界流行的“经济说”“非礼说”“误会说”“文化差异说”等各种观点，而根据自己对周氏兄弟的细致阅读和深入体会，提说了自己的独到识见——性格说，即鲁迅的个性太强，周作人在他眼里永远是小弟，而周作人表面温和，内心自负，所以，“按照周作人这样的性格，长期生活在鲁迅的帮助之下，帮助也就成了束缚。兄弟失和，在所难免”[②]。在我看来，这种看法是有一定道理的，想必研究周氏兄弟的专家也是不可轻易否定的。而竹峰之所以能提出这种看法以及上述那些洞见，我想一个重要原因在于：他摆脱了对“民国”的想象，做到了对这些历史人物的“去魅”，即以史实和事实去除遮蔽在这些民国文人身上的神圣性，将其还原为一群活生生的、有血有肉的人，一个个有着不同相貌、性格、文风、笔法的个体，既看到其共有的民国风度，又看到其不可通约的差异性，这种写法似乎也正应和了当下这个“去魅化”时代的现实需求和价值诉求，读来亲切不隔，亦收明理启智、怡情养性之功效。

此外，值得一提的是，竹峰熟谙“赋比兴”的传统，尤其善于用“比”。“比者，以彼物比此物也”（朱熹《诗集传》），或以甲作家与乙作家相比，或以有形之物比无形之物，均形象妥帖，各得其妙。比如，“从文体上说，鲁迅简练如刀，一刀见血，三拳两脚击倒对手。周作人刚柔如鞭，看起来舒徐自在，鞭力过去，如秋风扫叶”[③]。又如，“汪曾祺是泉眼无声惜细流，一江春水向东流。孙犁是半江瑟瑟半江红，无边落木萧萧下。汪曾祺是纷乱尘世中的清清箫音与缓缓笛声。孙犁则是离群索居时的幽幽埙咽和淡淡琴韵”[④]。如此等等，几乎每篇之中皆有。朱光潜曾说“一切价值都由比较得来”，诚哉斯言！借此，我也试有一比：胡竹峰的散文是电影里的文艺片，是绘画里的文人画，是音乐里的抒情民谣，是建筑里的中国园林。

四

毋庸讳言，竹峰的散文还远没有到“铅华洗尽，炉火纯青”的地步，问题或不足也是显而易见的。比如，饮食文字写得太多，便不自觉地形成了某

---

① 胡竹峰：《民国的腔调》，河南文艺出版社，2015 年，第 97 页。
② 胡竹峰：《民国的腔调》，河南文艺出版社，2015 年，第 61 页。
③ 胡竹峰：《民国的腔调》，河南文艺出版社，2015 年，第 51 页。
④ 胡竹峰：《民国的腔调》，河南文艺出版社，2015 年，第 146 页。

种固定套路和腔调，就像竹峰在批评朱自清时所言，“散文家写作，容易成型，便有了匠气。即便一个人篇篇都是好文章，也会因笔调不变而显得无趣”[1]，这种“匠气”和“无趣”无疑是需要力戒的。此外，竹峰接通了明清小品、周作人、梁实秋、沈从文、汪曾祺等独抒性灵这一中国文脉，从容闲适，天真有趣，十分难得，但是闲情逸致的文字难免会消磨掉作者的才情，遮掩或消解沉痛肃穆的一面，甚至可能成为某些浅薄读者沉浸于平庸生活、沉溺于口腹之欲的借口。长远来说，靠才情写作终究难得长久，难抵大境界、大格局、大气象，更何况生活并非只是吃饭喝茶的岁月静好，单靠怡情养性便能化解。这当然牵扯到文学趣味和文学理想的问题。尼采尤爱“以血书者”，卡夫卡希望“一本书必须是一把冰镐，砍碎我们内心的深海”，鲁迅毕生致力于国民性批判和“立人”的文学，从这个向度来说，一个有经典意识的作家是否有必要重建对重大现实问题和精神问题发言的能力，是否有责任写出当下社会生活的丰富性、复杂性乃至荒诞性、悲剧性，写出那些“生命中不可承受之轻”，而不止于私人经验和小我情趣的分享？追求闲适性、趣味性、审美性是一路，追求思想性、批判性、哲理性亦是一路，竹峰接下来是要在已然熟稔的前一路上继续滑行，还是“朝抵抗力最大”的后一路上奋力开拓，我不敢确定。但据我所知，他虽“生性好旧”，但也是一个乐于求新求变之人，比如以前跟我说要写 100 本书，现在说要多写精品，以前滴酒不沾，现在也可以小酌几杯了：这是一个人、一个作家走向成熟的必然吧。

竹峰现在正是“酒旗风暖少年狂”的时节，面临着无数诱惑，也拥有无限可能。在《闲饮茶》的“引子”里，竹峰曾引刘禹锡的两句诗，“眼前名利同春梦，醉里风情敌少年”，我也愿借这两句诗隐含的劝诫之意来表达我的诚挚祝愿和期盼，若用当前流行的话就是　　愿你出走半生，归来仍是少年！

① 胡竹峰：《民国的腔调》，河南文艺出版社，2015 年，第 212 页。

试析刘湘如情志二篇的潜在文本

● 绿　柳

一、赏读《文人的“志”与“利”》 文人之心音　学者之幽怀

从与刘湘如先生相识以来，陆续品赏了他的各式散文，今天又有幸品赏了他的杂感《文人的“志”与“利”》，依然是发自内心的感慨、钦佩和敬重。

古人云：文章合为时而著，歌诗合为事而作。言为心声。然而，现实有时不那么配合，针对这种现状，他联系现实指出当今文人俗世化、商人化倾向越来越明显的现象、原因，分析了那些迎风应俗、行必言利文人的功利化心态和种种表现，有理有据，切中肯綮，鞭辟入里，深入浅出。从写法上看，有对比，有类比，有援，有引，有喻，旁征博引，析理透彻；从言辞上看，有揶揄嘲讽，有揭露批判，有警醒告诫，有忧思期盼…… 赏读后，不由地让人从心底发出这样的赞叹：这是一位真文人的情怀，这是一位有良知作家的忧思，这是一位有责任的学者心底的声音！

下面，我想就作品的结构、写作技巧、语言等几个方面进行赏读。

我们先来看作品的结构。

全文共 9 个自然段，按总的逻辑顺序来谋篇布局，即提出问题（1～2）、分析问题（3～8）、解决问题（9）。整体而言，全文结构严谨、思路清晰、论证充分、析理透彻。

作品先以中国古代圣贤书上的“君子言志”“小人言利”的说法，引出将要论述的问题“志”与“利”，又以《论语》中记载孔老夫子曾让弟子们各言其志引出论述的对象是文人。接着，作者以“人各有志，人各有行，各类人

自营其事，习性和趣味亦不尽相同”，所以“言利未必是小人，而志为利存就显得有些狭隘了”，亮明自己的观点和态度。为了把这个观点阐释得更清楚些，作者对商人和文人面对同样物品时的态度进行类比，进而指出文人商人化越来越明显的现象及原因是经济的发展。至此，全文要论述的核心问题及中心论点已经清楚地呈现给了读者。可谓开门见山，简单明了。

问题提出了，接下来得分析并加以论证。

作者根据现在文人的特点和他们取得成绩（或得到实惠）的大小，把作者、写手、作家、名家从内涵上做了区分。为了使论证更加深入，作者又通过对比把古代诸如苏东坡、欧阳修、范仲淹这样的名家与现如今的名家从实质上做了区分（古代的人写文章没稿费，凭的是写作的硬功夫、真实力而成名成家，尔今写文章不但有稿费，而且稿费是以名而定看名而涨的，写家们俨然都知道这个法则。所以在计算稿费之前，自然得先想办法让自己出了大名再说。于是，文人产生如何既能与经济利益挂钩又能图省事图快活的走捷径的想法就顺理成章了）。言下之意，文人越来越趋利、越来越商业化现象的根本原因还是经济的发展和利益的驱使。

为了避免观点过于绝对（作家并非人人都是趋利、钻营之辈），作者接着笔锋一转：不过在任何时候，中国恐怕还会有一批不善经营的纯作家，有人叫纯文学作家。他们或者作品煌煌不善打理，或者著作高标不善炒作，所以，只会安分守己爬格子，做名士式的半隐。那么，这样的做法值不值得称道和提倡？答案显然是否定的。作者指出：那江湖名气不够是由其自身的作为造成。因为他成天躲在一间陋室里埋头于文学境界，面对到处你争我斗的竞争场面，似乎也有些逃避现实的感觉。对于这类人，作者善意地提醒：应该学会做一些思路调整，可以想想用自己的辛苦劳动换回能与自己的付出等价的物质来改善下自己的生活条件，或者最终奠定一个伟大作家在中国文坛乃至历史的地位。

似乎，文章到此也可以结束，因为文人越来越商业化，越来越趋利的现象、原因及解决的办法已经言明。然而，毕竟是大手笔，不同于小里小气，相如老师（注：刘湘如又名刘相如）显然不满足就这样仓促和草率地收笔。因为他深谙论证之法、析理之道。

所以，他又很自然地宕开一笔，连续运用引证法意在阐明：一直以来作家在人们心目中享有崇高而神圣的地位，真正的作家和靠写作做生意的人意义和存在价值的区别：一个是失去了自己被尊敬的荣誉，一个是激励人们的思维，引导人民的情感和价值趋向，表达崇高精神审美情趣。在此基础上，他又对当今变味的写作进行了揭露和批判，同时也真切地希望社会能给那些潜心创作并取得一定成绩的作家提供一个良好的空间，使得他们不必像商人那样精于盘算（当然，那些不去真心写作，没有创作资本，只是为了私利而大量炮制泡沫剧畅销书、排挡书的人排除在外）。这样，文章的论证就又深入了一步。

然而，相如老师尤嫌不够，他还要把论证再向纵深推进一步！于是，他列出了人们众所周知又耳熟能详的经典式的名家（孔子、杜甫、曹雪芹、鲁迅、田汉等）来说明自古文人皆寂寞的可感叹的本质，推出文人的“志”和“利”貌似一直就是一对无法兼顾（回避）的矛盾的结论。原因在于，志向磊落者必然不会钻营牟利，唯利是图者必然不会有高远的境界。所以，纯粹意义上的文人或者作家注定是清贫的，并再次运用引证法阐明：无论古今，不分中外，文人中永远存在两种人，一种是学者，另一种是财富的占有者。所以在时代发展过程中，出现一些与利俱进，懂得包装炒作，风头占尽，把文人的价值张扬到极致的人事就见怪不怪了。

至此，析事论理水到渠成，整个论证已然深入透彻。作者深知火候已到，蓄势已成，所以，顺势做了简洁干净的收尾：君子爱财，取之有道，文人们如果当不了欺行霸市的富翁，还不如守志不变，做个不改变本色的君子罢。

以此来回溯照应前文的论点：言利不是不可以，然不能为利弃人格尊严于不顾去做些蝇营狗苟的为人不齿的事。全文围绕中心，笔力集中、不蔓不枝，论证深入透彻，有很强的说服力。

接下来看写作技巧。

文章针对论题提出中心论点之后，即联系现实指出当今文人商人化倾向越来越明显的现象、原因，分析了那些迎风应俗、行必言利文人的功利化心态和种种表现，既有理也有据，既摆事实也讲道理；既有对比也有类比；既有正例也有反例；既有援也有引更有喻；既有揶揄嘲讽，也有揭露批判；既有警醒告诫，也有忧思期盼……这样，文章在论证过程上就显得错落有致，论证方法上就显得灵活多变，行文节奏上就显得张弛有度，从而使得整篇文章给人感觉论据充分、析理透彻。尤其值得一提的是，作为议论文，最忌讳的就是观点太绝对，把话说得太满。而在这一点上，相如老师显然很注意把握说话的分寸和言辞的技巧。比如开篇提出中心论点：事实上，言利未必是小人，而志为利存就显得有些狭隘了。意在表明并非一概反对文人趋利，只是这个趋利是有条件的，不能本末倒置。再比如，第三段从本质上区分了古代和现如今名家含义之后，紧接着笔锋一转指出，当然也有一些不懂得经营炒作的作家，这样就避免提法片面和绝对。类似之处文中还有几处。如此，就使得整篇文章论证经得起推敲，也更易于被人理解和接受，从而也就更具有说服力。

最后看作品的语言。

作品是针对当今经济发展文人越来越趋利、越来越商人化现象的忧思、批评。但作者并非站在道德的制高点上板起面孔盛气凌人地指责、训斥、说教，而是态度温和地析事说理，或善意地提醒，或平静地告诫，即使是揶揄嘲讽、批判揭露，也绝不给人以恃理而为、咄咄逼人的感觉。所以，作为议论文来说，语言表述准确，但绝不犀利。这源于相如老师知识储备的广博，宽厚慈爱的人品、性格。在他身上“文品即人品”得到了很好的体现：既表现出良知作家的忧思情怀，又表现出儒雅学者的气度修养。

总之，就这篇杂感而言，相如老师的观点是鲜明的，态度是客观的，头脑是清醒的，思路是清晰的，整个论证过程既有力度也有深度，既有宽度也有厚度，是一篇值得赏读推介的佳作。

二、赏读《神曲与高士》
谁悲失路之人　谁解幽怀之情

走进刘湘如先生源于一次阅读他的散文《境界》，先是被他文中的思想情怀和文采触动，而后又从网上知道一些他的个人经历，顿时对刘湘如先生肃然起敬——原来他有着半个多世纪的创作经历，早已是硕果累累、成就斐然。怀着忐忑的心赶紧向他约稿，不成想，他竟然爽快地答应了，很快就把他在日本期间刚出炉的《京都四题》给了我。于是，相如先生就成了给我们的微刊首位赐稿的名家。以相如先生目前的身份和资历，能毫不犹豫地答应像我们这样一个刚刚起步、一切尚在摸索之中的微刊平台，其情怀其胸襟不能不令人钦佩而倍觉感动与温暖。怪不得金导曾对我介绍他说，相如老师为人特别特别好，心地善良，宽厚谦和（一连用了两个特别），并幽默地说自己是看着相如先生的散文“投戎从笔的”……

接下来，我刊又陆续接到了刘湘如先生的几篇散文，品读之后，总体感觉，正如作家公刘先生早在 1987 年评价中所说的那样，“刘湘如散文乃优秀之品，肺腑之言：动真情而不夸饰，寓哲理而非说教，由表及里，因小见大，笔尖上流着的是作者自身的真血，真泪，点点滴滴，必将渗入读者的良知，一如春雨之于土地。只有这样的作品兴旺起来，散文复兴的口号，庶几可望变成现实”。故此，不避“续貂”之嫌，我想接过公刘先生的话茬儿，以相如老师的散文《神曲与高士》为例浅谈我的阅读心得。

这篇作品以第三人称的叙述方式，以电影镜头切换的形式向读者呈现出一位从形体外貌到精神灵魂都与时代格格不入的另类才子——竹林七子之一的嵇康。他桀骜不驯、特立独行；他卓尔不群，曲高和寡；他傲视权位，寂寞孤独……他咏诗言志被扣以“非毁典谟”，他述思辩理被扣以“言论放荡”，他在刑场上仍能悠然信步，淡定从容，仍能慨然洒脱，抚琴而歌……他是荒诞时代的牺牲品，又是名副其实的高士，他倾尽心血创作的《广陵曲》实乃神曲。作者看似平静的叙述中，字里行间都流露着对这位奇人狂人悲剧人生的扼腕叹息之情。其中的铺陈描写，环境渲染很能引发读者的情感共鸣，有很强的艺术感染力。尤其是结尾处的抒情议论性文字有余音绕梁之效果……

现在，我就结合相如老师的精品散文《神曲与高士》具体赏读。

作品开篇先以一个短句“中国人也有自己的神曲，横贯古今”来设置悬念，简洁明了。读者自然发问，神曲为何？（其实是奠定了《广陵散》在中国文学史上的地位）

接着第二段作品又以系列排比词组承接：“他生活在一个荒诞的年代。因为荒诞，他看不惯社会的一切。他认为皇权是盗取的，官场是肮脏的，士大夫是男盗女娼，甚至那些冠冕堂皇成群结队的儒生文人们也是附庸风雅腹内空空分文不名的。”交代了他生活的那个时代（其实也是他悲剧人生的社会环境），至此，读者依然发问，其人为谁？他究竟生活在怎样的一个时代？

第三段作品以他平生最不愿意的事是做官（除了不知道做官，他几乎什么都知道）点明了他性格的高洁。然后，一个设问句，他喜欢什么呢？他喜欢让自己躲在山林里读书、著述、研学，准确地说用那是一片竹林来自问自答。然而，似乎作者犹嫌不够，进而又补充到，他常常和趣味相投的朋友们躲在林子里，一躲就是几天十几天甚至几个月，他们高谈阔论，把酒言欢，各抒己见，议论天下，指点江山，畅快淋漓。上至天文地理，下至民间万事，几乎无所不及。至此，一个学识渊博但卓尔不群高士大致的轮廓就呈现在读者面前。

刘禹锡《陋室铭》中“谈笑有鸿儒，往来无白丁。无丝竹之乱耳，无案牍之劳形”，我想当是如此吧。

说狂也狂，说雅也雅，说俗也俗，狂到能藐视一切，雅到能吟风弄月，俗到能与村妇顽童共语。这几句话是对他性格的最好概括。但此时读者心中疑惑恐怕更深。其人到底为谁？

别急，且慢。

紧承上文作者连用两个短小的自然段予以交代：他是士大夫后代，祖上的积蓄肯定是有的，他不靠这个，他什么都能做，什么都会做，但他什么都不做，具体说，他只做自己喜欢做的。

他其实喜欢打铁，他其实就是个铁匠，而且是个很不错的铁匠。他看到民间的老铁匠把铁器打得像艺术品似的，十分喜欢，于是他就让自己以打铁为生了。

这两个小段落的叙述，我想，到这里，估计读者该慢慢消除疑惑，猜出他是谁了。

接下来，作者描写了两个场景：皇家远踪寻人宣旨，勇者刑场慨然赴死。描写有详有略，有正有侧，有铺陈有渲染，前者抓住人物语言动作，简笔勾勒，凸显他性格的桀骜不驯、傲视权位、特立独行。后者抓住人物神态相貌，铺陈渲染，凸显他性格的卓尔不群、曲高和寡、寂寞孤独。其中白描式的肖像描写尽管只是寥寥数笔却给读者留下了深刻的印象，同时与周围环境也形成了鲜明对比（那个人蓬髻宽带，若无其事地在刑场上踱步，还悠然地哼着轻松的小调）。作者特别善于营造氛围，创设意境。他用秋日阴沉沉的天幕、寥落的孤雁、遥远的天际、凄凉的叫声以及几颗冰凉的星星极尽渲染周围环境的凄清，以衬托他行刑前悠然信步、淡定从容、洒脱不羁、抚琴而歌、慨然赴死的情态。用枯瘦的手指、冷人心弦的清音、凝固的空气，渲染刑场肃穆的气氛，用几个精妙的比喻来渲染他内心的高洁与孤独。尤其是抚琴而歌听众齐声喊出“神曲”，把场景推向了高潮，极具感染力。

至此，读者基本已经猜到了他是谁。然而，作者不但秘而不宣，反而采取镜头切换的手法（回忆），以月白风清之夜，老者前来为他弹奏妙曲并讲述悲壮的故事给读者释疑，这首被称作神曲的音乐就是《广陵散》，而那位在刑场上留下此曲使之一直传到今天的人，就是竹林七贤之一的嵇康。

作品最后的那几句抒情议论既流露着对这位奇人狂人悲剧人生的扼腕叹息之情，也表达了对这位具有旷世之才而不得善终奇才的敬慕之情，有余音绕梁的艺术表达效果。

总之，这篇散文真挚、深沉的思想，精巧的艺术构思，深邃的意境营造，浓郁的诗情画意，精妙的语言表达，使其具有了超强的赏读性和艺术感染力。

她，从山中来

——郑锦凤散文中的乡野情趣

● 童地轴

记得是好几年前，我无意中在网上浏览到几篇关于乡村的文字，后来非常巧合又在报纸上连续看到这几篇文字。依稀记得，我第一次看到的那篇文字是《乳名里的爱》："我生活的小村，只有几十户人家，却有着很多千奇百怪的乳名，比如：长路，秤砣，蓑衣，斗篷，五斤，六斤，八斤，丑妹，丑云，丑幺，破妹，挖妹，老黑，破拉，老踹……"文字不长，却给我留下了深刻的印象，一股浓浓的乡村味道在字里行间荡漾开来。

当下，很多人的写作处于一种"无病呻吟"的状态，要么故作深沉、伤春悲秋，要么舞花弄草、矫揉造作……缺少来源于生活中的那种湛湛青天的厚重感。然而，读郑锦凤的文字，浓厚的黔贵气息演绎着一种特别的乡音，通俗易懂，低沉浑厚，字字句句无不透出一种乡土气息、一颗对大自然伦理的敬畏之心，一种对劳动的褒奖与赞美之情渗入人的心脾，从某种意义来说，郑锦凤的散文在乡野情趣的写意之间吟哦出了一首首劳动颂歌，给人一种鸡犬新丰的舒心和亲切。

"在贵州境内的绝大部分农村，庄户人家自产自销的辣椒，长成后，身段修长，体形微微弯曲，肉眼观看其形状像黄鳝一样。不过，这是第一、二、三批辣椒果的标准形象。罢园时期的辣椒，却只有我与弟弟从小河小沟里捕捞的野生泥鳅那么粗那么长。"这是郑锦凤《岁月深处的香》一文中对辣椒的描述，让读者一看，这就是贵州的辣椒，即刻让人想到了"贵州人辣不怕"的民间笑谚。这种不可避免的地域性描述，给人一种别样的乡土味、一种异样的风情，这是日益城市化的现代人难以体会的，犹如沙汀笔下的边远川西乡村，没有乡下生活经历的人会觉得很陌生。"我们爱在深秋时节，挎个小竹篮，或背个小背篓，到地里摘小辣椒。母亲把这些辣椒去把清洗干净后，再放在铁锅里干煸翻炒，等到锅中的水炒干，并有‘哧啦哧啦’的声响，到辣椒表面出现些小火泡，母亲才端出油罐，零星地滴几滴菜籽油，还边炒边用锅铲压踏辣椒，再反复几次加少许水……”

我到过贵州，知道一般贵州人家里，有专门为荤菜配蘸水的辣椒粉；有为吃粉面用的油辣椒；有剁得碎碎的专门炒菜、炒饭用的糟辣椒；还有炒菜时下锅煸炒的干的红辣椒。想到贵州的辣，那种辣辣得齐全、辣得刻骨，让人想起来就生津开胃，读郑锦凤的辣椒，同样给人干香浓郁、回味无穷的饮馔之美。贵阳的百宜、新场、安顺等许多地方盛产上乘的辣椒，郑锦凤的故乡就在这里，这里的人不但爱吃辣椒会吃辣椒，吃法也颇多。可见，作者对辣椒的情有独钟就不难理解了。用她自己的话说，当家的辣椒能与当家的女人媲美！这是这个贵州辣妹子对辣椒最高的礼赞！可不是吗，在那大山深处生活了20余个年头的辣妹子，完全有资格这样说：“对于辣椒的种、收、藏、制、食，我还是有些许的发言权的!”不信，你走进她的文字，细细听她娓娓道来，那逼人的味道像一堆熊熊烈火，直逼你的喉咙，刺激着你的舌根……

“一竹篮蓬蓬松松或酒红色，或绿色的椿菜，像新娘坐花轿一样，被大姐与大哥用长竹竿抬回了家。看着椿菜成了囊中之物，母亲像吃了定心丸一样的放心，冷不丁冒出句话：这下，小马拴在石头上——稳了！想着节日还隔日隔夜的，母亲担心椿菜会被捂坏，她只好将它们摊开晾在大簸箕里。总算是，万事俱备，只欠节日了。”这是《椿菜》一文中作者兄妹收割香椿的场面。清明节临近，母亲要求孩子们赶快去把米山园的香椿全部从树上割下来，做粑粑当馅用。母亲一说，兄弟姐妹四人，拿绑有镰刀的长竹竿，提大竹篮，往后山下的那块菜地跑去。

郑锦凤通过对现实生活的描绘，从不同角度表现乡村生活的剪影，不经意间就将民俗融入了她的文字中，散发着浓郁的民俗意味。那些对故土、对少数民族地区乡土风情的浓墨重彩，使得她的作品形象丰满，地域色彩浓厚，处处体现着旺盛的生命力。

她写故乡的清明节前“村里的每户人家每天都会安排家中的一人或多人外出到漫山遍野去掐清明菜做粑粑”的习俗，她写故乡贵州省平坝县境内的高峰山农历六月十九日庙会，“那时的我们，都是些黄毛丫头，与虔诚香客的目的不同，我们爬山是为了好玩。尚还记得，在通往寺庙的山道上，在一些弹丸之地，人们摆上摊位，各种各样的小吃、小商品撩得我们心痒痒的，每个人也就心甘情愿地把口袋里的那一两块钱掏给人家”。字里行间荡漾着一种童趣、一段无遮无掩的时光，读起来给人以春风满面的感觉。

哪一个女孩，没做过一段时间的疯丫头？生活在乡村的郑锦凤当然也不例外。夏天来临，她喜欢跟村里的伙伴到小河里洗澡，常常在淤泥没膝的河里耍闹。她是这样描述在故乡小河中与童年的伙伴一起逗乐嬉戏的："小河两岸早年间插放的柳枝，有的已经粗壮如柱。经年累月里，河岸还是被水流淘走了太多泥土，柳树咖啡色的根须就裸露出来。多雨季节，根须淹没在水里，像柳树伸到河里的吸管，吸取自身需要的养分；小河只有一抹抹水时，挂在树根上的须儿，就像时常叼着烟杆的老头下巴上的胡须，凌乱不堪，色泽晦淡。我们洗澡时，胆小的女孩，提心吊胆用一只手揪住柳根须，用另一只手狗刨式划水。调皮的男孩，将身子向前折成九十度后，伸手到根须窝里摸鱼，与他要好的伙伴，配合着折下一根细柳条，在尾端打个结后，将鱼儿们一一串起。有的伙伴，则吊在柳枝上，蜷缩着双脚，由站在身后的人用力一推，便在水里荡来荡去，好生快活。等都上了岸后，各自编个柳条环戴在头上，大家追逐着往家赶……"锦凤笔下的水趣如此妙趣横生，美得让人不舍成长。谁看了会不喜欢这样的句子，会不怀念自己的童年野趣？有人说童年似水，恍惚而过；有人说童年似梦，一晃而逝；有人说童年似酒，沉香扑鼻；有人说童年似歌，嘹亮清脆……每个人都有自己的童年情结，说不清的童年梦，唱不完的童年歌。正因为这些挥之不去童年记忆，使得人类文学艺术史丰厚而生动，童年之花开在每个人的心中，美在世间的每一个角落，大凡功成名就的文学艺术家无不把自己童年的歌谣和美丽的音符传唱在地球的每一隅，马克·吐温、史蒂文森、高尔基、海伦·凯勒、鲁迅、J.K. 罗琳……

锦凤写童年，不仅寄情故乡的山水，还重笔于儿时的伙伴和孩提时那些陈年往事，她写乡村小店、乡村大院，写茨菰、桂花、辣椒、香椿、荷、稻花、皂角、苔藓、梨花甚至马铃薯，将故乡的风情展现得浩浩荡荡、楚楚动人。她拾稻穗、放牛、穿蓑衣、薅秧的身影仿佛是一幅幅长长的往日电影画卷，回放着一曲曲劳动号子、一折折乡情野趣，那些山野零食是如此美味可口，丝瓜亦如此丝丝缕缕皆有情、农家做出的豆腐才是豆腐、铁匠铺打出的铁才是好铁……读了她的文字，心中就扬起一种痴迷的奢望：回归！

"高峰山，九十九道拐，九十九道弯！"读到这样的句子，真是十分艳羡作者成长在大山里，脚步可以和着山风，漫山松林簌簌浅唱。行走间，就那样任风扑面，让云雾沾湿了面颊和衣衫；也可以抬头仰望那些重重叠叠的山峦，可以看不见一个村庄，看不见一块稻田，那些山就像酩酊的老翁，互相依靠着沉睡着，还有那些山羊、野猪和飞鸟。一直认为这个辣妹子是在贵州某个大山里哀婉吟唱那支属于她的山歌，邈若河山的歌谣给人一种关山迢递的扶余之遥。然而，当我都读到了"穿过恢宏大气的山门，被冬雨梳妆打扮过的紫蓬山，伫立于眼前，山的气息，清新扑面。我自始至终都知道，时令已安放在寒冷的冬季。山路边的迎春花，接近光秃的枝干，又是更有力的佐证。它们的枝干上，可怜到只留下形单影只的叶片。唯有个别强悍的株茎上，还高傲绽放着一两朵明黄色的小花，这些抗衡力极强的小生命，在最后的光景，展现给游人的依然是最绚烂的色彩”，我诧异不已，再深入看她的文字，居然还有她踏岸放歌巢湖的歌喉，寻幽三河古镇的身影，更有在合肥穿街走巷的吆喝……于是我把她的网名和报纸上发表文字署的真名联系起来，直到有一天我在网上把她逮了个正着。当我第一次在网上叫出“郑锦凤”时，她怎么都难以置信。

于是，某年某月某日的一个活动，我们得以在合肥相见。这时我才得知她是从贵州大山里远嫁到合肥市肥西县来的，原来是合肥的媳妇。锦凤给我的第一感觉就是个十足的贵州妹子，清秀聪颖，谈话间给我深明大义识得大体的印象，是一个十分阳光开明的农家小媳妇。于是，我便有兴趣阅读了她的诸多文字。再次读她的文字，一种浓郁的乡愁充盈着我的胸臆。孩提时代，一个人是不会有乡愁的；如果没有远离过故乡，一个人也是不会有乡愁的。在郑锦凤近200篇文字里，乡愁记挂着年迈的父母，乡愁散发难以割舍的亲情，乡愁里有淡淡的忧伤，感伤人生岁月的悄然易逝……但，我读到最多的还是对母亲劳作身影的详尽记述和对母亲的那种望云之情。不妨把锦凤描写母亲的几段话拎出来，实在不舍删去任何一句。

“小时候，每年离过年大约有半个月左右，都会看到母亲自制酒酿。只见母亲把用水泡好的糯米蒸熟后再冷却，再与适量的酒药均匀搅拌后，放在一个瓦缸里压紧，再在米饭正中掏一个可见瓦缸底的窝，还用脱了玉米粒的棒核烧成灰放少许在这个饭窝里，最后将这瓦缸糯米饭置于炉火边，借助一些热温来帮助米饭发酵。不多久，一瓦缸酒酿就会飘出缕缕酒香!”

“母亲，才舍不得花更多的时间沉浸在自己营造的惬意里呢，她矮小的身子从田亩最里面的这个角落，麻利地爬上高高的后坎，又猫着身在后坎上的土垄子上摘辣椒。为了接下来的晚饭，母亲摘了一衣兜辣椒、茄子、小西红柿。累得力尽腹空的我，早就将从土垄上扒出来的红薯啃去了大半个。我是知道心疼母亲的，我将手中的另一个红薯递给了她。我与母亲，边啃着红薯，边捡拾东西准备收工回家。此时，我看了看外婆家村子的那个方向，之前还搁置在山顶树梢上的夕阳，现在已严严实实地躲藏到大山后面去了。”

郑锦凤以一种深邃的洞察力和细腻的笔触记述了一位辛勤劳作伟大母亲的身影，以寄托她对母亲难以割舍的思念之情。文字中呈现的是她的母亲，但是每一位读者读了都觉得也是自己心中的母亲，母亲心里装着家里每一个成员，却唯独没有自己。读着这样的文字，无形中都会想起母亲愈发斑白的两鬓，还有岁月深刻在她额上的皱纹，一种隐隐作痛的心绪如鲠在喉。母亲那种日夜操劳、对孩子无微不至的爱却总是来得那么悄然，那么汹涌，时常让我们幸福得窒息，但是置身异乡，对母亲的思念，是另一种心痛在胸中挥之不去。

“几个月来，刨去为生计忙碌操心的时间，闲暇之余我都在想象有朝一日，母亲会从千里之外的大山深处走出来，看看外面的世界，我计划着让她坐一次飞机，带她去逛大超市，带她去旅游，好让她回去能有与老伙伴炫耀的资本；计划让她把那些鸡啊鸭的、牛啊马的交付给逍遥一生只当甩手掌柜的老爸看管！春节一天天临近，我浑身有使不完的劲，连走路都会蹦得老高，也恨不得把屋顶的椽木都拿下来洗洗，好让母亲一进我的家门就会心安神爽、赞不绝口！”这该是怎样一种心境，等待着母亲自远方而来。

儿女远行的出发点往往总是与母亲的告别相连的，多年以后，一声“妈妈”的呼喊道尽了回归也道尽了漂泊。母爱是天涯游子的最终归宿，是润泽儿女心灵的一汪清泉，它伴随儿女的一饮一啜。于是，在儿女的笑声泪影中便融入了母爱的缠绵。母爱的伟大与无私沉浸于万物之中，充盈于天地之间。有了母爱，人类才从荒蛮走向文明；有了母爱，社会才从冷漠走向祥和；有了母爱，我们才从愁绪走向高歌，从愚昧走向智慧；有了母爱，也才有了生命的肇始，才有人性的回归。

然而，郑锦凤把对远方父母亲人的思念转化成对公婆的孝顺，居然以这样的方式将母爱的种子播撒，“我用心洗净公婆衣服上脏脏的污渍；我把对情同手足的姐妹之情转化成对丈夫辛勤劳作的理解与支持，快快地递上一双换脚的拖鞋，笑笑地递上擦汗的毛巾；我把对娘家家族之间的相互走往转化成对婆家新亲戚的热情招待，勤递清茶，敞开粗茶淡饭；我把在娘家小山村里与父老乡亲来往了二十几年的和颜悦色转化成与婆家新街坊邻居的和平相处，不说别人的长三短四，不眼馋别人家的黑鸭红鸡，不眼馋别人家的瓜瓜豆豆，不斤斤计较……”

再次见到郑锦凤，是在合肥市郊一个叫崔岗的地方，那天崔岗艺术村开村典礼，她居然从1000多人的人堆里把我逮个正着。这次，我谈到了她的散文，我们谈及了文学艺术作品中的乡土语言。自20世纪末，中国新一代的农民开始远离土地，传统农耕价值观日益衰落断裂。我们曾经熟悉的乡情乡音渐行渐远，因此，一种对农耕文明的眷恋日益雄起在文学艺术的作品中。人们仿佛是在追忆一种逝去的美的情愫，应该说日夜思量的是一种情怀。

郑锦凤的文字是我们这些从乡村走出来的游子的精神世界的底色。它道出了中国人尤其是中国农民与土地的相互关系，一种乡土伦理意识，正是这种土地情怀和乡土意识，才给读者带来一种往日情怀的追忆，一种美的享受和愉悦的心情。同时，它也忠实地记录了一个民族、一个时代、一个家族或是一个地方的民俗风情，传承了地域文化、民族文化，延续着我们的精神命脉。

一个善于用语言和文字表达思想的人，在他生命的意识中间，其实有两个意识是非常重要的，一个是根的意识，一个是漂泊的意识。因为我们的儒家文化和农耕文明历来有个根深蒂固的观念，认为一切有生之因，都有返本归元的果：鸟恋旧林，鱼思故渊。树高千丈，日暮归鸿，落叶归根。郑锦凤的文字里正是有着这样的乡土伦理意识，她动情的文字如此鲜活地萦绕在我的心头，时不时想就她的文字写点感悟。因为这样的场景总是恍惚在我的眼前，一如这些年哪也没有去，我始终徘徊徜徉在这样的乡村大院中。“晚饭过后，玩得正欢的孩子们听到队长扯着喉咙喊‘开会啦——’，提腿就往家跑。孩子们赶紧把队长的喊话转告父母：‘快点去开会，队长说要抓阄拿乡里低价供应的化肥。队长说的，这次，只供应两包……’立马，小村的灯光次递熄灭，关门声次递响起。三五分钟后，漆黑的村道上响起数不清的脚步声，人们都朝同一个方向赶去。”

那个方向，便是乡村大院！

生活体验与舞台人物形象塑造琐议

●尹　星

稍有点戏剧常识的人都知道，戏剧是一种以表演艺术为中心的综合性艺术。通俗地讲，戏剧就是通过演员扮演角色在舞台上当众表演故事的艺术，演员以全身心为工具和材料扮演角色，化身为舞台人物形象，体现剧本的主题思想，使观众在艺术欣赏的同时获得启迪。

当然，关于戏剧仅仅知道这个定义是远远不够的。如果我们想要较为全面地深入了解戏剧艺术，还需要增强戏剧理论知识素养和积累对戏剧的审美经验。不过，这个定义还是向我们表露了戏剧的两个本质要求，一是表演艺术处于戏剧的核心地位，二是表演艺术的任务或演员创作的任务，是在舞台上塑造真实、鲜明、生动的典型人物形象。戏剧表演在戏剧创作过程中如此重要，我们甚至完全可以认为，没有表演就没有戏剧。“只有扮演任何角色，表现人生某一片段的人类存在的演员才是戏剧存在的标志。”（河竹登志夫：《戏剧概论》）而且，戏剧因表演的直观性、具体性和形象性，才会比其他文艺作品更能产生有效而直接的社会影响。

不可否认，戏剧文学剧本是重要的，它是一剧之本，是剧作家根据自己确立的主题思想和题材，撷取社会生活中有价值的素材，用文字编写而成，以反映社会现实生活，提出问题，表达自己对社会生活的见解和态度，达到他改变生活、改变人的精神世界和思想观念等目的。因剧本创作直接源于生活，故在戏剧创作流程中称为“一度创作”。而戏剧表演创作则以剧本为起点，演员在剧本中所接触到的生活题材是间接的，是从剧作家那里接受的，故而称为“二度创作”，即再创造的艺术。虽然演员的创作也必须从生活出发，也要以生活为依据、以生活为创造素材，但表演艺术的特性要求“演员的创作是以剧本为依据，并忠实于剧作家笔下所创造的人物”，必须在剧作家所写的文学剧本所提供的生活范围，即“规定情境”之内，演员的创作总是要受到剧作家文学剧本所规定的生活题材的限制。

剧作家的作品因直接来源于生活而显示其重要性，但它毕竟不是活报剧，不是报告文学，其中也有许多间接生活的成分，特别是剧作家主体意识的作用。演员要理解、感受并在舞台塑造人物形象，受到剧本中“规定情境”的限制，只能间接地认识剧本中提供的生活（或虚构），但仍然可以运用自己的直接或间接的生活经验，在二度创作中对剧本和演出进行必要的生活内容补充。其直接生活经历越丰富，对剧本的理解越深，对生活再现越清晰，人物形象塑造也就越鲜明。演员的表演不仅帮助剧本揭示生活面目，以直观具体的艺术形象还原生活，还可以有自己对生活的理解和感受，以恰当的表演技术和技巧，加深、加强对剧本所叙述的生活的表现。所以，二度创作不能只是一种被束缚的排演，而是演员在剧本的基础上，应该充分发挥自己的主观能动性，依赖自身具有的直接的生活体验和丰富的情感积累以及扎实的基本功，在舞台上创造出属于自己的，同时也被观众所接受的舞台人物形象。只有做到这样，才是真正意义上的二度创作和再创造的艺术，才可以说完成了舞台上表演创作任务。

比如大家都熟悉的张艺谋导演的电影《秋菊打官司》，影片中秋菊的扮演者巩俐，为了塑造这一人物形象，在陕西的农村一住就是几个月。在这几个月中，她身着当地人的衣服，讲着当地的土话，吃着农家饭，洗衣、挑水、干农活，与当地农民生活在一起，一切都按照剧中人物的生活状态生活着。这些生活体验，帮助她深刻地接近了她所扮演的人物的内心世界，为在影片中成功塑造秋菊这一陕西农村妇女形象打下了坚实的基础。

又如美国演员德尼罗，他在开拍一部电影《愤怒的公牛》前，一连好几个月住在拳击场。为了拍《猎鹿人》，他花了几个星期与俄河城的钢铁工人住在一起，和他们一同上酒吧喝酒，到他们家去吃饭，观察他们的生活习惯和生活状态，并录下他们的言语。在《最后一个大亨》中德尼罗饰演制片公司的老板门罗·斯塔尔，他说：“我常常穿上三件套西服徘徊在制片公司的周围，想着这一切都是我的。”由此可见，德尼罗是通过生活中的体验和积累，寻找到人物的感觉，找到自我与角色的最基本的依据。这些人物塑造的成功，充分体现了德尼罗本人对生活的细心观察和对生活的强烈的感受力。

再有《龙须沟》中扮演程疯子的于是之先生，他虽然不熟悉曲艺艺人，但他自己幼年贫苦的家境生活，使他对老艺人的困苦处境有了深切的感受和体验。至于“少年子弟老江湖”的艺人的流浪生活，在他为赡养老母亲而东奔西走的码头戏剧生活经历中也有一定的体会。正因为他在深入观察了解曲艺艺人的生活之前，便有了比其他演员多得多的实际的生活体验，其饰演的剧中人自然也就有了深度。

北京人艺导演焦菊隐先生在创建北京人艺演剧学派时就提出“心象说”。“心象说”是以辩证唯物主义为指导，把世界著名演剧体系的精华与中国话剧的演出实践和中国戏曲的演剧体系加以融合，形成的一套中国特有的理论和方法。这一理论和方法在《龙须沟》《茶馆》等剧目的艺术实践中得以发展和完善。作为演员创造舞台人物形象的主要创作途径，“心象说”对北京人艺演员群体的表演风格的形成和演员修养的提高起到了决定性作用。因此可以说，“心象说”的创立是对中国话剧乃至世界演剧理论宝库的一大贡献。“心象说”的理论基础是强调艺术源于生活。焦菊隐先生将演员创造角色的过程划分为两个阶段，即角色生活于演员，演员生活于角色，且每个阶段都离不开生活，突出表明表演与生活之间相互依存的关系，是演员创造角色的重要依据。表演艺术的核心是强调创造人物形象必须从生活出发，以生活为基础、为依据。焦菊隐先生十分重视斯氏体系的体验学说，但是他认为“体验”的对象首先是生活，是剧中人物生存于其中的特定生活。他在排《龙须沟》《夜店》等剧目时，有意识地引导演员深入体验生活，在活生生的现实生活中打开眼界，从而创造出了鲜明的人物形象。艺术总是直接地或者是折射地反映生活。与此同时，生活又无所不在地启发着演员，给演员以创作灵感。于是之先生在论及“心象”与生活的关系时说道：“心象从哪里来呢？我以为首先从生活中来。对于《龙须沟》剧本的第一遍朗读，已经把我带到了生我长我的地方。那些人，我都似曾相识；那些台词，我都是一句一句听着它们长大的。这以后，在工作中，我不断地想起许多故人往事：四嫂子让我想起了我的母亲。王大妈让我想到了我的一位亲戚……他们都帮助我思索，领我走进规定情境……我的杂院生活和那一些演剧经历，除了教我体贴我的角色，同时也加给我一种责任：我觉得他们要我替他们打抱不平，替他们诉苦……”（《演员于是之》，第 67－68 页）

我非常喜欢《茶馆》这个剧本和王利发这个角色。开始读《茶馆》这个剧本，脑子里禁不住浮现一些故人来，如：“我小时候的胡同口上，路角是一座‘老爷庙’，对门是一个洋汽车厂子。有一个那时的年轻人，总是往来于庙与厂子之间，黄白镜子脸，脖子正面的甲状骨（那时叫颤嘞嗉）相当突出，所穿的白小褂袖子瘦而且长，领子是颇高的。他的人走路很有特点，特别地利落潇洒。以至于他两次穿行于庙与厂子之间的时候，我总要看。大约同现在的孩子们看见名运动员和电影明星仿佛。读剧本第一幕时，我觉得穿行于茶座之间的青年王利发，能像他样才好……”（《演员于是之》，第 123－124 页）

像于是之先生这样对于生活善于发现、善于捕捉、善于积累、善于提炼和运用的艺术家的例子还有很多很多，演员观察生活既是一种职业习惯，也是一种职业能力。这些都充分证明了表演与生活有千丝万缕、密不可分的关系。所有成功的艺术家，所塑造的成功的人物形象，他们成功的一个重要环节就是重视观察生活，体验生活，从生活中提炼积累，善于发现生活中的细微变化。一个看起来平平常常的现象和细节，一经演员的眼睛，就应该立即留下印象，并引发诸多联想。通过观察同类人群，寻找到你要塑造的人物的典型特征（内部外部的性格特征），把握这一人物符合生活逻辑的合理化行动，并经过自己的创作，才能打下成功塑造这个人物形象的根基。

艺术来源于生活，且高于生活，有了丰富的生活经验和体验，还必须通过表演技巧和艺术手段来体现，因此演员还必须具备扎实的表演基本功才能完成创作任务。

总之，演员在舞台角色创造中，无论塑造的是什么样的人物，都离不开对生活的体验和情感积累，生活是创造人物形象的基础。生活体验和情感积累对一个演员来说，是极其重要的。但是仅仅知道“生活是艺术创作唯一的源泉”这句话是不够的，唯有自己在创作中自觉地遵循这个观点，亲身体会到依据生活去创造，并获得成功，才会把“生活”两个字深深地印刻在脑海中。因此，演员必须把握舞台表演与生活体验之间的关系，始终坚持把对生活的体验作为舞台上创造人物形象的重要依托。当我们全身心地拥抱生活，深入生活，感悟生活，对生活充满着激情，当我们始终坚持不懈地探索表演艺术，创造性地运用丰富的生活素材和情感积累，在舞台上酣畅地进行艺术创造时，才有可能更好地塑造出性格鲜明、个性突出、真实可信、生动鲜活的舞台人物形象来，才能获得真正意义上的成功。

用神秘超然的眼光来观照世界

——简论方楠的诗

● 方新洲

曾在一篇评论中说过，方楠的诗，有两个比较突出的特点，一个是生命底色，一个是形上意味。前者是她的人文情怀的折射和寄寓，涵盖了对人及其命运的思考；后者是她试图赋予作品一定的深度和内涵，尝试站在一个可能的高度来观照这个既熟悉又陌生的世界，来表达自己的渴望。如何使作品有一种独特的美并带有个性化的胎记，她是一直有着自己的理解和追求的。

“一直以来，我认为诗歌的美在于神秘，在于它呈现出来的一种面貌，是不可言说只能意会的。”诗人自己曾这样说过，也是这样坚持探索的。她的一些作品有着相对明晰的意喻，比如《存在》《速递员之死》《执子之手》《风》等，但更多的是带有神秘性色彩的美感，不仅其主旨相对模糊而具有难以把握的不确定性，而且其选择的意象，在组合中或多或少地呈现出异样的禀赋，诸如《祭坛》《深井》《来路不明》等。“现在没什么玩的，我们躲在屋檐下/屋檐在滴水。我问小姐姐：‘我真的是捡来的吗？’/很多年过去了：那片窄窄的屋檐/灰蒙蒙的天空/我常有莫名的孤独/应是小时候落下了病根。”《来路不明》这首诗从一个小孩子的心智角度来切入的，看似只是提出了一个普通的甚至有点弱智的生活问题，其实是诗人对自己如何来到这个世界提出的质疑，但这仅仅是一个个体的疑虑和疑问吗？显然不是。在广袤的宇宙面前，人类就如同孩童一样，是有着数不清的谜团和疑问的。同样，面对着无常的人生，又何尝不是呢？细思起来，这还仅仅是这首诗的表层意思，一系列颇具象征意蕴的意象，不也触及了我们生活中的诸多困境么？

诗人前几年写就的《沉默之水》，通过河流、夜色、夜钓等意象来表达对人生的探寻。“唯有黑夜，让河流更深沉/夜色中，最浓的部分/似乎全部陷落在低处/河流进入昏暗，肉身沉重。”寥寥几句便勾勒出颇具神秘感的意境，为后面的延展作出应有的铺垫。“夜钓的人，一次次甩动钓竿，划出空无的弧线。”诗的结尾，也是通过特定意象的选择来呈现要表达的意喻的。仿佛可作既定的解读，又似乎有着多种潜在的变数而增添了诗的不确定性。《婆娑》一诗也有这样的特质，“你不知道，它现在有多美/繁茂的空间。丰满，又通透/不断长高又不断消失的——/都是神秘的事物。所有分杈的指向都去往未知领域/你也爱它堆积的塔、勾勒的曲线。爱它吃下的雨水收留的风/爱它的沉默，也爱它的窃窃私语……/今夜，我在它身边，站成一个孩子/你说，你也爱过我。我再次深信不疑”。诗似乎是以树的婆娑形象出现的，但似乎又不是，说是诗人虚拟出来的一种特定意象似乎更加贴切，这样整个诗作如同一幅泼墨大写意的画作，介于似与不似之间，给读者打开了诸多可能的想象维度，为诗作的多重性解读预留出了足够的空间。

这一类的诗作，很多时候虽具有一些具体可感的自然形象，却又没有踪迹可寻的具体的意义指向，难以作出某种特定意旨的解读，有点类似于某些西方现代派的油画，虽可让人明显感觉到其潜藏着的哲学意涵，有着丰富的不确定性和象征意味，但又很难说清楚是哪些特定意义的传达。从根本上讲，现代文艺作品，不只诗歌、小说，包括绘画、音乐等，内涵的多重性、不确定性的拓展，也是现代社会生活急剧变化让人深感无所适从和人的生存境遇面临着前所未有的挑战在艺术领域里的投射和衍生。

平心而论，方楠诗歌的烟火气息并非十分浓郁，相反，大多是有着相当的淡泊、超然。但我以为，正是因为有了这样适度的超脱，有效地强化了她的诗歌的神秘色彩，增添了些许幻化、虚化的美感，也就赋予了诗作某些形而上的品质，从而获取了比较难得的哲学意义上的品质。当然，说她超然，并不是说诗人远离世俗生活，不接地气，不关注社会现实。而是说，诗人出入生活、社会之间，始终保持着应有的警惕和清醒，以诗人的眼光来审视这个处在转型期的当下现实以及围城中的人的困境和挣扎，并以特有的敏感性来冷静地触摸和逼近生活本质。可以说，在诗作淡泊、冷峻的表象背后深藏着尊重生命、热爱生活的真诚情怀。正如诗人王中楠所评价的，“诗人笔下的世间已出世间”，“人与万物相融而生意盎然”——前一句说的是超脱，后一句说的是深情。于是乎，即便如批判性较强的《栅栏》，也写得静如深潭，波澜不惊，几乎完全隐藏了自己的倾向性。也因为有了这样的修为和笔力，《实验，或者是游戏》一诗，才有了超越一般意义的意涵，“孩子们乐此不疲，又将产生厌倦/点燃，熄灭……/熄灭，点燃……/明明灭灭，富有某种特别的乐趣”。这难道不是我们日常生活场景的本质抽离么？难道不也可以说是我们人生命运或者境遇的某种写照么？通过孩子们做实验形式的描述，来表达有关人的深刻主题，说是诗人举重若轻当然也行，但说是诗人与生活保持了应有的距离，智慧地适度超越现实而从容地驾驭现实才是更准确的说法。如果说《实验，或者是游戏》是诗人反思现实生活和人的命运，努力摆脱生存困境的努力尝试，那么《窗口》展现了诗人对窗口和自身价值的审视和怀疑，同样也是因为与现实拉开了适度的距离，才获得了警醒和反省的价值。这些都显现出诗人对社会现实的超然态度与沉重主题的拿捏有着恰到好处的处理技巧。

《迷雾》一诗也是这样，承沿着其固有的此类风格，比较完美地体现出这方面作品的一些特质。自我的认知、坚守，现实的困顿、迷茫，于有些扑朔迷离的诗境中，营造出可意会却难以言说的神秘美感。

朦胧的神秘感，如果处理得好，往往会赋予诗作一种飘忽闪烁的神性质感，文本内在的多元空间也因此被打开。适度的距离或超脱，以旁观者的角度来审视、省察人生、生活和社会，多半会逼近其内核，诗作也将会带有某种温软的品质，渗透出思想性的智慧美、哲学美。愚以为，方楠的诗较好地融合了以上所说。

取“小”各异的构诗形态与理趣呈示种种

——淮南诗歌群体代表作巡礼

● 孙仁歌

一、开篇从“小”说起

经济与科技的强势日益把文学挤靠边了、挤渺小了，已是不争的事实。文学与经济不同步之说也早已成为定论。正因为如此，近些年来小说创作逐渐拒绝大叙事的走向几乎已经成为一种内在自行调节律，即向“小”而生、因“小”自养的小说创作现象就是一种大势所趋。于是，小叙事的叙事方式就在小说创作领域大行其道。小说的取材越来越小，也越来越“微”不足道。小说尚且如此，式微已久的诗歌创作又岂能独自向大而生？

当然，往“小”里说本来就是小说创作的原理，但大叙事小说追求的是一种宏大的叙事方式，往往把国家、把民族扛在肩上，目光正前方、高大上。当这种大叙事受到读者冷遇的时候，小说也就乖乖地抱着小叙事的大腿去寻找有没有被虫虫叮咬过的某些细微的痕迹。放下重器，换上轻装去捕捉生活中某些凡夫俗子的生存无奈及其痛痒所在，才使得纸媒小说因“小”而活，纵然苟延残喘。

新诗百年，起起伏伏、跌跌撞撞，一代又一代诗人，有初心，也有使命，跟随文学史一路高歌走到今天，也因世变而变，同样被挤出社会话语中心的诗歌创作日益高调不起、自恋不起，鉴于社会对于诗歌依赖性的严重缺失，大批量诗歌读者作鸟兽状散去，前仆后继的诗人群体把诗歌接力棒传到当下，一度神圣而令人敬畏的诗歌创作纷纷大变脸，诗歌创作也不得不告别神圣、趋于媚俗，也就是说诗歌的社会功能大大弱化，诗歌逐渐趋于庸常化、制作化、时装化乃至弄巧成趣种种，多数诗人目光向下、向小，或钟情于市井万象，或钟情于底层百态，或钟情于田园民生，或钟情于自我世界的点点滴滴等，诗歌创作也如小说创作一样向“小”而生、依“小”而活，诗的门槛无论被降低到了什么程度，但这些生活化、娱乐化的诗歌作品中却也不乏诗艺性创造之妙与理趣之美，如抛开诗歌的社会功能及其使命担当，单从诗歌的娱乐化存在形态去看待当下诗歌现象，也不可一律妄加否定，在鱼龙混杂、泥沙俱下之中，却也涌现出来不少训练有素的诗人及其可圈可点的诗作，比如五彩淮南就多出一彩，可谓文采（彩）飞扬，其中诗歌创作就在淮河流域产生了一定的影响。

淮南素称煤城，尽管经济建设潮起潮落，一时是凤凰、一时是鸡，但全市的文艺创作整体实力在全省同等城市并不算滞后，这里就诗论诗，虽不能说淮南诗歌创作独领风骚，但似乎可以说淮南诗歌俨然淮河的峡山口，涛声依旧，却也不乏几分惊艳与灵动，但最容易让人心魂“来电”的还是那些细小处，诸如峡石上的斑斑印痕、静水深处的粒粒沉沙、船夫的一声狡黠而又悦耳的尖叫……

小说就是要往小里说，散文“盆景”说也正是强调要向小处着眼，诗歌自然也不敢怠慢细微之处才有诗的并适用于当前的至理箴言。

二、感触点虽小，有理趣乃大

（一）叶臻的诗

叶臻作为淮南的资深诗人，几十年写诗专一，独诗无二，可谓一以贯之，堪称对诗情有独钟的诗人。

无论省内外各路专业或非专业评论家给了他多少溢美之词，这里笔者都一律打包搁置一边，笔者只从自我阅读的感性体悟与理性思辨考察其小其妙，作出异于他人的判断。

叶臻诗歌的平民化、生活化色彩显而易见。平民化风格决定了叶臻写诗取材造境，不因事小而远之，也不因物大而傍之。“小”与“大”有时相辅相成，因“小”而“大”，取“小”是见“大”的前提。往往一个小小的感触，就能成就一首理趣横生的诗作。

其代表作品《门神》《天花板》《钻戒》《羊眼》《在铁匠铺》等，无一不是观“小”有悟、取“小”得意，悟“小”成章，且不失深文隐蔚之妙。“门板站起来的时候/好像父亲扶着门框/也站了起来/只是母亲在门里时/父亲却永远站在了门外”（《门神》）；“卧室的吊灯/突然就掉了下来/……砸在她的下体上时/她‘哎呦’一声惊叫/就看到了天花板上的/这张人脸”（《天花板》）；“刀太锋利/包在刀口上的/那一排文字/被割成两半/而割成两半的文字里/有一个人的名字/看上去/就像是这个人被腰斩了一样”（《在铁匠铺》）。逐一阅读这些面“小”而来的诗句，虽不能说精妙多多，却可以说味道多多，理趣多多，《门神》因门思父，可见诗人对已故父亲的一往情深，但仅以“门神”作为思父的载体，即便释放大孝也习惯于从小处入笔，杜绝了那种蹈空袭虚的空喊。《天花板》以板上斑斑留痕喻人间面孔，不禁令人想起伍尔芙那篇惊世意识流小说《墙上的斑点》，自有象征的深意蕴含其中。当然，《天花板》作为一首小诗难以攀比意识流小说，只是《天花板》也以诗的表达方式告诉读者居安思危，小心每一个危险因素蓦然间都会裂变成害。《在铁匠铺》小铺见刀，因巧成诗，刀割人名以腰斩喻之，李斯意象再现。有显有隐，别忘了古有李斯之鉴，如今或许新李斯就在眼前。

仅从这几首小诗就可以窥视到叶臻为诗的平民化风格与情结，他无意装大弄圣，更无意用诗歌去呼风唤雨、摇旗呐喊，他似乎更乐于营造一种轻松自如乃至自娱自乐的为诗状态，同时又乐于取“小”示“大”，这种“大”就是几十年人生风雨沉淀在诗人灵魂深处的某些思考与经验积累。尽管叶臻把诗的位置摆得很低调、很边缘，但人性化的审美考量在他的诗歌创作中也并不轻松，许多诗作取材虽“小”，但折射出来的人性的重量常常也是沉甸甸的。如《养狗的女人》《漂亮的脸蛋》《小区轶事》《生育的事》《遗像——悼摄影家李颖》等，都可以证明叶臻写诗，一只手里握的是牧笛，另一只手里握的是听诊器，他在自娱自乐的同时，也善于通过丰富多彩的想象并以轻歌曼舞的表达方式把生活中的种种喜怒哀乐还原在自己诗意的栖居之中。

叶臻从容淡定的诗风，在淮南诗坛也算是一个“标本”了，也就是说，叶臻在诗歌领域历练了这么多年，深得诗歌的要领及其技巧所在，他的诗歌看似轻松随兴，却也不乏某些意味深长的潜在内蕴，既有沉甸甸的现实感，也有某些超越现实的浪漫乃至戏剧性。

与诗同在、同乐，是的，许多时候，叶臻无疑也把写诗视为一种平常的存在方式，拒绝那种酸溜溜的高大上的矫情做派。这从他在微信朋友圈开辟的一个转载性质的“新世纪诗典——伊沙主编”的专栏就可窥一斑而知全豹。他所转载的诗作，少有那种直奔高大上主题的矫情之作，多是一些趣味盎然、妙笔生花的短平快之作，这些短诗多来自基层平凡不惊的俗人俗事，它未必能给你的灵魂带来多少震撼，但至少悦读之后能落得几分生活的乐趣及其语言的快感，如《午后》《评奖》《拒绝总统》《推理》等，都是如此。当然，这类诗，多呈时装化形态，过于在乎形式及其语言上的雕琢，甚至还有“抖包袱"之嫌，缺少一种干预生活抑或具有某种代言意味的彰显。或许，追求诗歌的娱乐性、纯诗艺性，正是叶臻低调诗风的一种审美取向。他本人也积极践行这种去崇高的诗风。

该专栏曾推出叶臻本人的一组诗，其中《中国黑人》就很有趣，一个不是黑人的"中国黑人"从时空上穿越了，最后竟无端落了个人头落地。这种以大胆超常的想象营造出来的"中国黑人"无端被杀的意象，显然有某种超出字面的意义，可视为这首诗的深层结构，留给读者去尽情猜想吧。诗的娱乐性有了，诗艺性也有了，纵然少了些高大上的社会功能，也无妨，好在这种能把诗侍弄到妙趣横生且又逼出种种猜想的版本，也就算很过瘾了。

叶臻写诗求"小"求"趣"，不经意中又让诗带着某些思考和理趣去跳舞、去飞翔，所以，叶臻其人其诗也就形成了一个很好的契合。

（二）老井的诗

淮南矿业集团系统另一位诗人老井近几年被媒体炒得很火，但这种诗歌之外的风光往往容易遮蔽诗人的真性情及其诗歌文本的真实形态。

老井堪称底层写作的代表人物，他一度置身矿区一线，要下井，要挖煤，艰辛高危的工作经历赋予他一笔丰厚的写作财富。于是，他在掌握了高危取煤技术的同时，也与工俱进地掌握了以诗咏煤的写作技巧，他的诗歌之所以会引起社会的广泛关注，获得的荣誉及头衔差不多有一箩筐，笔者以为这与他的底层写作、草根写作、井下写作的身份背景不无关系，身份关注也体现了当下社会良知尚存以致对于弱势群体的善意及其体恤，尤其对于最底层写作者更是呵护有加，如余秀华、范雨素等，当然，身份批评中具有说服力的还在于作品本身的诸多因素，作品站不起来，诗不成为诗，无论你身份高下与否，也就失去了批评的意义。

作为从煤矿井下崛起的一名草根诗人，老井一直都是老井，工人品质的属性决定了他为人低调、为诗低调，无论社会给了他多少光环和美誉，最终还是需要他用作品去与这个世界进行交流与对话。

以井论诗，老井的诗就是煤矿乃至井下文化的符号，不仅观"小"写"小"，而且善于由"小"夺"巧"，无论是一个个不经意的感知，还是一个个痛及心扉的生命体验，都在他的诗句里得以尽现。如《地心的蛙鸣》《化蝶》《煤火》《矿难遗址》《贝壳》《廉租房》《矿脉》等，从这些视点各异的情感表达中，不难感受到作者对于煤矿井下生活的刻骨铭心及其言之不尽的痛痒所在。

笔者深入地拜读了他的组诗《黑色狂响曲》，黑色意象覆盖下的每一个单元立象都堪称一个精致的感知浓缩，诸如"最轻盈的煤是综采机割下的/用皮带运输机打上来的/把它捧起来/手里便有了一团羽毛的轻盈……/最重的煤是用手稿创下的/……从这黑化石的肌肤表面瞬间/渗出的好多殷红之血/在时代的大伤口上生动地洇开”（《轻与重》）；“索性关了矿灯/之后看见流经眼前的黑暗/一会产生茅屋为风所破的呼唤/一会发出古罗马斗兽场的呐喊/一会变成官员慷慨的发言/一会吼出钉子户顽强的抵抗”（《容器》）；“侵入地心/用劲地刨煤/镐头吃力地啃在一堆化石上/每一下/都可能击中一个沉睡的生命/溅起一片粉碎的灵魂/煤体已不知道了疼/……必须悲壮/必须沉痛”（《刨煤》）。从这些字字心惊句句肉跳的意象组合中，我们不难看出井下刨煤体验已经渗透到了作者的诗魂之中，笔名之所以直曰“老井”，无疑就是表达生命与煤、诗与煤已经融为一体、不可分割，这种为诗的本分及其直面身份的坦然之态，堪称一位草根诗人最为宝贵的精神品质，或许正因为老井拥有这样一种精神品质，老井才成为老井，老井的诗也才成为老井的诗。

老井的诗，意象形态就是对煤矿井下体验的直观乃至直觉，粗粝而坚挺的语句中，却蕴含着一种井下咏叹调的特质，煤矿境遇及其井下深度感知积累，在老井的生命的血液中溶解成了一首又一首属于煤矿的诗，或悲或喜，或苦或甜，种种真实又不乏抽象的滋味皆在其中。前面所谓老井的诗善于因“小”夺巧之说，也并非无稽之谈。如《地心的蛙鸣》就是如此，“煤层中/像是发出了几声蛙鸣/放下镐/你细听/却没有任何动静/我捡起一块铅石扔过去/一如扔向童年的柳塘/却在乌黑的煤壁上弹了回来/并没有溅起一地的月光”，这种感觉很结实，也很夺巧，“蛙鸣”“柳塘”“月光”等一组意象，都在鲜活地塑造着一位采煤工人的童心不灭、诗情燃烧、得煤如得诗的现代文化矿工形象，也别具一种诗艺创造的才情，无意中构成了煤缘、诗缘、井缘三位一体的淮南诗坛“这一个”老井现象，也算是淮南诗坛的一道因煤得诗、因“小”得志的风景。

这个“小”就是取材小，这个“志”就是诗言志，以煤言志引起八面来风之于老井，无论是诗的因素大于身份的因素，还是身份的因素大于诗的因素，都不重要了，重要的是老井还是老井，他本分的存在方式，虽然已经离不开诗，却始终坚持本分做人，本分写诗，写属于煤的诗，写属于诗的煤，拒绝高调，拒绝花哨，因“小”得“志”就是志，愿他“手中的硬镐”，永远“变成柔软的柳条”。

三、因“小”而立，矿井、市井皆传神

（一）江耶的诗

淮南矿业集团系统，人才辈出，无论书画诗文，各个艺术品种差不多都

构成了各自的“军团”规模，实力不可小觑，其中也不乏在省内外产生一定影响的代表人物，除叶臻、老井等人之外，江耶也是其中之一。

江耶多才多艺，亦诗亦文，还兼顾评论。当然他的文学之缘始于诗，之后又拓展至小说、散文创作，都取得了骄人的成绩。或许用诗人之笔写小说的爱尔兰作家约翰·班维尔的成功经验对他有所启发。当然，就江耶的文学创作而言，最见灵性与心性的作品，窃以为他的诗歌更接地气，也就是说他的诗歌受众面或许更为广泛一些。

江耶的诗显然也善于从小处着眼，即选取视点之小，但诗句里所呈示的某些哲思乃至生活理趣之内涵，无不耐人寻味，可谓以“小”见“大”，有时也见高、见空灵，即虚实互逼，或虚境逼出实境，或实境逼出虚境，许多意味，或飘在天空，或落在地上，构成了诗歌文本中“上行下效”之趣。

“抽象的比喻一层一层围拢/他是煤矿工人/他开采光明和温暖/像一根支柱/用采上来的能量/支撑、建设这越来越高的大厦/他走向高处/本身就是光亮/让更多的人内心有了方向。”（《突围》）

此诗用抽象之虚入笔，随即逼出煤矿工人之实，形而上的抽象与形而下的具象和谐呼应，成全了诗人在《突围》中所要传达的中心意念或意象，每一次采煤都是玩命，每一次“突围”，就是生命的又一次升华，撇开“比喻”，“突围”就是早晨，“突围”就是太阳，采煤工人的壮举就是“突围”英雄，世界最黑的一面为之生动起来也是理所当然。

“好死不如赖活着/……强子已经死过好几回了/也有的时候/强子的大眼/盯住一个地方半天不动/病友们开玩笑说/强子这么年轻/在想女人吧/强子嘿嘿一笑说/女人是衣服/我的身体都没有了/还要衣服干什么?”（《强子》）

要说“小”，这个视点可谓“小”得恰到好处，这首小诗对因采煤而被砸伤的强子的叙述与白描，就是一种大实话的诗句，俨然医院放射科出示的一张 CT 片，无加修饰地揭示了一位底层下井工人的痛楚所在，让读者对这个眼前一目了然的伤者的境遇，油然而生一种强烈的悲悯情怀。

文学创作中的观物取象，似乎没有人能绕开“见小利”现象，只有见“小”才能有利于见微知著，从而收到微言大义之效。江耶诗歌视域似乎也多聚焦在煤矿世界，井上井下的人生百态常在他的笔下一展丰姿。

江耶写诗的笔法多变，赋予表意之象以抽象、象征、比喻以及“实话实说”之重在诗中常来常往。他是个写实主义者，同时又不排斥以虚夺人之道。《坐井观天》《他在大地深处却感觉不到母亲的温暖》《一切仿佛都不是真的》《时间在幽深的巷道里变得漫长》《他就是一座报废的矿井》等，善于叙事的诗人给诗命题时常常乐于剪不断，放长线，有时一首诗的命题就给读者送去了一片想象的星空。

“后半夜了/世界多么安静/轰轰的矿车穿行/像巷道沉睡中的/一个梦/使这个深夜更像一个夜”（《一切仿佛都不是真的》）；“时光在亿万年的沉淀面前/被一次黑掉/工人们慢慢被同化/时间计量的方法被改变/两顿饭相隔十几个小时/一切都在缓慢/拉长”（《时间在幽深的巷道里变得漫长》）；“在大地深处/在煤矿井下/在煤矿峒里/我伸出手/向上/很快就能摸到这块叫‘顶板’的地方/是真正的‘天’/它坚硬/与我对应/与我对抗/把一直/虚空的天/变为强大的现实”（《坐井观天》）。从这几首诗作的只言片语中，我们至少能感悟到诗作者对于煤矿生活及其小人物处境的感性，对于诗语言把握的灵性与弹性，情感世界的去伪不矫的心性与真性，或许这正是江耶为诗所操守的审美情趣，可谓用“小”事物换来大理趣，大笔直通煤矿大世界，时常在一种“死去活来”的语境中“聆听”自己，“不悲伤/不欢喜/像又一次死去/突然之间/把某一刻活成了永远”（《聆听》），有人说永远到底有多远，但对于江耶的诗歌创作来说，恐怕永远都在路上，路没有尽头，诗也没有止境，永远其实就是一个过程，珍视写诗的过程就是永远的永远。

（二）寿县高峰的诗

谈及诗歌因“小”得“理”、因“小”生趣的市井生态之美，在淮南的诗坛比比皆是，寿县高峰的诗歌就是一个很好的见证。高峰近些年陆续发表了不少诗，也出版了诗集《水泊寿州》。高峰的诗取材广泛，呈立体多维之姿，诸如市井、田园、校园、怀旧以及社会众生相都在他的笔端生生不息“蒙太奇”。《堂屋》《麻雀下》《低矮的春天》《体育课》《小学校》《操场》《家访》《油菜花》《孵化》等，取材可谓小之又小，却都呈现出一种多维时空，张力满满。

以笔者的审美习惯，更欣赏他发在微刊的几首组诗，如《回乡偶书》《废墟上开着荒花》以及另外几首诗，都写得生动活泼，理趣盎然。组诗《回乡偶书》就是活生生的民生写照，尤其对于童年记忆的书写，可谓入骨三分，铭刻于心似乎并没有因为如烟岁月而如烟散去。

“二十年河东河西/牛的肉身变成冷铁/村庄孤独/没有牲口与我们一同修行/我怀抱溺水的妹妹/失去了民间古老的急救术”（《溺水》）。这就是童年记忆之一，“死”的意象无疑成为作者永久的收藏。

这一组诗中让笔者情感为之“来电”的是《忆知青》：“土坯房里常常上演刀光剑影的美女计/狗整夜整夜地叫/它累得快要吐血/我从小就不太要脸/还有比我更不要脸的/特别关心下半夜后窗的漏洞……”追忆中的当年知青一族的处境，也没有什么惊心动魄之处，却也让经历过知青的一代人如被电击一般不禁为之共鸣！顾城的《一代人》之所以能一炮而红，就在于此诗唤起了一代人血脉偾张！此外，还有《包小姐》《飞机票》《忆田螺》《分鱼》等意象组合，共同满足了《回乡偶书》的情感表达。

组诗《废墟上开着荒花》俨然一组风俗画悬挂在寿州城头。诗作者视觉向下、直面底层、盯着民生、诗兴勃发、出彩点多多。如《卖瓜图》诗中有画、《黑松图》诗中有画、《抱鹅图》诗中有画、《剥粽图》诗中有画，笔者最为看好的是《补碗图》，不仅诗画一体，还可以说深文隐蔚，余味曲包，耐人寻思。"雨后/彩虹如练/如线/在天空寻找钉孔/钉孔里有一片荫凉/几个手持女红的妇女围在树下/看补碗匠展现手艺/补碗/补经常头破血流的童年……"在这诗中有画、画中有诗的意象组合中，这"补碗"的意蕴深含其中，并彰显着一种有质地感的象征意味。以笔者的知性，或许某一个时间、某一个世界、某一种人性，就是一只破碎的碗，不补是一只破碗，补也是一只破碗，鲁迅有言"悲剧就是把有价值的东西毁灭给人看"，那么这只破碗也正是被人毁坏了给人看，补只是做表面文章，其内在的伤痕越补越伤。这组诗立意不凡、造句不俗，展示了高峰良好的诗歌素养和诗艺创造天赋，显然也借鉴了中国画的某些情理相通的技巧，取名《废墟上开着荒花》其题旨存歧义而含混，"废墟"与"荒花"其实都是子虚乌有，近似"无题"，却又比"无题"虚幻，营造出一种"无中生有"的效果，此题所统领的一组市井抑或田园风俗"蒙太奇"，有画意，有理趣，彰显了"诗是有声画，画是无声诗"的原理。

高峰代表作中与这一原理相匹配的还有《弹花匠》《老豆腐》《捉鳖》《蝉蜕》《一只受伤的小蜜蜂》《卖牛》等，观物取点都小而精巧，一经入诗便收到"风景这边独好"之效。

四、穿膛风声紧，同样贵在以"小"取胜

综观淮南诗坛 ABC，就绕不开另一位把诗视为生命的"壶口瀑布"且又乐于传播长淮诗坛的雪鹰。雪鹰初入文坛时是以散文面世，始料不及。后来，历经风雨，人生起伏，于是，他选择了更适合他作为"武器"的诗歌这种文体。

或许因为生命中沉淀了几分人生的辛酸与痛楚，雪鹰的诗也就多了几分沉重以及或隐或显的反思，乃至批判意味，也不乏某些拷问，有些诗句里的"火力点"，还蛮有"杀伤力"！俨然一匹受伤的狼，动辄朝长天怒吼。

愤怒出诗人，不平也同样成就诗人，所以雪鹰的诗与人生的起伏有着密

切关联。就此而言，雪鹰的诗变数多多、痛点多多、疑虑多多、眼中所见的黑点也多多，一眼看去，他从散文出发、不料途中峰回路转，以致身不由己时选择非诗不可的抒情自我，虽不能算是传奇，却也算是不虞之旅。单就这一点，他在淮南诗坛，又具有一种“独异性”。

雪鹰的诗在不断超越自我，《白露之下》就让此前初学阶段的诗作显得逊色三分，《穿膛的风声》又比《白露之下》多了几分历练与舒展，人生之痛常常就是诗歌这种文体的“酵母”，缺乏灵魂之痛以及悲情心理，写诗也就演变成了一种玩、一种文字游戏。当然，《穿膛的风声》与《白露之下》具有关联性，可谓姊妹篇，形散神凝，题旨所涵盖的意象与《白露之下》互为补充，相得益彰。然而现实语境与某些诗人的写作心境并不对称。须知，如今的读者已经大面积异化，尤其年轻的一代读者往往拒绝疼痛，拒绝深沉，也拒绝一切不好玩的文字，或许正在于这种阅读现实的逼迫，雪鹰的诗风诗路也在适时而变。

但万变不离其“小”，无论是《白露之下》还是《穿膛的风声》，雪鹰诗中的一个个诗眼都是小小不然的事物，他赋予了这些小中之“小”以语感、以乐感、以形式感，从而又让这些“小”转换成了一阵阵充满诗艺风情的果香。

以阅读的语境去取舍雪鹰的诗歌代表作，中标的却是他于2018年年初发在微刊“长淮诗典”的几首诗，其中以时间命题的《2016》《2017》，似乎就是对倍受时间折磨的主观觉悟的控诉，字里行间张扬着时间绝对强势，人无论在这一年得到什么，或失去什么，都要看时间的脸色。你无奈也好，不平也罢，每个人不可抗拒的命运终究都是时间的“祭品”。“我在这一年/拥抱所有的风/让你听到了‘穿膛的风声’/春天/我加固了腰椎/夏天/我逃离了火炉/秋天/我成了孤儿/冬天/我浪迹江南”（《2016》）；“对鸭子的叫声/居然充耳不闻/因为我知道/叫才是鸭子/不叫/是烤鸭/新的一年/看那根麻花/如何与棍子纠缠/大运河/将为我带来好运”（《2017》），雪鹰写诗，似乎很在乎句式，也很在乎分行，力争在最满意的审美形态里展现自己在时间笼子里的宿命状态。尽管海德格尔曾倡导活在诗的时间里就是永恒，可中国诗人又有几个能成为玩弄或游戏时间的英雄？中西文化及其时间观念的差异，东方人习惯于跟着轮子去旋转，而做不了普鲁斯特，把时间装在自己编织的笼子里尽情把玩，于是成就了《追忆似水年华》的横空出世，作者一跃成为战胜时间的大师。

此外还有《腊八》《江南的雪》《折叠》《徽州府》《沉陷》《婆娑》《左右》《健身北路》《喵小姐》《观鱼》等，可见，作者从这些平庸常见的事物中获得灵感，于是，以小厚小，厚而见大，把每一个聚焦都写得很有立体感，也颇具理趣。但让笔者为之眼前一亮的是《学科系列》（九首），一鼓作气推出《传播学》《政治学》《动物学》《植物学》《性学》《生育学》《气象学》《人类学》《修辞学》等，仅依据这个选题及其学科体系就可以发现雪鹰的审美情趣和取材视域的求变趋向，似乎正在尝试把感性与知性更好地融合在一起，让诗歌在感性有余的同时，又多几分知性的硬朗，从而让自己的诗歌创作呈现多元之姿以便能走得更远。

五、长淮诗情浓，宁“小”而致远

前面列举的几位诗人代表作之我见，只是一家之言，既不代表官方，也不代表民意，仅属于笔者一番观察所得。从整体上观察，淮南诗坛可圈可点的诗人诗作不胜枚举，诸如丁一、孙淮田、吴波、竹篙、杨启运等，都在各自的诗歌创作中取得了佳绩。丁一的诗略显俏皮而另类，吴波的诗很唯美，竹篙的诗很乡土，杨启俊的诗似乎多了几分悲悯。此外还有二丫、纪开芹、朴素、李坤秀、杨帆、黄丹丹等几位女诗人的突出表现，也算是淮南诗坛上的一道惊艳，另外李长胜、希然、段昌富、边家强等人的诗歌创作，这几年也呈大踏步之势，奋起直追。曾经以诗歌创作起步，后来逐渐淡出诗坛，而转向小说、散文创作的事例也不少，如吴子长，东方煜晓、徐满元、王运超等，频频问世的是小说、散文而不是诗了。当然，前面提到的，江耶，黄丹丹目前也多面开花，诗已不是唯一选项。淮南的新诗创作固然呈现出不少闪光点，但淮南的旧体诗词创作也同样不可小觑，以余国松、周文龙、李保才等为代表的旧体诗词创作，在江淮一带也广为所知，单淮南硖石诗词学会这些年为弘扬传统文化，推崇国粹所做的努力及其贡献，一时间也一言难尽。

限于视域及篇幅，难以把淮南诗人一一罗列在此，遗珠之憾难免，同时也不便一一加以评价。长淮汤汤，诗情浓浓，一眼看去，几乎每一首诗抓住的事物都是艺术的发现，从一滴水里见世界，从一凝眉之间获取灵悟，可谓写诗贵“小处”，宁“小”而致远，也正因为如此，淮南诗坛在整体上形成了一种取“小”各“异”的构诗形态与理趣表达种种例证，取得了令人为之欣慰的成就。

当然在肯定成绩的同时，也不能回避存在的问题，何况有的问题还是比较尖锐的，比如对照美学家朱光潜所提出的精妙的观感与精妙的语言，还有形式创造，包括声音、韵律以及分行的艺术等，淮南诗艺距此还有相当的差距，至于诗人应有的责任感、使命感以及怀疑精神，在今天以经济和科技为中心话语的语境下，即便有也与 20 世纪 80 年代的诗歌风尚不可同日而语了，在文学已经边缘化、诗歌创作“东风无力百花残”的语境中，仍然苦苦坚守诗歌这块麦田的诸多诗人诗作中，我们也只能读到一些小感触、小抒情，完全个人化、小我化，甚或游戏化的诗歌作品，那种呐喊式，呼风唤雨式的大抒情、大叙事、大主题的大诗歌已经离我们渐行渐远，因为时代已经让文学变得很渺小，很边缘，可谓美人迟暮，黄花不再，已是不可逆转的现实。

但生活中也有一种硬道理，存在即合理。据此而论，淮南诗坛不仅应该存在，而且还应该出类拔萃地存在。说到这里，笔者也由衷希望淮南诗歌创作越来越好，力争更大气一些，共鸣点更多一些，艺术性元素更健全一些，虽然“大”不了，但只要能出“小”制胜，以“小”见大，也同样能引起读者的青睐与呼应，须知，能找到读者就是胜利！能让读者从诗人的某一个细微的情感颤动中打捞到一点自己丢失的灵魂，就是诗歌的胜利！正如别林斯基所说：“在诗人的哀愁中找到自己的哀愁，在诗人的灵魂中找到自己的灵魂。”无疑，这也正是诗歌艺术的魅力所在，高门槛所在。

当然，只有懂得悲哀又有悲哀经历的人，才有资格走近别林斯基的灵魂。

黄山百年美术史志略

● 洪少锋

“百年记忆”是既成历史，还是为了历史以乘其事的流水账？百年记忆的纪年方法是什么？当代人的美术批评与美术历史之间究竟怎么才能把握好“记录”过程和“史籍”结果的“志乘”关系？百年（时间跨度）与记忆（历史方法）衍生而来“百年”现象，即作为当代史的百年记忆，“百年”早已是既成概念。首先是百年的逻辑关系和价值取向，从时间维度上看，以百年为尺度，有两个无法回避的基本概念：一是以世纪为单位的百年历史；二是共和建制的代际历史。

相比于干支法，西元纪年的直观感受，“末世”情结容易被放大，干支周甲子将人生百年提前到了六十，花甲子仿佛为终极恐惧安装了预警机制，所以六十花甲才是中国人的“世纪”情结。每个人都活在自己的时间里，同时也活在他人的时代里。“百年”一定是某个特定时间，或者某些特定人群的百年，以时代或世代为理由，“百年”也可以成为游标尺，但正是因为时间坐标之外还有时代坐标，所以时间百年与时代百年又有本质不同。

百年情结也即世纪情结，“百年”容易混淆的概念是“近现代”或“近现代以来”。史学界通行方法是将百年起点放在 1900 年，而“近现代”的具体界限也有两个无法忽视的既成概念，现行教科书的一般共识是：

（1）近代 1840—1949；现代 1949 以后；近现代 1840 至今。

（2）世界近代史是以 1640 年英国资产阶级革命为开端；现代史以 1917 年俄国十月革命为起点；1640 年至今为近现代。①

① 《现代汉语规范字典》（2004 年发行外语教学与研究出版社、语文出版社）：“近代”是指鸦片战争开始（1840 年）到五四运动（1919 年）这一段时间。“现代”是指 1919（五四运动）到 1949 年 10 月 1 日中华人民共和国成立。“当代”是指 1949 年 10 月 1 日至今。

问题在于，如果以1640年为划分，明末清初新安画派主体阵营都可以归入近现代，似乎又不符合美术史本身的客观规律。再看地方性志乘文献，如《黄山市近现代人物》[①] 列传始于潘世恩（1769—1854），潘氏卒年符合以1840年为划分界限，可见志乘文献还是有例可援，或者这一断代可以作为“百年”这一选题的参照。

并非因为时间概念，也并非时间意识的年鉴情结，因为“百年”背后已经被深刻的国家体制、社会变革乃至意识形态所决定。个体单元的艺术家与社会关系的人文历史，即包含了百年断代的逻辑关系和策展对象的价值取向。历史是历史，策展选择又是另一回事。从1840到1850，游标尺前后移动十年似乎无关紧要，但放大了看，前者是鸦片战争，后者是太平天国，选择本身仿佛触动的是“有意味的形式”。

中国画学研究历来重视地域性流派判断，往往容易忽视时代判断，而时代分类，或因时代为概括的价值判断，有时候比流派判断更重要。还是以新安画派为例：因特定的历史时期、特定的地域人群，经过事后诸葛亮的梳理形成的绘画流派，我将它称为史学流派。而还原史学流派，特定的历史时期、特定的人文环境，尤其是艺术家的个性气质、命运际会，显然是不可复制的。以时代为判断，新安画派当然属于古典美术，所以从学术规范上说，“新安画派”万万不能成为一个动态标签，任何当代画家打着“新安画派”的头衔招摇过市，都可以视为伪流派、伪学术。

一、美术教育　西学东渐

古典美术之后，即近百年以来，中国美术历史究竟发生了什么？毫无疑问，无论是艺术历史的百年记忆，还是百年记忆的美术成就，首先应该是美术教育，美术作为专业知识获得教育普及，是百年以来最为显著的变化。

（一）传统教育

与其说徽州世族重教育，不如说因为荐举科贡、进士宦业的体制因素决定了耕读传家的社会形态，并非某一地域、某一群体所特有的社会现象。亦商亦儒，固化为江南士绅阶层，当然也激活了文化教育。“亦商”是生存之道，“亦儒”隐含了非常古老的处士情结，未必是科举不第、退而求其次那么简单。查士标“玩世真逃世，儒林本道林”一语道破天机。别说厌倦了耕读、厌倦了庙堂，即便是厌倦了尘寰也大有人在啊。如今世人只知嗔诟徽商亦儒

① 《黄山市近现代人物》，黄山书社1992年出版。

是为了亦官，亦官更是为了亦商关系网，忽略了更为复杂的逃世哲学，而这个角度的文化心理，无疑更为契合于新安画派的遗民绘画。

新安画派当然得益于徽州良好的教育传统，传统美术教育的特点主要体现在家族传承。当我们表述“新安画派”的时候，容易忘记这已经是现代汉语，尤其“画派”一词来自翻译，传统语境说的是“吾新安派”。“新安”是地域，“派”是泛指人文传统，而不具体指向于画派，在适当的语境中甚至省略为“吾新安”“吾派”“吾族”“吾宗”等，即古人概念的学派即宗派。比如著名的“南北宗”不说“南北派”，而现代汉语当然是南北派的意思。因而新安画派在某种意义上可以看成是一种宗党体系、宗党门派，而非现当代语境上的学术流派。

当然，说传统美术教育还未必恰当，因为家族传统或两宋以来的书院体系也没有专门美术学科。以黄宾虹为例，其父黄定华雅擅绘事，为黄宾虹延请的先生黄济川、黄秉钧兄弟，主要任务是为了举子业，但黄氏兄弟擅长绘事也许并不偶然。不能说黄宾虹父亲选择启蒙老师所看中的正是他们绘画功底，而是说，“游艺”修为造就的天性禀赋，是儒学体系一直以来所强调的“教育”理念：“其为人也多文，虽有不晓画者寡矣，其为人也无文，虽有晓画者寡矣”——无论是邓椿“画者文之极”[①]，还是苏轼“画者诗之余”，不仅强调的是画家的文学修养，而实际上也从另一个侧面折射了中国绘画是一种文学化的艺术，从这个意义上说，这也是中国美术之所以产生“文人画”的根本原因。

族人关系网是“家学”安全的保障。古人一旦列入师门，或者朋友一旦订交，便构成了契约意义上的终身责任和利害关系：方孝孺说灭十族又何妨，朱棣就把方孝孺老师一家也算上了。家学关系不是简单意义上“传内不传外”的知识垄断，也许是一种被逼无奈。黄宾虹 17 岁回原籍歙县通过举子试，26 岁举家回迁歙县，蒙塾于乡贤汪宗沂。西溪汪氏、潭渡黄氏不仅一衣带水，亦为通家之好。汪宗沂是清季唯一入志《清史稿》的江南大儒，最直接的影响也是经史，而不是造型技术的图画能力，所以黄宾虹后来承认的书画启蒙另有其人。比如 18 岁尝师承陈春帆，而实际上这个过程是伴随亦商亦儒、江南江北以及黄氏家道中落的成长过程，所谓学画也只是一个简单的入门，黄宾虹后来的画艺研学，与历史上大多数人一样，靠的是天赐禀赋、择善固执的私淑经验。

汪宗沂次子汪律本，曾任职于南京两江优级师范，汪宗沂孙汪采白童年

---

① 邓椿《画继》(卷 9 杂说/论远)。

启蒙是黄宾虹，但汪采白后来进入了两江师范，这是清季遗民进入民国时代，黄宾虹和汪采白这两代人从艺之路最为本质的不同——黄汪之别，也可以看成近现代以来，传统美术教育与现代美术教育的分野。

屯溪近郊临溪姚氏家塾遗址，为黄山境内现存私塾遗址所罕见。程家炜（1881—1958）字管侯，休宁临溪人，毕生致力于教育文化事业。宣统元年（1909）与临溪士绅姚公桥、吴仲盘等废重阳庙会，办临川小学，遭宗族势力迫害，欲行活埋，母范氏自缢相抗。绅士赵景武、王甸青呈文徽州府，借以“押程服役”为名，秘密解送浙江菱湖藏匿。宣统三年（1911）返乡，并迁居隆阜，执教于海阳两等学堂，同时重办临川小学堂。民国九年（1920），休宁县为表彰其母助子办学，授予中华民国颁发的“彤管留芳”褒状，高悬于临川小学堂内。程管侯善诗精画，尤以没骨梅花著称。1954 年，应上海市长陈毅之邀，其赴沪作画，陈毅题诗：“老树已成铁，逢春又着花。”

除了家族传统以及师徒关系以外，还有秘不示人的宗教传统。比如弘仁皈依净土宗，大智资粮，五明为学，其偈言、绘画就是必修课之一，众所周知，僧侣要求的绘事修为可以追溯到非常古老的传统。净土法门虽然三根普被，利钝全收，但作为沙门个体，修持起点不尽相同。弘仁青少年尝以诸生资历“铅椠养母”[①] 积累的文学功底和造型能力，在出家之后的禅修日课中得以超凡拔俗，这正是弘仁从一个儒生蜕变为一代画僧的秘密。

私淑与师承都无法形成规范化的学科体系，但正是因为只可意会不可言传的专业技术特点，又有其传承关系的合理性。曾几何时，这种跪天跪地跪师傅的师承关系又有卷土重来之势，这里面当然涉及技术操作的特殊性，但正是专业知识形成的行业利益，容易滋生行业垄断和潜规则。

徽州号称“百年巨室”不胜枚举，私庋宏富，家学渊源。所谓家族传统，师徒关系是技艺传承的基本形式，专业技能的百代积累，因为子承父业的师承关系得以保证，这是优势；而家族传承的师徒关系一定趋于垄断与保守，这是传内不传外的劣势。所以黄宾虹时代，从事美术工作者寥若晨星，这是传统美术教育的局限性。

儒学六艺似乎也有学科之别，但在官人益秩、庶人益禄的等级社会，书画作为单一技能从来都是不入时流的“方技”。以志乘历史为例，弘治《休宁县志》方技尚无凡列资格，康熙《休宁县志》方技开始有了单项体列，并排在列女之前，有趣的是，时至道光，《休宁县志》方技再度挪位于列女之后，这个微妙的变化当然并不偶然。而近百年以来，技能型专业知识得到了前所

① 民国《歙县志·遗佚》卷 10 第 11 页。

未有的重视，这也是百年记忆有目共睹的整体文化进步。

“新安画派”画家均以山水见称，盖鼎革之交，风人屺岵，遗民心岫腹诽是也。除明末丁云鹏，清季罗聘之外，方埙为新安画派后期以人物画著称的代表画家，歙人画东坡歙石罗文辨，尤其罕见。黄瘿瓢亦有类似题材，而方埙款识称拟元人大痴黄子久。

（二）教育普及

师徒模式转变为教育模式，是百年历史标志性事件，而教育普及最为有效的模式莫过于师范教育。师范教育是孵化器，相对于专门艺术院校，师范类美术教育在专业程度上虽有局限性，但教师的职业岗位产生的社会影响普遍而广泛，所以师范类美术教育才是开启现代美术文明的先河。

1. 师范教育

1922年休宁隆阜创办省立第四女子师范。1923年陶行知用一块长城砖为隆阜女子师范奠基。1927年设立理化、史地与音体美三大类选修课。1931年该校成立省立二中二部。1932年二中二部更名省立第八中等职业学校，翌年迁徽州府城歙县。1934年省立八职改为省立徽州师范。

隆阜女子师范与徽州师范合并，是徽州师范教育的历史传奇。1938年，刘海粟来徽师参观演讲，并指导学生写生作画。刘海粟因写生而来的徽州之行，因为美术教育、徽州文化的地缘优势，以及其个人魅力产生的社会影响惠及远人，如鲍锡麟、罗会煜（一作煌）、胡华令、汪立信，以及后来的朱峰、蔡锦等。不能说黄山产生了以刘海粟为追随的专业群体，但刘氏首先作为美术教育家在徽州产生的影响非同一般。随着改革开放的到来，慕名而来的名师，不胜枚举。

1978年创办的安徽劳动大学徽州师范专科班于2002年升格为本科层次院校并更为名黄山学院。艺术学院设立音乐学、美术学、环境设计、视觉传达设计、产品设计以及动画等专业，专业教师达60余人，黄山美术教育迎来了一个崭新的时代。

师范美术教育分为两个方面：美术基础作为选修课和美术成为师范专业。师范教育一开始并没有专门美术专业，而是类似于普及教育将美术作为选修课。美术教育成为独立的师范专业，就像数理化以及音、体发展为独立的学科，是教育发展的必然。技能专业化成就了技能，同时也因为专业化而忽略了技能背后更为宏观的人文素养。这就是为什么传统意义的美术人才都是通才，而相对“专业化”美术教育培养的是技能。知识技能化与技能专业化，也因此利弊同在。其次就是，师范美术教育培养的不是创作型艺术家，而是艺术教育者。区别在于，一个非师范艺术家也许能够垂范于后生，但作为教育行业，又有其自身的规律与标准。

毫无疑问，徽州美术的百年记忆名家辈出，艺术教育与艺术成就集于一身者也大有人在，除了黄宾虹、汪律本、程璋、许承尧、洪野、汪声远、陶行知等人之外，还产生了最早从事乡村美术教育的方纲，敢冒宗法保守势力之阻挠兴办家乡教育的程家炜，但开风气不为师的汪己文以及为师范美术教育呕心沥血的鲍锡麟。

汪律本（1867—1931）字鞠卣，号巨游、旧游等。“佐李瑞清筦两江师范学堂年最久”，“筦”同“管”。用现在的话说，至少是辅佐管理或校长助理。民国祸乱，比汪律本大 2 岁的黄宾虹似有先见之明，早在袁项城弄权之前，已有意游艺为隐，当年敢骂黄宾虹畏葸不前就是汪律本。民国四年（1915），汪律本 48 岁本命年，比汪律本大 8 岁的袁世凯称帝，这时的汪律本才开始意识到，黄宾虹淡泊明志，也许是时代的无奈。从一战结束（1918）到曹锟贿选（1923），再到五卅惨案（1925），黄、汪二人买山归隐，耕钓自经。迫于生计，黄宾虹再次入世也在 60 岁以后，而汪律本是彻底退出了时代洪流。汪律本所在两江师范期间，不仅具体名分至今无可稽考，甚至与关键词两江师范彻底去了关联。一方面可能是汪律本不像黄宾虹那么长寿（卒年 64），另一方面当然与汪律本不与世接、低调处事有关，而实际上汪律本无论是诗词才情，还是绘画造诣都在轶类超群之列。感谢微信时代，当年已经沉底的史料频频浮出水面，日前于藏家郑文锋微信看到一则珍贵资料，早在民国十一年（1922），李瑞清与汪巨游就有《山水花卉合册》[①] 行世，或许能够证明汪巨游与清道人不相颉颃的学术影响。

毕业于两江师范，除了汪采白、胡小石、吕凤子等人以外，颇具影响的人物非张大千莫属。笔者早年学画，见张大千山水作品总有新安风而大惑不解，尤其画黄山作品与汪采白气味相投，后来才知到，张大千的专业底色还在两江师范，更与汪律本那一代人相关联的新安风有关。有资料称，年长 27 岁的方埙与同龄人潘萼楼，均为张大千所悦伏，而张氏兄弟对徽籍画家产生的影响是相互的，如小张大千 17 岁的洪百里先生就是其中之一。

江宗沂尝得古剑随身佩戴，故号彊庐。时至清末民国，这个举动可谓捍格于时宜，但对于汪宗沂来说，这可不是什么书生耍酷，而是际遇了洪杨之乱以来“驱除鞑虏，恢复中华”的时代潮流。汪律本是同盟会会员，弃教从

① 清道人，汪巨游，《山水花卉合册》，民国十一年（1922）上海震亚图书局出版。1922 年李瑞清已逝，汪巨游 57 岁。据扉页题签“清道人、汪鞠翁画册”语气判断，应该是获藏作品人为了纪念他们合册出版。

戎之后，一心想成为仗剑立功的国士，后因军阀横行，国事日非，义愤之下归隐山林。这个时期的书生，轮回了明末清初的徽州遗民，新安画派史学史，使他们这一代人读懂了遗民绘画：产生于徽州时代的“新安画派”不称“徽州”而称“新安”，并非徽州古称新安那么简单，而是遗民思想中的“新安”更代表了汉家道统，而最终从黄山、天都诸画派固定为新安，正是汪律本、黄宾虹、许承尧这一代人的心照不宣，所以他们笔下的亡国之殇与遗民情结的千古哀怨遥相呼应——只有亡国奴才能读懂什么是山水意义的心岫腹诽。郑家琪为汪采白画集写序，曾把汪采白作为新安画派的“殿军”来看待，汪采白服膺而不释的人物恰恰不是黄宾虹，而是仲父汪律本。汪采白是新安画派的尾声，作为新安文脉的逸群之才，汪律本才是真正意义上的传奇人物。

在出版刊物、信息交流尚不发达的年代，专业知识的获得极为困难，掌握了信息就等于掌握了命运。近现代以来，尤其是新中国成立后大量美术人才的出现，基本上都与现代师范教育有关。一个艺术昌明的时代的到来，一定离不开艺术教育。一方面是毕业于徽州师范而就职于徽州本土的教师，另一方面是从其他师范类学院分配至徽州地区的专业教师，阶段性的划分应该可以归纳为四个不同的时期：民国时期、新中国初期、“文革”前后、恢复高考。师范教育造就的艺术家，形成了百年以来人文显赫的“师范派”或“师范体系”，尤其是师大体系，或称“师大派”，贤才俊彦，影响深远。

2. 专业教育

从《黄山近现代人物》中不难发现，只要是科班出身，绝大多数都与理工科有关，这也充分证明实业救国才是当时青年人的理想选择，这与当时“学好数理化，走遍天下都不怕”的思潮是一致的，只有极少数从事艺术专业。以潘世恩生年（1769）为上限，下至20世纪40年代后，有据可查者共计130余人。除了前面所说的师范专业，绝大多数属于家承私淑，极少数毕业于专业美术院校。直到本文脱稿为止，出生于20世纪二三十年代依然健在的遗老有85岁胡华令、86岁鲍加、89汪诚一、92岁鲍弘达等。鲍弘达是鲍锡麟之子。

鲍锡麟，字君白，号二溪，歙县岩寺人。20岁师从黄宾虹，30岁（1934）毕业于上海美专国画系。新中国成立前美术家协会发起人之一。1935年受聘于徽州师范，教授美术，训导处主任兼主任导师；组织并参加徽州剧团，以抗日救亡话剧的方式进行宣传，演出所得全部送往前线，慰劳和支援抗日将士；组织学校师生假期回乡工作队宣传抗日，于岩寺鲍氏宗祠作军民抗击日寇大幅壁画。1946年参与歙县中正中学（紫阳中学）筹建工作，积劳成疾，1948年染肺疾，1952年英年早逝，卒年48岁。世变之交，教育救国论以来，黄宾虹所谓艺术救国就来源于这一思潮，而鲍二溪是致力于艺术教育功若丘山的重要画家之一。

除了专业院校之外，美术技能作为一项专业技术的职业教育出现在徽州本土，始于1981年教育改革。原屯溪第三中学拟建工艺美术学校，1981年至1982年连续招收工艺美术班和实用美术班，人数多达120余人，后来由于旅游兴市，产业转型，拟建工艺美术学校的愿望偃旗息鼓。风水轮流转，后现代文化复兴，工艺与实用美术又有了风生水起的再度机遇，职业教育中的工艺专业转移到了行知以及升格后的职业技术学院、黄山学院。而原来的两届工艺美术班，涌现出不少辛勤耕耘的书画、工艺、非遗传承人，已故教师如程嘉瑞、章臣铨、汪朝友、吴有何等。两届美术班2016年举办过一个回顾展，我曾将两届美术班比作黄山“土山湾”。

新中国成立初期以及“文革”期间，本地区毕业于专业院校的作者虽然凤毛麟角，但光彩熠熠、繁星闪烁者亦不乏其人。改革开放以后，毕业或研修于中国美术学院、中央美术学院以及其他专业院校的艺术从业者人数逐渐增多，为避免挂一漏百以及是非允当，暂不涉及在世作者。

传统美术教育与现代美术教育最为本质的不同是学科化与职业化。因为教育不同，切入问题的观念不同，解决问题的方法也会有所不同，最为显著的变化是，来自西方概念的透视、素描以及色彩学。比如汪采白是近现代以来第一代接触照相机的人，透视成像或镜头取景的框景法，形成了构图规律的“科学性”，而正是这种逻辑规律，同时也局限了绘画概念的“表现”性，这一矛盾集中体现在近百年以来受到西学启蒙的这几代人身上。看汪孔祁的山水与黄宾虹或者经典新安画派的作品，这是一个最容易被忽略的公开秘密。甚至有人也颇为极端，以为素描教学毁了中国人的线条，学院派训练出来的山水画家，“山水”画成了“风景”，这里似乎不宜举例，其实这一现象较为普遍。

二、敦商之旅　克咸厥功

救亡图存的特殊时期，教育颓废，人文沦丧，敢以“艺术救国”为赍志者凤毛麟角。而与此同时，革命大潮，滚滚洪流，唯有投笔从戎才是热血男儿的摩登潮流，所谓“艺术”救国，无异于痴人说梦。能不能也有例外？

（一）海风徽渐

1919年五四运动，黄宾虹时年55，隐居乌渡湖所建房屋被洪水所毁，黄宾虹、汪律本60岁前后，陆续到了上海。为什么说现代主义对应清末民初的海上画派？上海是中国文艺复兴的摇篮，新文化运动导致审美观念的转变，是书画艺术金石风盛行以及风起云涌的革命现实主义，“后海派”与“后新安”许多画家的成就与上海新文化运动的洗礼密切相关。

徽州商帮，世家大族；明清以来，余风未殄。直至民国时期，旅沪同乡会与上海艺术家之间的交集广泛，所谓“海上六十家”不少重要作者就是徽州人。别的不说，仅徽州吴氏世家，吴大澂和吴淑娟在海派的影响，从收藏研究到书画创作可谓无处不在。徽派与海派的历史渊源互为交集，而徽商以及徽州士绅在这其中所扮演的角色厥功至伟，或者说，没有徽州商帮，没有资本意志，一切无从谈起。比如当年徽州各地商会曾经接待过不少到访黄山的画家，他们的收藏视野以及审美视野深刻影响到了徽州美术的各个领域：工艺、家具、服饰、建筑乃至生活器具等。

革命现实主义虽然不能等同于革命浪漫主义，但他们都有一个走出书斋、服务于社会大众的时代背景，所以到了“大跃进”时期，毛泽东提出二者合而为一。而这股思潮的早期端倪，还不是盛行于20世纪二三十年代的教育救国，而是清季以来，由于民族危殆，一些进步知识分子最先呼唤的“金石风”。余藏万安黄莹①大量画稿，课徒粉本基本来自海派绘画或者上海早期出版物。黄澍父黄骏亦擅书画，但论时名，当属堂兄黄莹。黄澍少年师从黄莹，黄氏一门颇具代表性，早年唐法入手，而后来海风徽渐，均致力于魏碑汉隶。正所谓长虞刚简，无亏风尚。莫道上追汉魏，海派巨擘赵之谦才是黄莹、黄澍的精神资源，黄澍书法金石风的源头在这里，只是后来革命浪漫主义更强调了黄澍的凌厉品格。

（二）画学复兴

书画艺术的“金石风”与存亡绝续的大背景息息相关，有的时候甚至具体到画家，具体到画风，具体到某一个人、某一件作品。

黄宾虹晚年的七言长诗（节选）：

娄东海虞入柔靡，扬州八怪多粗俗。
邪甜恶俗昭炯戒，轻薄促弱宜芟除。
道咸世险无康衢，内忧外患民嗟吁。
画学复兴思救国，特健药可百病苏。

书生意气，挥斥方遒。现在看来，似乎黄宾虹未免妄自尊大。还是那句话，无有冻馁之虞，相逢都是太平人，我们无法体会遗民与亡国奴的双重心

① 黄莹（生卒未详）字润石，号吟雪轩、黄山词客、琴逸、琴隐庐等。同治光绪间休宁万安人。

态。时代在召唤，是宿命也是使命。与其说这是一种个人自觉，不如说那是人文精神的遗传基因，汪律本和黄宾虹也不能例外。

虚谷、胡铁梅、吴淑娟、汪之仪、鲍曾祥、黄宾虹、汪律本、汪琨、吴秋鹿、程璋，汪声远、吴湖帆、汪亚尘、潘萼楼、罗长铭、鲍锡麟、程亚君等，构成了海派军团强大的徽州阵容。清末以来的徽州画家群体，是明末清初经典新安画派之后第二拨浪潮，也是黄山美术史以"百年"为视野的重头戏。黄宾虹当年有过类似的感慨，我在他的基础上重新梳理：

（1）新安之前—宋明以来

（2）经典新安—明末清初

（3）新安之后—清末民初

（4）后新安—现、当代

从方法上说，百年专题主要成就是目前已经可以盖棺定论的第三个环节，只有"后新安—当代"部分是进行时，而盖棺定论与进行时之间是志学传统的临界点。时间界限之外，还有制度界限，制度历史看文艺，是社会学研究的基本方法。而特殊之处在于，五四与"文革"，两次重要"文化实践"以及改革前后的"两个三十年"都发生在20世纪这100年，不仅在意识形态上决定了我们的价值观，而且在观念审美上决定了文化走向。诚然，这是另一个维度的文化记忆，就此打住。不过值得注意的是，前30年，阶级斗争打破身份壁垒，曾经是社会进步的共识，时至今日，仍然有人沉浸在身份弥释的幻觉之中；后30年，专业机构、专业职称以及行业协会回归，新的身份壁垒又在祛魅与返魅之中蔓延。所以，在我看来，百年回眸，有不少值得挖掘的策展主题，但绝不是简单的名头串烧，不是急于确认你是不是"名家"，是不是"经典"作品的口水仗，策展本身除了筛选潜在的市场价值，更重要的是文化价值和社会价值。

三、百工庶务　类别以明

不管你的个人感受如何，一个较为普遍的常识是，职业类别不同，规范职称的归属就有所不同。身份类别重在职业类别，只是身份打量的角度之一，也是艺术鉴赏极为重要的参照体系。问题是专业与业余之间非但没有是非分明的具体界限，有的时候甚至还有黑白反转的可能，比如院校专职美术教师，终身从事美术行业，专业性没有问题，但任职资格是教师，比较于专职又属业余。比如职场人生常常能够遭遇的尴尬是，以管理者的口吻，他们会说，我们要的不是艺术家，而是教师，而文化事业单位也有研究员以及从事相应专业的公务员和文化干部，专业身份明确，但职称归属又在“业余”，诸如此类。

（一）身份类别

也许有人会质疑，身份类别的过度打量，会消弭艺术品本身的原始信息，而实际上艺术品的终极解读是作者，是视觉传达潜在的人格魅力与社会关系。原美协主席庄稼汉曾自嘲，画院是正规军，文联美协是杂牌军，也有人过敏并且反感身份为类别。艺术史与其他人文历史有所不同，艺术作品有一个大浪淘沙的历史过程。专业也好，业余也罢，一旦加入协会，这其中原本无法跨越的鸿沟似乎都能被填平。究其原因，艺术作品的好坏并不依赖于学历资质或任职资格，甚至不仰仗美术批评，而取决于作品自身价值规律以及行业共识。从这个意义上说，即便你取得了行业资质，不等于你的作品就有豁免权。矛盾之处在于，一旦获得了作品认可，人们认定的是艺术家，而不是艺术品。美术历史之外，还有一个鉴藏趣味，而所谓鉴藏，除了少数用于博物研究，多数收藏最终都会沦为牟利的手段，这就是所谓的名人效应：只看名头不看作品。极端的例子如贡布里希：没有艺术品，只有艺术家。中国收藏界尤其如此：只有名头，没有作品。相反的情形不能够吗？比如不问名头，只看作品。但凡来自业内的黑暗料理是，一张没有名头的好画，只有以下几种情形可以例外：首先是，以信仰与祭祀为目的的作品本身没有款识；其次是，有著录传世，流传有序的作品；第三是，足以珍贵到仅以“佚名”存在的独立价值。否则等待它的命运是装老套、过山头、挖款、补款、套款等，伪款名家的手段层出不穷。

专业团体毕竟是少数，但专业职称却具有天然的合法性，而合法性的背后是名利诱惑，所以一如独木桥效应，如今民营画院纷纷兴起，自带光环、自封著名的画家多如过江之鲫。名人效应背后的利益消费产生资本意志，资本成就艺术市场，市场成就艺术家。如果是市场规律本身的意志，也许我们不必担心名利背后的利害关系，市场自然有市场规律的制约机制。

（二）作品类别

百年记忆，仅有传统书画当然不能以偏概全。首先是中国画（国画）这个画地为牢的概念本身是理论黑洞。以文学为例，比如小说的基本构件就是文字语言，不同语种之间可以翻译，而绘画不同，造型语言、表现材料、审美体系均不相同，没有视觉语言上的同构性。以汪律本《风柳鸣蝉》为例，同样是绘画，一张西洋花鸟，画为我之所见，仅此而已，如果是中国画，没有辅助手段的文学介入，你永远不会知道作者是在借秋蝉说国是。中国画之所以自我强调，原因也在这里。

上升到造型文化或视觉文化，国画的表现形式以及语言体系又有其逻辑自洽和普适性。如国画强调的款识钤章、诗词歌赋，甚至笔墨纸张。也就是说，画种类别的“材料”地域性只是外在形式，所以画种类别也可以看成是材料体系和语言体系本身。

（1）工艺、雕刻、建筑、绘画

（2）印刷、出版、摄影、原件、复制件

（3）架上、空间、综合材料

（4）多媒体以及电子影像

“画地为牢的地域性”与“越是民族的才越是世界的”，二者之间的矛盾本身的张力际遇了现代主义之后的多元与宽容，而材料地域性与观念地域性确有本质不同。这一矛盾决定了国画作为“画种”无异于作茧自缚，所以有人说，国画永远是“国”画，无法挤进视觉文化的“主流”文明。于是，利用地域性与挣脱地域性，成了不少前卫艺术家水墨实验的牺牲品。

美术作品的类型分析只是结构分析的起点，仅画种分类一项，就是策展方向的独立课题。农耕文明是慢文化，更由于国画自身规律，比如山水画或山水题材是一个超越审美经验、超越意识形态的永恒主题。我陵我阿的山水精神需要，天命永祚的大一统需要，后现代生态文明同样也需要，否则根本无法解释古典主义早已穷极无聊的山水画为什么能够长盛不衰。

中国视觉文化并不同步于世界“主流”文化，看看英国汗牛充栋的水彩、版画就知道，中国古典主义与现代主义之间，缺少工业革命以来视觉文化的“科学”环节，中国美术史实际上从古典主义直接跨越“新古典”，甚至“现代主义”进入“当代”。所以也有人说，改革开放之后的中国“当代”美术30年，把历时200年的西方现代主义走了个遍，而与此同时，属于古典美术的中国传统，又是另一个方向的独立脉络，而本文涉及的百年记忆主要是指国画，尤其是山水，原因就在这里。

（三）时代类别

除了国画本体语言的观念、材料、形式、风格以及画种类别之外，阶段性的划分也几为重要。审美是一种社会动态，社会动态也决定审美；审美潮流可以被预测，而艺术创作不能被假设。时代决定观念，观念决定作品。作者与时代的对应关系不言而喻。

以时代为判断，这里同样隐藏着比较方法的参照体系：

（1）学院派≈翰林派或院体派

（2）古典主义≈院体之后或元明以来的院体中兴？

（3）新古典主义≈明末非主流、边缘群体（地域多样性）或遗民绘画？

(4) 现代主义≈清末民初海上画派（海上六十家、五四新文化运动、中国文艺复兴）

中西方视觉艺术属于不同的文化体系，之所以横向对应，只是一个相对时间。一般情况下，明末清初的新安画派无疑属于古典主义，而比照世界近代史的划分，明末清初的新安画派在某种意义上恰恰是近现代的开端。难道不是吗？就像海上画派可以溯源董其昌，西方后现代可以溯源高迪（1852—1926），同样的道理，这个意义上的中国近现代，其精神意象或审美旨趣，当然可以溯源于明末清初。这一划分可能会颠覆我们对新安画派以及同一时期诸地域流派的传统看法，当然也关系到“百年记忆”这一选题的纵深视野。

（四）体制内外

西方绘画强调直觉象征，东方绘画委婉而隐喻。愉悦喜庆隐喻，忧恐悲戚也隐喻，反正不能直说才是好画。民俗手法隐喻还嫌绕弯子，直接以谐音拉郎配：马上蜂（封）猴（侯）、马上登鸡（基）……诸如此类。当然这背后的原因令人深思，因为避免僭越于礼法，因为政治高压之下的文字狱，并非民俗手法藏戏谑于谐音那么简单。花鸟题材图式语言的民俗化，有的时候无厘头到非常滑稽的程度，唯有山水体裁不容易被戏谑，因而国画“山水”当然不是视觉意义上的风景，而是精神层面风人屺岵的隐喻——但凡新安画家，均以山水见称，秘密也在于此。

通常所说的体制内外，院体即专业，而业余未必等于盲流。如今不在院体就在协会，体制之下无业余，协会之下无盲流。被组织一网打尽的画家是好事还是坏事，可能谁也说不清楚，艺术创作受制于意识形态，还是艺术创作为意识形态所服务，也许并不重要，重要的是艺术创作的自由表达。要想在身份类别中分辨专业和业余并不难，难的是相对于体制，谁是那个真正意义上具有独立精神的艺术家？或者换一种说法，中国艺术传统题材都有一个普遍特点，是在无休止的重复之中作茧自缚，还要在无休止的重复中羽化登仙，终其一生，无休止的重复不过是“文人画”的自我救赎。抛开主题不说，太多的画家为了创作而创作，为主题而主题，具有独立精神的个性特征显得尤为可贵。与其说新安画派产生过无数的另类，不如说，正是游弈于主流文化圈之外的散兵游勇构成了新安画派突兀于时代的边缘群体，这个异数的凸显，是独立精神、自由意志偶然中的必然。

（五）时代特征

如果不以制度看历史，我们根本无法理解那个时代的艺术家以及艺术作品。除了前面所说的黄澍书法的金石风，这里仅以“文革”期间“农民画家”为例：

梅华（1894—1975），原名万金，歙县勋村人，以纸扎工艺为生计，30岁开始学画，颇得宾翁赏识。1958年前后曾在省城举办画展，是中华人民共和国成立初期享誉大江南北的农民画家。1962年调省文联群艺馆从事创作，中国美术家协会会员，出席全国首届文代会。1958至1960年“大跃进”期间，是梅华活跃于歙县各大乡镇制作大型壁画的高产期。笔者家住歙东桂林明代洪家大屋，只要是高墙巷口，除了横幅标语就是梅氏巨幅壁画，童年耳濡目染不离其宗。也许是冥冥之中吧，后来才知道，余少年启蒙老师杨胜利是梅华入室弟子。

杨胜利（1945—1993）家住歙东桂林源塘坞。徽州在中华人民共和国成立初期多棚户之家，杨胜利为温州移民，家境贫寒，英年早逝。杨先生讷口少言，敏于绘事，擅山水人物。农闲期间，以油漆床绘为生，形象记忆、造型能力极具天赋，汪立信、庄稼汉、傅炳奎等专业人士极为推崇杨胜利。

“大跃进”期间，以梅华为代表，形成了无论是绘画题材还是造型手法都极度夸张的“漫画”风。以笔者童年印象，除了宣教题材之外，也不乏歌颂劳动场景的现实题材。明朗的画风，刚劲有力的线条，至今印象深刻。而梅华之后，美术界兴起“画新风”（见傅炳奎印文）的革命浪漫主义风气，杨胜利创作了不少社会主义新农村的现实题材。杨胜利与傅炳奎合作《黄山脚下绘新图》为丰乐水库大坝竣工，是以黄山为背景的主题创作。陵谷变迁，山乡新风，既有传统要素，亦不失现代视野，是这一时期代表作品。

“农民画家”是时代产物，更因为农民画家的“身份意味”符合当时的政治需要，梅华和杨胜利曾经是这一时期的重要作者，他们取得的成就令人瞩目，而作为个案，梅华与杨胜利构成了当代新安的特殊现象。记得十余年前，有关单位召集美协开会，计划成立农民美协，本人力主谏言，反对这一动议。体制之下，身份类别不以个人意志为转移，而人为身份壁垒，容易导致身份歧视，也容易产生文化偏见，作品本身才是唯一标准。

四、功不虚成　名不伪立

以百年为视野，涉及作者的时间界限是什么？个人以为，除了世俗标准的好与坏，如名头大小、市场前景之外，首先是生卒之分。因为已故作者可以是盖棺定论，其理论依据是美术史；而涉及在世作者，因为臧否人物、亲疏好恶以及专业视野，其理论属性应该归于美术批评。美术史与美术批评之间如果存在一种学术自律，百年记忆又是以时间为段落，那么这个界限应该就在生卒之间。

有趣的是，徽人俚语“百年”也是身故、过世、寿终之意。为了学术公平，也避免学术泡沫，古人通行做法是“方技”入志一定放在作者身故之后。当然，不等于当时或当世的美术批评一定写在作者身故之后。问题是，美术批评营造的褒贬之“名”，又在多大程度上影响到了“方技”入志的采集条件？还有就是，也不能说有了这个界限，就一定能够避免评估风险，因为盖棺之后，往往未必能够定论，避免史论家的个人好恶，避免趋之若鹜的马太效应，比如大众审美与专业研究之间当然存在选择性的价值判断。

传统志学方法“身故之后”一刀切的刚性标准之外，我一直怀疑古人真的能够做到针对虚名好位的规范标准以及反制措施。故宫藏郑旼山水册，有“名不可伪立”压角闲章。句出班固《答宾戏》，前一句是“功不可虚成”。丁酉故宫与徽博“新安画派八家展”之后有一个讲座，我将郑旼的闲章“名不可伪立”作为讲座的结束语，就是想借先贤的学术自律，针对当下的社会现象有所思考。艺术商品化背后的名利消费，古人没有今人的担忧吗？当然不是。坊市商品，或者艺术作品商品化，并非今天才有，错亦不在商品本身。明末清初，徽州藏家铁网珊瑚，收藏热导致艺术市场空前繁荣，等不及盖棺定论，当世画家自订润格，自我包装，炙手可热，射利之作甚嚣尘上。郑旼比弘仁小了23岁，严格意义上是经典新安派那一拨的另一代人，而许楚之后，郑旼是新安美术史上最早默默整理弘仁诗偈的人。郑旼“名不可伪立”既是现实的喟叹，又是对新安先贤高山仰止的忧深思远。如今周期性的规律不期而至，当代人已经等不及身后功名，“著名”可以自冠头衔，“大师”可以作为职称。活建纪念馆，生当入大典，更不必说入会如入阁了，会员之外无艺术，早已成为评价一个艺术家成功与否的标志。

近百年画家群体的学术定位是一个宏观命题，我个人的主张是，涉及策展对象，以生卒为界限，尽量避免学术研究的主观臆断。不可否认，艺术家也好，艺术作品也罢，从广告成功学的营销心理上说，包装之前和包装之后，名人效应一定存在。个人行为的自封头衔以及自撰文字尽管可以王婆卖瓜，但涉及行业协会、专业团体的学术命题和学术定位，应该有一个基本方法，应该有一个规范可循。正如前面已经强调的，“新安画派”是一个特定历史时期、特定人群、特定学术概念，300年过去了，现在还有人在打“×××是新安画派代表人物”，甚至还有“×××是新安画派重要代表人物”，结果是，弘仁是代表人物，你也是代表人物，这还不是你的无知，那一定是新安画派的悲哀。如果你的学术成就足以光前裕后，后人不得不将你归入新安画派，与其说那是艺术家的身后事，倒不如说更是史学流派事后诸葛亮的无奈。

五、结束语

方技即技艺，也称术艺。除了技道之外，微妙之处在于，“方”是“技”的地域性，强调的是地域性文脉传承。从诗经国风、方言服饰、工艺建筑，再到唐宋以来的地域性绘画流派，只要是涉及造型艺术，无一不指向地域传承。在书同文、车同轨的大一统时代，“地域性”已经走向整合，但也有些细微的东西不但没有消失，有的时代还在强化。我们有充分的理由相信，手机通信时代，加速了地域性的消亡，但奇怪的是，在后现代文明之中，越是地域性的东西，越是弥足珍贵。地域性特征究竟是一种什么东西？当然是气候土壤，当然是习以成俗的秉性：橘逾淮而北为枳（《周礼·考工记》）。风土人情即文化基因，来自土地的“风”不会消失，地域特征就会永远存在。正是因为地域性文化彰显的魅力，近年来围绕地域文化的张冠李戴以及无端衍生，愈演愈烈，限于篇幅，本文无意涉及，但有两个基本概念来自传统本身，略作辨析，以备存疑：

其一，地域文化的尴尬一直存在。比如方志以“流寓”为统计产生的歧义：宦籍形成寓居，称为流寓。[①] 分别有两种情况，寓居本地和侨寓他乡。一般是指隐退或宦籍士绅，所以身份等级是入志条件。同样的方法也适用于方技，但依据是祖籍或考籍。即祖父墓葬归属地称祖籍，考籍以祖籍为准，祖籍是考籍的依据，考籍又是户籍的归属。著名的例子是黄宾虹的浙皖之争：以出生地或居住为判断，黄宾虹可以是浙人，但以考籍决定户籍论，黄宾虹毫不含糊是皖人。矛盾在于，这里的祖籍与世籍有本质区别。祖籍决定世籍（即籍贯），但世籍不等于祖籍，也就是说，祖父离开本土之后，日后没有归葬原籍，祖父以下就不再以考籍为统计，而族谱可以例外，一般家族统宗谱都会以世籍为统揽。以旅沪吴氏为例，吴淑娟父辈客籍沪上，毫无疑问志乘列传列为歙县人；吴湖帆祖父吴大澂世籍歙县，民国《歙县志》吴大澂不在收入之列，以吴大澂当时的名望，应该不会是遗漏，也许民国志注意到了吴氏考籍，而《黄山近现代人物志》吴大澂收入列传，吴湖帆又不在统计之列。

其二，现代户籍没有了祖籍说，而志乘统计的惯性手法还在持续。那么当代美术史的入志标准是什么？于是吴湖帆成了矛盾的焦点。一方面，现代志学不再强调“流寓”；另一方面，只要是与世籍沾亲带故，都可以收入某某

① 弘治《休宁县志》称“流寓”。康熙《休宁县志》改为“寓贤”。道光《休宁县志》再改为“始迁诸贤”。

派系之中，也不排除艺术家自己认祖归宗，攀高结贵，自称某某画派传人、某某画派代表人物等。不仅是志乘文献，即便是画派研究也滥觞为一种简单的人数统计，没有真正意义上的学术价值。

方技归于“技术”，用来区别形而上的经学文史是有一定道理的。文字是内视联想经验，造型艺术呈现的方式是视觉。除了主题之外，技艺技巧可以抽离于主题之外独立存在，这就是美术相对纯粹的形式美和符号意义的抽象之处。所以形式美并不依赖你说了什么，而在于你怎么说。道理虽然如此，但视觉审美极为复杂，这也是文人画以来，“美术学”现代化本身的发展。20世纪80年代，中国美术影响深远的现代主义艺术运动涉及两个重要背景，一是80年代思想解放运动，其次是西方现代主义思潮。中国文化语境如何融合西方，通过对西方的学习形成了新的中国传统，是百年以来中国文化根本性变革。制度层面的教育普及、相应专业文化机构设立以及国家意义上宏观文化建设，这是制度转变。艺术服务于社会，艺术更服务于心灵，从革命现实主义到生活现实主义，这是审美转变，也是100年来美术历史最为深刻的变化。

2018年，中国美术学院和中央美术学院两所院校举行了百年校庆。中央美术学院美术馆为此特别举办了一系列专题回顾展，其中，被誉为中国珂勒惠支的李桦，几乎所有作品都陈列在一种类似“手提油印箱”的装置里，实木免漆油印箱，给人一种地下工作者随时等待召唤的历史感，整体策划令人印象深刻。

毫无疑问，百年记忆的潜台词是“百年国耻”，百年记忆是苦难的记忆。一百年文化不自信造成的后果也有两个极端，一是毁于“文革”，二是中西文化融合形成了新的视觉传统。近年以来，围绕这两个话题也有不同的声音：一种声音以为，由于“文革”浩劫、汉字改革以及经典教育的丧失，传统文脉已经断了香火；另一派以为，即便有了文字改革，但3000年来，文字、语言、文化语境没有断，所以文脉也就没有断。而因为这两种文化后果，当代美术教育以及美术创作也呈现出截然不同的两个方向：坚持传统语境的国画和中国“西洋画”——由西方架上绘画引申而来的“现、当代艺术”。

所以“百年”不仅是一个时间情结，也是一个观念情结。首先是理论方法，其次才是作品类别。黄山当代美术史不可能是一个孤立的事件，美术也不可能仅限于国画，能否被记忆固定为经典，或许需要更长的历史积淀。

李白五次来安徽

● 李正西

“我本楚狂人，凤歌笑孔丘。”李白以楚狂接舆自喻，表示自己是离经叛道的自由人。这是李白的理想，也是李白性格的写照。

李白（701—762），字太白，号青莲居士，又号“谪仙人”，是唐代伟大的浪漫主义诗人，被后人誉为“诗仙”。有《李太白集》传世，诗作多为醉时写的，代表作有《望庐山瀑布》《行路难》《蜀道难》《将进酒》《越女词》《早发白帝城》《梦游天姥吟留别》等多首。

李白一生中五次来安徽。这五次来安徽，是在他中年以后，已经是饱经沧桑，满身伤痕，是在失意时、生活困难时和遭受打击时来到安徽的。但他在失意时、生活困难时和遭受打击时，在安徽仍然写出了意气风发的诗、诗意人生的诗和人间温暖的诗，计二百余首，文章十余篇。诗是他全部诗歌的五分之一，文章是他全部文章的十分之一。这是值得我们纪念和珍视的。

第一次是天宝元年（742 年）寓居南陵，并由此奉诏入京任翰林供奉。

第二次天宝六载（747 年）至九载（750 年），游历了皖东当涂、历阳和县，皖西潜山、霍山、寿春、庐江郡合肥等地，时间四年。

第三次，天宝十二载（753 年）由梁园来宣城，至十五载（756 年），游历了皖南宣城、当涂、泾县、南陵（包括繁昌、铜陵）、秋浦（贵池，包括石台西部、东至北部）、青阳（包括九华山），时间四年。

第四次，至德二载（757 年）避地卧病皖西的宿松、太湖（包括岳西），时间较短。

第五次上元二年（761 年）赦归，游历了宣城、泾县（包括太平、黄山、石台东部），最后定居当涂，时间两年。宝应元年（762 年），于当涂采石矶去世。

我们就按照李白这五次来安徽的行踪分别加以叙述和评论。

李白第一次来安徽

李白第一次来安徽是天宝元年（742 年），他这次来安徽有特殊的背景。

《旧唐书·列传第一百四十·文苑下·李白传》说："李白，字太白，山东人。少有逸才，志气宏放，飘然有超世之心。父为任城尉，因家焉。少与鲁中诸生孔巢父、韩沔、裴政、张叔明、陶沔等隐于徂徕山，酣歌纵酒。"时号"竹溪六逸"。

为此，他进行了不懈的努力。

《新唐书·卷二百零二·李白传》对李白的介绍略有不同："李白，字太白，兴圣皇帝九世孙。其先隋末以罪徙西域，神龙初，遁还，客巴西。白之生，母梦长庚星，因以命之。十岁通诗书，既长，隐岷山。州举有道，不应。苏颋为益州长史，见白异之，曰：'是子天才英特，少益以学，可比相如。'然喜纵横术，击剑，为任侠，轻财重施。更客任城，与孔巢父、韩准、裴政、张叔明、陶沔居徂徕山，日沈饮，号'竹溪六逸'。"

李白于开元十三年（725 年）仗剑去国，辞亲远游，在金陵散尽千金，游江夏（武汉），遇见安陆洲蔡十，谈起云梦古泽的绮丽。李白想起少时读司马相如的《子虚赋》描绘的"云梦古泽"十分向往，加之，安陆洲有名门望族，郝、许两家闻名江南，许家存有《昭明文选》，李白十分向往。开元十五年（727 年），李白 27 岁，来到安陆。李白求道士胡紫阳介绍，入赘许家，与武则天时的前宰相许圉师才貌双全的孙女许紫烟结婚。李白在安陆十年，写了大量的名篇佳作。许紫烟为其生有一儿一女，儿子伯禽、女儿平阳。李白在安陆期间，曾经进长安，结识了卫尉张卿，并通过他向玉真公主献了诗，"几时入少室，王母应相逢"，祝她入道成仙。李白还在送卫尉张卿的诗中希望引荐，为朝廷效劳。开元二十五年（736 年）前后，李白入长安求仕，结果大失所望。遇见贺知章，因吟诵《乌栖曲》《蜀道难》，被贺知章呼为"谪仙人"，名动京师。

天宝元年（742 年）这一年，李白因为死了妻子许紫烟（又名许萱），举家迁往东鲁任城的家。

此后，李白应两位好友、时任县尉的韦冰（后升为县令）和姓常的县丞的邀请，带着儿子伯禽、女儿平阳（许氏夫人所生），来到安徽南陵。

李白在南陵安顿好儿女，便到扬州，经大运河到越中、剡中，去找他十分信赖的著名道士吴筠求仙论道去了。

吴筠（？—778），华州华阴人，字贞节。李白与之交往甚密。性高鲠，少举儒子业，进士落第后隐居南阳倚帝山。天宝初召至京师，请隶入道门。后入嵩山，师从道教上清派潘师正，受授上清经法。玄宗多次征召，应对皆名教世务，并以微言讽帝，深蒙赏赐。后被高力士谗言所伤，固辞还山。东游至茅山，大历十三年（778）卒于剡中。弟子私谥“宗元先生”。

李白有一个“剡中”情结。唐开元十二年（724 年），年仅 24 岁、胸怀大志的李白，仗剑去国，辞亲远游。出蜀后，在江陵遇见天台山道士司马承祯。司马承祯（647—735），字子微，法号道隐，自号白云子，人称白云先生，河内温县人，今属河南温县。晋宣帝司马懿之弟司马馗的后人。道教上清派第十二代宗师。隐居天台山玉霄峰。先后受武则天、唐睿宗和唐玄宗的接见，询问阴阳术数与理国之事。司马承祯看到李白不仅仪表气度非凡，而且才情文章也超人一等，又不汲汲于当世的荣禄仕宦，这是他几十年来在朝在野都没有遇见过的人才，把他看作非凡之人。通过司马承祯的介绍，李白因此也了解了剡中是道家圣地，知道这里有第十二洞天沃洲山、第十六福地天姥山、第六十福地司马悔山，知道了天台山佛教圣地和剡中佛教般若学“五家六宗”的圣迹。因此，他在湖北荆门写下了向往剡中的《秋下荆门》：

霜落荆门江树空，
布帆无恙挂秋风。
此行不为鲈鱼脍，
自爱名山入剡中。

这次终于有了机会。而且李白是入了道士籍的，他可以通过玉真公主、司马承祯、吴筠等了解到全国道教圣地和道教名山的情况，知道他们活动的信息。他到剡中，真是如鱼得水。

正因为李白对剡中的向往与热爱，所以他梦中的天姥山才奔放浩漫。他写作《梦游天姥吟留别》这首惊天动地的诗篇，正当他被斥逐离开长安，来到东鲁兖州，又要离别友人，准备南下吴越之时。正因为李白熟悉越中即剡东，所以他关于剡东的梦也就激情洋溢，想象丰富，诗情飞腾。《梦游天姥吟留别》融神话、传说和现实于一炉，想象无际，气势恢宏，奔放浩漫，吁嗟慨叹，悲慨深思，是“此曲只应天上有”的千古绝唱，誓将传诵到永远。

正是在这一年，天宝元年（742），因玉真公主、吴筠等的荐举，被召入京，供奉翰林，受到唐玄宗的特殊礼遇。值得说明的是，道士吴筠，诗人贺知章都可能是李白进入宫廷的推荐之人，但起决定作用的，可能是皇帝的妹子玉真公主。

这是李白人生的第一个制高点。李白在剡中得到这个京师传来的消息，真是欣喜若狂。他带着诏书赶回南陵家中，与寓居此地的儿女告别。

他觉得真的可以平步青云、经世济国了，于是他神采飞扬地写下了《南陵别儿童入京》的著名诗篇。全文如下：

白酒新熟山中归，黄鸡啄黍秋正肥。
呼童烹鸡酌白酒，儿女嬉笑牵人衣。
高歌取醉欲自慰，起舞落日争光辉。
游说万乘苦不早，著鞭跨马涉远道。
会稽愚妇轻买臣，余亦辞家西入秦。
仰天大笑出门去，我辈岂是蓬蒿人。

在“白酒新熟”“黄鸡啄黍”的大好秋光里，孩子们端来新酿成的喷香的白酒，欢迎山中归来的父亲。呼唤童子拿来烹煮好的黄鸡斟上白酒，正好美酒佳肴喜庆一番，儿女们为父亲的喜悦心情所感染，嬉笑着拉着他的衣裳撒娇。诗人酒酣拔剑起舞，高歌欢唱，兴致勃勃，容光焕发，比晚霞还要美丽，直比日落西山，霞光满天。诗人写自己苦苦盼望的这一天终于来到了，他即将扬鞭跃马，踏上远道。不是如同汉代的朱买臣被他的愚蠢的老婆所轻视，而是告别家人去京城，与朱买臣不可同日而语。想到自己从此以后不再是一介布衣了，就觉得格外开心，诗人踌躇满志的形象表现得淋漓尽致。

李白第二次来安徽

但李白在京师的生活并不尽如人意。

《新唐书·卷二百零二·李白传》记载了李白在供奉翰林任上的活动及其遭遇：

天宝初，南入会稽，与吴筠善。筠被召，故白亦至长安。往见贺知章，知章见其文，叹曰：“子，谪仙人也！”言于玄宗，召见金銮殿，论当世事，奏颂一篇。

帝赐食，亲为调羹，有诏供奉翰林。白犹与饮徒醉于市。帝坐沉香亭子，意有所感，欲得白为乐章；召入，而白已醉，左右以水颒面，稍解，授笔成文，婉丽精切无留思。

帝爱其才，数宴见。白尝侍帝，醉，使高力士脱靴。力士素贵，耻之，擿其诗以激杨贵妃，帝欲官白，妃辄阻止。

白自知不为亲近所容，骜放不自修，与贺知章、李适之、汝阳王琎、崔宗之、苏晋、张旭、焦遂为“酒八仙人”。（如杜甫所说是“冠盖满京华，斯人独憔悴”）

恳求还山，帝赐金放还。（天宝三载，公元 744 年，李白愤然上疏请归。玄宗“以其非庙廊器，优诏罢遣之”。孟棨：《本事诗》）

李白浮游四方，尝乘舟与崔宗之自采石至金陵，著宫锦袍坐舟中，旁若无人，然后回到东鲁家中。

这期间，天宝四载（745 年），杜甫在齐州、临邑访友，小住至初秋又到东鲁兖州拜访李白，并结伴同游。这一年，李白 45 岁，杜甫 34 岁。在一个秋日无风的日子里，两人骑马往鲁城的城北郭外，去拜望一位隐士范十。杜甫有《与李十二白同寻范十隐居》记其友谊的深厚：

李侯有佳句，往往似阴铿。余亦东蒙客，怜君如弟兄。
醉眠秋共被，携手日同行。更想幽期处，还寻北郭生。
入门高兴发，侍立小童清。落景闻寒杵，屯云对古城。
向来吟橘颂，谁欲讨莼羹。不愿论簪笏，悠悠沧海情。

“李侯有佳句，往往似阴铿。余亦东蒙客，怜君如弟兄。醉眠秋共被，携手日同行。”这写的是，李白是如同日颂千言的南朝的阴铿，佳句连连。杜甫说我是豪侠的东蒙客，很看重与李白的交情，醉卧共被，携手同行，亲如弟兄。“入门高兴发，侍立小童清。”范十携小童在门前站立迎接：李白和杜甫在范十处流连至晚：“落景闻寒杵，屯云对古城。”“向来吟橘颂，谁欲讨莼羹。”向来以吟橘颂为物外之想为标榜者，谁会再想到讨家乡的莼羹呢？“不愿论簪笏，悠悠沧海情。”我和李白都不在意官职的大小，只愿我们之间的友谊如沧海般宽阔而浩漫。

全诗在充满感情的描写里，让兄弟之情心神相连，生生不绝。

这期间，李白与杜甫三次相遇，情深意长。

李白和杜甫在这里还遇到了诗人高适，高适此时也还没有禄位。然而，三人各有大志，理想相同。三人畅游甚欢。

在北方漫游一年以后，李白于天宝六载（747 年）春天，由扬州、金陵溯江而上，开始了他的第二次安徽之行。

他首先来到皖南当涂。李白十分喜爱这里濒临大江、山水多姿，喜爱这里的山光水色。

他经常月夜乘舟，自采石达金陵，与谪官金陵的崔宗之诗酒唱和。崔宗之，名成辅，以字行，崔日用之子，袭封齐国公。历左司郎中、侍御史，与李白等来往密切，被称为“饮中八仙”（“饮中八仙”唐朝嗜酒好仙的八位学者名人，亦称酒中八仙或醉八仙）。《新唐书·李白传》载，李白、贺知章、李适之、汝阳王李琎、崔宗之、苏晋、张旭、焦遂为“酒八仙人”。杜甫有《饮中八仙歌》云：

知章骑马似乘船，眼花落井水底眠。
汝阳三斗始朝天，道逢曲车口流涎，恨不移封向酒泉。[①]
左相日兴费万钱，饮如长鲸吸百川，衔杯乐圣称世贤。[②]
宗之潇洒美少年，举觞白眼望青天，皎如玉树临风前。[③]
苏晋长斋绣佛前，醉中往往爱逃禅。
李白一斗诗百篇，长安市上酒家眠。
天子呼来不上船，自称臣是酒中仙。
张旭三杯草圣传，脱帽露顶王公前，挥毫落纸如云烟。
焦遂五斗方卓然，高谈雄辩惊四筵。

李白有《月夜江行寄崔员外宗之》记述他与崔宗之的这种交往之欢：

飘飘江风起，萧飒海树秋。
登舻美清夜，挂席移轻舟。
月随碧山转，水合青天流。
杳如星河上，但觉云林幽。
归路方浩浩，徂川去悠悠。
徒悲蕙草歇，复听菱歌愁。
岸曲迷后浦，沙明瞰前洲。
怀君不可见，望远增离忧。

他们在月夜的江面上欣赏"月随碧山转，水合青天流。杳如星河上，但觉云林幽"的美妙的美景，是多么令人愉悦啊！

李白和崔宗之又曾经于月夜乘舟溯江而上去游白碧山，诗曰《自金陵溯流过白壁山玩月达天门，寄句容王主簿》，这是李白的代表作品之一。

沧江溯流归，白壁见秋月。秋月照白壁，皓如山阴雪。
幽人停宵征，贾客忘早发。进帆天门山，回首牛渚没。
川长信风来，日出宿雾歇。故人在咫尺，新赏成胡越。
寄君青兰花，惠好庶不绝。

《旧唐书》本传载，李白与崔宗之"尝月夜乘舟自采石达金陵，白衣宫锦袍，于舟中顾瞻笑傲，旁若无人"。李白与崔宗之友善，杜甫《饮中八仙歌》

---

① 汝阳王李琎，唐玄宗的侄子。

② 左丞相李适之，742 年（天宝元年）八月为左丞相，746 年四月为李林甫排挤罢相。

③ 崔宗之，吏部尚书崔日用之子，袭父封为齐国公，官至侍御史，也是李白的朋友。觞：大酒杯。白眼：晋阮籍能作青白眼，青眼看朋友，白眼视俗人。玉树临风：崔宗之风姿秀美，故以玉树为喻。

曾这样描述崔氏："宗之潇洒美少年，举觞白眼望青天，皎如玉树临风前。"其少年英俊，倜傥不羁，二人乘舟夜游，引起观者如堵，与李白的潇洒飘逸相得益彰。

李白在当涂欣赏天门山的奇妙美景，写下了传颂千古的名篇《望天门山》：

天门中断楚江开，碧水东流至此回。
两岸青山相对出，孤帆一片日边来。

天门山，位于安徽省和县与芜湖市长江两岸，在江北的叫西梁山，在江南的叫东梁山（古代又称博望山）。两山隔江对峙，形同天设的门户，天门由此得名。《江南通志》记云："两山石状晓岩，东西相向，横夹大江，对峙如门。俗呼梁山曰西梁山，呼博望山曰东梁山，总谓之天门山。"

这首《望天门山》以山相对，照应"中断"，以水流回，承应"江开"，出自天然，意境开阔，气魄豪迈，画面色彩鲜明，虽然只有短短的四句二十八个字，所构成的意境优美、壮阔，确乎非身临其境的大手笔莫办。诗人将读者的视野沿着烟波浩渺的长江，引向无限宽广的天地，使人顿时觉得心胸开阔，眼界扩大，充分表现出李白豪放不羁的精神和广阔胸怀。

李白又曾在横望山寻幽探胜，写有《赠丹阳横山周处士惟长》：

周子横山隐，开门临城隅。
连峰入户牖，胜概凌方壶。
时作白纻词，放歌丹阳湖。
水色傲溟渤，川光秀菰蒲。
当其得意时，心与天壤俱。
闲云随舒卷，安识身有无。
抱石耻献玉，沉泉笑探珠。
羽化如可作，相携上清都。

诗中通过周先生的所见所闻，写出了丹阳美景，又借周先生抒发感慨，愿与其游仙山琼阁。借景抒情的手法使景与人相互衬托，表达了作者对周先生人格的赞赏以及对人生的感慨。

第二年，天宝七载（748年），李白溯江而上，途经庐江，见本家庐江郡太守吴王李祗。李祗是唐太宗第三子吴王李恪之孙，张掖郡王李琨之子，袭封嗣吴王曾做过东平、陈留、庐江等郡太守。李白向李祗献上《寄上吴王三首》：

淮王爱八公，携手绿云中。

小子忝枝叶，亦攀丹桂丛。
谬以词赋重，而将枚马同。
何日背淮水，东之观土风。

第一首是介绍自己，说吴王李祇如同汉淮南王刘安一样爱才若渴，而自己虽然有愧于是李唐王朝的子孙，但也曾经出入朝廷。世人都误以为我善于辞章，可以与汉代的枚乘、司马相如的才华相比，那么什么时候可以像汉代的邹阳投奔吴王刘濞受到重用一样，也受到李祇的重用？

坐啸庐江静，闲闻进玉觞。
去时无一物，东壁挂胡床。

第二首是赞扬吴王李祇优雅闲适的生活，治理得庐江郡社会安宁，政治清明，而且为官清明，家无长物。

英明庐江守，声誉广平籍。
洒扫黄金台，招邀青云客。
客曾与天通，出入清禁中。
襄王怜宋玉，愿入兰台宫。

第三首是说吴王李祇如同西晋时百姓爱戴、仁德施政的郭袤声誉满广平一样，也受到庐江郡人民普遍的拥戴，而且能够像战国时期燕昭王筑黄金台以招天下贤士一样，招邀天下享有盛名的“青云客”。李白说，自己也是出入过禁中的人，希望吴王能够像楚襄王怜爱宋玉那样，重用自己，展现才华。

李白这样向李祇“表忠心”，似乎并未受到李祇的重视。于是李白继续西行北上，在江上望皖公山即大别山的“奇峰出奇云，秀木含秀气”（《江上望皖公山》），到了亳州，拜谒老君庙，写了《谒老君庙》一诗：

先君怀圣德，灵庙肃神心。草合人踪断，尘浓鸟迹深。
流沙丹灶灭，关路紫烟沉。独伤千载后，空余松柏林。

这首诗写出了老君庙是唐王朝的先君怀念老子圣德，使灵庙“肃神心”的神圣地方，但老君庙“草合人踪断，尘浓鸟迹深”，荒凉、冷落，老子的光焰如同“流沙丹灶灭，关路紫烟沉”，埋没在这里。“独伤千载后，空余松柏林”，老子在千载之下的“空余松柏林”这样的命运，是很令人伤感的。李白有怀才不遇的感伤。

李白由亳县北上，回到东鲁（山东任城）的家，希望寻找到再次晋升的机会。但在北方盘桓了数年，仍然到处碰壁，一筹莫展。在“优恨坐相煎”的心情下，在“无风难破浪，失计长江边”（《赠丹阳横山周处士惟长》）的情况下，只得“蹉跎复来归”，又来到江南。

李白第三次来安徽

天宝十二载（753 年），李白 53 岁，第三次来安徽。

这年秋天，李白由曹南（山东菏泽）南下。李白与杜甫、高适游砀山，县令刘某于燕喜台设宴招待。［《江南通志》载：“台上有石刻宴喜台三大字，相传李白笔。”今存碑高 175 厘米，宽 80 厘米，楷体大字，为北宋政和三年（1113 年）真州知府李釜手书］李白有《秋夜与刘砀山泛宴喜亭池》诗记其盛：

明宰试舟楫，张灯宴华池。文招梁苑客，歌动郢中儿。
月色望不尽，空天交相宜。令人欲泛海，只待长风吹。

这首诗描写了他受到砀山刘县令热情的款待，隆重宴请，月夜泛舟的情景。“明宰试舟楫，张灯宴华池”，即刘县令在燕喜台张灯结彩，和李白共同乘船，在燕喜台上宴请他。燕喜台上，如同梁笑孝的梁园文人雅士欢聚一堂一样热闹异常，更有能歌善舞的郢中儿，使得这次盛宴变得热闹异常。在这月色如水，皓月当空的夜晚，只觉得空天纯净，交相辉映，把人的思想引向遥远的时空，所以是“令人欲泛海，只待长风吹”。泛游大海，只待长风吹来，令人浮想联翩。

李白继续南下，来到宣城。这一次，他几乎跑遍了皖南的山山水水，到处留下了他的游踪和吟咏的诗篇。

他这次来到皖南是有依靠的，如宣城宇文太守、从弟宣州长史李昭、寄寓金陵的崔宗之、当涂赵炎少府、族叔李云、族弟李椁以及崔司户、柳少府、何昌浩、崔秋浦、汪伦等，使他处在亲情和友情的包围之中。例如，他的《过汪氏别业二首》和《赠汪伦》就是他所处这种环境的真实写照。

过汪氏别业二首

其一

游山谁可游？子明与浮丘。
叠岭碍河汉，连峰横斗牛。
汪生面北阜，池馆清且幽。
我来感意气，捶炰列珍羞。
扫石待归月，开池涨寒流。
酒酣益爽气，为乐不知秋。

其二

畴昔未识君，知君好贤才。
随山起馆宇，凿石营池台。
星火五月中，景风从南来。
数枝石榴发，一丈荷花开。
恨不当此时，相过醉金罍。
我行值木落，月苦清猿哀。
永夜达五更，吴歈送琼杯。
酒酣欲起舞，四座歌相催。
日出远海明，轩车且徘徊。
更游龙潭去，枕石拂莓苔。

据考证，这《过汪氏别业二首》于天宝十四载（755年）秋作于泾县。汪氏，即汪伦。全诗表现了作者与汪伦之间的友情并渲染了与朋友同游之豪情雅兴。

其一，“游山谁可游？子明与浮丘”，他把自己与汪伦看作是窦子明、浮丘公一样的神仙来加以赞赏。“叠岭碍河汉，连峰横斗牛。汪生面北阜，池馆清且幽。”汪氏别业建立在重重叠叠的山林之中，障蔽了河汉，盘踞在斗牛之分的吴地，而且是在桃花潭的南岸，坐南朝北，面对着桃花潭北面的玉屏山，清爽而又幽静。“我来感意气，捶炰列珍羞。”我在陈列各种美味佳肴的款待中，强烈地感受到朋友的深情厚谊。“扫石待归月，开池涨寒流。酒酣益爽气，为乐不知秋。”在清扫干净的石凳上等待月亮西归，开启池水涨满寒流。酒足饭饱神清气爽，这种快乐使人已经忘记了这是深秋。

其二，是写与汪伦相见恨晚，也感到夏天未来是个遗憾。“日出远海明，轩车且徘徊。更游龙潭去，枕石拂莓苔。”这次宴会一直延续到天明，人们才乘着车子恋恋不舍地离开。更希望到龙潭去探幽寻胜，在拂去莓苔的石上高枕酣眠。

另有一首作于同一时间的《赠汪伦》，更是热情洋溢。

赠汪伦

李白乘舟将欲行，忽闻岸上踏歌声。
桃花潭水深千尺，不及汪伦送我情。

诗中描绘李白乘舟欲行时，汪伦踏歌赶来送行，十分朴素自然地表达出汪伦对李白朴实、真诚送行的情感。“桃花潭水深千尺，不及汪伦送我情。”李白信手拈来，用“深千尺”赞美桃花潭水的深湛，用“不及”两字笔锋一转，把无形的情谊化为有形的千尺潭水，形象地表达了汪伦真挚深厚的情意。全诗语言清新自然，想象丰富奇特，短短四句二十八字，却脍炙人口，是李白诗中流传最广的佳作之一。

李白这次来安徽还有一个成仙了道的情结，其于天宝十二载（753年）作于旌德的《焦山望寥山》诗云：

石壁望松寥，宛然在碧霄。
安得五彩虹，架天作长桥。
仙人如爱我，举手来相招。

石碧山，在旌德县西80里。《旌德县志》："石碧山两岸对峙，一水中流，最称厄塞。"松寥山在县北90里，与泾县毗邻。

身处石碧山中，面对山高水长，催生了"安得五彩虹，架天作长桥"的欲望，希望"仙人如爱我，举手来相招"。

他与许宣平、温处士、高山人等交往送迎，表达损益养护的心得。我们看他的《题许宣平庵壁》一诗：

我吟传舍诗，来访真人居。
烟岭迷高迹，云林隔太虚。
窥庭但萧索，倚柱空踌躇。
应化辽天鹤，归当千岁馀。

这首诗中许宣平，歙县人。据《徽州府志》：许宣平于"唐睿宗景云年间，结茅庵于城南隅城阳山。时或负薪沽酒，每醉腾腾拄杖以归，独吟曰：'负薪朝出卖，沽酒日西归。路人莫问归何处，穿入白云入翠微。'"

李白曾在绿图馆舍墙上读到许宣平这首诗。慕其仙逸之风，特来拜访。但数次不遇，李白只得在许宣平庵墙上题了《题许宣平庵壁》这首诗，以表达累访不遇的遗憾心情，从中也可以看到他的道家情结。

李白在《送温处士归黄山白鹅峰旧居》中更对黄山是"仙人炼玉处，羽化留余踪"充满向往之情。

李白也不拒绝与高僧的交往。他与会公的交往、与仲睿的交往也都很感人。他对会公充满敬意，说"会公真名僧，所在即为宝。开堂振白拂，高论横青云"，令人神往。他说仲睿"风韵逸江左，文章动海隅"，是"今日逢支遁，高淡出有无"。可见，李白对佛教及其佛理也有深刻的理解。他的那首《听蜀僧睿弹琴》更是洗刷心灵污垢的名篇，诗曰：

蜀僧抱绿绮，西下峨眉峰。为我一挥手，如听万壑松。客心洗流水，余响入霜钟。不觉碧山暮，秋云暗几重。

李白还有一个“谢朓”情结。谢朓，南齐宣城太守，在这里建有北楼，故又称谢朓楼。李白崇拜谢朓，十分赞赏谢朓的诗歌创作，在《宣州谢朓楼饯别校书叔云》中（又名《倍侍御叔华登楼歌》）曾经唱出过“中间小谢又清发”。

弃我去者，昨日之日不可留；乱我心者，今日之日多烦忧。
长风万里送秋雁，对此可以酣高楼。
蓬莱文章建安骨，中间小谢又清发。
俱怀逸兴壮思飞，欲上青天揽明月。
抽刀断水水更流，举杯消愁愁更愁。
人生在世不称意，明朝散发弄扁舟。

这首诗借饯别叔李云，一气呵成，将满腔牢骚和心中不平之气抒发得慷慨激昂，淋漓尽致。

理想与现实的尖锐矛盾所引起的强烈精神苦闷，在诗的开头以长达十一字的句式，生动形象地展示出诗人郁结之深、忧愤之烈、心绪之乱以及一触即发、发则不可抑止的感情状态。

“长风万里送秋雁，对此可以酣高楼。”抛弃心中的时光易逝的苦闷，抛弃心中的烦忧，面对如此寥廓明净的秋空，遥望万里长风吹送鸿雁的壮美景色，不由得激起酣饮高楼的豪情逸兴，展示出诗人豪迈阔大的胸襟。从极端苦闷忽然转到朗爽壮阔的境界，精神为之一爽，烦忧为之一扫，“酣饮高楼”的豪情逸兴油然而生。

“蓬莱文章建安骨，中间小谢又清发。俱怀逸兴壮思飞，欲上青天揽明月。”诗以蓬莱文章比喻校书李云，文章刚健遒劲如同建安风骨，而自己的文章却如谢朓的清新秀发。我和你都怀有豪情逸兴，雄心壮志，酒酣兴发，飘然欲飞，希望登上青天揽取明月。

“抽刀断水水更流，举杯消愁愁更愁。人生在世不称意，明朝散发弄扁舟。”眼前的苦闷和烦扰如抽刀断水水更流，举杯消愁愁更愁，不如不去管它，人生在世不称意，无法避免，还是明朝散发弄扁舟去吧。这是无可奈何的长叹，又是内心积郁的解脱。

这说明李白虽然也会被皖南山水的秀丽所陶醉，却无法摆脱内心的苦闷与烦扰。摆脱这种苦闷与烦扰的机会终于来了，这就是“安史之乱”带给李白的机遇。

天宝十四载十一月初九（755 年 12 月 16 日），安禄山趁唐朝廷内部空虚腐败，联合同罗、奚、契丹、室韦、突厥等民族组成号称 20 万士兵，起兵叛乱。不到 2 个月，黄河以北的广大土地，包括东都洛阳，尽陷叛军之手。由半年，长安陷落。唐玄宗仓皇出逃蜀中避难。安史之乱给全国人民带来了巨大的灾难。国难当头，李白报国之心更为强烈。天宝十五载（756 年），当永王李璘在武汉起兵聘李白为僚佐，李白欣然应命，迎来了他政治生涯的第二个高峰。

李白第四次来安徽

但李璘兵败被杀，李白从乱军中逃出。旋又因“附逆”罪名被投入浔阳狱中，被判流放夜郎（今贵州桐梓）。“平生不下泪，于此泣无穷。”（《江夏别宋之悌》）李白拖着病躯，在流放途中遇到大赦，重获自由，掉头东归，在汉阳、江夏、巴陵、豫章（今江西南昌）等地盘桓一年多，于至德二年（757 年），57 岁来到皖南。

这年二月，李白逃亡至太湖，在司空原“俟乎太阶平，然后托微身”，希望天下太平以后，可以托身黄老，安心学道（《避地司空原言怀》）。在司空山看“天河从中来，白云涨川谷”的瀑布（《瀑布》）。

沿江而下，在宿松，与闾丘县令过从甚密。他歌颂闾丘县令“何惭宓子贱，不减陶渊明”（《赠闾丘宿松》）。

李白第五次来安徽

上元二年，李白沿江而下，到安庆，宣城窦长史来迎接他。他非常兴奋，写《江上赠窦长史》，用南朝樊猛巡游江面的盛况“闻道青云贵公子”来形容窦长史领着彩船迎接他的盛况。

在江上看九华山，过铜陵，辗转于宣城、泾县（包括太平、黄山、石台东部）、当涂、金陵，最后定居当涂。

李白有《献从叔当涂宰阳冰》三首记载其事。《献从叔当涂宰阳冰》作于上元二年（761 年）冬天。这首诗歌颂了李阳冰的才能，陈述自己无所依归的困境，宝应元年（762 年）暮春，他有见隐居宣城横望山老友吴筠之举。

第一首回忆了他与吴筠在吴山、越水之间分合别离的情景：是“将欲辞君挂帆去，离魂不散烟郊树”，感情深厚。第二首写与吴筠老友重逢的亲切感受，是“别君莫道不尽欢，悬知乐客遥相待”，料想还会再见。第三首写心知求仙论道，是“翛然远与世事间，装鸾驾鹤又复远”的虚幻，“云游雨散从此辞”，拱手分别。这首诗是李白弃世前一年在石门旧居与吴筠相见，实际是对自己一生追求的反思与否定。

宝应元年（762 年）冬，李白在弥留之际，作《临终歌》：

大鹏飞兮振八裔，中天摧兮力不济。
余风激兮万世，游扶桑兮挂左袂。
后人得之传此，仲尼亡兮谁为出涕。

李白以“大鹏飞兮振八裔”自况，但受到政治上的打击，无力达到自己希望实现的目标。

这首诗是他的临终遗言。

从李白五次来安徽可以看出：

其一，李白一生的两个制高点——翰林供奉、参与永王幕僚，都是从安徽起步完成的。这是并不正常的状态。

其二，李白都是在生活困窘无着的情况下来安徽求生存和避难的。所以他在从天上落到地下时，会发出“遥知礼数绝”“弹剑歌苦寒”的慨叹。

其三，李白来安徽的悲剧性结局告诉我们，只有政治清明，国家社会安定，诗人才会有广阔的施展才能的天地。

墨彩交响，生命勃发

——赖少其艺术人生管窥

● 张宗明

“三家一身”的艺术人生

赖少其，本名少麒，于1915年5月16日（乙卯农历四月初三）生于广东普宁县流沙镇华市村一个小商贩家庭，父亲赖笈，字道嘉，母亲王绸，是从一庄姓人家改嫁到赖家，饱受歧视。赖少其兄弟三人，小弟夭折，还有一弟弟名叫赖扁。赖少其于1929年春天14岁时离家，只身一人赴陆丰龙山中学求学，直到2000年11月28日清晨4时10分在广州珠江医院逝世，其85年的人生历程具有浓烈的传奇色彩。

赖少其集革命家、艺术家、文学家等头衔于一身，是新中国成立后艺术界的一代巨擘，有着广泛的影响力。他是新徽派版画的创立者、新黄山画派的开拓者，也是当代岭南画派开一代风气之先的大家。赖少其回广州80岁后创作的近百幅新作将当代岭南国画提升到一个新境界、新水平。

身为革命家的赖少其，于1939年10月经桂林八路军办事处介绍，以《救亡日报》战地记者的身份，手持国民党政治部三厅中将厅长、《救亡日报》社长郭沫若的介绍信为掩护，奔赴安徽省泾县云岭参加了新四军。军长叶挺喜欢文化人（他本人也是个摄影迷），对青年木刻家赖少其投笔从戎参加革命表示欢迎，还召开了小型欢迎会，并将赖少其分到军部政治部工作。① 1940年5月由军政治部支部书记刘思明（即洪雪邨）和何士德介绍，其加入了中国共产党。1941年1月，赖少其在皖南事变中被俘：在东流山保卫战中他身

① 贺朗著《赖少其传》78页，花城出版社出版。

为第三支队五团的宣传股长，异常英勇，为保障位于石井坑的新四军军部安全撤退，五团激战五天五夜，打到最后只剩下几十人，被迫撤离阵地。在突围途中，赖少其只身向繁昌县长（曾是新四军统战对象）——名叫徐羊我的县长“借路”，不幸被捕。

被捕后的赖少其先由泾县夫子堂监狱押到临溪“皖南特训处”设在程氏宗祠改建的监狱关押，又于1941年5月被解往上饶集中营，因画了墙报刊头画《高飞》，被视为顽固分子转到石底子监狱、周田监狱，后来因写《囚徒歌》又被押至臭名昭著的茅家岭监狱，还受了“吊铁笼”的酷刑。

1942年1月30日，在狱内党组织的帮助、营救下，赖少其和邵宇在铅山县石塘镇利用监狱剧团的一次演出时机，怀揣着狱友冯雪峰给的30元钱，成功越狱，经浦城、龙泉、丽水、温州、乐清、宁波，最后到了上海。在上海，其找到原新四军军部战友林淡秋同志，并通过林淡秋重新找到党组织，写了书面越狱经过汇报，经中共苏中区党委副书记陈丕显安排，由党的地下交通护送至苏中解放区，被分配到苏中区党委宣传部所属《滨海报》，负责副刊《海滩》编辑工作。1943年1月与战友曾菲在苏中解放区结婚。

解放战争时期，赖少其历任华野政治部文工团长、文艺科长、一师一旅二团政治处副主任等职，其间“他深入连队首创‘立功运动’，后来在人民解放军和解放区广泛推广，当时被誉为连队政治工作的三把钥匙之一而载入人民军队史册，他本人则荣获了‘干部一等功’的殊荣”[①]。

1949年7月，赖少其以中国人民解放军代表团第一副团长的身份参加了第一届全国文代会，受到毛泽东主席的接见，还受邀登上天安门参加了新中国成立的开国大典。同年9月任南京市委宣传部副部长。1952年4月调任华东局文委委员、华东文联秘书长、上海市文联副主席，至1959年在上海工作期间还曾任华东美协、上海美协副主席、党组书记，兼任上海中国画院筹委会主任，于1959年2月调往安徽工作。

1959年3月至1986年2月，在安徽工作的30年间，赖少其历任安徽省委宣传部副部长、省政协副主席（兼任省文联主席、省美协和省书协主席、省书画院名誉院长），其间赖少其还曾担任中国美协、中国书协常务理事，中国版画家协会副主席。作为执掌一方文艺工作的领导，赖少其为安徽文艺的发展作出巨大贡献，特别是为徽派民间工艺的砖雕、木刻、铁艺发掘以及新徽派版画、新黄山画派的形成与崛起，发挥了定标举旗、聚贤才、出作品的领军与核心作用。赖少其1986年调离安徽后直至去世，一直定居广州。离开

① 张磊文《序〈赖少其传〉》，见贺朗著《赖少其传》2页。

了领导岗位的赖少其专注于艺术创造，其 70 岁后的“丙寅变法”及 80 岁后的脱化生新、意象圆融的心画妙境，以天造神笔藉彩墨通化于素帛之上，撼人心魄引发共鸣，将他的艺术成就推到从艺 60 年来的巅峰。国务院原总理李鹏手书“艺术为人民”，中央军委原副主席刘华清也题写“革命之路，艺术之光”，这是对赖少其艺术人生的高度概括和评价。

身为艺术家的赖少其，于 1930 年 7 月考入广州市立美术学校（广州美院前身）西洋画系[①]，从此走上他的艺术求索道路。赖少其进校时“校长是李居端，教务主任则是在中国美术界享有盛名的黄君璧先生。西画系也是人才济济：教一年级西洋美术史的是曾任过该校校长的胡根天，教石膏像的是青年教师吴宛，教二年级人体写生的是李桦”[②]。通过系统学习西洋美术，青年赖少其对版画有了一种特殊的偏爱，于是便和老师李桦共同倡议，于 1934 年 6 月 19 日成立了“现代版画研究会”，出版同仁刊物《现代版画》（共出版了 18 集，一集一本）。李桦和赖少其通过转学到上海美专的林绍伦同学得知了鲁迅地址，先后与鲁迅通信，并将《现代版画》寄去请教，得到鼓励和肯定。鲁迅在 1935 年 1 月 18 日给赖少其的信中说：“少麒先生：寄给我的《诗与版画》，早收到了，感谢之至……那一本[③]里的诗的情调，和版画是一致的，但版画又较倾于印象方面。”[④] 此信中鲁迅对青年赖少其的版画创作提出中肯的意见，为他的进步与提高指明了方向。

1934 年 12 月在广州举办了现代版画研究会成员第一次年展，共展览作品 316 件。次年元旦，赖少其和李桦选送出 160 件作品，参加在北平太庙举行的“第一届全国木刻联合展览会”，此展在京展后巡展于天津、济南、太原、汉口、上海等地，产生了广泛的社会影响。1935 年 10 月，赖少其和潘业、陈仲纲在广州永汉北路大众公司画廊举办了“木刻三人展”，从苏联回国途经广州的徐悲鸿参观展览并合影留念。1935 年鲁迅将赖少其寄给他的《现代版画》介绍到日本，赖少其的作品被收入日本 1936 年出版的《世界美术全集》，赖少其被尊称为“中国画伯”。

1938 年 1 月，赖少其和力群、王琦、罗工柳在“国民政府军事委员会”政治部三厅艺术处美术科，受政治部副主任周恩来、三厅厅长郭沫若领导，

---

① 贺朗著《赖少其传》494 页《赖少其创作活动年表》。

② 胡志亮著《木石魂——赖少其传》20 页。胡根天：广州市立美术学校的创建人，也是“赤社”的创建人。李桦：著名版画家。

③ 指《诗与版画》配诗木刻集，系赖少其手印自费出版的作品集，现藏于上海鲁迅纪念馆。

④ 《鲁迅全集》第 13 卷 25 页。

为“抗日漫画宣传队”成员。同年6月12日“中华全国木刻界抗敌协会”[①]在汉口成立，成立大会是在武汉依仁里依仁小学楼上召开的，出席会议的代表30多人（各地会员计200多人），田汉作为周恩来和郭沫若的代表出席大会，赖少其参加大会并当选为理事。6月底赖少其去了西安，与张仃夫妇和诗人艾青以第一军办刊为掩护共同创办了宣传抗战的进步刊物《西北画报》。1939年初创作了著名套色木刻作品《抗战门神》张贴在千家万户，成为宣传、激励抗战的一道风景，《抗战门神》一作还在阿英主编的当时有着巨大影响的《良友》画报刊登发表。

1949年7月19日，成立全国文学艺术界联合会，赖少其当选为全国委员；同月成立的全国美术工作者协会全国委员会，他也当选为全国委员。同年10月任南京军管会文艺处处长并被聘为南京大学、金陵大学教授，12月10日在南京召开的第一次文代会上当选为南京市文联副主席（徐平羽为主席）。1952年4月调任上海市文联副主席兼党组书记，1956年8月筹备成立上海画院，筹建上海美术馆并于8月10日正式开馆，陈毅到会剪彩并讲话。1959年2月举家迁调安徽，1960年在安徽省第二届文代会上当选为文联主席，同年12月当选为首届安徽省美术家协会主席，在他的领导下创办了《安徽文学》《安徽音乐》《安徽曲艺》《安徽戏剧》《乡音》等各艺术家协会会刊。1966年被打倒，先到敬亭山再到新马桥农场劳动改造，1972年回到合肥，至1978年罢官闲居中，组织创作了《治淮工地》《淮河煤城》《陈毅吟诗》等大版画。1979年平反后，合作完成了《淮北大地起宏图》《毛主席在马鞍山》和《大别山下》《淮河之晨》和《百万雄师过大江》。1980年4月邀请全国60多位版画名家在黄山召开会议并成立了“中国版画家协会”，李桦当选为主席、赖少其当选为副主席，其间将全国六届版展安徽入展的23件作品及安徽优秀版画，集中办了个“安徽版画观摩展”，李桦等国内版画名家观后，一致好评。[②]

70年代至80年代中期，赖少其创作了一批以黄山为题材的国画作品，1980年9月在安徽博物馆举办首次个人书画展，继而又在南京、杭州、长沙、香港、福州、上海、厦门、汕头、广州等地展出，好评如潮。1983年上海人民美术出版社出版了大型画集《赖少其作品选集》。1985年12月在中国美术馆举办赖少其书画展，共展出作品120件。赖少其的黄山画作震动了中国画坛，被誉为“新黄山画派”。1986年2月调任并迁居广东省，任广州市政协书画室顾问。同时提出“丙寅变法”，以中化西，融入色彩，画风巨变。1990年

① 这是鲁迅倡导新兴木刻运动以来，第一个合法的全国性抗战木刻组织。

② 贺朗著《赖少其传》417页。

在日本大阪、京都举办个人书画展；1991 年底至 1992 年 10 月赴美、法举办画展；1993 年 3 月，天津人民美术出版社出版《赖少其书画集》，继而在广州、合肥举办回顾展。其曾荣获鲁迅版画奖、中国美协“杰出贡献奖”、安徽版画“功劳杯奖”。

晚年的赖少其帕金森病缠身，1998 年 5 月，广州画院举办“赖少其八十新作展”，同时《赖少其八十后新作》画册发行。1998 年 8 月 8 日起赖少其病重不能自理，但还奋力创作，将毕生修养熔铸于笔，作画不止。他以超人的毅力与病痛抗争，顽强地画出了近百幅作品，实现了凤凰涅槃式的自我超越，将国画境界推向一个新的高峰。1999 年 5 月 21 日至 30 日，广州美术馆举办了“赖少其近作展”，展出其 85 岁前后创作的作品 81 幅。这批画作受到美术界关注并给予高度评价，铺就了他成为一代国画巨擘的最后一级台阶。

身为文学家的赖少其，其文学创作相对于书画来说是要少的，但赖少其早在 1935 年 8 月就在《新小说》上发表了小说《刨烟工人》，要知道能在二三十年代发表文学作品的当代文学家并不在多数。这篇小说是他同鲁迅先生通信后寄去请教的，鲁迅读后认为“那篇《刨烟工人》写得并不坏，只是太悲哀了点”[①]。同一时期寄给鲁迅的还有《诗与版画》《失业》手印木刻集[②]的几十首配诗，“诗的情调和版画是一致的”[③]，算是他最早的诗集了。1934 年还在广州市立美术学校求学时，赖少其就编译了中国新兴木刻史上第一本介绍版画技法的书籍《创作版画雕刻法》（上海形象出版社出版），得了 100 元的稿费，在当时算是笔不少的收入。据陈明远所著的《文化人的经济生活》披露：陈独秀主编《新青年》时付给作者稿费是“每千字（撰文）五圆，（译文）三圆”，而作为《新青年》这本“同仁杂志”的同仁、身为北大校长的胡适在当时算是“高薪一族”，月薪为 280 圆。同校的李大钊时任图书馆主任月薪为 120 圆，毛泽东在北大图书馆任管理员的月薪为 12 圆。1938 年在桂林时，赖少其编辑发行出版《工作与学习》《漫画与木刻》两个刊物的合刊。1939 年在云岭参加新四军后，其创作了战歌《渡长江》，受到新四军官兵的喜爱，在军中被传唱。同时他还给由夏衍主编的《救亡日报》的专栏写《走马日记》，在鲁迅逝世三周年时撰写了《抑制着哭泣》一文，发表于《抗战剧场》第 11 期，同时期还主编过《抗敌画报》。1941 年 1 月被俘，在监狱中创作了《国殇》《月夜囚徒之歌》《囚徒歌》等诗，12 月在铅山石塘镇与邵宇越

① 《鲁迅全集》第 13 卷 162 页。

② 赖少其自费手印的木刻集，七十多张 30 年代赖少其创作的小版画原稿，现藏上海鲁迅纪念馆。

③ 《鲁迅全集》第 13 卷 25 页。

狱后，逃难途中，在温州时还写了《试论木刻的民族形式》，刊于《木刻通讯》第五期[①]。1944年在苏中解放区下部队深入生活，创作了以战士曹立山事迹为蓝本的三幕大型话剧《曹立山》，公演后引起轰动。1949年7月23日成立以茅盾任主席的全国文学工作者协会（中国作协前身），赖少其当选委员。同年10月22日的《新华日报》发表了赖少其的文章《文代归来》。1950年赖少其以自己在上饶集中营的经历为原型创作了五幕大型话剧《庄严与丑陋》(后改名为《集中营中的斗争》)，公演后引起巨大反响。1956年9月剧本由上海新文艺出版社出版，冯雪峰为剧本写了高度评价的“序言”。同年12月评论文集《为了把艺术介绍给人民》由上海美术出版社出版，文集收入了赖少其关于黄宾虹艺术、敦煌壁画、漫画艺术、工人美术、印度艺术和纺织图案研究等专题评论文章。中华人民共和国成立后的赖少其长期从事文艺领导和组织、创作，写下了大量的诗歌和画跋，并于1985年以书法的形式书录集册，出版《赖少其自书诗集》，1989年11月中国经济出版社和香港联华出版社又出版了《赖少其自书诗续集》。在他去世后的2005年12月，岭南美术出版社出版《赖少其诗文集》《赖少其书信集》等著作。

赖少其的文学创作涉及小说、诗歌、散文、评论、剧本等，犹以诗歌见长，纵观他的文学之笔，所关注的是时代的足音，如小说《李连长》《刨烟工人》等；他的创作始终聚焦于现实生活，写亲历的曲折，写己情抒己意，如话剧《集中营中的斗争》《曹立山》等；他的诗更是铭刻了时代的激情与真诚，如《渡长江》《囚徒歌》《自祭曲》《敬亭山劳教农场》等。

综上所述，“三家一身”的赖少其是位忠诚于党的文艺事业、心系人民、坚持现实主义创作且修养全面、多才多艺、艺德双馨的文艺大家，他在诗词、书画、版画、文学、篆刻等多领域都取得了很高的成就，无愧于“艺坛圣哲”和“画坛巨擘”的盛誉。我以为，雷铎先生对赖少其的评述是恰当的，“作为人，他是一位富有传奇色彩的人物，从苦孩子，到青年木刻家、到战士、到‘囚徒’、到政治工作者、到文化领域组织者、到国画大师。作为艺术家，他的国画与他的书法代表了他的最高艺术成就，不但在中国，也在世界上，得到极高评价；而他不仅仅是画家和书家，他还是位有独创性的诗人；以诗入画，画中寓诗，诗画一体；他又是一位金石家，刻过印章数百方……这是一位极富创造力的艺术大师”[②]。

---

① 1992年温州市文化局出版的《国统区革命（进步）文化史料汇编》年表中载有：1941年冬，赖少其、邵宇自荐上饶集中营越狱来温，隐蔽在夏子家，赖少其以洪波为笔名写了《试论木刻的民族形式》。

② 《一木一石化为笔墨，铮铮铁骨掷地有声》，作者雷达铎。

“三写”艺术观

毕加索说过“那些试图解释绘画的人，在大多的情况下都在做着傻事”[①]。评论应该属“大多情况”之外的一件有意义的事，评论是一种解读，不仅解读画作还解读画家。因为人的绘画是一种再现思想、情感的行为，还要受到社会、环境、修养、境遇等因素的浸染和影响，所以，探究一个画家并由此厘清指导其绘画的艺术思想，也就是“艺术观”，是件有意义的事。这种探究是一种独立个体思想认识上的再创造、再表达、再评价的过程，不受时空局限，没有定则所囿。

基于此，谈一下赖少其的“三写”艺术观：写实、写生、写我。

先说写实。这里所要表述的“写实”有两层含义：一是现实主义道路，这是贯穿赖少其一生的。因为他从 1939 年参加革命就以文艺为武器，从军队到地方，从南京到上海，直到 1959 年调往安徽，再到 1986 年定居广州，其社会身份决定了他的艺术思想，所谓存在决定意识，赖少其的艺术观不可能脱离社会对他社会身份的要求，这在他的作品中是可窥一斑的。作品关注时代、关注现实的主题特征，正折射出他一以贯之的现实主义方向。

二是创作方法上的写实。赖少其创作上的写实不是写实主义。因为卡拉瓦乔开创的写实主义包含两个内容，第一是以自然为师，第二是如实地描绘。写实主义既与风格主义相对抗，又与古典主义相区别。而赖少其的写实有“以自然为师”的初衷，就是师法自然，但绝不是“如实地描绘”，而是抒写自己对自然的认知和感受，即“中得心源”。写实的创作方法是五四运动以降艺术界所倡导的主流，这是有产生背景的。20 世纪初，中国艺术摹古成风，加之西方科技的发展和冲击，中国滞后于西方的现状使变革成为潮流，艺术当然首当其冲。写实取摹古而代之，西画将中国画挤兑得日渐窘迫而成为艺术时尚，赖少其早年在广州市立美术学校学的是西画专业，这算是他艺术上的“第一口奶”，写实的西画技法他应算是系统学习掌握的，尽管他在以后的中国画道路上不完全恪守写实的技法，但写实的现实主义道路没有变。1950 年的版画《水车》《农村食堂》，1960 年刻的朱文印“一定要把淮河修好”，1974 年的《淮海煤城》，1978 年的《毛主席在马鞍山》等，这是对时代的写实。他笔下的山水皆有实景，他画安徽的黄山，广东的莲花山、西樵山、鼎湖山，福建的鼓浪屿、喝水岩，湖南的青山崖，浙江的天台山，等等，这是

① 杨身源编著《西方画论辑要》。

对自然的写实，就算是他80岁后的一批呕心之作，突破了对形的客观表现，貌似背离了写实的本质，但他所表现的是心的写实，是内心世界对多年写实沉积的真诚再现，是他数十年艺术积淀和生命体悟的蓬勃释放。换句话说，精神的凝铸、生命的绝唱是心的写实的一种谢幕，但借作品延续了生命——艺术的生命。赖少其斯人已去，但赖少其的艺术却大放异彩，越来越引起关注和推崇。

再说写生。重视写生是赖少其那一代艺术家们的共同特征。黄胄以写生速写的笔墨画出了中国画新境界，亚明带领江苏画家行程一万三千里诞生出“写生画派”，李可染、张仃、罗铭20世纪50年代的写生开创出山水画的新格局，影响至今。后继者如李宝林领军的山河画会，坚持写生创作，承传衣钵。

赖少其的写生观，不同于他们，也不等同于一般意义的对物写物、对景写景，而是在中国画的学习上以临摹为基础所进行的对自然的关照、对古贤技道的溯源、对“我”法创造的寻究。这种艺术观既沿袭、遵循中国艺术传承的实践规律，也界清了临摹、写生、创作间的位置与关系。如他在1989年再临陈老莲的画作上跋道“临画的目的是为了创作，把临摹当创作与骗子何异？空论学传统，自己又不临摹，岂不也是骗子？自己不知道什么叫传统，但否定传统，这种青年岂不太狂？把一切传统当宝贝，结果害人不浅；只临摹不到大自然中去，容易走火入魔”。他认为“不学传统空唐突”，所以强调临摹，“学习传统，先求似然后求不似，似亦不易，不似更难。生活是源，传统是流，从生活观察传统，能探其源，故知描绘生活之法”。他曾在画中写道：“余学花鸟，以陈老莲为师，先是临摹，同时写生。学山水，笔墨学程邃、戴本孝，构图学唐寅、龚半千，同时到黄山写生，然后胸有丘壑。”赵朴老也曾说过：“少其花卉学陈老莲，梅花学金农，有《临画笔记》云：‘老莲之画，一点一划，皆从生活中来，可谓观察入微，生活为其原型，经夸张使美者更美’。”[①] 赖少其要求自己“不做说话的‘话家’，要当做画的画家”，知行合一，对临摹、写生也是如此，坚持了一生。如其在1981年所作的《渡江桥》一画上写道：“始信峰为黄山精华，多少画家从这块石得到启发，其艺大进，我反复写之，总觉新鲜可喜，可谓画家瑰宝也。”“反复写之”，寥寥数字映现出这位“黄山客”用功之深。1982年《海疆行》册页，以画记写行程所见：“8月17日坐快艇从威海卫至刘公岛，参观北洋海军提督府……20日游蓬莱阁……祖国大门，形势雄壮，碧海波涛，心随潮涌……21日抵掖县，县之东南20里有女峰山……”数日行程可见画迹之广。还有，1985年7月23日所

① 1993年天津人民美术出版社《赖少其书画集》1页序。

画《东崖削壁》的写生画跋："余攀东崖削壁，沿小径曲折而上，过洞天门、百岁宫，豁然屹立于崖巅，俯瞰九华街，于群山怀抱中，楼观节比，昔尊方城远眺天台极顶，疑非人间，俄尔夜幕下垂，晚钟相催，已万家灯火矣。"不深入生活、观察生活，哪能写出如此身临其境的跋文？1987 年，年过七旬已蔚然成家的赖少其还在做临摹的功课。因此，他对"古"与"今"在艺术上是有深刻认识的，且警醒自己不能"忘我"。他于 1991 年画了一批花卉，既是对临摹、写生的理解，又是不"忘我"的明证。赖少其在《小苍兰之图》上题道："当你取得传统风格时，应注意时代精神，当你接收外来影响时，不要忘记自己是中国人。"

从以上枚举的赖少其画作题跋，我们不难发现，赖少其的"写生观"是三管齐下的：其一，临摹是写生必做的功课，只临摹不行，把临摹当创作更不行，都是"走火入魔"；其二，写生要基于临摹之上，生活是源，传统是流，做到同步实施，不能本末倒置；其三，不独尊传统、不排斥西法，强调时代性与民族性，包容兼蓄，为我所用。

三说写我。如果说"写实"是赖少其一生的艺术道路，"写生"是他创作的艺术手段和态度，而"写我"则是他竭力追求的目标。赖少其始终以"画以存我，画载我意"为矢的，最早应是从上海工作时期的 50 年代得黄宾虹手卷，读后所得的启发。"写我"是他入中国画创作一直奉行的高标。

有人说他画的像黄宾虹，是学黄宾虹的，他自己是不认可的。这从他 1984 年所画《骤雨》一作上的跋可知道："余无意学宾老，非不学，知其不可学也。今画黄山却无意得之。宾老家在黄山白岳之间，又得新安画派之秘，余做黄山客日久，不意与之神合。"他是与黄宾虹"神合"，如何理解这种神合，是天赐宏运的邂逅巧遇吗？当然不是。黄宾虹是现代中国画的集大成者，修养全面，画境高绝，不是谁都可以与之神合的。只有通过师古人、师天地的厚积，才能得师我心、写我法的薄发，才有资格敢说与之神合的慨言，体现无比自豪的自信与坦然。"在创造黄山山水画卷的过程中，他更深刻地领悟到中国画艺术的奥妙，那就是艺术家除了要师古人、师自然外，更要师心。领悟到艺术家既要向自然学习，又要'自然为我'，即让自然服从艺术家表现主观内心的需要，而不是如实地呈现。"① 这可说是赖少其"写我"艺术观所展现的一个侧面，也是赖少其之所以在人生的末年超乎常人地做到纵情笔墨、弃形得神作画的认识基础。另一个侧面，就是他更强调中国画的民族性，同时又以包容的风度吸纳其他艺术体系的营养。其实，关于绘画民族性，最早

① 安徽美术出版社《赖少其作品集：赖少其艺术馆藏品》8 页。

是荷兰画家伦勃朗首创的，并一生坚持民族化的创作道路。伦勃朗强调：艺术要从自己国家的现实生活中获得题材和灵感，表现自己的思想感情，必须扎根于本民族生活的土壤之中。赖少其的态度是："我们不仅应向古人学习，也应向同代人学习，向全世界的同行学习，向民间学习，向青年学习"[①]。他的"民族性"要求是：以"我"为本，以"他"为用。赖少其回广州后的"丙寅变法"，引入色彩，改变形制，以方构图寻求新的形式感。他不盲目地吸收，而是为我所用，以中化西，是在强调绘画民族性的前提下大胆借鉴西画色彩，是以色壮墨，色不掩墨，墨是根本，色是体用。空说无凭，有画印证，如1986年的《合肥秋色》《深圳图书馆》《南昆山石河奇观》《孤云与归鸟》，1987年的《海南翠峪红楼》《承德普宁寺》，1988年的《始信峰》，1989年广东深圳的《银湖》手卷、画钓鱼台国宾馆的《新绿》等。"丙寅变法"只是赖少其"写我"艺术观创造的又一个高峰，80岁后的从心之作才是巅峰。

最有战斗力的青年木刻家

虽然赖少其1930年7月考入广州市立美术学校（广州美院前身）时学的是西洋画，但他在学习中对版画产生了浓厚的兴趣，青年赖少其最早是以木刻家的身份成名的，早在20世纪30年代他就被鲁迅称为"最有战斗力的青年木刻家"，成为新木刻运动的中坚。

俄国马克思主义的奠基人普列汉诺夫（1856—1918）有个观点：革命时期的艺术是政治的艺术。鲁迅倡导的新兴木刻运动就属此列。20世纪初是中国社会最动荡的时期，新兴木刻一开始就带有强烈的革命色彩，木刻成为进步思想的象征，成为追求革命的标志，也因此遭到统治阶级的扼杀。"说起'木刻'，有时即等于'革命'或'反动'"，这是鲁迅的话，也是木刻当时的写照。1933年5月22日，上海美专的"MK木刻研究社"就被当局取缔，社员周金海、陈葆真等被逮捕。就是在这种历史背景下，青年赖少其和广州市立美术学校老师李桦在南天一隅的广州创建了"现代版画研究会"。

1934年，在李桦的倡导下，由赖少其和同学共27人组织成立了现代版画研究会。赖少其是其中的主要成员。该会1934年到1936年，在木刻人才培养、刊物出版、作品展览推广方面均有着可以载入新木刻史册的成绩，成为持续时间最久，展览和出版最多，影响力巨大的新木刻运动的中坚力量。从1934年12月至1936年5月，由现代版画研究会创办并自行印刷出版的《现

---

① 安徽美术出版社《赖少其作品集：赖少其艺术馆藏品》8页。

代版画》（总共出版了 18 集），在第一集的卷首语中就写出了目的和宗旨："木刻本质上保有社会教育的积极性，用它特有的黑白对比，可以表现出强烈的感情。木刻具有丰富的技巧，可以表现社会及人生诸相。木刻是一种机械的生产，可以满足大众的要求。"在当时，这绝对算得上是一本长寿的木刻艺术刊物，留学法国学习美术的郑可先生为刊物作装帧设计，晚年的李桦回忆说："我们出版《现代版画》的情况是很有趣的……我们大家作出了一个决议，每星期六把大家在一星期内课余刻出的木刻集中起来，开一个观摩会，我们把它叫作'周展'。是只供会内成员观摩研究的。第四个星期，我们集中一个月的作品，在校内展出，给全校师生看，我们把它叫做'月展'。这样，几个月后，我们积累了不少作品，便产生了出版画集的要求了。""每集选作品十二幅……这些作品大都是失业者、黄包车夫、破产的农民、街头卖艺者、乞丐、弃妇等人物形象，而且用极大的同情描写被警察抓去的小偷，在朱门前要饭的、被打的流浪汉，妓女的生涯等被迫害者和被侮辱者的生活。"（贺朗著《赖少其传》36 页）。

赖少其几乎每一期都发表木刻作品或撰写文章。突出的作品有：在《现代版画》第一集上的《债与病》，鲁迅评点"是奔放的、生动的"；第四集发表的《皮猴公仔》，反映的是赖少其家乡普宁的民俗，以线为主，浓重的红黄绿间施其间，显得苍茫而明艳。

"1935 年赖少其创作了向鲁迅致敬的《阿 Q 正传》，连同个人版画集《自祭曲》，及自己翻译出版的中国新木刻史上第一本介绍版画技法的书籍《创作版画雕刻法》，一并寄给了鲁迅，画面中他将鲁迅先生的头像刻在墨水瓶上，以隐晦的手法表现出对黑暗社会的抗争。考虑到出版检查，鲁迅将它易名为《静物》并推荐发表，也成就了赖少其在新木刻运动时期的代表性作品。"①

鲁迅在 1935 年 1 月 18 日给赖少其的回信中说："看见了各种技法：《病于债》是一种，《大白诗》是一种。但我以为这些方法，也只能随时随地，偶一为之，难以多作。例如《债权》者，是奔放、生动的，但到《光明来临了》那一幅，便到绝顶（也就是绝境），不能发展了。所以据我看起来，大约还是《送行》、《自我写照》（我以为这比《病于债》更紧凑）、《开公路》、《苦旱与兵灾》这一种技法有着发展的前途。小品，如《比美》之类，虽然不过是小品，但我觉得幅幅都刻得好，很可爱。"

赖少其早年的版画创作主要受俄、德版画的影响，特别是鲁迅推崇的珂勒惠支，对那个时期的版画创作影响巨大。从 1934 年的《诗与版画》、1935

① 《美术观察学术文丛——现代人物卷》337 页。

年的《田师爷》、1936年的《暴发》，都是能找到珂勒惠支的影子。这是中国新木刻版画这一画种的时代局限性，它笼罩的不仅是赖少其个人，也笼罩着同时代的一代版画作者。为什么会产生这样的时代局限性？我以为主要有三个原因：一是当时艺术界反传统的时风，民族的木刻技法被视为落没，被时代青年置于脑后，视而不见或不屑一视，更谈不上学习与传承；二是由于交流渠道的局限，西方艺术进入国门时被强加上了传播者的趣味与偏好，艺术青年如不走出去是很难全面、理性地认知和吸收西方艺术体系的有益营养；三是革命与变革是19世纪初的社会现状，艺术被政治捆绑，艺术的政治属性的强化湮没了表达和抒情的本质特征，不仅仅是版画，同时期的漫画的繁荣，也是异曲同工的“时代效应”。生长于彼时彼地的赖少其当然要被时代青年的共性所同化，但是，赖少其的创造性是不会被时代局限性所遏止的，他的艺术追求的个性，不自觉地将他置于了时代的前沿，因此，他才能在1939年初创作出家喻户晓的套色版画名作：《抗战门神》。这件作品虽没完全逃出政治艺术的染缸，却远离了珂勒惠支的形式而发挥出线条的美感，大大增强了民族性的审美元素，得到人民群众的普遍接受。1937年10月，赖少其和陈仲纲、潘业在广州永汉北路一家经营艺术品的大众公司二楼画廊合办了“三人木刻展”，展出作品63件，这应是赖少其首次个人作品的联展，“无论在题材和内容上，都强烈地表现出他们在追求民族风格的同时，也努力表现南国的现实生活和最底层的劳动人民的命运和遭遇”[①]。展出期间，恰巧徐悲鸿先生途经广州，他在街头的电线杆上看到了“三人木刻展”的海报，便于第二天上午专程前来观展，给予肯定并合影留念。

赖少其版画上取得新的创造与突破，并最终蔚然大家，是由沪到皖后才实现的。如果没有赖少其在安徽创立的新徽派“大版画”，他在新木刻运动史中创造的30年代的辉煌，只能是昙花一现。雷铎先生在《一木一石化为笔墨，铮铮铁骨掷地有声》中说“赖少其对套色版画的技术和工艺实行了极有创意的革新——一反传统的‘去白留黑’刻法。赖氏发明了黑（或深色彩）上压白（或浅色彩）的‘以白压黑’工艺”，1958年的《初夏》是以白压黑的代表作。我们知道，“自明代万历年间，安徽徽州的版画就开始为人瞩目，以歙县黄氏一族为代表的徽州木刻，一时尽领刻版界风骚。明末清初，由陈洪绶作画、黄氏刻版的《水浒叶子》《博古叶子》《九歌图》等至今仍为传统木刻的杰出代表……（赖少其）自1959年开始组织创作《黄山后海》《淮北变江南》等，到1979年的《大别山下》，共11幅高1.5米、宽近1米的大型套

---

① 胡志亮著《木石魂——赖少其传》48页。

色版面。……这批版画，被美术界称为新徽派版画，赖少其则无愧为新徽派版画的创始人”[①]。

这里，不妨详述一下“新徽派版画”的主要作品及其形成经过。

“新徽派版画”一说是赖少其在广州市立美术学校[②]的老师李桦最初提出的：1980 年 4 月，中国版画家协会在黄山成立，在成立大会上发言的有力群、古元、张望、彦涵、刘旷、吕蒙、李少言、杨讷维、杨可杨、李焕民、徐匡等，会上以无记名投票方式选出理事 81 人、常务理事 27 人，江丰为名誉主席，李桦为主席，副主席有力群、赖少其、古元、彦涵、王琦、李少言、沈柔坚。大会期间，举行了赴会版画家作品展和安徽版画观摩会，一批安徽版画以“宏大的气魄、美丽的色彩、独特创新的风格，受到好评”[③]。就是在这次观摩作品时，李桦当众对赖少其说：“你在安徽干得很好呀，安徽版画上去了，你开创了‘新徽派版画’。”

1959 年 2 月赖少其调任安徽工作，当时安徽版画还处在“沉寂期”，创作成绩平平。1954 年的全国第一届版展，安徽只有一件作品入选，1956 年二届版展和 1959 年的四届版展，安徽交了白卷。赖少其到任后，借力为人民大会堂布置安徽厅，于 1959 年从全省各地抽调一批版画作者至肥成立了版画创作组，组织集中写生、创作，开始复兴徽派版画，到赖少其 1986 年 2 月回广东定居，30 年间安徽版画创作进入“暴发期”，成绩斐然。20 世纪五六十年代主要作品有：《初夏》（作者：赖少其）、《江南春雨》（作者：赖少其）、《社办工厂》（作者：赖少其）、《开河》（作者：赖少其）、《淮北变江南》（入展 1961 年全国美展和 1962 年印度国际美展，作者：师松龄、赖少其、张弘）、《黄山后海》（入展 1961 年全国美展，作者：张弘、赖少其、师松龄）、《旭日东升》（入展 1961 年全国美展，作者：陶天月、张弘、赖少其、师松龄）、《黄山宾馆》（作者：郑震、周芜、陶天月）、《沸腾的马钢》（作者：易振生）、《陈村水库》（作者：陶天月、易振生）、《山地春插》（作者：陶天月）、《云天苍松》（作者：师松龄）、《供销社新货》（作者：赵鸿恩）以及赖少其 1974 年创作的《海港灯光》和《治淮工地》（入展 1975 年全国美展）。此外，主要还有合作完成的《淮河煤城》（入展 1976 年全国美展）、《陈毅吟诗》等大版画，其中《淮北大地起宏图》（入展 1978 年全国美展）、《毛主席在马鞍山》和《大别山

---

① 《美术观察学术文丛——现代人物卷》338 页。

② 广州市立美术学校：创建于 1921 年，创建人是胡天根，他也是“赤社”的创建者。校址在越秀山下的一座道观——三元宫。设有西画系、中国画系，学制为四年。还设有图案系，学制为二年。黄君璧教中国画、胡天根教西洋美术史、吴宛教石膏像、李桦教人体、谭华牧和关良教油画。

③ 贺朗著《赖少其传》417 页。

下》（入展1979年全国美展）、《淮河之晨》和《百万雄师过大江》（入展1979年全国美展）。20多年间数十幅巨幅版画连续入展全国大展，引起美术界关注，由此形成了以赖少其、周芜、师松龄、郑震、陶天月、张弘、林之耀、丁少中、赵鸿恩、易振生、宇夫等为代表的新徽派版画“作者群”。

纵观赖少其一生的版画创作，主要分两个时期，一是19世纪三四十年代，这一时期的版画多是针砭时弊、关注民生民愿，主要有《光明来临了》《都市里的男人和女人》《请看殖民地的壁画》《枷锁》《病与债》《苦旱与兵灾》《破落户》等，特别是《腰有一匕首》，将觉悟的人民决心与敌死战的精神表现得淋漓尽致，加上所配诗文“腰有一匕首，手有一樽酒。酒酣匕首出，仇人头在手”，充满了时代的呐喊和进步青年的革命情结。1936年1月13日，国民党制造了震惊中外的“荔枝湾惨案”，赖少其当晚即创作了版画《如此抗日锄奸队》和一组漫画。二是在安徽工作的30年间，以明清徽州版画传统为借鉴，强调线条的表现力，融入西画的色彩，线面结合，开时代先河，创作了独具特色的徽派“大版画”。不论是哪个时期，赖少其的版画都是反映、关注时代的，有着鲜明的时代烙印，这从以上枚举的不同年代的作品中不难发现这一特点。另一点，就是赖少其善于总结，敢于创新，因此，他才会在青年时期就编、撰了《创作版画雕刻法》《木刻与大众》《我是怎样刻木刻的》《试论木刻的民族形式》等，中年时出版了评论文集《艺术为人民》，编印了包括花鸟、山水、人物、图案共40幅的明清徽州版画集萃《套版简帖》[1]，赖少其善思敢闯，广纳博取，由此才能独创出“以白压黑”的版画印制的自家法门，开创出安徽版画的新格局。

1986年后，安徽版画家再接再厉，涌现出一批优秀作品和作者，壮大了新徽派版画的声威，使新徽派版画在全国美术界占有了一席之地。

在此，把赖少其视为新徽派版画的创立者，他是当之无愧的，也是毫无争议的。

“四艺”高绝　一代巨擘

记得卢辅圣先生在《浅议中国画的边界》中称，中国画一词是国际语境下的产物。中国古代称画为丹青，宋始至元、明、清而滥觞的文人画，将丹

① 此帖共印了500部，黄苗子曾写过《套版简帖欣赏》一文，“文革”中赖少其因编印此帖被说成是迎接国民党反攻大陆，负责出版此帖的上海人民美术出版社负责人杨涵也被污蔑为“地主阶级的孝子贤孙”挨了批斗。党的十一届三中全会后，赖少其得到平反，周昭坎写了《珍贵的艺术品〈套版简帖〉》一文。

青发展成为融“诗书画印”为一体的艺术形式而主导艺坛时风，只有“诗书画印”齐备，才能入行家法眼，为人所重。连明代画技过人的仇英也因诗文修养欠缺被打入“匠”的行列。为什么呢？中国画求象外之象，以意取象，要求天人合一，造境抒情，个体主观基于自然客观之上，起着统合与取弃的决定作用，画到最后是画修养、画学识、画人生体悟。“诗书画印”折射出对中国画家修养上的全面要求，不仅要做技高一筹、精益求精的“手艺人”，还要是究理悟道、腹有诗书的“学问家”。作为当代画坛的一代巨擘，赖少其就是位“诗书画印”四艺高绝的大家。仅就赖少其个人而言，如要对他“诗书画印”的修为和成就排个名次的话，我以为是：画第一、书（印）第二、诗（文）次之。

先说画。这里所谈的画，只限于赖少其的中国画。

具体地说，赖少其是在50年代上海文联工作期间结识黄宾虹后，受其影响，开始学习中国画。赖少其30年代就是一位专业画家，主要致力于版画创作，1939年参加革命后不能像以前经常搞创作，直到1952年调到上海工作，才慢慢拾笔。对赖少其的国画之路，在1993年天津人民美术出版社出版的《赖少其书画集》序言中，赵朴初先生是这样描述的：“50年代初，少其在黄宾虹先生的启发和指导下，系统地研究了新安画派的作品，得干笔渴墨，苍茫简远之法，又临戴本孝，取其‘枯淡’之趣。其画以师法传统为起点，又通过师法大自然使艺术得以升华，在安徽工作26年，年年上黄山，所写黄山景物，被誉为‘黄山画派的执旗人’……为继黄宾虹之后的又一位山水画大师。”这段话勾勒出赖少其国画道路的大致轮廓，只是有两处说法有待商榷：一是学画（指中国画）起源，二是受宾虹老“启发和指导下，系统地研究了新安画派的作品”。

关于后者，赖少其画跋言明了其与黄宾虹不是师从关系，而研习新安画派程邃等干笔渴墨之法是1959年调任安徽之后，宾老1955年3月25日在杭州已仙逝，赖少其不可能在其“启发和指导下，系统地研究……”当然，赖少其对黄宾虹艺术的推崇是毋庸置疑的，当年宾虹老赠给的论画七言诗长卷《画学篇》，成为理论上指引赖少其走进中国画殿堂的明灯。也正因如此，才会有“黄宾虹是他研究中国画的第一位老师”之说。至于前者（即关于学中国画起源），赖少其在《我的创作道》中如是说：“我真正和国画接近是在五十年代初期，当时我在上海购得陈老莲一册花鸟册页，我开始了临摹学习，同时并进行创作，一方面，刻了版画《初夏》，另一方面，我创作了花卉。这是我从版画过渡到国画的开始。”“1959年从上海调安徽工作，为人民大会堂安徽厅创作了一批大版画，同时开始临习程邃、戴本孝，学习渴墨之法，也学梅清的积墨法，研究萧尺木、渐江，又临了唐寅《匡庐三峡》，这张画临了四个月，喜作大画是受龚贤的影响……我学了金农的漆书，以漆书入画，好像木刻，非常厚重，但不如程邃、戴本孝的空灵，这是我的不足，也是我的特色。”1963 年赖少其在临程邃一画上题道“程邃能以极淡焦墨，写出浩浩荡荡一湖春水，真吾师也”。赖少其对古贤画擘心存敬慕，有诗为证：“元人之法已难寻，几人识得垢道人；倪迂出没烟波里，渐江法古能铄今。”在安徽期间，赖少其遍临新安诸家，徜徉传统，吸吮精华，还曾自刻了一枚“仰绶”的印章，以示对陈洪绶、伊秉绶的敬意。1991 年他出访美国时在王季迁家看了董源的《溪山草堂》、武宗元的《朝元仙杖图》，在华盛顿看了张大千 36 尺绢本巨作《庐山图》，识见广博使赖少其画境顿开，加之多年临摹、写生和不懈创作，终成正果。纵观赖少其的国画艺术，有四个关键节点可以贯通全部历程：

第一个节点：50 年代临摹起步。如前所述，赖少其是从临摹陈老莲开始学习国画艺术的，梅墨生的《再读赖少其》中说“赖少其的中国画之路始于上世纪七八十年代”，“在 70 年代以前的时期尚未从事中国画创作，那个阶段是他的收藏鉴赏和交游开阔视野期”，这只能算是一家之言，怕赖少其本人也未能首肯。他起步时因得到《画学篇》手卷（为黄宾虹论画的七言诗，是黄宾虹美学思想的集中体现），其在学习之初就站在意象造型艺术的新高度，50 年代为给陈毅百花诗创作百花图，他深入植物园写生，这批画很工整，将花卉画在“日本绢”上。他又曾得宾虹老亲传“虚不易”三字，通过实践，理解认为“不似是虚，似是实”，“ 不似是移形而出神，能出神，方能入化”。

第二个节点：80 年代初的“新黄山画派”。1980 年 9 月赖少其首次个人书画展在安徽省博物馆展出，继而在上海、广州、港澳、东京等地展出，受到广泛认可，赖少其的笔下黄山征服了观众，“新黄山画派”由此声誉鹊起。唐云在《勇攀天梯的人》中称赖少其画黄山从全貌到细部，一一写来，十分传神，是新黄山画派的执旗人。

黄山画派最早可溯源到唐，《黄山图经》载有经一卷、图一卷，绘画二十四幅；在宋代，徽州太守胡彦国在黄山堂绘制《黄山壁图》；到明朝，画家郑重曾画《黄山图》进奉明代神宗皇帝，杨尔增《海内奇观》绘有三十六峰图；至明末清初石涛、渐江、梅清等开创了以画黄山为主的山水画派。此外，画黄山著名的画家还有石溪、雪庄、程邃、郑重、丁云鹏、查士标、黄宾虹等。赖少其自称“黄山客”，在赠韩英的《黄山图》跋道“余学程邃，程邃学大痴，大痴从自然来，故余自称黄山客，今告”。

赖少其的“新黄山”是沿着新安画派的余脉，浸淫黄山之中，体验阴晴雨雪，洞悉四时之变而得之的。他学程邃用功颇深，谢稚柳曾跋其临程邃画作“少其同志作山水，喜用渴笔焦墨，得垢道人三昧，此图遂可与之乱真，甲辰春日获观因题”。他画黄山，不顾艰辛。原安徽省文联秘书长朱泽以诗记写了赖少其的写生情状：“茫茫云海一癯翁，独树青山染赭红；灯下归来倾画箧，云烟一卷啸松风。”1981 年赖少其在画黄山画作上写道：“黄山是大画院，人在黄山，左顾右盼，无不是图画，阴晴雨雪，无不成诗，岂诗人墨客故乡哉？贺天健曾断言，黄山每一片石可成立一个画派，此语极当。学黄宾老画，鲜有成功者，学黄宾老法必能成功。细察黄山一木一石，一丘一壑，无不是黄宾老之法，此法与传统同，皆从自然中来。”

赖少其的“新黄山”是带着心绪和激情画成的，有诗《凭吊——皖南事变战场》为证：“宝刀出鞘，一刀二刀，砍得崖裂、峰转、瀑泻、山摇。站在莲花峰上，俯瞰苍茫处，犹闻战马咆哮，最可叹，指挥失误，九千健儿，误入敌阵，此恨难消。千古事，胜与败，兵家常事，何必牢骚，白发萧萧，战袍未锈，宝刀在腰，足下群峰，俯伏耳听万松涛。”赖少其的黄山得自然蒙养之甚，远超常人，画出了“黄山浩荡十万松，雨霁云来化作龙”的神妙高境。在赖少其之后，画黄山出神者无，一个画派是需要一批画家和画作支撑的，新黄山画派的势微也就是意料中的事了。安徽得地利之优势，可以聚焦黄山，常年组织展赛，假以时日，造就一批画黄山的画家、画作，以重铸新黄山画派雄风。倘能如此，赖少其也会含笑九泉。

第三个节点：1986 年的“丙寅变法”。“对丙寅变法，赖少其说‘我已经作好思想准备，会有人说他不像中国画，这没关系，只要人们承认是中国人画的画就行。’‘要革新，当然会引起争论。如果我现在画的和过去一样，又叫什么变法呢？’‘有人说变法可能变坏了，不如不变好，但我认为：不好就再变，不变只有死路一条’。”[①]这段话明示了他的变法决心，至于为什么要变法，赖少其在致刘天明信中说：“安徽有黄山，画黄山，必雄伟。广州没有黄山，但花红柳绿、花卉繁多，鱼类纷杂，画岭南秀丽山水，花卉游鱼，不能不变黄山画法”，“宾老说，自然最大，人不能创造自然；艺术最大，自然不如艺术。都是至理名言。在实践中，我才觉得人伟大，因此，1986 年丙寅，我定居广东，提出丙寅变法。不变不行，艺术是随时代的”。

1986 年 6 月的手稿《丙寅变法》和 1988 年 7 月《我的创作道路》自认为：其早期作品“形过于神”，写实是基础、手段，写虚才能集中、夸张，是艺术、是目的。所谓“丙寅变法”就是在中国画基础上更多地吸收西画，用

① 陈志云《得意忘象——赖少其晚年艺术解读》。

干笔焦墨，融入西画写生，引入版画构图，以漆书行笔入画，强调“我法自然，自然为我”。对此，他在手稿《点滴体会》中解释说：“我因为看了很多博物馆的画，这些画，使我在‘搜尽奇峰打草稿’时，常常引起了‘仿效’和‘回忆’，使我能够有时采取它的表现方法，有时采用它的布局，有时也运用它的笔触，有时也用西洋之法——如画一幢幢房子是用‘透视法’，但组织一条街道时，我往往是采取‘俯视’加‘视点’透视法。这些东西画多了，逐渐形成了各种各样的形象——即胸中有了‘丘壑’，到了可以不对着对象作画的境地，便逐渐从‘自然’中解放出来，变成了可以‘自为’地来创造了，我把这些过程称之为‘我法自然，自然为我’。”

对变法，他是有自信的。在1986年12月所画的《黄虾花》上跋道：“吸收中画与西画之长，实行变法，即不似中画，也非西画，姑称为中国人所作之画可也。”1987年1月赖少其重临陈老莲，用不中不西、又中又西的方法画了黄山的春夏秋冬。形式上变为方块，然后变为横幅，装裱也是用框不用轴，“这就使我不仅画法要变，构图也要变”。至1992年，这期间他画了一批花卉，尤其喜画鱼，色浓墨重，洋溢着积极的正能量，常题写“激流勇进”“欲逐风波千万里”“举首望明月，直上五层楼”“你追我赶”等；山水则更生辣、高古、荒茫、不食烟火，显得孤高绝俗，如《少年心事当拿云》《动春烟》《曾伴浮云归》《山静似太古》《大风歌》《芳草铺绿茵》《酌酒》《松风能解带》等，强调线的铁质与流畅，干皴焦墨，一片天成，任意而谐和，空蒙且凝重；斗方彩墨更感人，赭黄中有红绿的对比点睛，冲突但不矛盾，笔性自由而随性，散漫中透着肯定与果断，如《乞与今年一夏凉》《云横始信峰》《金碧朝晖》《山河颂》《空山不见人》《松峪庵》《天门》《白龙桥》《绿荫深处》《百丈泉》《落阳山》《始信峰前云漫天》《天都云吞去》《余生欲老海南村》等。这时已初露端倪，是他晚年巅峰期的作品面貌了。

第四个节点：80岁后的混沌之境。法国浪漫主义大师德拉克洛瓦说过“大胆是所有大画家的共同特征”“只有感情才是艺术的全部”。“当一个艺术家画到‘没有规矩’时，则全然无匠气、无火气矣。……大气度存于平凡心、大技巧存于无技巧，不刻意于技法而得前无古人之新技法。远黄山写黄山，写就的是精、气、神的黄山。”① 用尽全部情感，无拘无束地倾写生命，是对赖少其85岁前后画作的真实描述。1992年后，因严重的帕金森综合征，他只能靠轮椅出行，写生是不行了，他就在家里根据印象画画，画他记忆中的山水。1997年后他的画更具中国气派，画作多用焦墨勾线，辅以墨彩，画得清

① 雷铎《一木一石化为笔墨，铮铮铁骨掷地有声》。

透、自然、沉郁、深邃而又不失笔墨韵味。"'画面扑人'一片清新，'似是而非'，但却'应是如此'才好，这才是艺术"，这近百幅在他生命最后时刻完成的画作，将他积淀了一生的修养和才情，蓬勃而发，尽得象外之象，画时名利尽抛而情愫尽泻，将自我修养与天地印象融而为一，凝铸画中，尽得混沌之境，"工拙不计，直抒胸怀。是一种恣肆、一种随缘、一种豪迈、一种奇崛、一种撼人心灵，一种雄浑、伟岸、凝重、沉实的气概"（林墉语），是"天人合一"的至高境界。难怪简繁在丁绍光第一次来庐为他个展助兴之余，建议丁绍光"一定要去看一看赖少其八十后的作品"，并说"我第一次在洛杉矶飞上海的东航飞机上，看到航空杂志'赖少其八十后'特刊所受的震撼，超过凡·高"①。

纵观赖少其一生各个时期的国画作品，我们在明晰四个关键节点后，不难发现其国画作品的五个艺术特点：

一是入古开新。入于传统是手段、是前提，出于传统是目的。从总体面貌上说，1959 年至 1980 年第一次个展前，赖少其画作处在入古与写生并立时期，所画重点是"自然之境"，讲究骨法用笔，干笔渴墨，焦墨用线，色以赭、青为主。1986 年丙寅变法后，色彩入画，但焦墨立线、以书入画的本色未变，所画得"高古之境"，并在题材上和用色上得到大拓展、大突破。80 岁后所作，色墨相融、物我两忘，迈上了艺术生涯的巅峰，所画是"大化之境"。此时的赖少其"大病缠身，终年卧床。人生最后路程走得荒凉悲怆。世界跟他没关系了，他跟世界也没关系了，他只剩下这一点命，还只能画几笔画。他唯一的生命寄托，或者说，唯一能证明他的生命，展示他的生命，记载他的生命的，只有绘画"，"他把自己八十多年的人生，所有的文化艺术修养，中国的、外国的、传统的、现代的、是非成败、青山夕阳以及最后对生命的眷恋，一切的一切，全部抹在了一幅幅斗方的画面中。以前他是画画，此时他是画命，他用的是命，表现的是命，是他这个人，是绘画已超越绘画"②。18 世纪法国美学家布封有"风格即人"的观点，也可以说"画即是人"，赖少其"沉雄朴厚地画风，正是他正直、热忱、坚强人格的折射"（沈柔坚语）。

二是游尽图成。赖少其一生重视写生，写生画作等身。他有着自己独特的游尽图成"写生法"，成为其艺术的一大特点。"一般来说，我每画一张画，至少要移动三次。第一是先选择好前景，往往是选一块好的石头，或一棵好

① 《沧海之后》第 396 页。

② 《沧海之后》第 397 页。

的大树，仔仔细细地画，把它画好；第二是找中景，往往是找比较有典型的流水和建筑；最后，找一块能看见大山轮廓的地方作为背景，使人一看便宜知道这是什么地方"，"我曾到武夷山作画，手拿一个本子，爬上爬下，可以说是'游尽图成'"。赖少其认为，作画不可照抄对象，要在写实的基础上，去变化对象的状态，使其凸出动人。

三是色墨交响。如果说色墨相融、色墨交响是赖少其的艺术特色的话，那么它只是赖少其坚持的"以中化西、自然为我"创作道路的形式外现。美国油画家、版画家惠斯勒（1834—1903）认为：绘画的目的是悦目……是要表现美。他之前马克思（1818—1883）则认为：色彩感觉是美感中最大众化的形式。绘画是人类心灵的表现，要用色彩来更有力地表现自我。1986 年丙寅变法后，强烈的色彩有意识而又是自然而然地大量进入赖少其的画作，如 1991 年的《不如鱼乐》，画得何其自由；1996 年的《山水》，黄色跳跃，夺人眼球，而《花蓝》上下皆空，一蓝居中，现代构成感极强，《石破惊天》《大瀑来天外，瀑泻疑天漏》是他对黄山的回忆，次年又画《黄山始信峰》，构图大变，虽远黄山而居广州，却尽得黄山神髓，表达出深沉浓烈的眷恋之情。

四是"少其皴"。这是赖少其"不创新、无艺术"的"存我""立我""画我"创作思想的技法体现。雷铎先生在《一木一石化为笔墨，铮铮铁骨掷地有声》文中对"少其皴"是如此描述的："赖氏独创的皴法……是在宣纸下垫以纤维板的反面以浓淡疾徐笔墨反复皴擦，等干后再以大笔或厚墨酌情复加取得了雄浑、厚得的特殊效果，非古人旧法所能及"（如《悬崖》一作）。对自己独创的"少其皴"，他是十分自信的，自题《苍茫大地》一画："法从自然，古人有此法亦行，古人无此法亦行。法从自然来，法乃实践之总结，我法我法，人各有法。"还在 1985 年夏所作《九华山》上跋道："余以民间木板画之法为之，觉有新意焉。"他的探索精神不仅仅体现在"少其皴"上，其作画"一是借鉴，不薄古人学今人。一切有用之物，皆可拿来，对西画、中国画、民间艺术、书法、碑帖，皆是借镜；二是生活，缘于写生：写山水、草木、人、花鸟鱼虫，还要体察世态人情，体察大千世界；三是创新，如蚕之蜕而成蛹，蛹之蜕而成蛾，不创新，无艺术 "。

五是诗画相合。诗画一体是纯粹的中国精神，虽然罗马诗人贺拉斯的名言"诗歌就像绘画"曾引发出"诗画一致论"，在 18 世纪的英法德等国是很流行的。伏尔泰说过"画是一种无声的诗，而诗则是一种有声的画"，这和宋代苏东坡"画中有诗，诗中有画"相暗合，真是"英雄所见略同"，相差六百多年的两位大诗人在思想层面上，将诗与画的认知一致起来。而在赖少其这里，诗与画又得到高度的契合，互为生发，互为辅撑，互为融和。如他在画黄山时有自作诗："荆关雄伟笔为骨，董巨华滋墨浑脱；黄山白岳双蓬莱，玉帝手中象牙笏；不入此山难探幽，既入此山何所出；兵无武器难称雄，不学传统空唐突；吁嗟呼，年过花甲还登高，白发哗哗空披拂。空披拂，当小卒，心潮沸。"诗情画境相融相激，张扬出浩荡乾坤的沛然之气，寻常画人难望其项背。梅墨生在《再论赖少其》中称："在中国的山水与花卉史上，赖少其以特殊的精神性呈现了一种博洽又纯粹的艺术风貌，此一呈现契合了现代人的某种现代诉求，也契合了现代人对传统的回望心理。他的画找到了古今中外人我心、物景情的一个交汇点。"诗画一体，因画生诗，在赖少其各个时期的作品中都不难看见，他在承传诗画一体的中国精神的同时，也形成了自己诗画相合的艺术特点。

再说书印。书印并进铸心声，赖少其的书法和印章首先在内容上都是很个性的，多书自家诗词或名言警句，印文如"挥斥方遒""向太阳""光阴迫""打落水狗""孺子牛""推陈出新"等，皆有所感，表明态度。赖少其接触中国画虽较晚，但习字刻印却很早。少年时，赖少其写郑板桥，中年"正式学书，兴趣在王羲之、王献之，曾反复练习《兰亭序》，之后转学欧阳询，继而又学郑板桥、伊秉绶、邓石如，再后醉心于金冬心，终以金冬心为仪范"①。唐云曾评价："少其先生的字，远承爨宝子、爨龙颜，近法扬州八家的金冬心，方笔如削拔、苍稳的感觉，联在一起，则有浓厚的简札和石刻的味道，金石韵味十足。"评其印："诗书画之外，他还以木刻和书法功底入印。所刻的白文印章很有汉印的味道，被人誉为'四绝'。"

对金石书画，赖少其有着自定的标准，他曾手书一联"笔墨顽如铁，金石掷有声"，可为佐证。作为一代国画大家，他有自己的艺术主张且能坚持不渝，其斋中的"欲佩三尺剑，独弹一张琴"手书联，是他的"决心书"，跟徐悲鸿"独持偏见，一意孤行"联语一样，是坚持自我艺术观的告白宣言。我的老师张宽藏有赖少其赠的书作多幅，有一幅"人贵有自知之明"，我在刘继潮处也见到同样内容的作品，据说这幅字赖少其写了数百遍，一幅字能写几百遍，用此等功夫做学问，如何不成大器？

其实，对书印，赖少其有自己的真知灼见，这在他手书的《论邓石如》一作中一望即知："夫书法之道，始于龟卜，流沙断简，至今犹存。印章原为贸易，古之为封泥，犹今之火漆。……汉唐之际，李世民独喜晋之二王，但因木刻翻印失真，犹用勾填之法以补之，非一般人所可为，因因相陈，世称'帖派'。迄至清初，尤其嘉庆、乾隆间，武力征夫以至尾声，文字狱大兴

① 贺朗著《赖少其传》419页。

……‘桐城派’总要寻根问底，‘二王又学谁?’‘悬崖刻石，至今犹存，何不学之’，于是‘碑派’兴。邓石如其功至伟，提出以印入书，使书坛为之一振；又提出以书入印，不仅使印学不受秦汉束缚，使方寸之间，从内容到形式均有创新。”他的书印也是互进的，邓石如的以印入书和以书入印，力践于行，因此，他的书印风格是渐变的，特别是1986年在泰山看了“经石峪”的榜书，其书印大进，越老越趋于古朴、拙厚，“不学一家，便不会有作为前进的基础；只学一家，便不可能有自己的创造”，这是他的经验之谈。

总的说来，赖少其的书印创作走的是雄强、古拙一路，不媚俗，铮铁骨，但却少有霸气，毫无张扬，所书所刻，高古奇绝，生机勃发。90年代后所作的《李凭空箜篌引》和《是非歌》及“一以贯之”“安得好书画，每日补一针”“宝刀不老”“一往无前”“生命不息”“战斗不止”等，精神性的分量远大于技术性，满纸洋溢着奋进的动力，是他生命意志和艺术修养的迸发，感人至深。

三说诗文。“诗文载情，时代回响”，这八个字可概括赖少其诗文的总体面貌。1935年3月1日所刻版画《饥饿》的配诗：“那天际呀，从地狱喷出白色的、灰色的、绿色的悲哀呀。骄傲的红棉，洗不鲜羊角的退色呀，鲫鱼们呵，恨强者的铁蹄么。”一位时代进步青年的革命呐喊，感染了时人，也感染了一代文豪鲁迅，将30年代赖少其寄赠他的70多幅小版画完好保存，7封通信有5封保全，并收录在《鲁迅全集》中。赖少其1939年参加革命，在新四军军部时受到《新四军军歌》的感染，情怀激荡，创作出战歌《渡长江》：“划呀哟，划呀哟！薄雾弥漫着江面，当这黑沉沉的午夜，我们要渡过长江，获得更大的胜利！……”战歌在新四军战士中被传唱开来，成为和《新四军军歌》一样激励战士勇往直前的战斗号角。他与曾菲结婚时赠其一枚自刻印章，并赋诗：“月印深潭两度清，春水绿波相映人。分明无法分光影，要把人心当天心。”《敬亭山劳改农场》则记述了“文革”中自己劳动改造的场景：“敬亭山中树婆娑，流水无心种薜萝；阎王何故罚拉水，李白有知悔作歌。”1976年“四人帮”倒台后，赖少其写了《天都赋》：“若非大手笔，难画黟山图。云来天欲覆，日出地吐朱。墨酣夹风雨，一点为天都。图成鬼神泣，百岳竞狂呼：吁嗟乎，余生八万九千岁，始信高士巨眼识沉浮。”历史沉浮，随时而变，诗文倾吐出诗人难以遏止的感慨和豪情。同时期的《恶梦之余》：“多情已将青春误，错把头颅当酒壶。饮尽东海难止渴，烧成灰烬登天都”，则显现出诗人豁达、高迈的人格光芒。1991年建党70周年画巨幅山水，赋诗“二月岭南花似锦，改革开放葆新葩。春夏夜雨润万物，日出骄阳照万家”，这是他欣逢盛世，信心百倍，投身新时代的吟唱。同年所作的《黄山之梦》：

“老夫归故里，日日梦黄山。梦中写来苦，笔笔汗湿衫。”对往昔世事、故交文朋的思念之情溢于言表。所以，在1993年天津人民美术出版社出版的《赖少其书画集》序言中，赵朴老才说：“少其所作的画和诗词，都是有感而发，直抒胸臆，不拘格律。”

作为一名书画大家，赖少其的众多诗作中有一大部分是作为画跋的，1985年画《鼓浪屿》作《海赋》：“1983年1月20日登鼓浪屿日光岩，向东远瞩，汪洋一片，不胜感慨，因作海赋焉：郑成功，国破家亡，焚青衣，投笔从戎；水操台尚在，海上雄风。三百年后，枪再起，炮声隆隆；人都道：英雄山，血染山红。我此来，遥望眼，海峡两岸，渔船如梭，海阔天空；微风飘荡，楚语吴音，尽与家乡同。”其诗《文心》：“建安慷慨文如戟，离骚忧愤楚天泣，李白缥缈入青云，吾铸江山顽似铁”等，都以激扬的诗意为画壮色。难怪他的老友吴有恒在《赖少其自书诗集》序中评价“赖少其书画之余，亦作诗。随意为之，不事雕饰，往往若不合规律，而又独具风致，天韵自然”，“其诗，抒情而已，有感而发，情至则止。故不装模作样，无絮语，无俗气。其人性直，其诗之语言亦直，简明朴素，洞见肺腑”。

其文，应时而生，铭刻流年。仅举一例：赖少其与萧殷是五十年的故交，1987年病中的赖少其饱蘸热泪，完成了《我与萧殷》一文，在老友去世十周年纪念大会上由其女代为宣读，“五十年来生死以”，阴阳两世了隔不断的故交刻骨铭心的情谊，重病缠身的赖少其坐在主席台上老泪纵横，人之深情籍文而出，现场感动了多少人？真诚，成就了诗人的伟岸与坦荡，使人间真情熠熠闪烁。